岁月绵长

周百义 著

河南人民出版社

图书在版编目(CIP)数据

岁月绵长 / 周百义著. — 郑州 ：河南人民出版社，
2021. 3
ISBN 978 – 7 – 215 – 12360 – 1

Ⅰ. ①岁… Ⅱ. ①周… Ⅲ. ①散文集 – 中国 – 当代
Ⅳ. ①I267

中国版本图书馆 CIP 数据核字(2021)第 051419 号

河南人民出版社 出版发行
（地址:郑州市郑东新区祥盛街 27 号 邮政编码:450016 电话:65788065）
新华书店经销　　　　　　河南文华印务有限公司印刷
开本　710 毫米×1000 毫米　　1/16　　印张　23.75
字数　350 千字
2021 年 3 月第 1 版　　　　2021 年 3 月第 1 次印刷

定价：78.00 元

序

贾平四

周百义是一位出版家，这是大家都知道的了。二十多年前，他要主编一套才子书，把我列入了名单。我觉得作家就是作家，没必要弄出个琴棋书画无一不精的面目来招摇过市，所以不太配合。后来周百义由孙见喜引着来见我，终于说服了我。这是我们的初次见面。个中细节，我已记不清楚。看了周百义这部散文集的一篇文章，我才大致回想起当初情形。这部散文集里，周百义记叙了不少与作家的交往事、出版事。不单是工作记录，而处处显露着周百义的文学情怀和个人性情，所以，这部散文集倒像是一个窗口，可以看到一个好编辑、一个出版家是如何得来的。

周百义首先是个作家。编辑做得好，写作之火没有熄灭，反而燃烧得更加炽烈。我的朋友中，就有许多编辑而写文章的。可如周百义这样，几十年如一日地保持写作习惯的，却实在不多。编辑写起文章来，往往难逃一个眼高手低的毛病。周百义不然，他是眼高手也高。看了周百义的文章，我才知道，做编辑之前，他实在就是一位作家，写过不少小说和散文，且在县文联当了几年主席。也正是由于他的写作，才得以去武汉大学读作家班。后来做了编辑，遂由专心创作变为专心为创作服务，看事物的眼光却未变：还是作家的、文学的、审美的。

这部散文集里，我尤其偏爱记叙乡村生活的文章。乡村生活本是私密的个人经验，周百义写得真诚，又带着一种巨大的热爱和悲悯。这就让个人经验真诚可信了，且打动人。我一直以为，散文篇幅短，非虚构故事，真情最是重要，容不得半点作伪、轻佻、油滑。周百义是深知这一点的。

由小油匠、小挑夫，到代课教师，周百义据实写来，一个人的人生藤蔓，牵枝带叶的，勾连出许多的人和事，最后是一个时代的踉跄背影。这是散文的开阔。

二十二年的山地生活，是周百义为文的基础，还是他人生的底色。这里面，实是一种苦难的教育。周百义写苦难，笔调从容，看起来还有轻松戏谑意味——这是费了匠心的，也是周百义的高明之处。写散文，哪怕是写最凄惨事，最好不要陷在苦难中，咿咿呀呀的，而是从苦难里拔脚，拍掉了尘土继续往前行。周百义就是这样处理的，所以他的散文脱离了悲苦的调子，不是愁云惨淡，而是明艳灿烂。在写挖药、捉鱼这种有趣之事时如是，就是写下乡住牛棚、连厕所也无这类阴沉之事时亦然。这里面的转化，要时间的沉淀稀释，也要写作者有雄健的笔力和心力。在周百义处，苦难不单是教育，还是反哺。他借了京剧《红灯记》里一句话："有这碗酒垫底，什么样的酒我全能对付。"周百义的"这碗酒"，许多人都喝过，但大概觉得辛辣呛口，品不出其中的余味，更不能如周百义这般，将其作为人生的地基，支撑起往后的漫长人生。

依我看，莽莽大别山中的小油匠、小挑夫生活是周百义人生的地基，之后长达几十年的编辑生活，也不是垒高台，而是一个更高的地基。它们共同支撑起的，是周百义作为一个写作者的人生之旅。周百义希望百年之后，亲人们能以平生涂鸦焚于墓前，以告慰他的灵魂。可见他把写作看得有多重。他自称打夯人，这是他和处女作《女夯队》的隐秘联系。打夯人无心于建筑高楼大厦，只是埋头劳作，待抬头看时，才发现一座大殿已峨然屹立。

目　录

第二辑 亲情

第六辑　书人书事

第一辑

乡

情

小石步儿

客居他乡，琐事缠身。随着岁月的流逝，许多往情往景渐渐地淡忘了，只有故乡河面上的小石步儿，还一次又一次带着那熟稔的足音闯进我的梦乡……

本来，我们大别山里，有一道岭就有一条冲，有一条冲就有一条小溪。这小溪上供人们行走的小石步儿，平凡得到处都可以见到。可是，学校门前流花溪上的小石步儿，却由两代人的脚步踏响了一曲人生的歌。

二十年前，我在流花溪边由山神庙改建的小学校读书。教我们的是爹爹上夜校时的秦老师，一个新中国成立后便从城里到桃花山来的女老师。开学的第一课——过小石步儿。我个矮，站在排头。第一个过小石步儿的，喊到了我。小时我很胆小，加上当着这么多人的面，我心里怦怦跳，目光盯着脚尖，不敢动窝儿。秦老师没有批评我，自个儿却"咯咯咯"地笑了。笑声中，秦老师突然跃上了小石步儿，嘴里唱着自编的歌：

> 高高的桃花山，长长的流花溪，
> 流花溪上的小石步儿，排得密又密。
> ……

秦老师张开两手，像蝴蝶儿扇起了翅膀，轻盈地从小石步儿上来回走动。我们乱了队形，呼啦一下涌到溪边，探头望着那亮晶晶的溪水上秦老师苗条活泼的身影，望着粉红色的桃花瓣儿恋恋不舍地绕着小石步儿打圈圈。这哪是过小石步儿呀！这简直是白玩儿，和演戏差不多。我的心里

"扑啦啦"像飞出了一只小喜鹊，马上也想落到小石步儿上去。这时，秦老师好似钻到我的心窝里发现了那只小喜鹊一样，点我过河了。"好，好！不要紧张，眼朝前望。过，过！好，好！"一步，二步，三步……我看见，当我过完最后一步时，秦老师欣慰地笑了。那笑声，就像娘看见幼儿迈出第一步时那样自豪和荣幸。

这一课，全班同学都得了"满分"。

可是放学时，秦老师仍到流花溪边来了。

同学们为了让秦老师放心，一个个鼓着劲儿跃过了小石步儿。我们想：秦老师这一下子不再来了吧！

第二天，霞光刚燃红桃花山尖，淡淡的雾气还笼罩着流花溪。我们竟又听见了从桃树林的枝叶间流出的熟悉的歌声。

一天，二天，三天……

清晨，秦老师披着峪谷里乳白色的轻纱，站在哗哗歌唱的小溪边把我们眺望。

傍晚，秦老师迎着灿烂的晚霞，在百鸟返林的呼唤声中送我们归家。

是小石步儿难走吗？不哩！秦老师把石步儿踩得稳稳当当的，正合脚步哩！是谁曾跌倒过流花溪里吗？没有哩！当小石步儿被山洪淹没了时，秦老师就迎来了。你瞧，秦老师挽起裤脚，一个一个地背来，一个一个地背走。同学们不肯趴在她那单薄的肩膀上，她便打趣地说："怎么？我这肩膀还比不上小石步儿！"要过石步儿了，望着下面打着漩的流水，有些女孩子怕。秦老师笑了，"从前，有一个海的女儿……"小溪里的水流呀流，一个又一个小石步儿被扔在身后了，我们的记忆里却珍藏了一个美丽的童话。

望着秦老师憔悴的面容，我们都有一个共同的愿望：秦老师应当好好休息一阵。

这一天终于盼来了！秦老师快做母亲了。这个让孩子们感到神秘和羞涩的话题，竟在同学中间偷偷传开了。知道了的都暗暗庆幸：秦老师这一下会好好休息了。

秦老师还没下山休息。每天放学上学，她仍然坚持走到流花溪边，用热切的目光清点着每一块小石步儿。

听人说，同班几个同学的妈妈来劝秦老师了。她们说，山里条件差，秦老师结婚晚，担心生孩子时有什么差错。可是秦老师一直没动身，一次又一次推迟着下山的日期。

可怕的事情终于发生了。当秦老师这天晚上从流花溪边回到学校时，她便觉得下山晚了。一天一夜，她那固执的小宝宝一直不愿下地。

山前山后，学生的家长都来了。他们烧香许愿，用最落后的方式传达着桃花山人的心愿。但后来，还是只保住了秦老师一个人。

我们都明白，秦老师是为了我们这些学生，而舍弃了一次做母亲的机会。当后来人为她惋惜这件事时，她却说："有啥后悔的！学生哪一个不像我的孩子！"

是的，秦老师是把我们当作孩子一般关怀。她不仅给予了我们慈母的温暖，而且用知识的甘泉滋润了我们那稚嫩的心扉。

走着小石步儿，我们懂得了大雁为什么往南飞，知道了月亮离开太阳就不会发出光辉，知道了祖国是火药、活字印刷术的故乡，更懂得了学习文化科学知识的意义。

走着小石步儿，我们在这些桃花山的孩子读完了一年级，二年级……终于再有半年，我们就要从小石步儿走向县城中学，走向新的天地了。

可是这一年，"史无前例"的这一天，一场席卷中国大地的浩劫开始了。我们这些幼稚无知的孩子在别有用心的人的怂恿下，在批斗秦老师的会上，揭发了她用"资产阶级母爱"腐蚀我们，用"封资修文化"毒害我们的"罪行"。在流花溪边召开的批斗会上，我们当着秦老师的面，推翻了那体现着"资产阶级母爱"的一长溜密密的小石步儿。后来听人说，这天晚上，她一个人在流花溪边徘徊了很久很久……

半年后，上边号召"复课闹革命"。一个月白风清的夜晚，我经过流花溪回家。听见哗哗的水声，我才想起河边上的小石步儿早已不存在了。当我坐在桃树林下正准备脱鞋，忽听溪里"扑通"一声作响。

啊！月光下波光粼粼的流花溪上，又摆上了一溜小石步儿。有一个人，正弓着腰用石片塞那最后一块石步儿……

那是一个多么熟悉的身影啊！一霎时，震惊、羞愧、悔恨……各种各样复杂的感情纠结着我的心。过去，我曾多少次心安理得地从秦老师支起的小石块上走过，这一次，我是再也没有勇气踏在那上面了。

月光冷冷地铺在流花溪上，冷冷地铺进了我的心里。我怯怯地折转身到下流绕道。过流花溪时，我一脚踩翻了鹅卵石，跌进了冰冷的溪水里，也跌崴了那一双脚。

第二天，我孤独地躺在床上，眼前总是秦老师责备的目光，耳畔总是她严厉的声音。门轴儿"吱呀"一响，秦老师竟然来了。她从山下买书回来，绕道儿来看我了。她二话没说，蹲在地上，背起我就走。趴在秦老师瘦削的背上，我隐隐地感受到了她那博大胸房的跳动。我哭了，悔恨的泪水滴在那密密的小石步儿上，滴进那清清的流花溪里……

小石步儿的事，秦老师似乎全忘了。她一开口便说："学习这事儿不能丢了……"她痛心地告诉我，她没有站好这最后一班岗……

时光像流花溪里的水，分别的日子还是那么不情愿地来到了。一个月光皎洁的晚上，我们簇拥着秦老师，经过缀满了成熟的果实的桃树林下，走向流花溪边。大家都有满腔的话儿要向秦老师倾诉，但大家谁也没有说话，轻轻的足音在熟稔的山道颤动。在桃花汛期刚刚退去的小石步儿边，我们师生席地而坐。大家心里都很压抑，在久久的沉默后，还是秦老师先说了话。

"我第一次教你们过小石步儿，就盼着你们能有从小石步儿上走出桃花山的这一天。这一天终于盼来了。我舍不得你们，可又希望着你们能离开我……"

这时，同学中不知是谁轻轻地哼起了秦老师自编的那首歌：

高高的桃花山，长长的流花溪，

流花溪上的小石步儿，排得密又密。

　　我一闭眼就想起了清清流花溪的小石步儿，想起了月光下那个弓着腰的背影。秦老师就像那小石步儿一样，一步一步将我们引向知识的海洋，一步一步领我们走上了人生的道路。

家乡的木梓树

木梓树是大别山中最常见的树。家乡的土地上，隔三差五，便有这样一棵棵随意生长在田埂上、山坡上的树。

在我的家乡，并没有人特意地去栽培木梓树。不知是贪食的鸟儿衔来的，还是秋风给吹来的种子，就那么不经意的，田埂上或者土山坡上，这里那里会长出一棵两棵木梓树。

木梓树小时树干细嫩而且光滑，当年能长到一米多高；成年后，一块块树皮便呈现不规则状，斑斑驳驳，写满了岁月的沧桑。

进入"壮年"时期，木梓树便横生出无数的枝丫，在空中恣意地生长，结果它不像松树，也不像柏树那样树干笔直，受到人们的喜爱。木梓树的材质不能用来建房，也不能用来做各种家具。当生命终结的时候，它只能送进农家的灶台中。

春天来了，桃花开了，杏花开了，李花开了，杜鹃花染红了整片山坡。整个村庄都被花儿包围了的时候，木梓树则依然不动声色，连一片点缀的绿叶尖尖都没有出现，黑黢黢的枝干伸向春风荡漾的天空。如有踏青的人们从它的身边走过，眼神儿都不会朝它投去一瞥。等到春天轰轰烈烈地过去，夏天已经随着蝉声降临，木梓树才迟迟地绽开花儿，这时，它已经绿叶扶疏，大树像一个写意的水彩画留在田野上。

木梓树的花躲在繁茂的绿叶中，没有艳丽的花朵。如果不留神，你不会看出它正在绽放青春。花朵也不是一瓣瓣昂着头，骄傲地向世界宣布孕育生命的消息。它细小的花序排列起来，像北方大地上的粟米，低垂着头，处子般羞答答的。这时，自然界的各种花儿都已经谢幕，张着鼻子的蜂农们便会带着他的队伍，轰轰烈烈地杀过来——整棵木梓树便成了蜜蜂的乐园。农人们走在树下，便会听到蜜蜂在窃窃私语；那翅膀振动的声音，仿佛在召开一场小型的音乐会。

夏天多雨，也多风。风来了的时候，木梓树就显得有些孤单，它一会儿向左，一会儿向右，一会儿向前，一会儿向后，以一己之力，抵抗着风雨四面八方的侵袭。它不像后山的松树林，一片一片相依傍；风来了，便互相传递着团结的力量。木梓树认命，就像村庄里的农民，风雨过后，一地的残枝碎叶。但它不抱怨，该生长则生长，该结果照样结果，树上的果实，像一串串绿珍珠，与绿叶相伴相依。

夏天过去，秋天就来了。秋天是百花凋零、万木萧索的时节，但秋天却是家乡的木梓树展示青春的 T 型台。一棵棵木梓树憋足了劲儿，精心地装扮着自己。树叶先是有淡淡的黄，那黄不是枯萎的焦黄，而是如谁用油彩涂抹了一般。再接着出现了红色，一种透明的红。随着时间的推移，红又慢慢地变深，成为赭色。但树叶仿佛懂得色彩的搭配，赤橙黄绿青蓝紫，在这儿仿佛都可以找到它们的面容。不过，有一种色彩，始终是主旋律，其他色彩则是整部乐曲的和声。在秋风的伴奏下，在田野上若有若无的雾霭的陪伴下，木梓树仿佛一位贵妇人，向大自然展示着自己的高贵、典雅与生机勃勃。

这时，田野里的庄稼已经收割了，田野和山坡上的木梓树，便成了大自然的主角。沿着整个河川望去，在远方苍黛色的青山和白墙黑瓦的农舍映衬下，仿若一幅摊开的油画。这时，远远近近写生的画家和摄影师便会准时赶来，要把我家乡的美丽收藏在照片和画作里。他们一边画还一边感叹造物主的神奇，但耕作的农人们从他们身边走过时，只是探头看看，讶异城里人的好奇。

冬天寒风呼啸的时节，木梓树也开始陆续卸下华丽的外衣。但这时，在错落无序的枝干间，却绽开了一束束白色的恍若花朵的果实。这是木梓树奋斗了一年的收获。这种果实的内外都是油脂，但用途不同。外面白色的一层叫皮油，坚硬的壳里叫籽油。皮油可以用来做蜡烛、肥皂，但在20世纪大饥荒的年代，也用它当食用油来炸过油条；籽油是一种工业用油，在很长的一段岁月里，人们主要点燃它来照明。

木梓树的学名叫乌桕树，但我的家乡没人这样称呼。因为，木梓树不仅指一种经济作物，在游子的心目里，那是家乡的象征。桑梓之地，父母之邦。正如《诗·小雅·小弁》中所言："维桑与梓，必恭敬止。"所以，家乡田野上的木梓树，一直葳蕤在我的心中。

永远的银杏树

这就是我梦中日日思念的银杏树吗？这就是以那绿色的乐章时时呼唤我回归故乡的银杏树吗？在我的记忆中，你是洋溢着青春，勃发着生机，给人以遐想的树呵！你以沉甸甸的果实，曾给予儿时的我多少期盼和欢乐；你以九死一生的经历，曾给故乡带来多少谈资和崇敬。可此刻，我故乡的银杏树，已这般老态龙钟，四人搂不过来的树身，镂空得可以容进一个人了。薄薄的树壁，仿佛顷刻就支撑不住那庞大的冠盖。

我可怜的银杏树呵！小日本的刀枪，没能使你倒下；"大跃进"的斧钺，没能使你屈服；"文化大革命"的飓风，没能把你摧残。今朝难道就因为一场不幸的雷火，竟使你缩短了生命的历程？

环绕着银杏树，仰望着绮丽的云霞下那盘曲如虬的剪影，我不由慨叹起自然界生老病死的无情了。顿时，一股淡淡的惆怅在眼前弥漫开来……

"叽呦——"树上有鸟儿在叫了。依着银杏叶筛下的光柱，我瞥见三两只洁白如雪的鸟儿在枝上嬉戏。它们婉转地叫着，敏捷地跳来跳去。忽然，雪鸟儿驻足的地方，向我的眼帘射来了一片异样的光彩。它绿意葱茏，蓬蓬勃勃，其叶狭长多姿，无拘无束……是什么呢？雪鸟儿，呵！那是一棵香椿！一棵寄养在银杏树枝丫间的香椿。它是那样的年轻、美丽，煞像光泽翠绿的叶片，正举起一面生命的旗帜；煞像光润如玉的树干，正镌刻着一首新生的诗……

我故乡的银杏树哟！难道你不知自己已至垂暮之年，还将这鸟儿衔来的、风儿吹来的种子揽在怀中孕育！你是做过母亲的，为何还恋着少女的梦！你是从冰川世纪走过来的，早已领尝过无数世态炎凉，为何还这般坚定执着！你，莫非是精灵的化身，要向后人昭示着什么？

呵呵，我故乡的银杏树哟！远方的游子，今生今世在心中将永远依偎着你。

秋天里的春天

清晨，坐在窗前，给远方的妻写信。忽然，一片树叶颤悠悠地落在素白的信笺上。啊，是秋天了！我这才悟起，为什么这几天的愁绪浓得划不开。原来除了离乡思亲的惆怅，还有这如年龄一般的秋天如期而至了。迎送了二十九次秋来秋去的人，只有这一次心灵强烈地感应到了秋之韵味。怪不得古人一味咏秋叹秋，说什么"秋风秋雨愁煞人"；怪不得散文家丰子恺说，"年龄告了立秋，心情与秋最容易调和和融合"；怪不得日本的作家夏目漱石会说："至于三十的今日，更知明多之处暗亦多，欢浓之时愁亦重。"三十而立，当立之年却一无所"立"，怎不令人感叹这一叶知秋呵！我们步入青春的殿堂时，何尝没有宏伟抱负，只可惜一场烈日炎天，大好时光化为灰烬白白抛掷。眼下，夏已向秋告辞，秋已为冬先行，茫茫天地间，大自然一定没有春夏那种热烈和喧嚣了。不用说，泛着冷色的高寂的秋空下，是收割完庄稼后空旷的田野，满缀着露痕的枯草，小径上重重叠叠的树叶，山溪中瘦得如线的流水……

呵呵，节日与年龄，自然与人吻合了，融会了，即令不多愁善感的人，也要思考和回味了，更何况我们正是世人所公认的"思考的一代"呢！

要到镇上的小邮电所给妻寄信了。我兀自且思且走，穿一片新植的果树林间的小道，任思绪在秋色秋光中飞扬。刚近果树林，忽闻一种嗡嗡嗡的声音，犹丝弦的和鸣在耳畔回响。循声望去，哦，眼前一片绯红，一片淡若彩云的绯红缭绕在已脱掉老叶的桃树枝上。我揉了揉眼睛，近前两步，分明看见斜出的枝条上零零星星地缀着小桃花儿。粉红色的花儿像初生婴儿的眼，有的睁开了，一点鹅黄笼在蕊间；有的还蒙蒙眬眬地瞌睡着。花朵间，三五片新叶，嫩绿欲滴，似爱抚不尽的手。但我还不敢相信，分明已到了立秋，园子里的桃子已经罢市，哪里又会冒出这娇小玲珑的花儿，招来这无数小蜜蜂前来采花？难道说树也会像神话里的人一样，又返老还童不成?! ……

我从一棵树下走到另一棵树下，观赏着大自然的杰作，像是聆听着一支柔曼的春之曲，像读着一首歌唱生命的诗。我舒了口气，不禁问那团团吻着花儿的小生灵，你们是在采蜜，还是在舞蹈，还是在重温春天那场甜蜜的梦？……嚓! 嚓! 林子里，新花嫩叶丛中，有一个人正举起锄头给树根松土。他听见了我的脚步声，蓦地直起腰，扭过头来了。啊，是一个鬓发斑白的老人! 他用一只手拄着锄把，微笑着瞧我。眼珠泛黄了，瞳仁里却仍射出一种清明的光。脸上的皱纹，像一朵多瓣的山菊花。

"老大爷，你这是在给果园松土呀?"

"嗯嗯!"

"这园子是队上包给你的还是你自家的?"

"……"

他顾盼着果园，笑了笑，却没有回答。

"这果树为什么现在又开了花呢?"

"……特异功能……返老还童!"我随便乱猜。

"不!"老人眉梢一挑，兴致突然来了。"这既不是返老还童，也不是特异功能。植物嘛，就是这样不懈地努力。它们并不因为过去的使命已经完成，就准备休息。你看，这时的温度湿度和春天差不多，它们就又要孕育新成果，不失时机地开了花……"

我眼前一亮，没想这个看果园的老头竟有这么深邃的见解。

"这花儿还赶得上趟吗?"我又问。

"不行呀! 秋天毕竟是冬天的前夜，自然规律不可抗拒。"

说到这里，老人的脸上掠过了一丝淡淡的几乎不能让人察觉的哀伤。

"但果树是不畏惧的。它们并没有觉得季节不饶人，就不再展示生命的璀璨。它们一生的愿望就是向人类献出花和果实。"

"嗬，照你这么说，果树在做着春的繁荣的梦哩。"

"不，不是梦！这是实实在在的。你看，他们的生命虽然不太长了，可还是抓住时机再一次把自己的青春献给为人类酿造甜蜜的小生灵。"

顺着他的手指，我明白了，小生灵指的是蜜蜂。我的心境豁然开朗了。

"嘎！嘎！——"

从繁花密枝间，一行大雁，组成一个巨大的"人"字，掠过高朗的秋空。

我望着这秋天里匆匆开放的花儿，不禁有些羞怯了。多么让人尊敬的无私无虑的秋之花哟！它们并不是不知道秋风秋雨就要主宰世界了，并不是不知道冬咬着秋的尾巴也要降临了。它们在为人类贡献了自己的力量后，又抓紧生命的一瞬间，点缀和美化着生活……

这当儿，老人又弯腰给果树松土去了。

回到学校，和别人谈起果园，我才听说，那看果园的老人原是省林学院的副院长，1940年参加革命的老干部。"文化大革命"中，无辜地坐了四年牢，粉碎"四人帮"后恢复了他的职务，但他又主动让贤，和老伴一起回到家乡，用自己补发的工资给家乡修桥补路，还买下了一千多棵桃树苗，亲手栽培在这片荒山坡上。今年，桃子第一次收获，他将全部收入捐给了附近的小学校。

多么感人的精神呵！那老人名叫钟扬清，今年七十岁，年龄是我的两倍还多。

我想再写一封信给妻，告诉她有关老人和我。

故 乡 的 雪

　　一大早起来，微信朋友圈里，故乡的朋友争先恐后地晒今年以来的首场大雪。只见雪厚盈尺，天地一统，行人路断，车行如蚁。而江城武汉天气预报也说有雪，但只下了几片雪花，眨眨眼就不见踪影了。

　　离开故乡四十年了，武汉这地方，几乎没正经下过雪，虽然与豫南只差几百公里，但隔着一座大别山脉，却完全就像两个天地了。

　　我的故乡在大别山中。也许是海拔略高于别的地方的缘故，在我的印象中，每到冬天，雪下得特别的早。过了小雪节气，姥姥就说，"小雪到大雪，必定要下雪"，姥姥的话没落，到了夜里，便听见屋顶上簌簌一片声的响开。清早一推开门，便见那鹅毛大雪，斜签着身子从天上飘下来，织成个密密的帘子，将远处高耸入云的金岗台，近处的庄家山都罩在里面，连小河边一棵棵高大的乌桕树也看不见了。那乌桕树上没有来得及采摘的乌桕果，一定冻得瑟瑟发抖了吧。这时，就是我们张罗用米筛捕捉麻雀的好时节。不过，下雪的当天还不行，麻雀还没有到饥不择食的地步，不会轻易上当。当然，与镇上的小朋友打雪仗正是时候。那时，我不顾姥姥在后面的警告，穿着用妈妈下放的衣服改装的棉袄，到镇上唯一的小街上走一遭，这时后面就会走出一群同龄的小伙伴，他们与我一样，不顾大人的呵斥跑到纷纷扬扬的大雪中。镇上的小伙伴们本来是同一个阵营的战友，平时我们的敌人，主要是河对面垮子里的孩子。但大家走着走着，不知谁抓起一把雪，朝旁边伙伴的脖子里一放，这仗就开始了。你追我我追你，那雪团就在雪幕中穿行开来。打得高兴了，大家还会抱成一团，在雪地里摔跤。反正没有谁输谁赢，互为敌人，又互为朋友，直到筋疲力尽，或者有谁的家长找来了，大家才兴尽而散。

故乡的雪在孩子们的眼里，总是一幅画。大家都是这幅画的作者，要给枯燥的冬季添些色彩。

孩子们喜欢雪天，但大人们到了冬天，却要早早地准备取暖的柴火了。山区本来有木炭，但一般人家，是用不起木炭的。这取暖的柴火，关键要耐烧。这山里，主要是准备树蔸子。所谓的树蔸子，就是树的根部。我们这儿本来是山区，但1958年大办钢铁，把山上山下的树都砍光了。我们平时砍柴，就要到十几里外的金岗台上去。大家除了去大山上外，也会到附近的山上寻找那些枯死的树蔸子。这树蔸子麻栎树的最好，最耐烧。但麻栎树的树蔸子如果挖了，第二年就不会再生长幼苗了。这是一种杀鸡取卵的方法，有点良心的人都不愿做。最好是有伐过的松树根，反正松树根不会再冒幼苗了。当然，还有黄荆条树蔸子，也是一种很耐烧的好材料。敲掉一边，另一边明年还会生长出新的树枝。在我的少年时代，家里取暖的树蔸子基本都是我到附近的山上挖来的。这时妈妈还在教书，哥哥又在县城里读书，只有我这个乡村少年，能有时间做这种容易取得成功的事情。

到了下雪天，小镇上家家都会在堂屋里或者厨屋的地上做一个火塘。一家人围着火塘，除了取暖，还可以在上面架一个吊锅，煮饭，做菜，如果有肉什么的，也可以在上面炖。这时候，火塘就成了全家人的主要活动场所。天南海北，古往今来，家长里短，一家人其乐融融。如果有客人来，也会让出一个位置。主人会将烟袋递过去，让客人一锅又一锅地吸，话题总是说不完。山里人很陶醉于这种生活，到了冬天就会说："老盐菜，蔸子火，神仙给我也不做。"这火塘上，也会体现出一种尊卑，就是由谁主导在火塘上添柴火。一般放柴火是大人的专利，因为如何将柴火架得科学，而又不大冒浓烟或者烧得太快，也是一门技术。如果谁家的孩子逞能也去架柴火，不小心将火弄熄了，大人们便趁机教育说："火要空心，人要虚心。你看你看！"

但我大约在一岁的时候，在火塘边闯了个大祸。严格来说，是哥哥闯了个大祸。

那时妈妈在学校教书，姥姥还没有来到我们家，妈妈让比我大9岁的哥哥带我。哥哥带着我在火塘边转圈做游戏，转着转着，我突然一屁股坐到火塘中去了。我不知哥哥是否及时地去救我，反正我的屁股和肛门被烫得一塌糊涂。妈妈回家后把哥哥狠狠地打了一顿，然后抱着我四处求医。乡下有一个医生，对烫伤很有研究，他从田野里捕捉到一只猪獾子，用它身上的油，配上药粉，居然给我治好了。不过，我的屁股上有块疤，一直陪着我。

这些，是哥哥和妈妈后来告诉我的。

幼年时的雪我是没有印象了。听妈妈说，在我还小的时候，有一年雪下得特别大，门前都被雪封住了。哥哥和她一起到河里去抬水，雪很厚，哥哥个子当时也不高，他们娘儿俩就将水桶在雪上拖。后来只好铲屋外的雪在家里化水用，反正出不了门。

我想那雪一定是很干净的了。

"文革"中，当教师的妈妈要下放农村，我只好随她一起到镇外三四里地的一个叫蒋家塆的生产队里落户。这年，我有15岁了。哥哥姐姐在知青点，只有我一个人，还有姥姥随着妈妈去。

生产队里有12户人家，包括我共有13个男劳力。到了冬天，生产队里农田没事了，大队便组织劳动力去学大寨。这学大寨便是修河堤，修水库。但下了雪，这露天的工地也要停工。这时，生产队里的油坊就要开始生火了。

队里在村外有一个榨油坊。榨油坊是草房，雪下得大了，那草房便像一个发面的馒头，高高地耸在那里。本来油坊的房子比较高，这下显得更高大了。差一点就挨上旁边那棵老爷爷乌桕树了。油坊有五六间房子，一个长长的车间。房子的东头是一个用硕大的树干挖空的油榨，碾碎并加热的油料放在用糯稻草编织的网状袋里，外面加三道铁箍，放到油榨的肚子里。一排排的油料放进后，便开始加檀木做的楔子。然后，用吊在空中的一个大木头杠子去撞击楔子。木头杠子的前头是用铁包着的，那木头楔子的一头也用铁箍箍住，但还是被撞出蘑菇形状。随着楔子的不断加入，油榨下面就开始不停地流油。油流干后，这油饼拆下来再次加温，然后再放在稻草袋中做成饼状，放到油榨里再次压榨。一般的油料，都是榨两次的。

我刚到油坊的时候只负责碾油料。油料有时是棉籽，有时是芝麻，有时是白色的乌桕籽，有时是桐籽。油坊中有一个直径很大的碾子，一头牛拉着碾轨，永远不知疲倦地朝前走，我必须坐到碾子上面，增加轮轨的重量，让油料碾得碎些。当然，碾油料是油坊里最轻松的活儿，我只需把炒熟的料倒在槽子里，然后铲出来就行了。

装油饼是一件技术活儿，先将蒸熟的糯稻草的一头扎住，然后从中间均匀分开，组成一个袋子，放在铁箍中间，然后将热乎乎的油料放在稻草上，用脚一下下踩实，再将铁箍移动到一定的位置，小心翼翼地将油饼送到油榨的肚子里，如果不小心，油饼就会散掉。

油坊里最重的活儿是榨油。两个人抓住吊杠中间的绳索，拼命地朝后拉，将吊杠举得高高的，然后快速地朝油榨上的楔子撞去。这时，油坊里便会传出巨大的撞击声音。咣、咣、咣！如果是夜里，撞击声传得更远，邻村的人都知道，蒋家塆的油坊开榨了，有人便会提着自家的油籽，来这儿换油。虽然，干这种活儿最有刺激性，不仅要用力，还要两个人配合好，油杠扬起时，两个人要朝反方向用力。油杠抬得越高，撞击的力度越大。但这时要瞄准前面的楔子，如果稍有偏差，便会撞到一边去了。刚开始别人都不愿和我配合，后来，我慢慢地摸索到了用力的窍门，大家再也不嘲笑我了。等到把油坊的活儿都干了一遍，我便成了油坊中一名合格的小油匠了。

油坊只要开榨，一般要十天半月。从早到晚，大家都在油坊里。外面的雪怎么下，我们都没有感觉。油坊里里整天弥漫着水蒸气，油料炒熟后的香气，热腾腾的，全没有冬天的感觉。榨油都是男人的活儿，大家除了干活，也没有可以调情的对象。何况这塆子里男人都是叔伯弟兄，他们偶尔开开玩笑，也是点到为止，无伤大雅。这时，我们吃住都在油坊里，穿一件最破的衣服，腰间扎一根麻绳，从上到下，到处都是油腻腻的。十几天的光景，偶尔擦把脸，澡是从来不洗的，等到油坊的活儿干完了，雪也停了，抬头看天，都是昏沉沉的。

雪天里的事情总是难以让我忘却。也许雪地是一张白纸，在上面写呀画呀的，留下的痕迹让人印象特别深刻。

这年冬天发生的一件事至今让我后怕。

那时我已到镇上的小学校当代课老师。学校要修房子，我和一个叫刘德成的男老师，一起到邻省的金寨县瓦屋基去买屋檩子。那是一场雪后，田野上的雪基本融化了，我们沿着一条山路朝邻省走去。邻省与我们学校只隔一座山，山叫余家山，属于大别山的一部分，从山下走到山顶大约有六七里的路程。山下无雪，但山上的雪还没有化完，好在我们走在路上，行人很多，雪也被踩得差不多了。

下午四五点钟的光景，我们到邻省瓦屋基的一家农户手上买到了两根两丈来长的松树檩子，我俩一人扛一根，沿着另外一条回家的路往回走。走下山顶，便发现这条朝北的路上积雪还没有融化。白雪上结了一层厚厚的壳，脚踩在上面，发出咕滋咕滋的声响。这时夕阳还没有落，黄色的余晖泼洒在山顶上，但感觉不到一丝太阳的温暖。我们尽量寻找最近的路线往山下走。这时，太阳渐渐掉到山后去了，山谷的冷风顺着沟槽往上吹，站在雪地里的松树大约也感觉到了寒冷，树梢发出阵阵呼啸声，像是海面袭来的波涛。我们加快步伐，眼看山谷就在下面，但走着走着，天就黑了。虽然有白雪映照，但天色向晚，我们在树林里转了一圈，发现找不到下山的路了。我俩只好互相打气，一脚一脚试探着朝下移，反正只要到了山谷的下面，就有回到学校的路了。

后来，天色愈发暗了，对面白雪覆盖的山峦，也没入黑色的帷幕中了。我心头不由升起一丝恐惧的念头，如果下面是悬崖，如果今天晚上我们迷了路，下面会发生什么事情呢。不知我们俩又在树林间摸索了多长时间，突然发现山对面有一丝微弱的灯光。

这是一户山里的人家，我们绕了很远的路才摸索到村子。我们敲开门，说明来意，介绍了我们的身份，对方也没有介意，就留我们吃了顿便饭。然后，我们就在这家人的灶台后面燃起一堆柴火，和衣躺到天亮，才回到余子店学校。

雪地里的经历成了永久的记忆。

与我一起上山扛树的刘德成老师，我离开后就再也没有见到了。几年前问起他的下落，家乡人告诉我他已经不在人世了。十年前，他患了癌症，早早地撒手人寰。我这篇雪中的回忆，他是看不见了。

故乡的雪听说还没有停，纷纷扬扬，正像在我的梦中，几十年一直在飘洒。那雪中的金岗台、余家山、庄家山，还有那一座座寂静无声的村庄，还有那儿时的伙伴，雪中无恙乎？

我怀念故乡的雪。

教　　鞭

桌子对面的墙上，悬着一根透明的教鞭。教鞭是有机玻璃制成的，下端刻有花纹，上端渐细，顶部是一个小小的圆球。这圆球不大，可极像一粒能洞察一切的眼珠，时时顾盼着我，唤起我对故乡母校无尽的眷恋……

故乡在大别山里，母校在山溪边新篁中。尽管山也朗水也秀，孩子娃也极清明，可那些年就是缺识文断字的教书先生。这一年从山下自愿来了个教书先生。在老虎岭上，我们候呀候，候来了一个人过中年的女老师——李如云。

大伙儿争先恐后地去搬行李，她啥都愿给，就是手上一根小树棍儿不肯松。

有什么稀罕的呢？不就是一根上了漆的小木棍么？再说，俺山里合抱搂的大树到处都是呢！当时，空着手的我一个劲在琢磨。

等到李老师给我们上课时，我们才知道，小棍棍是做教鞭用的。"m—i—ao"教鞭上圆形的小红球移到哪里，我们全班同学就读到哪里。"山里的孩子心爱山……一二唱！"教鞭在挥动，我们的心潮也在起伏。"疙瘩，志艺，醒醒、醒醒！"李老师轻轻地用教鞭碰了碰，我们猛地坐起身……伴随着小木棍，送走了我们的无知和愚昧。

这一天，李老师不知怎么将教鞭遗忘在黑板的小槽上了，我第一个发现并占有了它。我模仿李老师的样子，用教鞭指点黑板上的字，命令疙瘩念。疙瘩扭过了头，不屑一顾！我装着怒不可遏的样子，将教鞭朝桌子上重重地一拍……结果可想而知。李老师闻讯赶来了，她捧起断成几截的教鞭，凝望许久，惋惜地摇了摇头。

次日，李老师神思恍惚，上课时总是念错字。看到李老师的样子，我心里很难受。中午，我决心去向她赔个不是。

她正在屋里用胶布和铁丝捆那根教鞭。一次、两次，教鞭毕竟碎得太狠了。

"李老师！……"进门后，我哭了。我流着泪说："我以后做一个最漂亮的教鞭送给你。"

记得李老师当时欣慰地笑了，并把这根教鞭的来历告诉了我。这是她过去的一位学生在走上工作岗位后送给她的纪念品。那位学生是一名地质勘探队的队员。他在人迹从未到过的原始森林中，用一根银杏树的枝条削成这根精致的教鞭，送给了老师。不久，那位学生在一次任务中牺牲了。我终于明白了李老师为什么珍爱这根教鞭的缘由。

尔后，我小学毕业、初中毕业，在"四人帮"被粉碎后，考入了大学。其间，历经了无数的人和事。故乡母校的往事虽难以忘却，但毕竟被时间冲刷得淡漠了。可前年，我忽然收到了来自母校的信。信是李老师写的，她说，半年前在修理学校房子时，一根未放稳的屋檩子滚下来，打折了她的双腿。在医院治疗时，不巧又让粗心的医生接错了位。由于年事已高，第二次手术会受不了，她落下了个半残废。前不久，领导劝她办了病退手续。信的末尾她说：

"志艺同学，这辈子我怕再也不能上讲台了。教鞭你就不用再做了……"

顷刻，我目光凝固在最后一行字上了。往昔如山风掠过苍翠的林梢，搅动了我心湖中久久不息的波涛。老师，我的老师，您爱河中放漂的竟是您的学生的失信！

我怕我的良心承受不了那失望的许诺，便从朋友手中讨来材料，用两个晚上的时间，精心制作了一根教鞭。教鞭没有寄给老师，我将它挂在住室的墙上。每天，我都要看上几眼。

儿时趣事（八章）

摸　天

不知从啥时起，我发现头顶上的天空里有一块顶大顶大的蓝玻璃。玻璃上，映着五彩的云霞，堆着一团一团的棉絮。有时，还跑过一群羊，一队骆驼，一阵气势汹汹的牛……

那一年，我家搬到大别山中一个小盆地里去了。当时我才发现，蓝玻璃原来是搁在四周的山尖尖上。那山儿你挨着我，我挨着你，用肩膀儿扛着那块大玻璃。

望着山里人每天顺着小路走到那块蓝玻璃里，我羡慕得心里发慌。我啥时也能到那山顶上去，哪怕是摸一摸，也是够荣耀的呀！

妈妈是不会允许我一个人去的。怎么办呢？我只好悄悄地准备着：盛水的竹筒，够吃三天的馒头，一把用竹片儿削成的长剑，一把可以打火炮的"手枪"……

这一天，我给妈妈留下了一张小小的纸条：

——我要去摸天了！

那是一个静悄悄的黎明，我踏着毛茸茸的小草上亮晶晶的露珠，顺着山谷向那块不断在眼前闪耀的蓝玻璃走去。

山谷里，有一条带子般的小路在马尾松林里缠来缠去，在大块的云团里飘呀飘。小路两边，夜丁丁、蒲公英、山桔梗……讨好似的仰着小脸冲着我笑；瓦屋檐、黄嘴角、叫天子……歌声热情得让你发腻。我才不看哩，我才不听哩！我要去摸天，我要去摸天，我要让镇上的小把戏们敬佩得五体投地。

蓝玻璃在我的眼前闪耀着，我登上了一个又一个山头。荆棘划破了衣服，石尖儿硌痛了双脚，那把长剑舞得只剩下半截，竹筒里的茶水也喝光了。蓝玻璃，那耀眼的蓝玻璃呢？我不由慌了神。

"云儿……回来哟……"

山谷中，隐隐传来了妈妈的呼声。

我好疲倦哟。倚着路边的石头，我歇了口气。

……一睁开眼，我却躲在妈妈的怀抱里，旁边站着外祖母，还有镇上的小把戏。

"妈妈……我的蓝玻璃……"

后来，我才知道，妈妈看见我留下的纸条后，全镇人都上山找我，是打猎的常山爷将我背回来的。

20 年了，我多想还有儿时那样的幻想与勇气。

我 下 水 了

那时的一切都还很朦胧，小小的村庄，围着篱笆的菜园，塘埂上引吭高歌的大白鹅……只有那个像一口倒扣的锅的水塘，给我留下了明丽的记忆。

那时妈妈在乡村小学里教书，不知为什么，我还没有父亲的印象。家里日子很困窘，在我的印象中，整天就想吃东西，吃好东西。

春天来了，远远近近的山坡都爬上了一层若有若无的绿毛毛，姥姥提着小竹篮，扭着小脚到野地里去了。快晌午的时候，她提着一篮翠生生的地米菜回来了。傍晚，家里的小厨房里，便飘出了扑鼻的香味。姥姥说：她要用地米菜包一顿饺子吃。

姥姥的决定，使我和姐姐都很兴奋。饺子的滋味，顿时顺着口水流进了漫长的喉管。听着刀和砧板碰击的声音，我们的每一个毛孔都张开了想象的翅膀。

地米菜，菜地米，

一碗一碗又一碗，

……

我哼着自己即兴创作的歌谣，在屋子里跳来跳去。

后来，我从窗户里看见一群小把戏在村外塘沿跳"屋子"，我便用一条腿，飞快地朝那里蹦去。

有人喊我去玩，我不屑一顾地老远瞄了一眼：我家要吃饺子了。在我的感觉中，我不愿再和他们混同在一起。

地米菜，菜地米，

一碗一碗又一碗，

……

这是一个春天的傍晚，空气中，弥漫着暖风吹来的青草的气息。远处不知是什么鸟儿在叫，怎么叫得那样悦耳呢？村外的竹篱笆上，落下了一只鹭鸶鸟儿，它莫非也知道我家今天有好吃的东西嘛！我离开了那群小把戏，一个人幸福地眯着双眼，一边哼着歌谣，一边转着圈儿，顺着塘埂，漫无目的地朝前面走。

忽然，像腾云一般，我脚下一空，小身子沿着塘沿往下面水里滚。我看见，几只大白鹅拍着翅膀，没命地朝远处逃。

"啊……啊！"

我听见塘埂上的小把戏们一齐在叫。塘对面洗衣服的人提着棒槌，没命地朝这边跑。

我当时不知是清醒还是一种本能，尽管从来没有学过游泳，两只手却是一对一下地划，等着来救我的大人们跑来后，我竟然已经爬上了岸。

不过，姥姥包的饺子我还是吃到了，是坐在床上，由妈妈一口一口喂我的。那种用春天的地米菜包的饺子，不知有多香，到了今天，我的嘴角似乎还留有清新怡人的余味。当然，在那个小村庄的其他事我都忘了。

那时，我只有六岁。

断板龟

"上山啰，上山啰！"

山就在舅舅家的后面，一座连着一座，弯弯的，像谁丢下的问号。

雨后的山，草是鲜的，花是艳的，大表哥和伙伴们扛着尖担在前面走，我悄悄地跟在后面。

"别去，山上有断板龟！"

刚才，舅舅这么阻拦我，他答应从田埂上给我采一串草莓。

山引诱我，我才不管什么断板龟不断板龟呢！我转了个弯儿，一个人偷偷地来了。

哟，这不是蘑菇嘛！妈妈从街上买回的就是这种小伞，味儿可鲜呢！你看，绿树丛里，湿漉漉的水沟边，像天上的星星，东一柄，西一柄……忽然，我在树丛里发现了几只大摇大摆不慌不忙爬行的乌龟。我记得妈妈曾经在街上买过这种家伙。妈妈说，炖着吃是大补呢！

大表哥不是嫌我累赘吗？舅舅不是担心我丢了吗？我要拎回两只，让他们知道，我早就是个男子汉了。

别看乌龟那种憨憨的样子，我刚用手去碰它的龟甲，结果它头一缩，轱辘辘朝山下滚去。我急忙绕到山下的一条小沟里，迎着它的头轻轻地踏上一只脚，用藤条打个活扣，将它牢牢地拴住。

嗨，这山里咋恁多呀！一只，两只……

我要悄悄地拿回村，悄悄地放在门后边，我要让表哥和舅舅感到惊奇，让他们喜出望外……

在村口，我撞见了舅舅，他指着我手上的乌龟，急促地说："快，快扔掉！这是断板龟，不能吃！"

没等我看明白，大表哥赶过来了，他夺过我手上的断板龟，一下扔到很远很远的地方。

"古时候，"舅舅告诉我，"山里有一个道士，专门坑害村里漂亮的姑娘，观世音知道后，用手中的杨柳枝儿蘸水一洒，道士就变成了眼下的这个模样。你没看，它下龟甲断成两截，花纹就像道士身上的八卦衣。"

呵呵，我这才想起村里最能骂人的狗剩儿妈，有一天骂人时就说："你死了脱生成断板龟。"大表哥和伙伴们打赌时也说："谁反悔谁是断板龟！"

我的胃里一涌一涌的：断板龟原来是这么一个坏家伙。

但是，过了几年后，我却从大表哥那里得知，断板龟成了延年益寿的宝物。

他说，几年前，村里一个贩卖乌龟的人，大着胆子到山上捉了几只断板龟混在其它乌龟中，想蒙混买家，多挣几个钱。等他将乌龟运到汉口的市场上，一个老汉却放着他的乌龟不要，特意挑走了那几只断板龟。他说，那老汉一见断板龟就两眼放光，说他寻找了多年，以前光听人说有这种宝物，谁知就让他碰上了。一高兴，老汉还多给了十块钱。贩乌龟的人回家后偷偷地对老婆讲了，老婆又对娘家人说了，这一传十十传百，村里人都知道城里人喜欢乡里人拿眼都不瞧的断板龟。

狗年岁末，我出差回了老家，谈话期间，聊起断板龟，大表哥两手一摊，沮丧地说："都快绝种了，还有什么断板龟！"

问起缘由，我才得知，这些年，断板龟的价格看涨，广州有人出到五十块钱一斤，村人田里活都不干了。结果，断板龟虽然繁殖极快，也被捉了个断子绝孙。

听后我沉吟良久。想当年断板龟在山上随处可见，山里人唯恐避之不及，一朝被人发现它的价值，却又遭此浩劫。这世上万物，真是祸福相依。

于是，灯下我以笔记之。

娃娃鱼

舅舅家住在大别山里。

他家的屋后，有一条深深的峡谷。峡谷里，有一条终年流着泉水的小溪。听人说，小溪的尽头有一架甜得掉牙的山杨桃。

这一天，趁舅舅睡午觉，我一个人偷偷地从屋里溜出来，朝小溪奔去。

小溪两岸，长满了各种开着花儿的草。无数张着透明翅膀的蜜蜂，嗡嗡嘤嘤飞来飞去。

天气很热，溪水却很凉。脚丫儿浸在里面，凉飕飕的，十分惬意。

我折了把柳条，编了个防空帽戴在头上，踩着光滑的鹅卵石往上走。

峡谷儿左一拐右一拐，小溪儿也左一扭右一扭。

过了一个山嘴儿，忽然听见前面有谁在哭。

"呜——哇！呜——哇！"

声音沉闷、短促，好像是谁很伤心，独自坐在小溪边哭。

我有点儿胆怯，想回去，可一想起那架甜点牙的山杨桃，馋虫在肚子里直跳。

我硬着头皮，把溪水搅得呼呼啦啦响，缩着头朝上走。

拐过一个山嘴又一个山嘴，始终没见人。莫不是刚才听岔了？可刚转回头，又听见了那哭声。

我害怕了，急急忙忙跑回舅舅家，告诉了他这个吓人的秘密。

舅舅却笑了，说："那是娃娃鱼在叫。"

"什么娃娃鱼？"

下午，舅舅逮来了一条有着五个脚趾和五个手指的黑灰色的鱼儿。舅舅把它放在水盆里，它一边朝上扒，一边"呜哇呜哇"地像个人叫。

这一回，我才知道，装人叫唤的不一定都是人。

法　宝

十五年前，我们家住在大别山中的一个小山村里。

我们家的房子后，有一片山坡。

山坡上，长满了马尾松、板栗树、枫树、茶树……一大片茂密的树林。

小时候，我很调皮。每当我闯了祸，姥姥扬起巴掌要打我时，我就朝这边的树林里跑。

"小祖宗，你朝哪跑？"

我不理睬姥姥的喊叫，撅着腚子往山坡上爬。

姥姥怕我跑丢了，怕我撞见了狼和野猪，就踮着尖尖的小脚，一边追来一边气喘吁吁地喊：

"——回来呀！姥姥不打你了！"

这是宽恕的信号，我就一屁股坐在地上。

姥姥神色慌张地追上来，很远就问："摔……摔着哪儿没？"

我一听这话，顺势躺在地上，两条腿一来一去地搓麻花。趁姥姥不注意，我用手指将唾液抹在眼角下……

"心肝……宝贝……肉哟！"

姥姥看我这"伤心"的样子，急得声泪俱下。

——这成了我一个特效的"法宝"。每一次，我都得到胜利。

有一回，我一个人到这片小树林中捡茶籽。突然，有什么东西蜇了我一口，火辣辣的疼。

我恼火了！什么东西这么厉害？姥姥是妈妈的妈妈，她都不敢惹我，你算老几？

我又使出了那个"法宝"：一屁股坐在地上，又是打滚，又是踢脚。

可是，有不少小东西不怕我的"法宝"，一个劲儿朝我的裤脚下里钻，一个劲儿地在大腿丫子里乱螫。"哎哟哎哟！"

"姥呀，姥呀！"我喊叫着拼命朝家里跑。

后来，听人家说，螫我的是"土迷子蜂"。专在土里盖屋，在土里生儿育女，螫人时专寻人的腿丫子。那一回，我两条腿乱踢乱蹬，没准是踏坏了"土迷子"的家。

从此以后，我收起了那个失效的"法宝"。

床 底 的 豹

我的奶奶住在六叔家时，床铺下面曾经蹲过一只凶狠的金钱豹。

那是一个深山区，房子四周都是黑压压的森林。奶奶生来爱喂狗，虽然身在饥饿的年代，她却养着一只狮子狗。许是不少人想捕捉它，有几次狮子狗从外面回来，身上都留下了搏斗的痕迹。

这天夜里，奶奶怕狮子狗出外让饥饿的人捉去吃了，临睡前就把它关到了后院里。

半夜时分，后院的狗叫声把奶奶惊醒了。奶奶担心有谁爬墙进来捉狗，就点亮了床头的松明。

她睁着惺忪的睡眼，无意间朝对面床铺一瞥：呀，床底下有一对闪闪发光的火球——她仔细看看，原来是一只豹，一只花斑金钱豹！

奶奶大气也不敢出。她不知道这只豹从什么地方，在什么时候进来的。她不敢喊人，更不敢下床。她怕惊动了豹子。

万分焦急中，奶奶突然想到床头放衣服的椅子，想到床后的矮墙头。

院中的狗叫得越来越凶了。这时，邻屋的六叔六婶惊醒了。

奶奶小心翼翼地将椅子挪到床上。她从椅子上攀上了矮墙头，邻屋的六叔六婶将她接了下去。

随后，村里人闻讯赶来了。有一个猎人带了火枪和钢叉，火枪里装有小铁条。

"嘭嘭！"

在一团硝烟中，传来几声怒吼。接着，是豹子垂死前的挣扎和哀鸣。

后来，人们推测，狗身上的伤疤，大概是与豹子搏斗的结果。狗被关在后院里，豹子进不去，却又舍不得。它从门洞里爬进来后，卧在床底下候着哩！

这只不算肥胖的豹子，让饥饿的村里人美美地饱餐了一顿。

再后来，人们都把奶奶称为英雄。可我问起她这件事时，奶奶却把我的手按在她的胸口上，笑着告诉我："你听，我的心还在跳呢！"

痴 野 鸡

孤单的老舅终于答应带我去花岭捕野鸡了。我们傍着村后的那条小溪，沿着曲曲折折的山路朝上进发。老舅肩背单管火枪在前面疾走，枪管上套着的插有树枝的伪装棚频频起伏。我拎着装有母野鸡的囚笼，紧紧跟随着。

小溪到了尽头，几条干涸的深沟将山坡分割成了几个三角地带。老舅停住步，环顾四周，选择了一块曾被人开垦过但又废弃了的荒地，说："这里地势开阔，没有树林遮挡，就在这里诱捕吧！"

温润、清新的晨风从岭上吹来，山坡上弥漫着栎树叶、马尾松、兰草花混杂的气息。开阔地边缘那一抹马尾松林里，不知名的小鸟正奏着晨曲。老舅打开竹编的笼门，一直蹲在笼里的母野鸡蹒跚着走出来。望着前面绿色的草地，它的小灰眼圈儿眨了几眨，拍起了灰褐色的翅膀，似乎是在庆幸又回到了大自然的怀抱。老舅回过头叮嘱我："不要再弄出声响。"

说着，他从口袋里掏出一个竹筒旋制的小碗，揭开了竹盖子，里面是白色的面团。老舅熟练地将面团放在拇指上，中指圈成弓形，将面团儿一弹，在空中划了道白色的弧线。那母野鸡顿时欢叫着腾翅追去。"呃——呃——呃——"的呼叫声在溪谷、在树林子的上空回响，压住了各种鸟鸣。我感到诧异：它这一叫，不是把其它野鸡都吓跑了吗？

近处山头的树林里，有鸟的翅膀拂动树叶的声音。老舅微眯着两眼，古铜色的脸上呈现出快乐的神采，目不转睛地注视着草坪上正搔头翘尾的母野鸡。我知道：这只母野鸡，是老舅从山上捡来的一个野鸡蛋孵的。没想到孵小野鸡是那么的费力，老舅从邻家要了个干葫芦，整日把野鸡蛋搁在里面，揣在怀里。三七二十一天，毛茸茸的小鸡出来了，老舅像得了个宝贝似的，用嘴嚼烂黄豆瓣，一天也不停地给小野鸡喂食。等到小野鸡下了地，逮蚂蚱，喂蚂蚁，春有春喂法，夏有夏调理。野鸡儿到底也没辜负老舅的一片心意，和家鸡一样地觅食，野性儿去了七八分。老舅看电影、进城，都提着野鸡凑热闹，高兴劲儿就和现在差不离。

我捂起耳朵，等待着那一声震天撼地的枪声。可是，老舅却又拿起竹碗，继续用食指叩动碗底，发出召唤母野鸡吃食的"笃笃"声。那母野鸡是多么听话，很快又温驯地边叫边朝伪装棚走来。

就在这时，眼前的草坪上，出现了一只五彩斑斓的公野鸡。红冠，皓首，深红色的颈脖，铜绿色的羽毛，16根熠熠闪光的尾翎，像一面面锦旗迎风飘扬。嘿，好华美！这会儿它局促不安地四面张望，寻找着那神秘的声音。

老舅双手端起了猎枪，古铜色的脸上出现了少有的快意。我的心突然紧张了起来：我害怕看到这只美丽的公野鸡倒在血泊中的情景。不知为什么，一刹那间，我倒盼望公野鸡自己会知道绿叶丛中有一支猎枪正瞄准着它，盼望它马上腾身离开这里。可是，它丝毫不曾觉察，仍然神气活现地在绿草坪上徘徊，"咯咯咯"地叫个不停。

一个意外的情况出现了，那只训练得十分听话的母野鸡本来已走近伪装棚，这会儿却折转身，贴着草地掠翅飞落在潇洒大方的公野鸡面前，忸怩地用脖颈摩挲着公野鸡的尾翎。骄傲的公野鸡轻轻摇动着尺余长的尾翎，绕着母野鸡旋转着，用憨厚低沉的声音亲昵地抚慰着母野鸡。

老舅本来已放在扳机上的食指拿了出来。他皱了皱眉头，翕动着嘴唇，显然，他绝对没预料到温驯的母野鸡在公野鸡面前又恢复了追求自由和爱情的本能。他不停地用手指在竹碗底上急促地叩动，"笃笃"的声音一遍又一遍地警告着母野鸡。可是无济于事，两只正在嬉戏的野鸡，似乎忘记了时间和空间，对这一切毫无反应。

老舅停止了叩碗底，捏着喉咙干咳了一声。两只忘情的野鸡倏然抬起了头，但是过了片刻，当咳嗽声在林子那头消失后，两只野鸡又颈交着颈、头靠着头，抖翎展翅，没完没了地亲昵着。

这下该怎么办？我拿眼盯着老舅。

老舅猛然站起了身，举起猎枪向草坪中央的野鸡扑去。"呃——呃——呃——"两只野鸡惊惶失措地并肩朝着马尾松林的上空飞去。我惊呆了。老舅没明没夜地精心驯养了一年的母野鸡，竟这样飞去了？可不知为啥，母野鸡只飞了二三丈远，就坠了下来。老舅弓着腰，钻进树丛，大步流星地追上去，朝那只在空中徘徊的公野鸡开了一枪。

老舅的枪法真准！公野鸡翻了个跟斗，一头扎下了林子。呵，打中了！

不巧，当我们快要接近公野鸡时，它又侧身飞了起来。林子地上，仅散落了几片五彩的翎毛和点点血迹……

老舅叹了口气："看来公野鸡再也不会来了。"

我蓦然想起老舅精心喂养了一年的母野鸡，急急地问："老舅，母野鸡不见啰？"

"呵，不会的。它长期被困在笼里，翅膀退化了。不然，它刚才为啥飞了二三丈又落下来了呢？"说到这里，老舅又叹了口气，"这几天，是不能再用它诱鸡了。说不定真会飞走了呢。"

真的，一会儿，老舅从林子里抱回了母野鸡。一路上，他嘴里不停地骂着。

我捡起地上公野鸡散落的羽毛，将一根铜绿色的尾翎插在母野鸡的囚笼上。母野鸡用嘴尖梳理着，我分明看见，它灰白色的眼圈里滚出了一粒珍珠般的泪滴。我诧异了。

下山的路上，我耳边老回响着公野鸡痴情的叫声。

半夜里，我从梦中醒来，头一声听见的还是村后林子里公野鸡凄婉、急切的呼唤。

难道真是那只公野鸡吗？我问老舅。老舅先是支支吾吾，后来低沉地说："春来啦！野鸡们兴许都是这么个叫法……"

第二天，囚笼里的母野鸡不吃不喝了。老舅慌了神，小砂罐里泡了绿豆、扁豆，一粒粒朝母野鸡嘴里送。奇怪呵，母野鸡见这些，连睬都不睬一下。

第三天，母野鸡的头抬不起来了，蔫乎乎地像遭了霜打的黄瓜秧。可是，每当外面传来公野鸡的叫声时，它那垂下的头又奇迹般地昂了起来，似乎那叫声注进了它的灵魂。

老舅的脸，像雷雨前的天空，两颊的肌肉紧绷绷的。他毅然打开囚笼，双手捧起母野鸡，喃喃道："难道你们真是鸟中的'梁山伯与祝英台'吗？"

"把它放了吧！"老舅命令我——那语气是绝顶的柔婉，绝顶的无可奈何。

母野鸡已奄奄一息，但当我抱着它迎着公野鸡的啼唤声朝村外林子里走去时，它竟触电一样地立了起来。

这天傍晚，老舅扛起土枪，朝着花岭上空放了三响空枪——那是最后的一点霰弹。从那以后，老舅再也不捕野鸡了。

蓬头小鹌鹑

夏夜，凭着繁星闪烁的光芒，隐隐可见远处起伏的山峦。我趴在山坡的一块草地上，浓郁的青植物气味，一个劲朝鼻孔里钻。"呜……呜……"老舅引诱鹌鹑吹奏的土壶声，在天空中飘荡。天空像一个反扣着的深蓝色大湖，无数璀璨的星星，落在湖水里，一闪一闪的。远处若隐若现的金岗台，锯齿般的山峰倔强地朝"湖面"戳去。我一动手，碰到了老舅的脚趾头。上山时，老舅千叮咛万嘱咐，诱捕鹌鹑可是个细活，蚊子叮，山蚂蟥吸，虫儿咬，都不能动弹，不能发出声响。如果惊了一只鹌鹑，这一夜鹌鹑再也不会飞来了……我咽了口唾沫，朝老舅身边挪了挪。

"呜呜呜——"老舅贴着土壶肚上磨出的小孔吹了足足有一顿饭工夫，又换了个装酒的小瓷壶。瓷壶的响声，短促清脆。老舅变换着花样，一会儿急切，一会儿迟缓，时高时低，时快时慢，先是像雄鹌鹑在叫，接着又像雌鹌鹑在叫。真的，片刻工夫，夜空中便传来了鸟儿的扑翅声。

傍晚上山前，老舅告诉我：捉鹌鹑有很多方法。一是备好松明火把，等鹌鹑落地后，突然将火把点着，然后只管在草丛中逮那顾头不顾腚的鹌鹑好了——可那需要人多。老舅没打算这么个逮法，他光是领我到花岭南坡，拦路横挖了一条有一尺多深、一丈余长的土沟。沟尾巴上，横着下了一道网。网底里，留了一个口。老舅告诉我，鹌鹑觅着"伙伴"的召唤声，会下到沟里，然后乖乖地钻进网底，像瓮中捉鳖，一抓一个。这会儿，你听，沙沙沙……附近林子里到处是鸟儿落地的声音。嗨！今晚上十拿九稳，非逮它三五百只不可。

"笃笃！笃笃！"老舅面前，又传来一种类似啄木鸟叩树的声音。糟啦！准是哪个捣蛋鬼上了门！眼看鹌鹑正朝这个方向聚来，万一它们觉察到不妙，那该怎么办？

我抬起头，盯着老舅。夜色中，老舅像一块巨石，一动也不动。土壶模拟的鹌鹑的叫声，比刚才更响亮，更急促了。四周，无数只鹌鹑忘情地朝这里扑来。不用猜，我想得出老舅这会儿该有多惬意。

忽然，蒙蒙的夜色中传来一只鸟儿拍打翅膀的声音。接着，意外的事情发生了——林子里像下了一场冰雹，四面八方，无数的鹌鹑"嘟嘟嘟"全都惊飞了。

"坏啰！"老舅倏地站起来，失声叫道。我明白了，是刚才拍打翅膀的鸟儿破坏了我们的全部计划。

老舅揿亮手电筒，耀眼的光柱罩住了沟尾张开的网。奇怪的是，一只麻褐色的鹌鹑蹲在网上，正拼命地拍打着翅膀。

"就是它！捣蛋鬼。该死的东西！"老舅伸手去抓。

令人不解的是：它全然没有逃跑的念头，老舅将手伸到了它的面前，它依然一个劲地拍打翅膀。

"甩死它！"我提醒老舅。

"那样便宜了它！"老舅忿忿然。

这是一只蓬头小鹌鹑。一撮细绒绒的毛儿像一朵蒲公英开在它的头顶。为了追究它报信带来的损失，老舅命令我将它带回村里，用细麻线牢牢地缚在它的脚上，只等明天晚上，捕了鹌鹑后再一块处置它。

第二天晚上，我们收拾好了捕鸟的网儿正准备出发，老舅家的二表弟小憨突然跑来告诉我们，蓬头小鹌鹑飞了。

我们赶到现场，果然见那株小桃树枝下落了一地鸟毛和桃树叶。显然，蓬头小鹌鹑经过了很长时间的挣扎。由于我的疏忽大意，只注意缚牢蓬头鹌鹑脚上的麻线，结果，它拽开了拴在树枝上的线头，带着麻线飞了。

"唉！"老舅望着小鹌鹑"越狱逃跑"后的遗迹，叹了口气："便宜它了，昨晚上让我们白趴了几个小时，我要再逮住它……"

我们万万没想到，晚上，当一切就绪，四周林子里响起鸟儿落地的沙沙声时，附近的灌木丛里又响起了一只鸟儿拼命拍打翅膀的声音。一霎时，本来马上就可以捉到手的鹌鹑又全部飞得无影无踪。

"真怪！"老舅跳起来骂道。

老舅揿亮手电筒，四处寻找。呀！一条白色的麻线挂在树枝上，是它！又是那只从我们手上跑掉的蓬头小鹌鹑！——它腿上的线分明让树枝死死地缠住了。

我奔上去，解开麻线，将蓬头鹌鹑攥在手里，生怕它再次溜掉。老舅气恼地抓过去，要将它甩死。

老舅的手举到半空，突然静止不动了。黑暗里，只听他自言自语："小鹌鹑昨天是在这儿抓住的，按理它一生再也不敢朝这里飞了，可今天为什么……"

"是不是要找伴儿？或是迷了路？"我问。

"这——"老舅沉吟道，"从昨天它趴在我的壶边试探的情况看，这是一只上过当后又逃脱的鸟，本来，它可以纵身飞走，可它却落在网上拍打翅膀。今天，它如果是迷失了方向，为什么我们吹壶时它不动，而当其他鹌鹑落地时，它又拍打起翅膀呢？这——"

"这么说，蓬头鸟是为了大伙的生命才奋不顾身的啰！"

"嗯，也许！"

我捧过老舅手中的小鹌鹑，放在电筒光柱下。只见这个小生灵微张着嘴，轻轻煽动着翅膀，一副浑身无力的样子。我捏了捏它的嗉囊，空空的，什么也没有。显然，从昨天到现在，它一直饿着。

"老舅，将它放了吧！"我乞求道，"不然，它要饿死的。"

老舅默许了。

我解开鹌鹑腿上的麻线，心里暗暗祝福道，"伟大的小鸟，让你自由吧！"

我将它托向了夜空。黑暗里，传来了鸟儿翅膀搏击空气的声音。

这天夜里，我做了个梦。梦见清晨的霞光中，蓬头小鹌鹑在一片盛开着兰花的草地上觅食，它的周围，簇拥着那些获救的小鸟……

乡居岁月（十一章）

插秧时节

1

天上响起轻轻的雷声，纷纷扬扬的细雨，浇绿了村外的弯脖子柳树，浇绿了河岸边的土坡，也催开了竹林边的泡桐花。空气中，虽还有几分凉意，但伸出手，已经明显感觉到春天暖暖的气息。

队长说，今天去"泡稻"。

队长很矮小，却是队里毋庸置疑的权威。队长说的泡稻，就是育秧。我和吴三一起，相跟着队长到了油坊前的场子上。

我们挑来了黄泥，放在硕大的水缸里，用木棒搅拌，然后，将泥水舀到从仓库里取来的稻种上。泥水有浮力，一些不太饱满的谷子浮在上面。

捞出瘪谷子，加上清水，最后，队长用破斗笠将缸口盖上。"如果不太冷，过几天就能撒到田里了。"队长说。接着，他带我们去整育秧的水田。

初春的水田还有些凉意，我脱掉袜子，学着队长的样子，跳进田里，扶着弯把子犁，将泡了一冬的水田翻了个个儿。我刚到生产队时，犁田的时候出过不少洋相。不是牛不听我的使唤，一会儿快一会儿慢，就是我扶歪了犁，犁铧在土地表面划过。现在，我已经成了一个标准的农民，凡是队里劳动力能干的，我基本都可以胜任了。

犁完田，接着就是耙田。耙是一个长方形的农具，下面是一排锋利的铁齿，牛拉着耙前进，人站在上面，八面威风，泥土在下面乖乖地俯首贴耳。这个活儿虽然轻松，但人的身体要略略后倾，控制姿势，才能保证行进时的安全，否则老牛和泥耙会联手把上面的人掀翻。当然，还有一种耙，人扶着前进，就没有这么刺激了。

在队长的指挥下，我和吴三绣花一般侍弄秧田，只到秧田变成了姑娘的一面镜子，队长才点头满意。

稻种在水缸里睡了五六天的光景，头部张开一个缝儿，露出小白脸，队长说，可以撒到秧田里了。

当我们抬着稻种来到秧田埂上，那平滑如镜，薄如寸许的清水上，处子般安逸的水田里，住满了天上变幻不定的云：一会儿是一团厚厚的棉絮，一会儿是一匹大白马。天是云的疆场，田则成了天空的故乡。这哪儿是秧田，这简直是一幅水墨画。

队长大约没我们这份审美心情，他自个儿跳到田里，端着竹筐，舞动着手臂，稻种随着他的手势潇洒地空降到蔚蓝深邃的天幕上。镜子瞬间被打破了，密密麻麻地被镶上了很多枚银钉。

我们在稻田四周插上稻草人儿，红色的白色的布条在春风中飘舞。

夜里，春雨悄没声儿地又来了；天亮了，太阳又从金岗台的尖尖上冒出来了。不知什么时候，秧田里已经翠绿一片，像个薄薄的绿毯子铺在寂静的田野里。

风来了，雨去了，在风爹雨妈的呵护下，秧苗像长个的孩子，一天一个模样。

有一天，一只鸟儿从村庄上空嘹亮地掠过时，队长说，今天去拔秧。我看了看墙上的日历，已经是谷雨了。

拔秧要带上秧马。秧马分上下两层，上层是一个平板，下层是一个两头翘的木板。人坐在秧马上，两只手分别拔秧，然后，汇成一把，用泡软的糯稻草从中扎紧。

宋代苏轼曾作过《秧马歌》，他在序中云："予昔游武昌，见农夫皆骑秧马。以榆枣为腹，欲其滑；以楸梧为背，欲其轻；腹如舟，昂其首尾，背如覆瓦，以便两髀雀跃于泥中。系束藁其首以缚秧，日行千畦，较之伛偻而作者，劳佚相绝矣。"

我家乡的秧马，与苏轼诗中提到的船形秧马有所不同，并且，只有在拔秧时才使用。有人解读苏轼的诗时，以为插秧也坐在秧马上面，如我等下乡当过农民的人，是不会闹出这种笑话的。

2

今年，家乡举办"插秧节"，县乡的官员请我回去主祭，不巧，我临时有急事爽约。

插秧成为节日，始自清朝和民国。家乡方志载，拔秧苗前，要烧纸焚香，敲锣打鼓，男男女女全家出动，待到点燃三眼枪后，便下田骑上秧马拔秧。我在乡下当农民时，这种习俗已废弃多年，而今又重新恢复"开秧门"，实是为开展乡村旅游需要。

> 丰收锣鼓起，三枪响连声。
> 禹甸兴垄亩，命我开秧门。
> 神农敕禾稼，教人以农耕。
> 四海无闲田，亘古惠黎民。
> 秧苗举起顶，以此致虔诚。

这是家乡的官员李献林先生用手机微信发来的"祭词"。看来，"开秧门"从拔秧改成了插秧，已经照顾到观感了。

插秧有插秧的乐趣。

谷雨前后，正是淮河流域春雨纷纷的时节，刚下水田时，还有些凉意浸骨，但季节不等人，秧苗不等人，队里的劳动力，无论是男是女，都要参加插秧。

插秧时虽然没有举行仪式，春种秋收，对于生产队也是一件大事。天还没有亮，瘦小的队长便在坽子前后扯着嗓子喊：上工了，上工了！其实，不说喊，他在前面一走，后面的人便蹿出了门，在家中憋了一冬的农民们早就渴望着与田野亲近。

插秧的田昨天就已经平整好了，拔好的秧苗陆续运到了田埂上。男人们奋力地抡起胳膊，将成束的秧苗尽量扔到远远的田中间。一会儿，秧苗天女散花般遍布整个水田。

队里平时干活儿，男劳力和女劳力基本是分开各做各的，这会儿，无论是男是女，都要到一个田里。男人和女人凑到一起，那莫名的兴奋劲儿，和过节差不多。特别是平时关系有点暧昧的，趁此机会，挨着站在一起。手足之间的无意接触，便会生出无限的遐想来。

插秧这活儿，实际上是一场技能大赛。队长一挥手，就有人眼疾手快地跳到田里，右手抓过秧把，左手如鸡啄米般，在面前织出一道绿色的诗行。这时谁也不甘落后，田里只听雨点般刷刷响，人们边插边退，如果有谁动作稍微迟缓，便会被锁在"秧巷子"里。

我刚到队里时，毫无疑问，是"秧巷子"里的常客。插秧没有多的技巧，只要熟练。左手持秧把，拇指和食指负责分秧，否则不能及时地供应右手。插秧要兼顾行距和株距，与左右保持一致。每当我因为速度太慢而落伍时，田野里便响起一片嘲笑声。看着我一副窘迫样子，坽子里的几个姑娘们便会用灼热的目光盯着我。我能看出，她们希望来帮助我，但又不愿表露出心事。最后，总有一位按捺不住，主动来帮我解围。可惜，当时我下放农村，家里出身不好，眼看没有出头之日，否则，这些出手相助者说不定会有一位成为我的梦中情人。

碰上下雨的时节，插秧也是不能停下的。塆子里的农民早就提醒我，买来了竹编的斗笠和棕毛编织的蓑衣。一田红男绿女，细雨丝丝，绿秧如织，偶尔，一只两只白鹭降落在田野的一角。唐人张志和在《渔歌子》里写的"西塞山前白鹭飞，桃花流水鳜鱼肥。青箬笠，绿蓑衣，斜风细雨不须归"，大约也就是这种情景。

4

插完水田秧，便是生产队里的"双抢"了。

"双抢"指的是抢收抢种，是队里最繁忙最累人的季节。

家乡农田里种植的是一季麦一季稻。除了少量的水田，头年冬天，割完稻谷，会种上冬小麦。这小麦在夏季成熟，收完麦子，要及时插上秧苗。

割麦如救火。收麦要选择天气晴朗的时节，如果碰上阴雨天，小麦在田里就会生芽。虽然生芽的小麦做成馒头另有风味，但不便于保存，只能偶尔为之。连续热上几天，麦穗焦了，也要抓紧收，不然热风一吹，麦粒会炸掉脱落到地上。

那时，布谷鸟会一声又一声地在村庄的上空啼叫。正午的阳光，灼烤着山村的每一寸土地，偶尔吹过的风，如同从灶膛里刚刚鼓出的热气。树叶耷下了骄傲的头，知了躲在树叶里一声紧似一声地苦叫。村子里的几条狗，吐着长长的舌头，从一棵树跑到另一棵树下。

队长却没有停歇。人们还没有放下饭碗，他便开始吆喝大家到冲田里去割麦。

割麦要趁午。这时，男男女女们戴着草帽，系着擦汗的毛巾，一个个弯着腰到麦田里去收获一冬的希望。嚓、嚓、嚓、嚓，田野里没有人说话，只有镰刀与麦秆亲热的声音。一抱抱的麦穗铺在身后的麦田里，接受阳光火辣辣的爱抚。割麦人身上的汗水，像一条条蚯蚓，顺着脊梁往下钻，等到一天的麦子割完，后背的上衣变成了一片片白色的盐碱地。

有时，麦田里会突然蹿出一只五彩斑斓的野鸡，扑喇喇地斜刺着飞向远处。野鸡躲藏的地方，往往是它们的小窝。小窝里不是有三五只带有褐色斑点的野鸡蛋，就是有三五只叽叽叽叫的小野鸡。别看野鸡小，但跑起来脚下像生了风。这时，沉闷的麦田里会有一阵意想不到的骚动与热闹。

阳光与麦穗来不及过分的亲热，便要捆扎起来送到埭子的麦场上了。这块麦田，等待着铺下另外的一片新绿。

犁田、耙田、插秧，"双抢"是农民一年中最为辛苦的时节。一千多年前，白居易在《观刈麦》一诗里就描述过这种相似的情景："田家少闲月，五月人倍忙。夜来南风起，小麦覆陇黄。妇姑荷箪食，童稚携壶浆，相随饷田去，丁壮在南冈。足蒸暑土气，背灼炎天光，力尽不知热，但惜夏日长。"

不过，等到田野里披上一袭新装，农民们就能喘上一口气了。

打　　场

大小月亮口形似上弦月，一大一小，搁在山尖尖上。不同的季节，月亮便会出现在不同的位置。春天的时候，月亮从小月亮口升起；夏天的时候，月亮从大月亮口升起。山高，月亮升起得晚，但只要一跃出山尖尖，整个山川便会浸在牛乳似的月光之中。秋收后的田野，寂静的村庄，还有明明灭灭的河流，村头庄重的老柏树，马上都被赋予了生气。山高，月光先是照射到远方，随着月亮渐渐地升起，浓浓的月色才慢慢地铺到山脚下。那月光像一道分割线，光与影，在村庄的上空缓缓掠过。

这时，我正在生产队的稻场上"打稻"。

老水牛拉着石磙，以我为中心，一圈又一圈地在场子上打转。从东到西，从南到北，在场子上画了一个又一个圈。新鲜的稻草气息，甘甜中带着一股青草的味道，弥漫在牛乳般的月色中。稻场边的大柏树上，不时有乌鸦惊叫着飞到后山的背阴处——分明是月亮打扰了它们的美梦。

石磙悄无声息地辗过，稻谷在重压下依依不舍地离开稻草。等到辗了一个小时左右，我将老水牛牵到一边，让它抓紧拉屎拉尿，我则和吴三一起，用扬叉将稻草翻个个儿，再让老水牛带着石磙，在稻场上继续画圈儿。如果老水牛不听招呼要在稻场上"方便"，我们要眼疾手快，抓起一团稻草，侍候老水牛拉出的"粑粑"。

打第一场稻谷时，时间还早，垸子里的孩子们便来凑热闹，他们在稻场一角软绵绵的稻草上打滚，竖扬叉，翻跟头，玩逮羊、卖狗的游戏。

> 月亮走，我也走，
> 我给月亮打烧酒。
> 走一步，喝一步，
> 我问月亮买酒不买酒。

孩子的童谣声溅湿了月光，也溅湿了我儿时的记忆。几年前，我还在余子店镇上的街头，与伙伴们玩这样的游戏。现在，我已经下乡当了一年多的农民。

第一场稻谷还没有辗完，家长们就陆续来叫孩子了。二头、三毛、猴子、狗娃、招弟，在父母一遍遍地催促下，孩子们磨磨叽叽地离开月光下的稻场，等到最后一个孩子回了家，稻场上才渐渐地安静下来。这时，月亮已经升到了头顶上。

打完第一场稻谷，我们用一种木质的扬叉，将脱掉稻谷后的稻草叉到一边去。稻场上，就露出一层金灿灿的稻谷了。月光下，那稻谷散发着金属的色彩。吴三拉着绳子，我扶着刮板，将谷子送到稻场的一角。明天，队里就能按人头先分一批新谷子了。有了新谷子，就可以到镇上的打米厂去加工新米。新米做的饭很软，有一种稻花的淡淡香味。

从田里收割回来的稻子，一捆捆地码在稻场旁边，堆成一个个馒头样的稻垛。这些稻子，是从村庄四周一块块的农田里收割后挑回来的。挑稻虽然没有什么技术，但需要力气。收割后的稻子用稻草拧成的草葽子紧紧地捆在一起，用一种两头包有铁尖的冲担，扎进一捆稻子中，然后高高地举起，将另一头再扎进另一捆稻子里。托举稻捆凭的是力气和爆发力，在瞬间完成所有的动作。无论田野离稻场有多远，挑稻中途是不能歇息的，否则稻子会洒落一地。稻子挑到稻场后，要送到稻垛上去。这时，凭的是耐力和勇气——肩上是上百斤的稻子，脚下是一级级的木梯，没有可攀扶的支撑物，只能屏住呼吸，咬紧牙关，一步步地踩着木梯登上稻垛的顶层。尽管那时我的腰身还很柔弱，但爬上稻垛子的过程，让我完成了从学生到农民的洗礼。

等到第二场稻谷碾完，已是半夜时分，我们将稻草叉到稻场一边，将谷子拢到场子中央，等待明天有风的时候，再来扬谷子。

打稻尽管多是夜里，但比起打麦来不知要舒服多少倍。

队里当时没有机械，打麦主要是靠古老的连枷敲击：一种用牛皮筋扎起的可以旋转的小竹排。夏天的时候，队里将收回的麦子铺在稻场上，等到中午毒辣辣的阳光吸收完麦穗上的最后一丝潮气，队里的男女劳力们便顶着灼热的日头开始打麦了。

打麦时男人们站一排，女人们站一排，面对面地敲击地上的麦穗。左边的连枷落下时，右边的连枷刚好扬起；右边的连枷落下时，左边的连枷又扬起。那会儿男人们和女人们就像钢琴师，用自己的双臂击打键盘：啪——啪——啪——啪，村庄四周的山峦，有节奏地回荡着连枷击打麦穗的声音。今天回忆起来，简直不亚于一场盛大的乡村音乐会。

麦穗整体拍打了一遍后，要迅速地翻个个儿，然后再依序将上面的麦穗拍打一遍。饱满的麦粒兴冲冲地脱离了麦穗的怀抱，来迎接夏日的阳光。

有时，一个中午，阳光好，就要打两场麦。铺新麦的间隙，正是喝水的当口。队长准备好绿豆汤，放在老柏树下，大家仰着脖子，咕咕嘟嘟喝个够。

除了麦子，队里的黄豆、豌豆和油菜，也是用连枷来敲击。

在那个年月里，尽管只有十几岁，但我没有示弱，生产队的一应活儿，我全都参加。有一次，十分疲劳的我坐在田埂上轻轻地叹息了一声，队里的会计恰恰听见了，他问我：变泥鳅还怕泥巴糊了眼睛？

那些日子里，我足足是一条泥鳅。

我家在稻场旁边，那里是生产队过去的牛棚。尽管是草房，夏天比瓦房要阴凉些，但地势低，有时依然闷热。我和吴三抱着一堆稻草，到塆子旁边的山冈上去过夜。

这时月亮已经移到了西边，山冈的东边是余子店小镇，月光下的小镇安详而又宁静。小镇的前方就是高高的金刚台：锯齿般的山峰，刚好被从西边照射过来的月光雕刻得一清二楚。平顶铺、菊花尖、大月亮口、小月亮口……

新鲜的稻草气息很浓，青草甘甜的味儿刺激着我的鼻翼，从南边庄家山上吹来的夜风，从山冈上无声地掠过，抚摸着我年轻裸露的身体。

5年后，我的小脚姥姥去世，就葬在我当时躺着的山冈上。姥爷早逝，姥姥生前照顾着我，死后也在山冈上日夜守护着她的外孙。

月光渐渐地淡了下去。

木梓花的香味和着夜露不知何时浸入了我疲倦的梦中。

这年，我17岁。

宣 传 队

大海航行靠舵手，

万物生长靠太阳，

雨露滋润禾苗壮，

干革命靠的是毛泽东思想。

　　大队办公室里，传出毛泽东思想宣传队嘹亮的歌声。这首歌曲，往往是整台晚会的第一个节目，男女宣传队员站成两排，跟着指挥上下舞动的手奋力高歌。

　　"文革"开始后不久，凡是有条件的单位，都会成立毛泽东思想宣传队。大队有，公社也有，有些机关厂矿也成立了宣传队。余子店大队在镇上，与周围的大队比，这儿算是人才济济了，所以很早就成立了毛泽东思想宣传队。队里凡是有一定文艺细胞的，都参加了这个宣传队。镇上的张国科、张国品兄弟俩，是拉二胡的；李志文是高中生，他的笛子吹得好；镇子对面的张永槐，拉的是板胡；还有李志荣、李志秀、廖永朋、陈克玉，都是其中的演员。

　　当时，初中尚未毕业就回了家的姐姐是宣传队里的骨干，凡是歌舞类节目，姐姐除了协助担任导演外，大多数节目她都是主要演员。一般一台晚会要 23 个左右的节目，其中有三句半、快板、小话剧、歌舞、独奏、独唱、合唱、表演唱等。姐姐演过白毛女，演过不忘阶级苦，当然最拿手的节目是二重唱《逛新城》和表演《老两口学毛选》。我呢，开始是跟着姐姐四处看演出，混吃混喝，后来，跑跑龙套。不知什么时候，我开始学二胡，居然也混到乐队里。一直到我上学离开家乡，才与二胡"拜拜"。

　　宣传队里最受欢迎的节目是二重唱《逛新城》。一男一女表演，一个扮父亲，一个扮女儿。扮父亲的是镇上的蒋仁杰，扮女儿的是我姐姐。蒋仁杰因为父母早逝，一个人带着个妹妹，家里住着两间茅屋，吃了上顿愁下顿，穿得很邋遢，到了冬天，穿个破棉袄，用个麻绳勒在腰上，衣服前襟上总是脏兮兮的，人们便叫他"蒋赖孩"。这赖孩别看读书不多，可能歌善舞，还有副好嗓子，声音浑厚，音域很宽。

雪山升起红太阳　　拉萨城内闪金光

翻身农奴巧梳妆　阿爸和女儿逛新城呀

女儿在前面走哇　走的忙　老汉我赶的汗呀汗直淌

一心想看拉萨的新气象　迈开大步我紧呀紧跟上呀

蒋赖孩，不，西藏翻身老农奴跟着他能歌善舞的女儿，翩翩起舞，边唱边走上舞台。赖孩的音域宽，姐姐扮演的女儿活泼可爱，二人的表演总能征服台下的观众，赢得一阵阵的掌声。

那时候，没有电视，更别说手机，电影一年也看不上几次，宣传队的演出成为乡村中一个盛大的节日。到了农闲时，小镇上琴声悠扬，歌声嘹亮，锣鼓一阵紧似一阵，宣传队把个小镇的冬天渲染得生气勃勃。虽然那时阶级斗争抓得紧，但大队里重视文艺人才，对我和姐姐及张永槐等家庭出身不好的年轻人也没有另眼相看。大队宣传队在本队演出，到邻近大队巡演，还到公社去比赛，到县里去汇演。演出后，要评选名次，我们大队的宣传队因为"兵强马壮"，总能得到优秀。

公社在伏山街上，到了汇演时，每个大队和机关的宣传队都来公社同台比赛。公社门前有两棵硕大的银杏树，戏台就在大树下，一个队演完，另外一个队要马上跟上。我那时主要是在乐队里拉二胡，偶尔串演一下三句半和快板书之类的。如果有集体节目，如合唱之类的，我也上场。乐队的乐器很简单，二胡、板胡、京胡、笛子、手风琴，还有就是铜锣、铙子、架子鼓。现在想想，我的二胡水平一般，多年不摸，都忘得一干二净了。

演出往往是在初冬，汇演结束，已经是夜里，我们一行二三十人，沿着一条简易的公路，顶着月光，步行回大队。晚会虽然结束了，大家可还兴奋着呢。一路走，一路唱；唱累了，就大声评点着这晚节目的得失。这时，演出失误的，后悔不迭；得了称赞的，便手舞足蹈。公社离大队有上十里山路，大家一路走一路喧哗，扰得一路的鸟儿不得安生，扑棱棱四下里逃窜；经过几个塆子前时，惹得塆子里大狗小狗叫个不停。等回到余子店街，已是下半夜，月光已经有些恍惚，大家依依不舍地分手，都信心满满，说下次的汇演再夺冠军，一定要把某某队"镇"住。

不过，有一次在公社演出时，别的队正在台上表演，我们队在后台候场，我看一个低垂的电灯头上面没有灯泡，就思忖这灯头里面会否有电，便伸手去试了试，结果电流把我全身麻得一颤。或许是因为公社自己发的电电压不够，或许我站在干燥的台子上，电流只是狠狠地"咬"了我一口，并没有让我"依依不舍"，但这次"物理试验"让我至今记忆犹新。

姐姐先是在大队的宣传队演出，后来主动要求上山下乡，去了五十里外的双铺公社大岗大队插队劳动。因为她能歌善舞，很快就调到公社宣传队了。有一年，县里汇演，我和哥哥、姐姐都参加了。哥哥下放到河凤桥，他在河凤桥公社宣传队，姐姐代表双铺公社宣传队，我们三人到照相馆合照了张相：三人戴着红袖章，身子半蹲，左臂半曲，做着继续革命向前冲的动作。后来我与母亲下放到蒋家塝后，姐姐又将户口转回了余子店。这样，她又成了伏山公社宣传队的骨干，她和余水合演的《老两口学毛选》，成了经典保留节目。每逢姐姐出场，台下人都兴奋得两眼放光，指指点点，比过年还热闹。现在与人谈起，大家还记得那些精彩的瞬间。

没多久，姐姐出嫁了，我与姥姥在蒋家塝又生活了几年。姥姥去世后，母亲找了公社，希望能安排我一下。1973 年，在乡下劳动五年的我，终于有幸到余子店学校当代课教师。这样，我又成了学校宣传队的一员。

我在学校宣传队里除了拉二胡，也创作一些三句半、快板、大鼓书之类的节目，从批林批孔，到反击右倾翻案风，再到打倒"四人帮"，宣传队经历了时代的变迁，也成了政治运动的同行者。我当时写了个鼓词《邓政委找牛》，是根据刘邓大军挺进大别山时发生的一个真实的故事创作的，后来发表在地区的文艺杂志上。

1976 年 2 月 1 日，学校宣传队到公社排练，准备参加县里汇演的节目。在赶往排演场地黄河高中时，一群孩子挤上了一辆过路的拖拉机。在翻越高耸的藤子岭时，拖拉机突然失控后退，最后翻了，当场砸死了学校宣传队里一位姓花的女同学，摔伤了七个同学。还有其他学校的同学也因故被砸死砸伤。当受伤的孩子被送到县城医院时，我正好在县里为校办工厂购买化工原料，闻讯后急忙赶到县医院。当学生们看到我的第一眼，都"哇"的一声哭了，我的眼泪也止不住地往下流。想起平时活蹦乱跳的学生一刹那没有了，我心里难受极了。

车祸对宣传队带来的创伤虽然很长时间都无法弥合，但一年一度的公社和县里的汇演还是要照常进行。快到年底时，学校宣传队又组成了，小花过去担任的角色，现在由另外一位同学替补上了。宣传队的老师和同学们都很努力，大家都说今年的节目很出彩。我们学校宣传队先是在公社参加评比，后来毫无悬念地代表公社到县里去演出。在县里的表演也很精彩，虽然大家嘴上都没说要对得起去年因为演出意外死亡的同学，但心里都有这个念头。1977年春节过后，学校宣传队在县城汇演结束，校长彭安祥破天荒地提议，到照相馆合影留念。这张合影中，有校长彭安祥，总务主任龚文美，教师赵承立、李志文、李志秀、李志荣，还有就是上次车祸中幸存的小同学。照完这张相后的年底，全国恢复高考，从此我就离开生活了22年的余子店远走他乡了。后来，家乡来人陆陆续续地告诉我，这张照片中的龚文美、彭安祥，还有拉二胡的刘德成老师因病均已作古。至今四十载了，照片中的其他大多数人我始终没有机会与他们再见上一面，只有梦中，偶尔与某位一遇。诸君无恙乎？父母子女皆平安吗？吾独作楚客，已鬓发苍苍，"芳华"岁月，只能从这张照片中依稀可觅了。"人事有代谢，往来成古今"，白云苍狗，思之不由令人黯然。

挖　药

埝子里静悄悄的。邻家的黑狗有些失职，大约没有听见我关门的声音。

稻场，老柏树，竹林，村头的油坊，都蒙上了一层薄纱，朦朦胧胧。

大约夜深的缘故，四周安静得出奇，只有弯弯曲曲的砂石路上，我扬起的脚步，泛起轻微的沙沙沙沙的声音。

这是初夏清晨三四点钟的光景，月亮远去，星光黯淡，近处的庄家山、稍远些的插旗山，还有我们要去的金刚台，在昏暗的夜空里，犹如一幅水墨画，一幅略有略无的写意水墨画。

田野里的秧苗正在拔节，一簇簇的将身子探向唯一一条通往镇上的小径。这些秧苗都是我和队里的男男女女共同插上的。在我们关切的目光下，它们孱弱的小身子被阳光哺育得一天天强壮起来，一个个伸展腰肢把绿意铺满空旷的田野——不过这会儿我没有时间欣赏它们的青春活力，我要赶往一里外的小畈，与另一位伙伴叶昭和汇合，我们要到金刚台的顶峰平顶铺上去挖药。

叶昭和毕业于焦作矿业学院——他读了公社唯一的一所高中，而我，小学毕业后只读了一年农业初中，随当教师的母亲到生产队里插队劳动。挖药，刚好是我读农中时的一门课程。

今年清明回乡扫墓，在家乡余子店桥头酒店里，我邂逅了少年时的朋友叶昭和。当我们一众人围炉品尝家乡的美食，忆及当年的乡村生活时，他说，那一次，我们一起到平顶铺挖药，他挖了二斤柴胡，卖了四角五分钱。"是啊，那是、那是四十年前的事了。"我说。

叶昭和说，那次挖药还有另一个小伙伴胡功法，他住在胡新塆。

三个小伙伴就这样上了路。

路边是一条布满鹅卵石的季节河。夏天暴雨后，当金刚台上千沟万壑的山水涌下来时，洪水会占领整个河床，轰轰隆隆，一河的苍黄，像个醉汉，东闯西撞；雨过后，河水就渐渐地瘦下去，腰身慢慢地变得窈窕，不露形迹的在大大小小的石头缝里钻来钻去。有落差处，石激水响，潺潺湲湲，煞如琴鸣；河水清纯，清到见三五游鱼，白嘴红腮，翕动自如；待到平坦处，河水才露出脸，丢下一面两面镜子似的水潭，把个山光树影收揽怀中。

那一年，我大约是 18 岁。叶昭和与胡功法，应当比我要小。那种年龄正是吹牛的时节，我们三个人你一言我一语，河水是否动听如琴美妙如少女我们均未感受到，我真不知道当年我们都吹了些什么。虽然我们的荷尔蒙在那种年龄已经膨胀如潮，但仿佛没有人愿意坦白喜欢上了哪个女孩。

大别山清晨的美妙是不言而喻的。

当东边的天空透出淡淡的青白色，远近的山峦便如一幅幅剪影张贴在浩远的天幕上。这幅剪影的主角是我们将要攀登的金刚台——那座连绵数十里，如一扇屏风般置放在塆子东边的锯齿状的大山。这幅剪影随着天空亮度的增加，如显影一般，黑黢黢的庞然大物眉目便渐渐清晰开来。最先映入眼帘的是锯齿般的山峰，一座座刺向泛着鱼肚白的天空，再是头顶上方裸露的山岩，赭红色的岩壁上挂着银色的瀑布。脚下是幽深的山谷，谷中是满眼的绿色：那是经过一个春天滋养后的绿，厚重的深绿浓艳欲滴。构成这种色调的是各种各样的植物，它们互相攀附在一起，争夺着每一处向上的空间。山高，花迟，有花儿于浓绿中绽出，张扬着生命的璀璨。但毕竟此时已不是春天，花儿万般努力也只能是配角。山间清晨最热闹的是各种鸟儿的叫声，短促的，拉长声调的，高八度和低八度的，每一只鸟儿都不甘寂寞，比赛一般，在林间醉人的空气中互相倾吐彼此的激情。如果有传说中懂鸟语的公冶长就好了，我们怎么也分不清哪些鸟声是在求偶，哪些鸟声是在歌颂生命，哪些是在咏叹初夏的美丽。我们偶尔也会模仿鸟儿唆着嘴唇叫上几声，但始终唤不起鸟儿呼应的兴趣。

我们沿着蜿蜒的山溪往山顶爬。山里人说，山有多高，水有多长，只要跟着叮咚作响的山溪，就一定能到达山顶。我们今天要去的目的地，是金刚台的主峰平顶铺，那儿有 1584 米之高。

在高高的金刚台上，有十几座千米以上的山峰，平顶铺是其中最高的一座。奇怪的是，其他山峰都是危岩怪石，唯独这儿的山顶上有一片平缓的坡地，有茂盛的高山草甸，还有一眼终年不竭的泉水。这儿是豫皖交界处，山上曾经有一座雷达观测站，天气好的时候，在堾子里可以看见山顶上一排排高耸的天线。平时天气稍有变化，乌云便将平顶铺遮盖得严严实实。当乌云穿过南天门，村里人便说，云过南天门，不雨也会阴。当秋天气温略有下降，平顶铺还会镶上一片白色的裙边——雪花最早降临到这儿，预示着一年的冬天快要来了。现在，山顶的部队已经撤走，但他们修建的盘山小路却为我们登山提供了方便。

打柴，挖药，虽然金刚台的沟沟岭岭我大部分都去过，可上平顶铺还是第一次。部队驻扎在这儿后，外人是不许进去的，别说采药，进去看一眼都不行。现在，部队走了，我想，那儿一定有很多可供采挖的药材。

上小学的时候，假期里我便和镇上的伙伴们一起到金刚台上去采药。金刚台是一座药材的宝库，我曾经采挖过桔梗、茯苓、七叶一枝花、天麻、贝母、麦冬、柴胡，等等。挖药赚来的钱，用来交下学年的学费，或者补贴家用。家乡商城的桔梗很有名，有"商桔梗"之美誉。桔梗形似胡萝卜，开紫色的小花，多生长在林间空地上。茯苓是附着于松树上的块状物，分为野生或人工种植的。野生的偶尔也能够觅到，但要看运气了。人工种植茯苓需要松树做基础，我家没有自留山，堾子里有自留山的人家会种上一些。每年春天，人们将松树砍伐后削去外皮，截成一米左右长短，架成井字形，放到室外风干，然后将菌种嵌进去，埋在砂土地里。大约一年光景，从砂土里取出松树，上面便会附着块状的茯苓。削去皮，用锋利的刀片切成一片一片的，晒干后便可送到街上的供销社去卖。如果碰上有松树的根部伸展到茯苓中，那叫"神茯"，便要贵重一些。七叶一枝花多生长在高山的河谷或林中，七匹或者更多些的叶子上顶着两层黄色的小花，下面的根茎有药用价值。年前大火的电视剧《芈月传》，曾经写到芈月千辛万苦找到这种药材，为被野峰叮伤的嬴荡与葵姑治疗。天麻像红薯，生长在潮湿的林地里，它没有叶片，一支光秃秃的茎上开着孤零零的花。天麻挖回后要漂洗，要放在蒸笼里蒸熟，成半透明状方可销售。贝母的叶子像兰草，顶部开着白色的花，根部则像小蒜瓣，围绕着茎成长，它就是贝母。贝母有止咳润肺的功能，但真正有价值的是四川的贝母。我家乡的贝母卖不出好的价钱。20 世纪 70 年代，农民没有别的收入，农闲时只能到山里去采些药材到供销社换点油盐。结果采摘过度，山里已没有多少药材可挖了。不过，现在想起，是家乡的金刚台，教我认识了这些天然植物，否则，我会对此一无所知。

约摸上午八九点钟的光景，我们就爬到了马鞍岭，这儿是连接南天门与平顶铺的一个衔接点。下了马鞍岭，再往上攀登千米左右，就是平顶铺了。

此刻，清晨的阳光将平顶铺染成了一片炫目的金黄色，在四周苍黛的青山的拱卫下，平顶铺仿佛成了一个无比美丽的童话世界。面对着平顶铺，我们三人不约而同地大叫了一声，没有谁提议，我们提着锄头和篮子，奋力向平顶铺冲去。我的眼前，开满了成片成片的花朵。那是桔梗，是柴胡举起的旗帜，正在召唤我们前去相会。

挑　　脚

塆子里的狗咬得很凶。

又是下半夜，没有月光的夜晚，四周黑乎乎的，金岗台、庄家山、飞旗山和附近的撑腰石，都不见了踪影。我睁大眼睛，也只能看见前面的人影在晃动。

我揉着惺忪的睡眼，高一脚低一脚，挑着一对装着药材的箩筐，走在长长的"挑脚"队伍中。

小镇虽然有一条简易的公路通向外边，但山高坡陡，很少有汽车来。镇供销社收购的土特产，药材呀，毛皮呀，油脂呀，主要靠人工朝县城里运。给供销社当挑夫的，无疑是镇上的人，也是附近的农民获取菲薄收入的一条重要途径。不过，我的家乡，将挑夫说成是"挑脚"。

从余子店挑一百斤货物到县城去，35里左右，运费是1.17元。

1.17这个数字，一直刻蚀在我大脑的沟回中，虽然我40年前就离开了家乡，但不管什么时候，只要出现这个数字，我的眼前立马浮现出少年时当挑夫的情景。

从余子店到县城，有一条直线距离相对较近的小路。出街北往下，过路沿、郑家河、撑腰石、陡岗、椿树塆、官畈、陶行，便是县城的南关。小路有窄有宽，宽处约丈余，窄处仅容人擦身而过。小路傍着那条从金刚台流下的季节河，经过一个叫郑河的半边街，然后，翻过一道长长的山冈，到达一个叫椿树塆的地方，经过官畈，就上了进城的简易公路。

当挑夫并不难，一是要有体力，二是扁担的柔韧性要好。扁担好，走起路来，随着脚步的起伏，一对箩筐会匀称地上下运动，相对会减轻重量。扁担桑木为好，结实，有弹性。走路的时候，如果一个肩膀感觉累了，会在行进中换一个肩膀。刚当挑夫的时候，换肩是一个技术活，但只要掌握了技巧，有过几次实践，从左到右，身子轻轻地一晃，扁担就完成了阵地转移的任务。但是，走夜路一定要将脚步抬起，万一被路上的石头绊了，或者一脚踏空，箩筐里的货物就会抛撒出来，丢失了货物或者损伤了货物，挑夫是要赔的。这样辛苦了一次不说，弄不好还要贴上更多的钱。

当挑夫谁都希望多挑些货物，多点运费，不过要因人而异，像我当时的年龄，最开始只能挑五六十斤，后来肩膀上长出了一坨厚厚的肉团，耐磨性强了，我便增加到七八十斤。朝城里送东西主要是夜里，这夜里赶路，要跟随着队伍前进，在什么地方休息，什么时候走，大家基本约定好的。中途再累，一个人是不能休息，也不能当逃兵。从余子店到县城，三十里山路，每次总是在天蒙蒙亮的时分，挑脚的队伍就进了县城的南关。那时，家家户户的门大半还没有打开，只有那么几家，起早在街上倒尿桶中昨夜的排泄物。我们找到挂着大牌子的土产公司，过磅，验货，将回执小心翼翼地塞进口袋中。这时，舍得花钱的，便会找到街上刚刚开门的食堂，用上个角把钱，喝上一碗熬得很烂很烂的稀饭，吃根硕大的油条或者肉包子，就踏上了返程的道路。

有一次返程，我差点葬身鱼塘。

那天天气热，空气中点把火似乎就能燃烧起来，一路上我们大汗淋漓，看见水塘就像见到了久别的亲人。这样，我和同行的两个伙伴，走一阵便找个水塘进去亲热亲热。潜泳、狗爬、打个水仗，在水塘里泡上一个时辰，只到了非走不可的时候，才依依不舍地继续上路。快到中午时，我们走到一个叫清水塘的地方，这儿果如其名有一个清澈见底的大水塘。我们仨欣喜若狂，边跑边脱衣服，下饺子般朝塘里跳。也许性急，希望早点降温，也许我逞着水性好，一个劲朝水底钻，结果上层的水温高，下层的水温低，刚一下去我的腿就开始抽筋。先是左腿抽搐，无法用上劲，我便伸右腿，结果右腿也在抽搐。如果照此情形，我这天只能给鱼儿做伴了。好在我当时还没有紧张到犯糊涂，干脆潜到水底，用双手扒着锅底形的塘底，加速朝上爬。等我憋着一口长气窜上水面，伙伴们却以为我在表演潜水技术，个个朝我脸上泼水，气得我大吼一声，扬起拳头要揍他们个"狗日的"。

还有一次当挑夫的过程中发生了一件有趣的事。

这次是到金刚台上去挑炭。当时，我们到山谷对面的炭窑里装好木炭后，几个人就急急地往回赶。这时正是清晨，峡谷中蓝色的雾霭沿着谷底往山顶蔓延。我们一行人顺着长满灌木丛的崎岖的小路吃力地朝岭上爬，我忽然感到前面的炭篓子里散发出热乎乎的气息。我用手试了试，热气似乎愈来愈烈，我估摸是刚才从窑里扒出不久的木炭遇上空气自己又燃烧起来了。这里山坡很陡，路很窄，到山顶还有一段距离，炭篓没地方放，附近也没有灭火的溪水可供使用，如果任热量继续扩散，整个一篓子炭很快都会燃烧起来，用竹子制作的炭篓也会马上散开。正在危急时刻，我想到这天上山时，有人吹牛闲聊，说过他曾经碰到过此等紧急情况，结果是用自己的尿水化解了风险。当时走在一边的我只是当作笑话听听，没想到这笑话帮了我的忙。我马上如法炮制，果然消防功能十分奏效。我一直坚持到山顶，那篓炭也没再敢作祟。

后来到出版社工作，为冯骥才的散文集做责任编辑，读到他上泰山后写下的《挑山工》一文，我想，如果当年冯骥才看见我，也一定会说："瞧，那个小挑夫！"

不过，现在交通已经十分方便，沿着河流，新修了一条公路通到余子店，在我的家乡，挑夫这个职业，怕是已经不存在了。

打 柴 火

天大亮时，我们这支队伍已经走到金刚台的山脚下。回望庄家山，山顶平坦的部位，曙光已经将青黛色的山头镀上了一层金色的边缘，而更远处一层层的山峦，波浪一般，连绵不绝地铺向目光所不能及的远方。

这时，我们正在向方沟进发。

方沟是金刚台的一处峡谷。它的左边是猫耳石，右边是薄刀岭。傍着峡谷，是一条经年叮咚作响的小溪。金刚台上的每一条沟里都有一条这样充满灵性的山溪。小溪汇集到一起，灌溉着山下的田野，歌唱着从小镇旁流过，一直流到下游的淮河中。

方沟我不知已经来过多少次了。其实，这金刚台上的每一条沟每一道岭，我都攀登过无数次。平顶铺、南天门、大月亮口，小月亮口，皇殿，大黑槽，小黑槽，插旗尖，猫耳石，除了挑炭，挖药，就是上山打柴火。

打柴火就是砍柴，在我们家乡，大家都这么叫。

小镇四周都是山，按说，不用跑七八里地，攀到这陡峭无比的大山来打什么柴火。可是，"大跃进"时，全国要大办钢铁，超英赶美，小镇也不例外，把满山遍野的森林都砍光以备炼钢之需。刚开始是砍小山上的古树，接着到金刚台上砍。这些被砍伐的古树最后大多也没有进炼钢炉，而是放在山上都烂掉了。据说当时青年突击队比赛，看谁的树砍得多，如果有谁态度不积极，晚上就会被人"拔白旗"，成批斗对象，这一来二去谁也不敢再"妄议"，更不敢怠工，结果在斧钺之下，莽莽森林变成了濯濯童山。1960年，"大跃进"过后，我随着教书的母亲从牌坊迁到余子店时，还看见河床里到处都是随洪水冲下的巨大树干。这些大树搁在外面日晒雨淋，最后和时间一起烂掉了。

金刚台山脚距余子店有五六里路，距我后来下放的蒋家塆有七八里地。尽管这座高耸入云的大山困住了山里人，但山民还是感谢这座宝山养育了他们。大人们总是说，要不是金刚台上有橡子树，有葛根，有野果，"砍大锅"时不知要饿死多少人。当然，现在让山里人最直接受益的是年年生长的漫山遍野的灌木，砍了一茬又长一茬。这为山里人砍柴提供了一个最好的去处。

金刚台处在亚热带边缘，山高，树多；树多，品种多。除了成片的松、杉、杜鹃，还有栎、檀、枫、楸。我们到金刚台上打柴，主要是寻找已经枯朽的树枝，或者被人砍伐后已经干了的灌木。有时，我们也会寻找一块隐蔽的山坡，砍伐一片树林，过十天半月，待树枝干了，再来运回。但这要看运气，如果被某些打柴者发现，只能自认倒霉，反正大家都是如此这般。砍柴的人多，山下像样的柴火逐渐被砍光，为了寻找更好的柴火，人们就会沿着山势向上攀登，一直爬到山顶。这样，我与伙伴们从一条山沟寻找到另一道山岭，反正金刚台是集体的，不像村子前后的小山，分给了家家户户。金刚台山高坡陡，有很多地方，不仅没有路，而且只有一片片裸露的石板，人们朝下运柴时，不是平常意义的"挑"，而是将木柴的腰部和底部用具有韧性的树条捆扎起来，然后将尖担或扁担在底部穿过，横放在肩上。下山时，人在前走，柴火的尾部拖在地上，砂石和杂草四处飞扬，轰轰隆隆，仿佛神话中的一个怪物在追赶着前面的人。大家一直将柴火拖到平地，感觉很吃力了，再将尖担或扁担插到柴捆的中间，放到肩上挑。

山上没有像样的路，朝山下运柴时，人反应要快，腾挪跳跃，不能被石头或树根绊住。在穿过十分陡峭的石板路时，还要找准踏脚点，小心翼翼地一寸一寸往下挪。这时，上百斤的柴火在上方，人朝下运动时，柴火有顶推的惯性，这就需要力气和细心才不至于滑到崖下。碰到特别陡峭的石崖，就只能将柴火先推下去，人到下面再去捆扎。

上小学时，我便随着街上的伙伴一起到金刚台上去砍柴。我家的院子里，总是架着一堆从山上打回的柴火。只要看着那堆柴火，一种成就感在心中油然而生。不管打柴有多累，第二天，在伙伴们的吆喝声中，我匆匆吃过年迈的外祖母起早给我做的油干饭，穿上草鞋，带着镰刀和尖担，顶着满天的星光，汇入上山打柴的行列中。夏天雨多，邻居家没有柴烧了，便到我家来借，这时，我便感觉自己的价值总算体现出来了。不过，多余的柴火，我也曾挑到30里外的县城去卖，换个块把几毛钱。这时，我会揣着皱巴巴的纸币，到县城北关的那家新华书店里，隔着柜台，瞅着货架上新到的图书。

后来，我到余子店学校当代课老师，每周仍要带学生到金刚台上去砍一次柴。除了冬天用来取暖外，多余的部分销售给学校食堂，或者运到县城卖，换来的那点钱，用于给班级买粉笔，给老师买点灯的油，或者购班里考试用的卷子纸。1977年年底恢复高考，虽然我已报名准备应考，但每周带学生上金刚台打一次柴的安排还是雷打不动。

近年来，回到下乡时插队落户的蒋家塆时，说起打柴火，村里人告诉我，别说到金刚台上去打柴，后山的柴火就用不完。乡里年轻人都到外地务工，人少了，村里又用上了电和煤气，后山的树长得密密麻麻，野猪在里边快活，山鸡在里边养儿育女，人都不敢进去捉了。

但那些日子里夜空中闪烁的星光，一直照耀着我后来的岁月。虽然生活中也曾有过坎坷，有过曲折，可眼前只要闪过乡村的生活，心里便顿时释然。京剧《红灯记》里李玉和与母亲临别时曾经说过一句话："有这碗酒垫底，什么样的酒我全能对付。"虽然我对样板戏怀有偏见，可这句话我是记在心底了。

捉　鱼

那时，我住在大别山中的一个小镇上。小镇不大，弯弯曲曲卧在一个四围皆山的小盆地里。镇曰余子店，系元末在金刚台上占山反元的余思铭之子镇守之地。盆地方圆五六公里，东边，是一排高达千米形状各异的群山。有山顶形如月，一曰大月亮口，一曰小月亮口。大小月亮之间，便是余思铭当年带兵驻扎的"皇殿"。南边，则是连绵如亘的挥旗山，山因余思铭的队伍插旗而得名。过了挥旗山，便是邻省安徽。西边，是庄家山。山顶如砥，平如刀削斧斫一般。有山便有谷，有谷便有水。千山万壑孕育的溪水，汇聚到一起，从小镇边的一条无名小河流向远方。

小河并不宽，约十丈余。平时，多是裸露的石头。石头千形万状，大如磐石，如碾盘，如屋宇，如巨轮；小如群兽：如猴，如狼，如狮，如虎。石头不动，动的是潺潺的流水。水清澈见底，时见游鱼嬉戏。等到夏日雷雨时节，四围群山银练倒悬，眨眼工夫，小河便吼声如雷，水石相激，里余皆可闻其吼声。从山间冲下的树枝杂草，裹着混浊的河水，无遮无挡漫天里走去。但河水来得急也走得快，只要骤雨稍歇，小河片刻便安静下来，三五日，便温驯如初。这样，小河又成了我们捉鱼的好去处。

在石头遍布的小河里捉鱼，比不得大江大河或者水库堰塘。这捕鱼的方法既复杂而又简单：面藏从河里抱起一块石头，朝另一块躺在河水里的石头砸去。如果这块石头下有鱼儿，就会被剧烈的撞击震得昏昏然，然后就可以用手去捕捉。用我们当地的话，这叫"梃鱼"。这种办法简便易行，但要注意的是防止石头互相撞击时产生的石屑伤人。也有一种办法，是用长柄的钢锤，沿着河流，朝每一块石头砸去。在夏日的中午，人在镇上，河槽里传出"叮叮叮"的响声，便知有人在河里用钢锤梃鱼了。

还有一种办法是，选取可以截断的径流，等河水渐渐变小变少时，摘取河边一种具有特殊气味的柳叶，放在石头上砸碎捶乱，让柳叶的汁液渗出，沿径流散去，这时，躺在暗处的小鱼便会呛得朝清水地方跑。由于鱼儿喝了少许柳叶汁，昏昏然，用小网或手都可以捉住。

另有一种办法是在深水的地方用粘丝网捉。小河尽管石头裸露，但由于河水的冲刷，有些特殊地段，如有巨石裸露，水激沙移，便会出现一些或大或小的水潭。还有些水潭，是农民取水筑坝后形成的。潭阔约丈余，水深可及人。如天气晴朗，日光直射，潭底悉数可见：大大小小的鹅卵石，闪闪烁烁的石英砂子，五彩斑斓的鱼儿。这鱼儿时而在其间穿梭往来，优哉游哉，一派绅士风度；时而仿若空中蜻蜓，翕然不动，似在参禅顿悟。这时，悄悄地将网儿撒到潭中，人退到大柳树荫下，吸支烟，或跷起二郎腿，眯着眼，养刻把钟神，便会有鱼儿撞到了网上。这种网是用蚕丝织成，上有浮漂，下有小小的网坠。渔网如一道无形的墙悬在水中，恍若无物，鱼儿从远处游来，一头钻到网上面，感到不妙，便会拼命挣脱。结果愈动愈紧，渔网缠身，只好俯首就擒。那时这种丝网我家并没有，记得曾找人家借来用过几次。后来，喜爱捕鱼的姨夫从外地来，给我留下了一副旧的粘丝网。

除了河里，还可到田里捉鳝鱼。

捉鳝鱼是用一种竹编的篓子，上大下小，形如锥子。篓子口上，是一圈漏斗状的竹篾。篓子里，一般放上用火烧过散发香味的肉骨头。鳝鱼觅着香气钻进去，但出不来。这鳝鱼篓傍晚放在平整好的水田里，篓子口与水田的泥土高低相等。然后，在放置鱼篓的地方，插上一根绿色的树枝做标记，第二天清早，便可以收回篓子了。如果这块田没人刚刚捉过黄鳝，一般还是会有所斩获的。

那个时候，我对鳝鱼和蛇有些分不太清，特别是刚刚出生的小蛇。有一次，我将在水田里正在爬行的水蛇当成了黄鳝，一把将它紧紧地攥住。虽然我发现不对后丢得及时，但还是足足让我吓了一跳。以后很长的一段时间里，我看见黄鳝，都要琢磨半天是否又是一条蛇，免得一心想着捕黄鳝，没有看清便出了手。

当然，让我印象最深的一次捉鱼是我随母亲下放农村后的一次经历。

说是下乡，实际上是从小镇搬到附近一个叫蒋家塆的自然村里，唯一的区别就是家里从吃商品粮转为农村户口了。村子很小，十余户人家，三十来人。说是蒋家塆，实则皆姓吴。一天，队里会计吴某找到我，说带我到一个地方去捉鱼。

这次捉鱼不是去小河中，而是翻过塆前的一座小山，到山下一口水塘里去炸鱼。水塘大约有四五亩水面，三面环山，一面是层层的梯田。水塘属于鲍冲大队楼房村的，透过密密的马尾松林，楼房村黛瓦白墙隐隐可见。这种人工修筑的水塘除了蓄水灌溉外，便是用来养鱼。我们到了塘边后，他变戏法一般拿出一个空酒瓶，一管炸药和一只雷管，一节导火索。他将炸药和雷管放进瓶子后，将导火索塞进去半截……

他说他不会游泳，让我点燃导火索后将"手榴弹"扔到塘里。他叮嘱我，不要扔得太快，太快了导火索会被水淹灭；也不能太慢，太慢了如果没有扔到塘里便爆炸就不能震昏鱼。当然，他没有告诫我如果扔得太慢会炸掉自己的手。他点燃一支烟，然后递给我，一个人便快步跑到离水塘很远的地方。我那时在水利工地上已经学会了用炸药炸石头，当然，这种用玻璃瓶制作的土炸弹还是第一次使用。我不知从何而来的勇气，拿起他点燃后递给我的一支香烟，用力吸了一口，然后，将猩红的烟头伸向了瓶口的导火索。

第一次我没有将烟头对准，导火索无动于衷——可能我还是有些紧张。山洼里的水塘很寂静，我听见四周空气流动的声音十分刺耳。这是下午的时光，太阳已经隐到山后面去了，夜的翅膀正在缓缓张开。我深吸了一口气，再次狠狠地吸了一口烟，将烟头伸向孤零零的导火索。这一次，导火索发出"呲呲"的声音，有火花在迸射，一股火药的味儿钻进了我的鼻翼。我屏住呼吸，高举着玻璃瓶，约摸等待了半秒钟，用力将手中的瓶子扔进了平静的水塘。一条闪光的弧线，一声沉闷的巨响，塘里腾起丈余高的水花，接着有震昏的鱼儿拼命朝水面上蹿。我跃入塘里，捉了约三五条鱼儿。那鱼儿并不大，一斤左右。

还好，这次炸鱼没有被楼房村的人发现。隔了一段时间，我们又如法炮制了一次，但这次被楼房村的人发现了——可能是爆炸声报了信。他们一大群人找到了垮里，看见他们的人影，我知道大事不妙，就吓得躲了起来——因为家庭出身不好，害怕楼房村的人说我是故意搞破坏。他们在垮里大声嚷嚷了一阵，可能因带我去的会计和楼房村的人都姓吴，双方都不想把事闹大，会计赔礼道歉，保证下不为例，楼房村的人发完脾气也就走了。

那年，我 19 岁。

打　猪　菜

"郎对花，姐对花，一对对到田埂下。丢下一粒籽，发了一颗芽。……"

这是黄梅戏《打猪草》里女主角陶金花和小伙伴金小毛最经典的《对花》唱段。知道黄梅戏《打猪草》是很多年以后的事。我在乡下时，不知道这种劳什子还能入戏。

不过，我的家乡不叫打猪草，叫打猪菜。

我家是在下乡后的第二年开始喂猪的。乡下没有油吃，贫瘠的一块自留地里产不了多少芝麻，垮子里家家户户都养猪，我家也去买了一头可爱的小黑猪。小黑猪油光水滑，走起路来小屁股风情万种，上边仿佛安了个震动器，朝两边摆来摆去。一条并不太长的黑色小尾巴，在空中快活地旋转，像在抽打地上的陀螺。小猪是母亲还是姐姐买回来的，我完全忘了。不过，打猪菜成了队里放工后我每天的重要任务。

那是一年春天开始的三月，无论白天还是夜里，风都十分温柔，温柔得像一个孩子的小手在轻轻地抚摸你的脸蛋。田里的麦苗在伸个儿，各种各样的野菜星星般布满了山坡和地边。队里放工后，我跟着塆里的"陶金花"到后山去剜猪菜：蒲公英、面条菜、灰灰菜、苦菜、蒌蒿、荠菜、毛妮菜、刺儿菜、灯笼草、龙须菜……我提着个竹篮，拿着一把铁铲子。"喏，这儿，那儿——""陶金花"，不，吴家的几个姑娘带着我，在朝阳的山坡上来回奔跑，寻找可以让小猪娃食用的野菜。

当然，猪菜最多的时候还是夏天。夏天最容易获取的是浮萍。在我的家乡叫"胡飘"。取其"萍居""萍踪不定"之意。浮萍分绿色和红色两种。天气越热，浮萍繁殖愈快。水塘里，稻田里，远望如铺下一片锦缎。今天捞取了一大筐，池塘里露出天光云影，三两天便又生聚如常，一床锦被盖个满满当当。《诗经》里写："于以采蘋？南涧之滨。于以采藻？于彼行潦。于以盛之？维筐及筥。"记载的便是采萍的情景。《诗经》里采萍不是用来喂猪，是出嫁的姑娘要用其祭祀祖先。不过在乡下时，我们并不知道这么多的野菜可入诗。《诗经》首篇《国风·周南·关雎》里的"参差荇菜"，便是南方水塘里的一种水草，我们用长长的竹竿将其捞取起来做猪的饲料。但从诗里看，古人采野菜主要用来食用，大约当时没有培育出现在人们常吃的萝卜白菜，野菜是他们的主要菜肴。如《邶风·谷风》里写到"荠菜"时，诗人就称其甘甜无比。"谁谓荼苦？其甘如荠。宴尔新昏，如兄如弟。（《周南·荼苢》）"而"荼苢"是车前子，这种野菜可入药，也可喂猪。"采采荼苢，薄言采之。采采荼苢，薄言有之。"蕨菜今天仍沿其名，《召南·草虫》里唱道："陟彼南山，言采其蕨；未见君子，忧心惙惙。"当然，古人写诗讲"兴观群怨"，采野菜的过程主要用来起兴，"关关雎鸠，在河之洲。窈窕淑女，君子好逑。"其本意是寄托男欢女爱的幸福或忧伤。

我不知道吴家塆的姑娘当年与我一起"采萍"时，对我这个十六岁的"金小毛"是何印象。反正那时我已经到了力比多旺盛的年纪，但由于家境，由于我的出身，我不敢对她们抱有奢望。所以，我与塆里的姑娘之间也没有任何两情相悦的故事。话说回来，如果她们中的某一位垂怜于我，射出了丘比特的箭，而后来我读书又离开了塆子，说不定其中的某一位会成为可怜的"小芳"。

当秋天来临时，浮萍、水葫芦已经没有了往日的繁盛，我家那片自留地里的红薯藤开始派上了用场。这红薯藤短约尺余，长及丈把。采回后要将其切碎，再加上糠麸和洗米水，煮熟后用来喂猪。不过，我家只有一口铁锅，往往是吃完饭后，再在锅里煮猪食。随着日子的流逝，我家的小黑猪一天天在长大。白天，它和村里的伙伴们一起在后山上、稻场上闲逛，用翘起的鼻子四处寻找点心，淘气地将后山拱得一片狼藉；晚上，就睡在厨房的土灶旁边，借着余温做它的美梦。有时，它也会凑到我们身边，撒娇一般用它愈来愈肥大的屁股在人们的腿上搔痒。有时，我们让它到隔壁的牛棚里去，与队里的两头老水牛调情。说是调情，其实小黑猪从小就被解除了男性功能，大不了表示下同类的友好罢了。

冬天的时候没有新鲜的野菜，我家的小猪也已长到了一百多斤了，平时留下的萝卜叶子，白菜叶子，储藏的红薯藤，便成了喂猪的饲料。这时候，人们也会调整饲料的比例，少用添加剂，尽量在最短的时间里，将小猪催肥。进了腊月，时断时续的雪花飘零时，塆子里便响起此起彼伏的猪叫声——那是杀年猪的季节。杀年猪在乡下是一件很隆重的事儿。一家杀猪，家家户户都来帮忙，然后，主人家会将猪的内脏煮上一大锅，全村人都来吃"猪晃子"。或者，主人盛上一大海碗热腾腾的肉块，朝没有来人的邻居家送去。杀猪的是余子店街上的朱大爷，个子不高，但人很有劲，一刀下去，再大的猪也不得动弹。吹气，刮猪毛，一个时辰，红白分明，最后，朱大爷拿起那副属于自己的猪小肠，吸口烟，又赶往下一家。

小黑猪也到了这一天，我们是又盼望但又有些不舍。小脚姥姥一大早看着黑猪在念叨：小猪小猪你别怪，你是阳家一刀菜；今年早早去，明年早早来！小黑猪在朱大爷白刀子进红刀子出后成了我家餐桌上的佳肴，给那个缺油少盐的时代平添了很多幻想色彩。只有姥姥偶尔会说一句：如果小黑猪还在，不知长到多大了？

不过，听乡下来的人说，农村现在家家户户也不养猪了。每个家庭年轻男女都外出务工了，老人在家，也没有精力喂猪；加上猪饲料贵，只有大规模的养猪场养殖才能获利。但我很怀疑养殖场里那种在短时间内就催肥的猪其肉质的营养。不说加瘦肉精，加激素，光是那猪的生长环境，就无法与那些在乡村屋前屋后优哉游哉生长的小猪们相比。据丹麦的研究表明，猪的生长环境，于猪肉的营养，是有一定关联的。何况，乡村里养猪，是用"诗"，用大自然的精华——无污染的野菜养大的呢！

农业学大寨

稻谷收割完了，田野空荡荡的，只有孤零零的稻茬还残留在水中。零零星星的再生稻，晃着瘦弱的小身子，在日渐寒冷的田野里顽强地挣扎着。有一只两只白色的鹭鸶，悠然自得地在田野上游荡，寻找可能出现的猎物，回味逝去的夏日时光。田埂上，五彩缤纷的木梓树已经卸下了浓妆，白色的果实，开始绽出幸福的笑脸。为播种冬小麦薰烧的土肥冒出的青烟，在初冬的晴空上画出一缕缕若有若无的问号。塆子的稻场打扫得干干净净，稻场一角的两个稻垛，缩着头，依傍着站立在寒风中。这时，学大寨又要开始了。

学大寨是 20 世纪的一项政治任务，到了冬天，大队部外那个大喇叭里播放的除了高亢的革命歌曲，便是各地学大寨的英雄业绩。就连余子店街上偶尔放一次电影，荧幕上晃来晃去也是系着白头巾的英雄形象。一拨又一拨从大寨参观回来的干部，像打了鸡血般亢奋。村庄斑驳的黄土墙上，到处是用红色的颜料涂抹上的标语："学习大寨好榜样"、"敢教日月换新天"。对于我这个刚下乡的青年而言，平时在生产队里劳动，看来看去都是那么几个熟面孔，听说全大队的劳力集中到指定的地点去学大寨，我也有几分热血沸腾。

那一阵，我和队里的劳力一起到五十里外的河凤桥公社修铁佛寺水库灌渠，到余子店小镇上面的河滩修农田，还到小镇后山冲里修小水库，当然，也在生产队里学习大寨整修农田。

学大寨的工地上无一例外的是人山人海，红旗招展，喇叭声声，铁姑娘队、青年先锋队、老黄忠队，誓师大会，表决心，喊口号，喇叭里播放着高亢的音乐。那歌曲唱的是：

> 学习大寨赶大寨，
> 大寨红旗迎风摆。
> 他是咱公社的好榜样呀，
> 自力更生改变穷和白。
> 坚决学习大寨人，
> 敢把那山河重安排。

那时拖拉机很少，修农田和筑河堤，主要靠人工拉车，运泥土和石块。余子店上游那条从金岗台上流下的小河里，全大队的劳动力，曾经用一个冬天的时间，将河流裁直，从很远的地方运来泥土，填出几十亩的河滩地。但是，第二年洪水太大，河水漫过了河堤，河滩田又变成了石头遍布的河道。不过，那时学大寨是政治任务，是否科学合理，没有人敢质疑这个问题。我所在的塆子下面撑腰石曾经计划修一座水库，为此我那个生活了十几年的余子店小镇，居民迁走了，房屋大多拆了，山上蓄水线下的树木都砍光了，后来水库突然又决定不修了。当然，对于学大寨的成果，不能一概而论。在集体经济时代，兴修水利整治农田，还是有积极意义的。我家乡商城修建的铁佛寺水库、鲇鱼山水库，对于根治淮河水患，灌溉农田，到现在还发挥着很大作用。

无论是修水库还是筑堤坝，都需要大量的石块，好在我的家乡，到处都是坚硬的花岗岩。这花岗岩以白色为主，主要成分是石英和云母，太阳照在上面，有闪闪烁烁的斑点。我在学大寨的工地上，跟着生产队里的吴宗杰，也学会了炸石头。

炸石头先要在花岗岩上用钢钎打出一个深孔，然后填上炸药。打孔当时没有机械，只能人工操作。其中一个人用手握着钢钎，另一个人挥舞铁锤，叮、叮、叮，每一锤要准确地砸中钢钎的顶部。手握钢钎的人双手要不停地转动钢钎，防止洞孔打偏。一般情况下，打锤的人比较累，掌钢钎的与打锤的人要交换着操作。刚开始的时候，轮换到我打锤的时候，总是不敢举高，担心砸不准钢钎。后来虽然也曾出现过几次差错，但终于还是掌握了这门技巧。

洞孔钻到一米多深后，就开始填炸药，放雷管，然后，用一条长长的引线，牵到远处点燃。引线要长到让"点炮"的人足够跑到安全地点为止。

一声轰轰隆隆的爆炸声后，那石头便会离开大山的怀抱，大大小小的散落在山谷四处。不过，这炸开的石头往往还是形状各异的庞然大物，需要将它们剖成长方形的石块，才能用来砌坝。

剖石块是一件十分精巧的手艺。要用短短的钢錾，在石头上凿出一排石孔，然后放上上大下小的钢镆，像弹钢琴一样，用钢锤逐一在上面敲击施加压力。那石块虽然坚硬，但经不住钢镆的冲击，只能一块块乖乖地俯首听命。

石块打好后要运到堤坝上去。如果是开阔地，一般用架子车运。如果不适宜，就要用人抬。这抬石头一般是两个人，前面一个，后面一个，起身时，两人要同时站起，否则重量会移到后站起来的人身上。我刚到生产队时，只有16岁，与队里劳动力一起干活，他们总是故意地出我的洋相，把我压趴到地上。但我不能认输，石头再重，我咬着牙也要站起来。

在水库工地上我学会了打夯。这打夯一般是两个人或者四个人一组，多者也有六到八人。中国文学的起源，开始就是集体劳作的产物，鲁迅先生说是"杭育杭育派"。这打夯要由一人领唱，其余人跟着和，才能步调一致。这打夯歌的大意是：（领）大家抬起来呀，（合）嗨哟荷嗨呀！然后，这歌词就随着领队的自己编唱了。

我到了余子店学校任代课老师后，把在工地打夯的情景写了一首诗，叫《女夯队》：

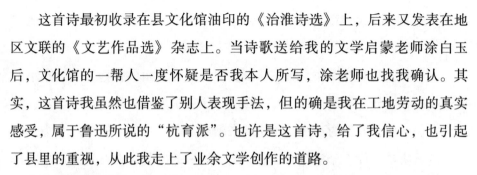

> 年纪不过十七八/一色小辫扎/打着赤脚两腿泥/脾气火辣辣/去年上工地/个个决心大/望天冲成立石夯队/袖子一捋全包下/东岗布下阵/西岗把营扎/早练披晨雾/晚练送彩霞/夯起一座峰/夯落春雷炸/夯留一库银/夯实一道坝……

这首诗最初收录在县文化馆油印的《治淮诗选》上，后来又发表在地区文联的《文艺作品选》杂志上。当诗歌送给我的文学启蒙老师涂白玉后，文化馆的一帮人一度怀疑是否我本人所写，涂老师也找我确认。其实，这首诗我虽然也借鉴了别人表现手法，但的确是我在工地劳动的真实感受，属于鲁迅所说的"杭育派"。也许是这首诗，给了我信心，也引起了县里的重视，从此我走上了业余文学创作的道路。

虽然从早到晚地参加大队组织的学大寨很累，但工地上人山人海，歌声嘹亮，大家说说笑笑，心情还是很舒畅的。但后来，大队里组织"地富反坏右"五类分子和子弟学大寨，就带有惩罚和劳动改造的意味了。

本来，我的父母亲在新中国成立后都参加了工作，哥哥姐姐都在知青点，由于我是与母亲一块下乡的，队里一度也把我这个穷光蛋算进了有产阶级的行列。

我在另外的文章中曾经写道，我的祖先"学而优则仕"，明清之际有13个人中了进士。我的高祖父子四人在清嘉庆年间同朝为官。其父亲是嘉庆六年的进士，大儿子是嘉庆十四年的进士，二儿子三儿子同在嘉庆二十四年中了进士。父亲官至顺天府尹，大儿子官至直隶布政使，二儿子官至浙江布政使，三儿子官最大，做到了体仁阁大学士。他们做了官买田置地，结果过了一百多年，害得我这个"生在红旗下长在红旗下"的后裔却要为他们当年的寒窗苦读"背锅"。

那一年，我和那些"五类分子"一起做了二十多天的义务劳动。这种劳动是不付工分的，主要是为大队抬石头挑土修水电站，到深山里去抬硕大的树木回来做大队部礼堂的屋梁。干活苦和累不说，主要是被打入了贱民的行列，见了人抬不起头。每天我在家里时，最害怕听到的就是队里的会计在屋后高声地嚷："周——百——义，大队通知明天你去做义务劳动!!!"会计的声音很大，每一个字里都透出他的快意与幸灾乐祸。

因为哥哥和姐姐都是知青的缘故，他们虽然与我一样"出身"不好，但在知青点里没有这种"特殊待遇"。我曾经向在外公社插队的哥哥倾诉这种苦楚，哥哥说这不对，我们是"可以教育好的子女"，又不是"五类分子"。在哥哥的鼓励下，这一天，我鼓足勇气去了十里外的公社，找了公社负责知识青年的书记。书记个子不高，脸上还有几颗麻子，他听了我的"控诉"后，觉得很诧异，脸上的麻子都有些移位。他当即表态：政策没有让家庭出身不好的子弟去劳动改造一事。何况，你还是作为下乡知青。你回去，我们要给你们队里打电话。

回到队里后，第二天，大队通知我去。我估摸是因为我到公社告状之事，一路上心里七上八下。大队支书刘方清与当教师的母亲本来都很熟，他的孩子都是母亲的学生，有些还是我的同学。他一副知识分子模样，上衣中山服口袋里总是插着一支自来水笔，平时见了我态度还和蔼，但这次瞥见我就沉下脸，教训道："你有什么情况不能向我们反映，还要跑到公社去？"

我嘟嘟嚷嚷几句，并没有正面回答他。我心里想，向你反映有什么屁用。1971年林彪在内蒙古机毁人亡后，大队向全体社员传达中央文件，你们不是在大喇叭吆喝，把我这个"地主羔子"驱逐出会场了吗？你知道吗，那时，当我从几百人的会场里咬着牙垂头丧气地走出大门时，头顶的整个天空都在旋转。

大队支书因为这事虽然不高兴，但我等五类分子子弟参加义务劳动的事儿从此还是一风吹了。大队里那些与我一根绳拴着的蚂蚱们，从此见了我，在很远的地方就开始向我行注目礼。那目光里，透出的是感激、庆幸和同类的温暖。

年 味 儿

吃了腊八饭，就把年来办。

这句民谣，流传在中国的城市和乡村，南方和北方，中国人对年的重视，由此可见一斑。人们心中的"年"，不光是包含整个春节的长长的日子，还是一个可以触摸，可以拥抱，可以融在其中的时间符号，是一个热乎乎的，可以寄托很多情感的仪式。

其实，在我的家乡，对过年的重视，不仅是从腊八起，而是从头一年开始，就要考虑下一年过年时的食品。

春天来了，有能力的家庭，会养一头猪，留着过年时杀年猪。还会养一群鸡鸭，生下蛋除了换取日常开销，就是为了丰富过年的餐桌。哪怕平时采摘的花生、黄豆、葵花籽、南瓜子，也要高高地吊在屋梁上，留着过年时一并饕餮大吃。

那时，我已经下放到大别山中的蒋家塆了。生产队还是大集体，凭工分吃饭，平时生活很清苦，不说吃肉，菜里油都很少，但一进了腊月，人们突然变得"富裕"了，积攒了一年的物资，都集中放在这个时候享用。

杀年猪是乡下人筹备过年的头等大事。养了一年的猪们，已经由小仔仔变成了肥头大耳的天蓬元帅。当余子店街上的朱大爷扛着他杀猪的家什走进塆子后，人们终于明白要与猪们说再见了。嗷嗷的叫声回荡在山村的上空，空气中陡然有了激动人心的声音。白刀子进红刀子出后，支在场院的土灶吞吐着红色的火焰，最后，帮忙的乡亲们围着铁锅大快朵颐。半个月后，一块块腊肉便会出现在大家的院子里享受阳光；长长的香肠，盘在一根根竹竿上，无精打采地依着院子的桂花树，慵懒地等待着年的光临。

队里有两口水塘，一口在塆子的门口，一口在后冲里。春天，从很远的地方买来鱼苗，那种用肉眼几乎看不见的小小的鱼苗，队长小心翼翼地将他们送进水塘里。春天走了，夏天来了，天气热的时候，会偶尔有鱼儿跃出水面。进了腊月，队里借来渔网，说是要捕鱼。这时，塘的四周，站满了全村的男女老少。当渔网沿着水塘边从东到西拉过去时，人们屏声静气，担心会不会捕空，没有想象中的鱼儿出现。等到了塘角，有鱼儿争先恐后地跃出水面时，鱼塘四周会响起一片欢呼声。那鱼儿仿佛受到了鼓舞，人们的叫声越大，它们就跳得越高。

队里的稻场上，放着一堆堆奄奄一息的鱼儿。有鲢鱼、草鱼，也偶尔会有几条红色的鲫鱼。分鱼是队里的会计负责，他按照每家的人数决定大小和多少。在我的家乡，没人晒干鱼，而是用瓦坛腌制一种半腐半咸的"筒鲜鱼"。鱼很鲜，很嫩，但有一种淡淡的臭味。这种饮食习惯，只有地道的商城土著才敢享受。

进了腊月，还有一项任务，就是挂挂面。

挂面是家乡过年时的一种主要的食品。它做出来细如发丝，洁白坚韧，便于保存，过年期间如果来了客人拜年，不管是不是吃饭的时间，主家一定会下上一碗挂面，请客人"打个尖"。盛满挂面的碗的下面，往往会卧上几个荷包蛋，或者几大块红烧肉，这才显得主人家的热情。下乡后的第二年，我在邻居家观摩后，也便开始学着做挂面。

头一天晚上，将面粉掺上水和盐，在大瓦盆里反复的揉搓，然后，盖上半干半湿的白布，让面"醒"上半夜。第二天要起个大早，在太阳出来之前，将面在盆里再反复揉搓，上面洒上香油，盘成一圈圈的大面条。等到太阳出来后，就可以开始做挂面了。这挂面是用两个很长的竹筷，将粗面条缠在上面，然后挂到搭好的有一排排圆孔的木架上。面条有下垂的力量，再辅以人工，会逐渐地变细变长。这做挂面的面质量要好，和面的火候要掌握到位，拉面时要掌握一定的技巧，不能太快，太快会拉断；也不能太慢，太慢如果面已半干就拉不动了。成功还有一个很重要的因素：天气要帮忙。如果碰上了多云或者阴天，这挂面就麻烦大了。这时，需要用火烘烤，否则面条会下坠，变成一摊稀泥，但无论如何伺候，这种天气做出的挂面总不会多么理想。

虽然我也在乡下做过几次挂面，但总的来说，失败的时候居多。

过了小年，祭过了灶王爷，年味更加浓了。不过，我下乡的时分，没有谁家里还敢摆有什么灶王爷。祭灶王爷的习俗，不过是年纪大的人嘴里偶尔流露出来的。孩子们如果听见了，会立刻反驳一句：都什么时候了，还迷信！大人害怕小孩到外面说起这事，招来不必要的麻烦，会警告孩子：我这是说过去的事。

要过年还有几件事：磨豆腐，做糍粑和米酒。不过，我的家乡，将"做"叫成"打"。如打豆腐、打糍粑。

打豆腐按习俗是腊月二十五，但队里磨子少，家家户户都要准备过年，便会有人家提前到腊月二十四，就这样，还要排好队，计划着谁先谁后。

黄豆是生产队里分的，或者是自家的自留地里种的。（我到蒋家塆后，因为好地都已经分完了，队里匀给我两块瘠薄的沙地，我种芝麻、花生，也种黄豆和红薯。）黄豆淘洗干净后，要用清水泡上一天。磨子是公用的，架在塆子西头吴宗洁家的院子里，旁边，砌有一个煮豆浆的大锅。

泡好的豆子放进上下两片石磨的肚脐眼里，一个用绳索吊在半空的横杠，通过前后驱动，带动石磨不停地旋转。白色的豆浆和豆渣，从石磨里汩汩地流出，汇到下面的一个大木桶里。磨豆腐要两个人配合，一个人转动石磨，一个人负责添加黄豆。

磨出的豆渣和豆浆，需要放进一个吊在半空的粗布里，通过上下左右来回晃动，让豆浆从布缝里渗到下面的大盆中。然后，将漉出的豆浆倒进大锅，加火，煮沸片刻，等豆浆上面出现一层层漂浮的豆油——我的家乡叫"豆腐黄鳝"，豆浆就煮好了，这时熄灭锅下的柴火，豆浆就可以舀到一个木桶里了。

下面的一道关键工艺，是要"点"豆腐。

"点"豆腐是一个技术活儿——将烧过的石膏砸碎，研成粉末，然后，按照一定的比例放进豆浆中。多了豆腐太"老"，少了豆腐太"嫩"。

等到出现"豆腐脑"，就可以舀到铺有粗白布的木匣子中了。四四方方的木匣子上面会压上重重的石块，或者施加有一定重量的杠杆。第二天，便会有沉甸甸的雪白的豆腐。

不过，那时我家豆子不多，一年只能做个十几斤豆腐。年一过，家里就没有了。不像有些人家，腌豆腐，晒豆腐干，一直吃到三四月份。

打糍粑要等到腊月二十六七。我家没有蒸笼，蒸糯米的蒸笼是从邻居家借来的。小脚的姥姥负责掌握火候，她踮着脚尖，不时地检查蒸笼里的糯米是否烂熟。打糍粑是用队里一个废弃的石碓窝臼，就放在我家门前的稻场上。有人已经洗干净了，并且使用了多次。当我将热腾腾的糯米饭倒进窝臼，不用我去喊，邻居们就围上来帮忙。打糍粑是个力气活儿，但增加了过年的气息，同时，参与者都可以吃上一团热乎乎的糍粑。

糍粑冷却透了后，用刀切成方块，存放在家里。如果时间长，要放在清水里，三两天换一次水。春节的时候，早餐和夜宵会用米酒"下"糍粑，如果来了客人，也会用来招待拜年的客人。有时，与挂面一起煮。糍粑的好坏与糯米的质量有关，在我的印象中，蒋家塆的糯米不是很黏，可能与品种有关。

我家也会做米酒。过年的时候，米酒与糍粑是家乡招待客人的重要食品。

米酒和糍粑的原料是一致的，都需要上好的糯米。糯米蒸熟后，拌上碾碎的酒曲，然后用一床棉被或棉衣将瓦盆整个儿包上，大约三五天，糯米饭会发酵，渗出清亮亮的酒水。米酒又酸又甜，甘醇爽口，单独饮用，或者用来煮汤圆、煮糍粑，是过年时的一道美食。

到了腊月二十九，家家户户开始炸豆腐泡、炸圆子、炸鱼块、煮腊肉、卤鸡鸭鹅。孩子们围着父母，不停地品尝刚刚炸出的圆子、香喷喷的卤肉。或者，到一起交流对年的感受，谝一谝谁谁有了新衣服。村庄的上空，飘散着浓浓的香味，偶尔，会传出一声两声爆竹的声音。

年味儿，凝聚着一家人对幸福的渴望，降临到我的小山村。

乡间的厕所

平时不太看报纸了，前些时偶尔一翻，发现所有报纸的头条都是总书记关心农村厕所改造的事。总书记日理万机，人在中南海，农村厕所的事他都看得清清楚楚，让我等也曾下放过农村的青年感慨系之。

1969 年，山东一位姓侯的和一位姓王的老师建议：教师要到农村去接受贫下中农再教育。母亲是老师，当然不能不响应"侯王倡议"，结果就带着姥姥和我，到镇上三四里开外的一个叫蒋家塆的生产队去落户。奇怪的是，塆子里十几家人没有一个姓蒋的，却都姓吴，四兄弟繁衍下来，五十几号人。队里说，这个村旱涝保收，在全大队里算是条件好的。当时我读了一年农中，早就辍学在家，听说到这么个鱼米之乡去，心里乐开了花。没有去生产队前，我做了一个梦，梦见我家里有一个院子，院子里开满了各种各样的花，蜜蜂飞来飞去，挺有诗情画意的。结果到队里去后，不仅没有院子，还要住到生产队原来的牛棚里。

因为我家要去，队里临时将牛棚移走了。这牛棚墙面是用黄土筑的，屋顶是用麦草搭的，共有两间。房子不高，站在屋子里伸手可以摸到房檐。里边原来放有一个碾米的大石碾子，套上牛，这牛就围着碾子转呀转，从清晨转到黄昏，吱呀吱呀，想想挺有诗意的。这碾子现在不用了，他们就在地上挖个坑，将这"诗"埋在地下，上面盖上一层薄薄的黄土。刚进去时，我们就感觉屋子里有一种牛屎尿的骚味，到了下雨天，后山上的水渗进来，那骚味就更浓。因为这牛不懂得什么是"文明"，在屋子里随意的拉屎和尿。这时，屋子正中的碾子就清清楚楚地凸显出来。全屋子地面都是湿的，只有碾子一块是干的。我那时就喜欢文学，碾子是怕我把那"诗意"忘了，就不显山不露水地站出来让我欣赏。

队里牛的厕所和栖身的地方没有了，就打算在我家棚屋的旁边再搭一间牛棚。这牛棚与我家共用一面山墙，另外一面山墙再用土坯砌一道。那天下午，这墙眼看砌好了，已经到了三角形的顶部了，还有一会儿就完工了。忽然，在上面砌墙的吴宗杰突然说：不行了！一眨眼，丈余高的土墙就朝一边倒下。那天我的工作是抱着一棵小树，供上面的人扶着树干保持平衡。我仰着头看上面的进展，见状马上丢下树干跳到一边。墙没有砸到我，那吴宗杰像撑竿跳一样，抓住树也跃下来了——他只受了点轻伤。后来，这牛的住室兼厕所还是盖好了。

牛有了厕所，我家却没有。这农村家家户户的厕所，都是盖在塆子四周，主要是房前屋后。我家来之前，这塆子里厕所布局已基本完成。村里除了公家的地，自留地也都分了下去。我再到别人家的地里去盖厕所也没有人同意。这样，全村家家都有厕所，唯有我家这个外来户没有。

这农村说是厕所，阔气点的，是用土坯墙搭个草棚，简陋的，就是用三根树干，上头扎住，下面放开，一个圆锥形的茅屋。无论是土坯墙砌的还是用三根木杆撑的，都十分低矮。农村人肥料十分金贵，俗话说的"庄稼一枝花，全靠粪当家"。家家都是用一口买来的大陶缸埋在下面，上面放一块窄窄的木板，人进去了，蹲在木板上方便。也有人家没有木板，就在缸沿上解决。这方便时大便从上飞流直下，伴着响声，会偶有粪水溅出粪花，溅湿屁股的事时有发生。由于粪便直接存放在陶缸里，臭气四溢，下面的蛆万头攒动，只有习惯了蹲在上面的人才能自如解决。那时农村并没有手纸之类，要提前备好木片、石头片儿或者茅草之类的便后擦净。

我家没有厕所，如有大便之类的，只好借用塆子里邻家的厕所了。好在家家都欢迎我去光临，因为这是在帮他们家积肥。我一般借用的是塆子里吴四爷家的，就在塆子口的上坡地方。我往往会观察他家厕所里是否有人，没人的时候，就快速前去。但偶尔也有撞车的现象，往往是厕所里的人听见外面的脚步声，会咳嗽一下，暗示里面有主了。这农村厕所，从来不分男女。如果撞见媳妇大妈，双方也就低着头走开，装着若无其事一般。但若撞见大姑娘或者二八小女，她们往往会满脸桃花，一副羞涩模样。也有媳妇撞见自己的公公之类的事，这时媳妇头会垂得很低，仿佛做错事了一般快步走开。

后来，因为也要积肥，我家就在村头也埋了一个陶缸，存放从家里马桶带出的粪水。但陶缸上一直没有盖上个小房子，那地方太狭窄，到我离开也没有属于我家的正规厕所。没有厕所，我也从来不习惯用马桶的，如果是大便，人家厕所有人，我就到塆子外的竹林或山上去解决，如果是小便，又是夜里，不敢走得太远，我就到隔壁的牛棚里，借用下牛的厕所解决——反正，它们也不讲什么文明的。

现在想想，让我再去乡间那种厕所，也会畏惧三分的。早年每次带儿子回乡下去，他都和我谈条件：坚决不在农村厕所方便的。现在好了，有领袖号召厕所革命，如果全国上下通过学习有关文件，焕发革命干劲，促进农村厕所改造，也不失为一件好事实事。

涂鸦伊始

有人的处女作即成名作、代表作，我的处女作是一首不值一提的小诗，一首带有深深的时代痕迹的小诗《女夯队》。但这首一二十行的小诗，揭开了我一生和文字结缘的序幕。

忆及这首小诗的写作前后，二十二年的山地生活，那贯注着艰辛、屈辱、挣扎、奋斗的眼泪和汗水的日子又如浮雕般凸现在眼前。我生在大别山里，长在大别山里，小学毕业后，因为"出身"不好，读了一年农中即辍学了。之后，随当教师的母亲下放到农村，十五六岁的我，不仅要和男劳力一样干各种农活，还要经常去和所谓的"五类分子"一道做不给报酬的义务工：修路、建学校，到遥远的大山里抬树……后来，在母亲的四处奔走下，我得以到余子店学校当代课教师。一连三个夏天，我没有睡过午觉，如饥似渴地四处寻找可以找来读的书籍。我从一位正读高中的朋友手中借了两卷《红楼梦》，自己订了两个本子，抄下了书中的诗词、生字，总结了每一回的中心思想和艺术特色。一本反映知青生活的长篇小说《江畔朝阳》，我像拆机器零件似的，归类分析，那书中的细节到现在我还记忆犹新。我用一个小本本专门记下读书时碰到的每一个生字，然后查字典，弄清读音、涵义，再抄到一张纸上，贴在屋子显眼的墙壁上。知识的逐步增多，环境条件的改善，我又重温起读小学时便萌生的文学梦。先是在日记本上涂鸦，（刚才为写这篇短文，我又重翻阅了1973年以来的近10本日记，人生如梦，感慨良多，不由热泪盈眶）接着为应付各种节日在墙报上试笔，其间偷偷给《河南文艺》《河南日报》投过稿，但都给退回来了。后来，我小学时的老师涂白玉听人说我爱好文学，便谈到地区拟出治淮诗集之事。我写了两首小诗，《女夯队》选上了。先是在县文化馆油印刊物上登了，后来地区《文艺作品选》又登了。当时可能他们认为小诗还像回事，以至于有人怀疑我是从哪儿抄的。

此后，我断断续续发表了一些有用和无用的文字，现在回头看看，这既不是像康德所说的是一种"游戏"，也不是黑格尔提出的"理念的感性显现"，我创作是为了表明我的存在、人生的价值，是为了"宣泄"我心中的爱和恨。这有点近似于弗洛伊德的"升华说"和厨川白村的"苦闷的象征说"。我今生的创作道路也许和我的处女作有什么神秘的联系，我至今仍像家乡打石夯的女子一样，艰难地一下一下地在短暂的人生之旅中夯下自己的痕迹。我只希望，当命归黄泉之后，亲人们能将我平生涂鸦之作焚一份于我墓前，告慰那个不甘寂寞的"打夯人"。

求 学 小 记

我这一生，与上学有缘，又没有缘。说有缘，终于读到大学毕业；说没缘，从小学到大学，几经周折，历经坎坷。

我是在层层叠叠的大别山里读的小学。上小学时，在班里当了五年学习委员，一年班长，其成绩可想而知。参加升学考试，出考场后和老师对卷子，语算两门几乎满分，可是发榜时，我却名落孙山。那是 1965 年，当时正在大谈"阶级斗争年年讲，月月讲，天天讲"。我家用一位叫黄毛的同学的话说：是双料的——父亲是右派，家庭又是地主出身。当时，我并未认识到这一点，是这位也是地主出身的同学提醒了我。这位同学与我为一件小事发生了龃龉，他搬出了这句足以使我无地自容的话，以此证明他比我还有几分优越。

当时妈妈也在我读书的学校里当教师，家里是吃商品粮的，我才十一岁，不读书又去做什么呢？这一年，我复读依然很认真，考完后感觉也不错，可是，发了榜后，仍榜上无名。那是一个炎热苦闷的夏天，两次落榜的打击，已使少年的我感到有几分羞愧。开学前的那一段，妈妈总是安慰我：说不了有候补的呢。于是我就天天盼着邮递员，盼着那个靠步行进山的瘦个子。姐姐也少不了变着法儿安慰我，弄得我一天三惊，一天三喜，连夜里也总是在做上学的梦。

新学年开始后，我又进了队办的农业中学读书。教我们的开始是一位大队会计，后来是小学一位很有私塾底子的张老师。但当时已经不兴读书了，何况我们又是农业中学呢？课程主要是上山开荒、打柴、挖药……到第二年，"文化大革命"开始了，学校停了学，我们也在那儿瞎闹闹搞了几天"革命"，这样，我的"中学"生涯就宣告结束了。1969年的冬天，我随当教师的母亲，还有外祖母一块下放到了农村。

过了几年，开始招"工农兵学员"，我催促妈妈四处周旋，队里也就答应让我去试一试。当时，招生采取"三结合"方式，其中有教师、贫下中农代表、学校三方，经过生产队、大队、公社三级推荐才行。因为妈妈原来一直在这儿教书，所以各方还算照顾。最后到了公社这一关时，一般而言是比较重要的，往往要由招生的学校面试一下，我往往是鼓足勇气，第一个上台发言。内容不外乎大批判之类的，以期博得招生学校的重视。但不知为什么，读书总与我无缘。一连三年，我都在做这个没有结果的梦。

没想到，又过了一年，"四人帮"被粉碎了，十月份，报纸上登载了各级学校重新恢复考试的消息，我那已经死寂的心又在蠢蠢欲动。当时，我在一所乡村小学当代课教师，每周22节课，十分忙，但求学的欲望十分强烈。我本来没有学过数学，可也每天找来数学书演题，而地理这一门，我连地图也没有看一眼，心想，考大学还会看地图！就这样，每天上完课，或者带着学生上山打柴归来，我拖着疲惫的身子，满怀希望地在油灯下做着大学梦。用我当时写的一首"诗"形容，是"一席春风来，得尔复苏燃。长烛夜专夜，冥思天连天"。

高考后回到学校，我便焦急地等待着消息。真是望穿秋水，可谓"盼之又惧之，不知是何缘"，我不断地用各种招数，包括丢硬币、分析梦境来预测我这次考试的结果。

后来，人人见我都谈我考试之事。不少好心的人甚至传说我被北京大学敲锣打鼓接去了，可是，体检后，日复一日，又是泥牛入海。二月中旬，一个下雪天，我独坐窗前，信笔写道："三餐不香语无端，夜夜卧床难熟眠。阅书不知书何处，掂笔不知起笔点。人生一跃学门事，竟如此日飞雪天。"接着，又不断传来我认识的一些好友被高等学校录取的消息，我的心于是整日被一块沉重的铅坠着。一天下午，涂老师带我到郊外去散心，尽管他说了许多宽心话，可我苦闷的心仍旧黯淡忧郁。到了三月下旬，涂老师从郑州给我来了一信，说我录取在潢川师范学校。我松了一口气，虽然是中专，我也知足了。这是我一生的前二十几年苦苦追索才得来的报偿。

当然，虽然读了中专，我又作为高材生留在学校教了一年书，但我总觉天下之大，这么多人都上了大学，我连这几十万分之一也不如吗？心里总把这作为此生憾事，很快，我就报名读了教育学院中文大专函授，之后，安家，在一个县委宣传部干了两年，又到县文联当了主席，家庭、职业，都算不错的，一度我也十分满足这种生活了。可有一天，工作之余，翻报纸，偶然在答读者问这一栏中，发现武汉大学招插班生，不知为什么，我那深藏在心底的大学梦又一度复苏了。经过努力，县上的领导终于同意我去参加考试，我按报上的要求，给武大寄去了我出版的第一本小说集。很快，他们回了信，复习、应考、艰难的等待，终于，在一个炎热的下午，我收到了整整迟到了十四年的大学录取通知书，上下求索，我终于有了这一天，坐上了几乎是最后的一班车。

现在，我读武大期间生的儿子又开始读小学一年级了，望着他背着书包蹦蹦跳跳的身影，我总是在心里说：孩子，祝福你！那一页已经翻过去了。

家乡写真

走南到北，游历了不少名山大川，但回头来觉得还是大别山中的家乡亲。大别山南依万里长江，北临九曲淮河，莽莽苍苍，在鄂豫皖大地上左盘右旋，到了我的家乡商城县，巍巍然拔地而起一座云缠雾绕的高山。这山奇峰攒聚，怪石耸立，林木蓊郁，诸秀荟萃，因其峻峭陡拔，连绵数十座千米奇峰，犹如一座巨幅的屏风，端端立于县城东南方，古即称之为"金刚台"。其主峰1584米，比五岳之首的泰山玉皇顶还要高。山顶曾有古寨，宋、元、明时或据险举兵，或开衙建府，给我们留下了许多永远值得回味的历史。山间多洞，女人洞、朝阳洞、水帘洞、观音洞、蜜蜂洞，洞洞均幽深莫测，其间皆有红军踏下的足迹。遍山多奇石，猫耳石、秤砣石、稻仓石、婆婆石、朝天石、老鹰石，鬼斧神工，天公造化，石石皆有灵性，有自得的怡然。峰与峰遥遥相望，亿万斯年，把理解默默地留在心中，只有怀中的山涧，春夏秋冬，或低吟浅唱，或引吭高歌，把快乐从峰顶抒发到山脚。尤其豪雨初歇之时，山涧尽显其壮士本色，争先恐后，义不容辞，将万千豪情一吐为快，是时，浮云淡掩，绿树镶衬，条条银练从天而落，咆哮之声不绝于耳⋯⋯

与金刚台齐名的是县南的黄柏山。如果将黄柏山与金刚台相较而言的话，那金刚台铁骨铮铮，直插云霄，酷似一个男子汉，而黄柏山茂林修竹，流泉飞瀑，恰似一个柔女子，徘徊在楚头豫尾，尽展其秀丽之美。黄柏山多松，多竹，多茶，也不乏奇石奇树，但更多的是文化底蕴。山中有寺名法眼，始建于明万历年间，开山祖师为无念禅师，寺盛时有僧99人，房百余间，思想家、文学家李贽寄寓于此，与无念禅师说法论经，讲学撰文，其评点《西厢记》《水浒》均作于此。去寺二里有塔群，其间最为醒目者为息影塔。塔八方四层，高8米有余，状似楼阁，均系坚石所垒。全塔有32角，角角有石鸟相嵌。鸟嘴衔环，环上有铃；风摇铃动，松涛和鸣，极具风韵——此系无念祖师墓塔。塔上有联，一曰"雾幛风光烟水紧临湖北北，幢幡峻岭云山静居汝南南"，二曰"三十里隔断红尘看茂竹深林别有风情殊世事，五百年重开绿野听飞泉鸣鸟另出境界异人寰"。这两副对联，可谓是对黄柏山最真切的写照。

黄柏山下，有汤泉一池。日夜喷涌，源源不竭，历今已亿万斯年。泉四围皆山，唯东南出口与碧波荡漾的万顷人工湖相连。传共工与祝融大战，共工怒触不周山，结果天塌地陷。女娲炼五彩石补天，五彩石液滴落形成雷山，滴入水下形成温泉。当然，这只是一个美丽的猜测。明代思想家、文学家李贽从黄柏山来此，沐浴后曾赋诗赞曰："洗心千涧水，濯足温泉宫。老矣无余弃，愿师卫武公。"李公恋恋不舍之情溢于诗行，可见温泉之美。如今汤泉池已开发成旅游区，屋宇栉比，亭台相映，湖光山色，灿若明珠。

古人云"山之骨在石，石之趣在水，水之态在树，山之精神在峭，在秀，在高，有一于此，方足著称"，而我的家乡商城，则是般般皆具：峭壁、异峰、怪石、秀水、奇树、趣云，移步换景，不可胜数。除了金刚台、黄柏山、汤泉池三处名胜之外，整个商城都是一块有待开凿的璞玉。如果你踏进这片土地，不仅可识大别山的雄伟秀丽，还可以看到这里恬静的田园之美，质朴的山野情趣，纯真的民风民俗，而且可以探究商城悠久的文化底蕴和红色苏区的历程。这里四季景色迥异：孟春，万木争荣，繁花似锦；盛夏，飞瀑点翠，云环雾绕；深秋，枫叶似火，硕果满枝；严冬，千岩琉璃，银装素裹，身临其境，让人恍然沉浸在一种"望不断青山隐隐，遮不断流水悠悠"的遐思妙想中。

现在，这些自然美景，均被一位业余摄影爱好者李正先生留驻在他的这本摄影集中。李君嘱我为其作序，我欣然应允。因为看了他历经多年拍摄的照片，我仿佛又一次开始了故园之游，近距离地又一次领略家乡的山水之美。我在 22 岁离开家乡之前，就一直生活在金刚台下的一个小镇周围。他这本摄影集中的作品，很多取之于小镇那四季变化的美景。他所拍摄的金刚台，我曾无数次地登临；他镜头下的汤泉池，我也曾多次惬意地享受其温泉的爱抚。离开家乡已经 20 多年了，多少次梦回萦绕的家乡，今天就这样又活泼泼地呈现在我的眼前了！感谢家乡的灵山秀水，更感谢李正先生的辛勤创作。他在工作之余，翻山越岭，忠实记录下了家乡四时变化的胜景，赋予了我的家乡山水以灵性，以生命。这本集子，对于家乡而言，是一位赤子的拳拳之情；对于想了解这片土地的人而言，则是一次艺术的徜徉，一本形象的导游手册。仁者乐山，智者乐水，愿商城的山山水水能给每位欣赏到这本集子的人一份圣洁，一份快乐。

1977：我的高考

一年一度的高考又开始了。

2017 年是恢复高考的第 40 个年头。40 年前，我与全国的 570 万考生一起，参加了那次改变了无数人生命轨迹的考试。

那时，我正在大别山里一个四面环山的小镇上当小学代课教师。虽然此前曾传出高校招生的消息，但正式在《人民日报》上公布，已是 1977 年的 10 月 21 日了。

证实了这个传闻后，我已如止水的心中犹如扔进了一块石子。考还是不考，我进退维谷，犹豫再三。

读大学，是我此生梦寐以求的理想。在此之前，我以"可以教育好的子女"的身份，曾三次报名参加高等学校"工农兵学员"的选拔招生，但结果总让我一次次碰壁，一次次名落孙山。

最后一次参加"高招"，是 1975 年的 8 月，彼时我已到学校当代课老师。

与前两次一样，虽然我知道被选拔到大学去读书的概率很低，但却始终不愿屈服于命运的安排。我没有告诉学校的领导和同事，悄悄地去十余里外的公社报了名。我自告奋勇，第一个冲到坐成一排的主审官面前去慷慨陈词，强调"出身不由己，道路可选择"的正确，大谈自己如何如何在农村接受了 8 年的"贫下中农再教育"。结果可想而知，当我最后得知又一次出局后，不甘心就此丧失了读书的机会，便星夜步行三十里山路，大胆地去找了县招生办公室。县招生办的一位工作人员木然地听完了我的慷慨陈述后，要我去找公社。我硬着头皮去找了公社分管领导，这位领导摆出一副爱莫能助的样子，要我再去找县里，说此事只有县里才能决定。结果上下前后推了一番磨，我仍是榜上无名。当时，我虽然明白这一切都是一百年前我那个寒窗苦读中了进士，又做了江苏按察使的高祖带来的噩运，但我始终不明白我这个"生在红旗下长在红旗下"的新中国年轻人为何要替他赎罪？

我犹豫的另外一个原因是，在此之前，我只有小学毕业的文凭。

第一次小学毕业是1965年，那时"阶级斗争"正"年年讲月月讲"，尽管我的学习成绩十分优秀，并且一直担任班级的学习委员，但参加了毕业升学考试后，许多同学都陆续收到了县城里寄来的入学通知书，可我这个自认为考得很好的学习尖子，望穿秋水，也没有得到任何只言片语。12岁的我，在羞辱和自责中又参加了复读。1966年，我又一次参加小学升初中的考试，仍然是在"孙山"之后——我终于明白一切皆因为是政审没有通过。我除了是地主家庭出身，父亲此刻也戴着右派帽子在接受改造。我无可奈何地到小镇的农中去就读，学习了一年如何种茶树和砍柴开荒，到了1969年，便随当小学老师的母亲下放到当地一个生产队务农。我在乡下认认真真地做了五年农民，除了生产队的一应农活，我还学会了做石匠、木匠活，学会了养蜜蜂，榨油，作为"可以教育好的子女"，与"地富反坏右"五类分子一块接受了无数次"触及灵魂"的劳动改造。1973年，在母亲的努力下，我以下乡知识青年的身份，去到镇上小学——我当初就读的余祠堂小学当了一名代课老师。

虽然我生活在一个偏僻闭塞的山区小镇上，但由于母亲是公办老师的缘故，我从出生便在学校里面生活，加上哥哥是老三届的高中生，姐姐是县城初中的肄业生，渴望读书，一直是我心中一个难舍的梦。

担任代课老师的偶然机遇，让我感觉仿佛是进入了天堂。乡下五年"脸朝黄土背朝天"的岁月，让我饱尝了农民的艰辛。"可以教育好的子女"的戴罪之身，让我比一般的农民更多了一层精神上的负担。在学校里，除了给学生上课和学校的勤工俭学活动，凡是有点滴的业余时间，我都在如饥似渴地寻找任何可以阅读的图书。夏天从不午休，利用片刻时间吸吮知识的甘露。我曾通过正在读高中的发小找到两册《红楼梦》，阅读的同时，为了提高语文知识鉴赏能力，我买来白色的油光纸，下面蒙上格子，一笔一画抄写其中的诗词格言，概括每一章的中心思想。读了两册书，结果记了两本笔记。我还买到当时出版的反映知识青年生活的长篇小说《江畔朝阳》，从字里行间分析，把写作特色、优美段落抄了一大本。读书时，我碰上不认识的字决不放过，查了词典后将拼音注在旁边。记在纸上，然后贴到墙上，反复默记，记住了再换新的内容。有一段时间，我一个人住在战争年代遗弃的土炮楼里，每天只睡四个小时的觉，当晨曦降临，我便立即起身开始一天的学习生活。这时，受已调到县教育局的涂白玉老师的影响和鼓励，我开始了文学创作。我写的反映治淮生活的诗歌《女夯队》等，发表在县里和地区的刊物上。同时，我还开始创作历史题材的小说和回忆录。

　　1976年，领导人相继逝世，"四人帮"倒台，但对于穷乡僻壤的山区小镇，并没有带来什么实质性的变化。我们并不知道1977年的8月2日，在北京的人民大会堂召开了一次事涉"恢复高考"的重要会议。两个月后，报纸上才透露了相关消息。这年的高考是"自愿报名，择优录取，地市把关，学校复审"。文科测验题目是政治、语文、数学、史地。理科测验科目是政治、语文、数学、理化。考生要求具有高中以上文化程度，条件是"政治历史清楚，热爱社会主义，热爱中国共产党"。其中政治审查由公社一级负责，先参加考试，后政治审查，再检查身体。

　　在此之前，恢复高考的消息已经传出，有人劝我再试一试。听到这个消息，虽然心底熄灭的火花一度复燃，但一想到三次"高招"的结局，想到自己的小学学历，便心灰意冷。但我又不甘心一生就这样下去，希望一搏的念头时时涌上脑海。于是在教学之余，我便悄悄地复习。当时，我每周要给学生上22节课，每周要带学生到十几里外的大山金刚台砍一次柴。再加上当时眼睛虽然做了青光眼手术，但仍然未有康复，头痛，视物困难，四处求医也没有痊愈。但我不愿就此沉沦，就自己给自己打气，在笔记本的扉页上，在办公桌的旁边，都写上"天才在于勤奋、时间就是生命""是金子埋在土里也会发光"之类的座右铭。

由于我没有资格参加公社高中组织的考前辅导班，又怕别人笑话，不敢去找人请教高考之类的问题，我只好一个人偷偷地在工作之余复习。当时哥哥在外地的一家工厂学校当老师，给我寄来了一套辅导材料。我不知如何复习，结果错误地把主要的精力放在解数学题上。虽然预感自己参加高考后的结局不会多么妙，但心里还是存着几分侥幸，仿佛一位溺水者抓住了最后一根救命稻草。

考前的半个月，去公社填高招表，负责招生的公社教育组的负责人面有难色地提醒我：参加高考要有高中水平。我明白他们的意思，但却一时不知应当回答什么是好，只能愣在那里支支吾吾。后来幸亏一位曾在一起工作过的季大成老师从旁圆场，负责人才勉强答应让我"先填表"。

1977 年的 12 月 8 日，我和本公社的几十位考生一起，在黄河高中参加了"文化大革命"后的第一次高考。8 日上午考语文知识和作文，下午文科是考历史地理。9 日上午是考数学，下午是考政治。我的作文由于事前对类似的题目有所思想准备，感觉不错；史地复习时没有抓住重点，有些地方做错了。数学因为没有学过，我知道自己做得不好。但 9 日下午的政治考试感觉很不错，我提前半个小时交了卷。

参加完高考后，很多人见面便问结果如何，鉴于过去多次失利的教训，我始终不敢正面回答别人的话题。在一天天的失望与盼望中煎熬着，我用一首打油诗记录当时的心情，其中有几句写道："一席春风来，得尔复苏燃。长烛夜专夜，冥思天连天。一日有人阻，摇头讯可怜。告吾何必去，还是罢其念。"

高考成绩没来，因为我眼睛不舒服，不能再长时间改学生的作业，学校便抽我去办校办工厂。我四处奔走，去邻省安徽购买做肥皂的松香、油脂，到信阳去买烧碱，四处学习做肥皂的技术。我穿着破衣服，一个人站在泥巴台子上，顶着炝人的柴烟，在铁油桶里搅拌放进的油料。对于高考，我几乎已经绝望了，结果到了月底，不少老师和学生们四处传，说我的语文在全地区考了个第一。我听后虽然有点沾沾自喜，但未见结果，只能将信将疑，反复告诫自己在消息未确认前，一定不要"得意忘形"。

那一年河南的高考作文题有两道，一道题是写议论文，另一道题是写记叙文。记叙文的题目是《我的心飞向毛主席纪念堂》。考试前，我曾与乡友、文友胡昌国讨论过作文的构思，设想过如果有类似的作文该如何写。我一看这题目，刚好就把之前的构思用上了。对于这种抒情的散文，作为一个文学爱好者，根本没有什么为难之处。我虚构哥哥从北京给我寄来了一张照片，照片上有四句诗，开头是"太阳宫里太阳红，太阳就是毛泽东，华主席奠基题金匾，万代耸立人心中"。我发挥想象，神游纪念堂，结尾在哥哥的诗后又续了四句："太阳宫里太阳红，霞光万丈照寰中。导师遗志咱继承，红心永向毛泽东"。据说监考时公社教育组的负责人还在嘀咕，作文不是不让写诗歌吗？后来，地区将我的作文油印了，发给所有参加改卷的老师。当时没有署我的名字，但县教育局的同志回去一说，涂老师马上猜出这是我写的。因为他十分关心我与昌国的考试情况，之前问了我的作文如何写的。后来，我从县教育局一位副局长的千金那里见到了我高考作文的油印卷，借回抄到日记本上。据说，全地区后面五届的高中生，都要求背会我的这篇作文。

10 天后，当我正在专心致志地做肥皂，校长严家祥兴冲冲地找到我，要我去公社填"初选登记表"。表格中，有一栏要写清十一次路线斗争的表现。这时，我心里直打鼓，因为 1975 年夏天，参加县里组织的小说创作学习班，我写过两篇反映路线斗争的小说。小说虽然因为形势变化没有发表，但粉碎"四人帮"后，公社一度要成立专案组清理此事，后来据说是涂老师主动承担责任，公社才放了我一"马"。现在如果有人拿这事做文章，我不会有好果子吃。

我的担心后来看是多余的，大家都知道我考得很好，到处都在传说我被北大、清华录取了，这时还有谁来做这个恶人呢！但到了 1978 年的 2 月，地区一位朋友抄来高考分数，我才知道我的考试总分只有 217.5 分。其中作文 93 分，语文加作文折合后只有 81.5 分，史地 70 分，数学 0 分，感觉最好的政治只考了 66 分。很快，高考录取的通知书陆续下来了，文友胡昌国被郑州大学中文系录取了，在众人的诧异目光中，一种不祥的预感弥漫开来。心上像系了一块铅，坠得我寝食难安。这时，又是涂老师理解我，他带我到县城的郊外去散心。哥哥也给我来信，鼓励我明年再试一次。为此我在日记本上拟了首打油诗，其中写道："名落孙山愧有颜，此中甘苦该何怨？黄梅不落青梅落，平生枉活二十年。"有时我彻夜难眠，反复看当初的政治试题，总是不明白为什么成绩如此之差。考试时，我连不记入总分的思考题都全部做了，为什么只有 66 分呢？

等到了 1978 年的 3 月 17 日，去北京出差的涂白玉老师途中给我来信，告诉我他托人到招生办公室查了录取名单，我已被录取到本地区的潢川师范去了。他安慰我，有学上就行了。同时他还告诉我，我创作的革命历史题材小说《山子》被省里选中了，《河南文艺》计划第六期发表。另外，还通知我下个月去参加地区的小说创作学习班。

读中等师范，对于我虽然是无奈之举，有遗珠之憾，但我庆幸终于跳出了农门，有了一个日夜向往的读书学习的环境。我去生产队结算了自己的余粮款，共 59.6 元，向别人借了一个架子车，拉上我的木箱子和几捆书，带着要转走的户口，还有朋友们赠送我的笔记本和钢笔。山路崎岖，我拉着两轮的车子，站在镇子西边雷打石高高的山冈上，回望我在其间生活了 24 年的层层叠叠的大别山。我长吁了一口气，对自己说：你是城里人了。

其实，我在这所师范只读了一年零五个月。因为入学晚了半年，再加上 1979 年的秋天学校要招收新的学生，我们在这年的 9 月就提前毕业了。

后来我留在母校当语文教师，又因故回到家乡的一所高中当语文教师，3 年后又调回到母校所在的县城里，在县委宣传部工作，在县文联当主席，就在这不断地调动中，管档案的同志偶然发现，我装在档案中的高考试卷里，政治试卷居然有一道题没有答。

于是，我明白了。

于是我不断地忏悔。这来之不易的一次高考，竟然因为我自己的洋洋得意，提前去答思考题，结果忘记了做计入分数的正式题。如果这道25分的题做了，我就可以读郑州大学，至少，我可以去读信阳师范学院了。

但命运不久又向我敞开了另一扇大门，1985年，武汉大学向全国招收有创作成绩的青年作家，插班就读中文系本科。通过作品报送，笔试，在距我参加全国第一次高考后的第8个年头，我以全班第一名的成绩再一次踏进了大学的校门，而且，是全国重点大学的校门。这一年，我的儿子在家乡出生。

17年后，我的儿子也踏进了武汉大学，成为我的校友。

当我偶尔忆及1977年那次失利的高考，懊恼人生不应有的这次疏忽时，同是师范校友的妻子总是嗔怪我，如果不是你少做了一道政治题，会有我们的结合吗？会有我们留学读了博士学位，当上了美国律师的儿子吗？她说，感谢上苍，将你留在我的身边。

这应了一句话：塞翁失马，焉知非福。

但1977年的高考，让我刻骨铭心。因为，它揭开了我人生新的篇章。

碧湖一片云

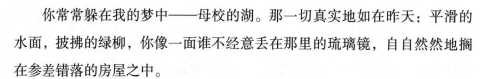

你常常躲在我的梦中——母校的湖。那一切真实地如在昨天：平滑的水面，披拂的绿柳，你像一面谁不经意丢在那里的琉璃镜，自自然然地搁在参差错落的房屋之中。

说是湖，其实你并不宽阔，没有映日荷花，画舫游船，也没有白帆点点，渔歌唱和，但在我这个从山里走出来的年轻人的眼中，你是浩瀚的，浩瀚得如同母校那一架架书组成的海。晨昏暮晚，我们在堤岸上轻吟缓唱；课余饭后，我们三三两两在湖畔林中姗姗而行。三个春秋，你伴着我，我伴着你，风风雨雨，走过了生命的那段历程。

如果说，世界上万物之间有某种不可破译的密码的话，我和你，也许是有缘分。在我投入你的怀抱的前一年，为了看望一个在那儿读书的乡友，我第一次踏近了你。白墙红瓦，绿柳碧湖，对于一个渴望读书而时势又不允许读书的年轻人而言，你是一个多么诱惑人的去处——我曾想：如果今生今世能到这儿来念书，该是多么幸福呵！一年后，历史发生了巨大转折，在高考后填报入学志愿一栏时，我毫不犹豫选择了你。我不仅坐在你的身边读书，而且拿着讲义夹走上了讲台……

我终于离你而去了，离开了这给了我知识、荣誉和遗憾的母校。那天上午九点钟光景，当一位小学友用架子车帮我拉着简单的行李，沿着鹅卵石甬道向喧嚣的市镇走去时，我缓缓地回过了头。那一瞥，如一幅烙笔画，深深地、深深地烙在了我的心上。

尽管离你而去，尽管又游历了不少湖泊，但我仍时时惦念着你——母校的湖。在游子的心中，洞庭湖的浩瀚，东湖的澄澈，滇池的壮美，都无法和你比拟。在我人生的历程中，你给了我温馨、教诲，给了我诸多生命的体验。对于我而言，如果没有你，便没有这奔腾的长江，秀丽的东湖，便没有这梦中一缕缕美丽的记忆。

母校的湖——我心中的湖。愿你的容颜青春常在，愿我思念的梦永远永远。

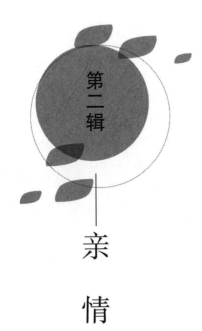

第二辑

亲

情

爷爷的故事

爷爷是哑巴，于家族而言，是不幸，也是有幸。

县城里有四大姓：周、熊、杨、黄。爷爷出生的时候，周家在整个县城，与其他三家比较，算是十分显赫。显赫是因为从爷爷的高祖周作渊起，"文风大振，人才鹊起"，族中中举者近百，进士及第先后就有九人。特别是嘉庆二十四年乙卯科，已任顺天府丞的周铖两个儿子祖植、祖培同时金榜题名。一个从庶吉士一个劲儿做到体仁阁大学士——县里人称的周宰相。一个由部曹官至浙江按察使司。望族之家，添丁进口，本是大喜事，特别是个男丁，更是让主人高兴。但婴儿周岁时高烧不退，延医治疗，结果病虽好了，但却发现孩子失聪。这失聪的孩子十之八九会失语，后来孩子的父亲给孩子起名时，用"歧鸣"称之。这孩子就是我的爷爷——乙卯科进士周祖植的第四代传人。

爷爷既聋又哑，到了读书年龄，不能与族中其他孩子一样拜师发蒙，但家里延师授徒，他却爱去凑个热闹。久而久之，耳濡目染，他虽然不会抑扬顿挫念出声，但也认了不少字，描红摹帖，比别的同族孩子倒认真几分。少年的爷爷虽然也喜欢上树逮鸟，下河捉鱼，但与同龄子弟比，就显得文静许多——自卑的浪潮经常会淹没少年孤傲的心。当别人交朋结友四处游荡，爷爷就在自己的书房中如痴如醉地临帖，先是王羲之，后是柳公权，再是颜真卿。久而久之，爷爷的书法有了颜体的魂，王体的潇洒，还有少年不羁的心。春节时分，家里上百道门，上百幅门联，爷爷在曾祖父的鼓励下承担了这个光荣的任务。正月里，家家户户要互致新年问候，拜年的客人上门，曾祖父就会指着春联，夸奖哑巴儿子几句。爷爷是听不见的，但看见客人投来赞许的目光，他知道其中的含义，于是少年低下头去，羞涩中有几分自许。爷爷有个妹妹会画画，梅竹菊兰画得栩栩如生。爷爷一看就着了迷，觅了本《芥子园画谱》，先是偷偷自个儿在家里描，后来正式拜姑姑为师。岁月流逝，院中的红梅一度度冬至春去，爷爷少年到青年，在那个四世同堂的重重大院中，与书画为伴，享受着生命的欢愉。

也许是书香门第的熏陶，或者是爷爷习字绘画的结果，青年爷爷身材颀长，一袭长衫，举手投足，倒也有几分儒雅风流。平时如果不与人交流，从外形看，丝毫看不出与常人有异。与人交流，手笔并用，也没有障碍。但到了婚娶年龄，却显出了障碍——要讲门当户对，这大家族的千金，有谁愿嫁给一个失聪者呢？最后，经人撮合，父母为他挑选了县城中一个家道中落的黄姓大家族女子——这就是我的奶奶。奶奶虽说并不情愿地嫁给一个无法用语言交流的丈夫，但娘家家境如此，加上失聪的丈夫也不会像别的公子一样再娶个三妻四妾，她也就说服了自己。过门后，奶奶一个劲给爷爷生了六个儿子。这六个儿子最后存活下了四个，我的父亲，是这四个儿子中的长子。

爷爷兄弟本来六人，因他少时失聪，父母格外眷顾，分家时多给了几十亩上好水田。爷爷自立门户，不便理事，奶奶就将弟弟聘来当了管家。舅舅当管家，既管了财产也管了四个活蹦乱跳的外甥，相处十分和睦。爷爷的另外五个长兄，每人也早都娶妻生子，开牙建府，单门独户过自己的小日子。却说这官宦地主家庭的子弟，到了民国，皇帝被赶下了龙廷，读书做官走科举的路子没了；经商，嫌商人整天为蝇头小利；做工，又放不下架子。只好守着自己的那份田地，收收租子过日子。没事时，泡戏园子，逛青楼争风吃醋，更严重者染了吸鸦片的瘾，落得个家破人亡，妻离子散。爷爷的二哥五哥，本来也是满腹经纶，但那个时代，有钱人赶时髦，图时尚，时尚就是吸"大烟"。三五公子到一起，吟诗作赋，互邀到大烟馆里品尝。这初时觉精神焕发乾坤颠倒，后来才知上了瘾就放不下。

这舶来的鸦片开支大，先是把家里的活钱花光，然后偷着把家里的细软当掉，再不顾妻儿父母的苦劝把名下的田地卖光。爷爷一个失聪者，有七情六欲，却没有招蜂引蝶的本领，加上奶奶知道穷人家日子的滋味，让舅爷严加管教，爷爷也就乐陶陶地守着4个儿子和几百亩田过日子。两个兄长家道中落，不能看着不管，他就把侄子侄女接到家里来，视若己出。

人一生，往往应了老子的那句话，祸福相依。新中国成立后，舅爷识时务，把账本整理得清清楚楚，先把田地交出，再把浮财交出，人家看爷爷一个哑巴，就没让他受什么皮肉之苦。加上奶奶是穷人家出身，平时又周济左邻右舍的穷人，没有落下什么怨恨，那些土改根子再说对过去的"恩人"也下不了手。房子变小了，长工短工都辞了，爷爷的4个儿子也早都读书成人了。四儿子先报名参加了共产党的工作队，接着把大哥大嫂也动员出来参加了"革命"。爷爷和奶奶就守在城里土改后留下的几间房子过日子。这日子与过去的丰衣足食没法比，但清贫归清贫，奶奶常拿自己娘家来教育家人，习惯成自然，一家人也就心安理得。

爷爷虽说失聪，但毕竟是官宦人家子弟，对吃有个讲究，讲究得几乎到了食不厌精的地步。譬如商城人都喜欢吃"筒鲜鱼"，就是将鱼剖洗干净后，切块后放上少许盐放在瓦罐里封上口。但爷爷对这种鱼的挑选有要求，养鱼的水塘要干净，四周不能有人家，而且鱼不能大也不能小，三斤以下二斤以上为宜。腌鱼的季节也要选择在立冬前后，太早了温度太高，太低了也会不进味。鱼要腌得微醺，食用时分成一瓣瓣的，有些许的臭味。再说商城人喜欢的臭豆渣，远近闻名。爷爷指名道姓要南关蔡二家的，别的拿来了充数，他一到嘴就知道是真是假。这样半个美食家，到了1959年冬，他才明白了吃的学问。

后来，爷爷到了三叔家，三叔在双椿铺一个叫大岗的生产队里。这队里原有一个公共食堂，每到开饭，公社社员就会拿着各自的碗或桶到食堂去领。开始孩子们还很新鲜，排着队嚷嚷着去"打饭"，队里几十号人在一起边吃边聊。到了1959年的秋天，队里食堂的粮食越来越少，先是干饭变成了稀饭，过几天稀饭变成了能照见人的米汤，再后来米汤也没有了。公社集体食堂没有粮食了，用当地人的集体记忆，就是"砍大锅"了。"砍大锅"是家乡方言——就是把锅盖上，实际上是队里没粮，不再做饭供应社员了。

爷爷开始并不知道饥饿将要降临，三叔从队里领回能照见人的米汤时，爷爷还发了一次很大的火。失语的爷爷发火是骂不出脏字的，他只会嗷嗷叫，伸出手去要打人。他觉得儿子是嫌他，是糊弄这个爹。三叔比划了许久，爷爷才明白。第二天三叔再领回米汤时，爷爷却说身体不舒服，要三叔自己喝了。再后来爷爷只好学队里人，到秋收后的田野里寻找极少极少丢失的谷穗，到地里寻找可能遗失的红薯藤红薯梗，但村里人太多，被深翻一遍又一遍的土地里空无一物。

再这样下去，爷爷必死无疑，三叔决定领着爷爷投奔60里外的六叔。六叔这时在几十里外的山区学校教书，奶奶正好也在那里。出门时，三叔担心被人怀疑当成盲流捉起来了，便去大队办了通行证。当时，四处的路口都由民兵把守，说是堵截盲流。三叔牵着爷爷，走几步就坐一阵儿，坐一阵儿再挪几步。

这样挪了两天走了将近30里路，前面出现了一条小河，如果再不吃东西，爷爷是过不了河的。三叔知道对面有一家卖东西的小铺子，他要过河去买点东西给父亲吃。不到一个小时，三叔就回来了，却再也没有看见哑巴爹。他沿着小河寻找，河上有漂浮的尸体，但都不是爷爷。三叔慌了，忙给爷爷的另外三个儿子报信。我的母亲、六叔当时都加入了寻找的行列，最终仍然是活不见人，死不见尸。

2007年的春天，尚在人世的父亲、三叔、四叔给亡去的奶奶迁坟立碑，这时，大家想到了不知魂归何处的哑巴爷爷。爷爷的三个儿子几乎不约而同地说，就在母亲的碑上把父亲的名字也刻上吧！就算他们二老合坟了。

爷爷往生时，奶奶在六叔处，她是在饥荒过后次年因暴食暴饮而故去

岁月绵长

的。她与爷爷生前不能用语言交流，这一次，哪怕是一个空穴，是一个名分，或许上天有眼，会让这对在饥饿中相继离开的人能够团聚交流。我想，在另一个世界，奶奶会用加倍的细心，给美食家的丈夫续写关于吃的故事。

地主分子刘绪贞

刘绪贞是谁？是我的姥姥。

知道姥姥的名字是因为姥姥的胸前别了个白布条，上面用毛笔写着："地主分子刘绪贞"七个字。否则，今天我可能仍不知道姥姥姓甚名谁。

姥姥是母亲生下我后来到我们家的，她来时的情景我并没有记忆。在我的印象中，姥姥不是来我们家，而是天生的属于我们家的一员。因为在20世纪50年代一个冬天的傍晚，当母亲在大别山中那个叫吕氏祠的小学校上完课，感觉到我在她的肚子里挣扎着要出来时，姥姥就是我们家的保姆兼姥姥了。

姥姥是一个个子不高，弓着背，脚属于"三寸金莲"的旧时代女性。弓着背是姥姥随我下乡时的印象，所以当我闭上眼睛，就能看见姥姥在蒋家堍高低不平的山坡上走来走去的样子。我相信姥姥这个属于"地主分子"的大家闺秀，到50年代还属于"风韵犹存"的类型。

姥姥一直跟着我们一家，因为她早就没有了别的亲人——另一个小女儿也早就出嫁了。姥姥年轻时就守了寡，姥爷给姥姥留下了两个年幼的女儿和一个尚在襁褓中的儿子。所以，姥姥在我们家时，每当她与母亲生了气或者想起了自己的儿子，就会哭喊着："我的秃儿子呀——"我那未曾谋面的舅舅十三岁时因为百日咳而夭折了，这是姥姥后来告诉我的。她会一遍又一遍地描述我那个舅舅咳嗽的情景，是怎样不治而亡的情景。

母亲在学校教书，她1950年就到了大别山中的小学校教书。母亲教书的地点平均每三年就会调动一个地方，所以我们就随着母亲像养蜂人一样四处迁徙。这时，姥姥就会像一个护窝的老母鸡，抱着我或是牵着我和哥哥姐姐，从一个小山村去到另一个小山村。

在我最初朦胧的记忆中，总是姥姥给我们做好吃的片断。如用从野外采回的香椿煎鸡蛋，用从地里剜回的地菜做的春卷，或者用韭菜加鸡蛋包的饺子。当然，这些好吃的之所以能留下深刻的印象，是因为家里经济条件不好，此类好吃的太少的缘故。等懂事后，我才知道家里是经常寅吃卯粮，母亲只有二十几元工资，却要养活三个孩子和姥姥共五口人。每逢三个孩子开学时，母亲就会操心这笔学费，总是东拼西借。等我上到小学四年级左右，才知道父亲在外地工作。再大些，与同学争吵时才知道，我是属于地主加右派的子弟。说这话的是一个"地主羔子"，他比我要感到自豪的是他只是"地主羔子"，而我还是"双料"的。其实父亲在没有划右派时，希望另寻新人，后来落难才罢了此念。所以他很少回家，也没有给家里寄钱。还有就是我们惹母亲生气，母亲打我们时，姥姥总是护着我们。姥姥先是批评我们："还不承认错了！"接着就会责怪母亲，"小孩子，下手这么重！"有时，她们娘儿俩会为了我们争吵几句。母亲要是说："我的孩子不要你管！"姥姥就会气得不行，说："好，好，我是多余的！"掉几滴眼泪，或者装着要走的样子。

母亲每天忙，我们与姥姥待在一起的时间要多些。姥姥的主要职责是给我们做饭、洗衣服和补衣服。闲时，她也会背几句《千家诗》里的诗文，如什么"云淡风轻近午天"，什么"清明时节雨纷纷"。姥姥的家在河南新县，与姥爷家门当户对，也是有产阶级一类的。姥姥念诗时会微眯着双眼，用抑扬顿挫的语调背诵属于儿时的记忆："云——淡——风轻——近午天——"当然，没事的时候，姥姥也会摊开一副纸牌，在桌子上将牌移来移去，自己与自己打牌，不知是打发时间，还是在算命。

姥姥挂着那幅白布条是在"文革"中。当时我小学毕业，因成分问题没能读上初中，在村里的农业中学读书。小镇与全国一样，革命形势一浪高过一浪。街头的大字报，小学校内的大字报连成一片。其中有我们红小兵写校长王某的，也有不少是针对母亲的。大字报列举了母亲十大罪状，其中就有不该包庇地主分子刘绪贞的内容。姥姥挂着白布条，无论是在家里还是在外面，都保持着随时准备接受批斗的姿态。后来，"文革"不断深入，有造反派提出母亲必须将姥姥送回原籍接受人民群众监督改造。母亲无奈，只好将孤身一人的姥姥送回了她的老家——几十公里以外的一个乡村。我后来曾去过一次，说姥姥一人住在稻场边的小茅屋里，我不知那段时间里姥姥是怎么度过的。这是她作为一个姑娘出嫁的地方，也是她作为一个母亲生儿育女的地方。我想她眼前一定会浮现那些为人妻为人母曾经美好的，无限幸福的时光。当然，也一定会有刻骨铭心的痛苦与怀念。这里是埋葬她亲人的地方。她的丈夫的尸骨，几十年都寄放在村头的一片树林里；她的小儿子的坟墓已经被人铲平种上了庄稼。在一个风烛残年的老人的目光里，未来该是多么的暗淡。

不知姥姥一人过了多久，母亲又将她接回来与我们一起住。这是姥姥与我们最后几年的时光了。

1969年，山东"侯王建议"，要求将教师都下放到农村去。母亲便按照要求，将我与姥姥户口转到她教书的余子店大队蒋塆生产队。没多久，姐姐也从她下放的另一个公社转来与我们在一起。这样，我们一家四口人就住在生产队为我们腾开的一个牛棚里。

母亲在一年后又恢复了教师职务去了七八里外的一个大队教书，姐姐在两年后也出嫁了，家里就我与姥姥在一起相依为命。姥姥这时已有七十开外，做饭、洗衣、种菜，都落在姥姥的身上。她经常提着一个小木桶，到村口的水井打水。姥姥没有力气，不能将水桶像别人一样放进去将水满满一桶提起来。她只好跪在井口的石板上，用瓢一点点舀。洗衣服时，她也不能像别人一样蹲在伸向水塘中的石条上，而是跪在石条上面，用棒槌撩起塘里的水，一下下地杵衣服。姥姥背本来很驼，个子又小，跪在那里，像一个瘦小的孩子。队里人总说："当心你姥姥掉下去！"那时我每天要在队里劳动，从早到晚，累得筋疲力尽，回来就想吃饭，至今思之仍心头隐隐作痛。

那时姥姥其实已患了病，不过我那时无知，加上乡下医疗条件差，好像只请了大队的医生来看过。医生是我家在镇上的邻居，因为背药箱的缘故，每天侧着身子走路。从我今天的判断，姥姥是肝腹水之类的。有一次，已经将姥姥从床上移到了牛棚的地下稻草铺上，姥姥又奇迹般地活了。姥姥这时大概知道自己将不久于人世，一直要求我们在她死后将她送回老家"龙井冲"。她要和丈夫、儿子厮守在一起。这样又拖了几个月，终于在1971年秋天的一个上午离开了我们。

　　大约是放心不下我的缘故，姥姥在昏迷之中，总是念叨着我的名字，说"小义"如何如何。当时，我正在三里外的街上买盐。等我回来，姥姥已经闭上了眼睛。这一年，姥姥73岁。

　　姥姥死后没有被送回她的故土，因为那儿已没有了她的亲人。当时，母亲大约估计到会在这个小山村长期生活下去的，就向邻居寻了块地，将姥姥葬在村口的山坡上。这是片十分贫瘠的土地，但没有想到，我们栽下的柏树，后来竟生长得郁郁葱葱。村里人都说，这是块风水宝地，因为我在几年后离开了这里，读书，成了城里人，尔后又与哥哥都相继做了芝麻官。不管是不是姥姥荫庇的缘故，但我身上，毫无疑问，遗传着姥姥这个大家闺秀的基因。姥姥在九泉之下不知对我们是否放心、满意，但我要说一声："姥姥，安息吧，外孙此生已尽力矣！"

我的父亲母亲

15 年前，母亲去世了，去年岁末，父亲也去世了。他们二老生不能同日，但都是在公历的 12 月 1 日午时离开这个人间的。

母亲去世后，我几次提笔想写些文字纪念母亲，但心里总有些不忍。我不相信母亲离开了我们，害怕提起她死去的字眼。每当提起笔写到"母亲"二字，我就想哭，想为母亲而哭。几次开了头，几次又放下了笔。

母亲和天下绝大多数的母亲一样，生儿育女，养家糊口，慈爱，善良，忍让，勤劳。她本是个"地主"家的千金，幼时丧父，初师毕业后嫁给了我的父亲——她的远房表哥。20 世纪 50 年代之初，她到大别山中当了小学教师，是时她 26 岁，已是两个孩子的母亲。而这时我的父亲则去了百里外的一个小城，在当时已是专署所在地的潢川做了税务局的干事。

在那个历史的大转折时期，母亲为什么选择走上"革命"道路，而母亲的妹妹——我的小姨则成了农民，这一切皆因我的父亲。我的外祖母后来告诉我，父亲家也是被"革命"的对象，家里所有祖传财产交出去后，父亲便远走高飞了。母亲虽然学历并不高，但可能为了生计、为了孩子，或者受"革命"形势鼓舞，也去县政府报名当了教师。母亲第一次参加工作是到伏山乡，30 年后退休也还是在这个山沟里。当时尚有残匪，母亲拎着上级发的手榴弹进了重重叠叠的大山。之后的 30 年里，她从一个山沟的小学校调到另一个山沟中的小学校。郑河、吕祠堂、牌坊、韩冲、扬桥、余子店、里罗城、燕塆、王楼……母亲的青春、理想，还有那短暂的生命，就这样在一个个地名的更换中，一点一滴，随着时光抛洒在那一道道被流水冲刷出的山沟里。30 年后，她顶着花白的头发，伛偻着伤痛的腰，带着几个磨损得不成样子的笔记本才回到父亲的身边。

母亲一生到底教了多少学生，恐怕她自己生前不知道，也没有打算记住这些事儿。她教了一群孩子，然后一纸调令，又要到另一个更偏僻的大山里去。转来转去，若干年后母亲又回到了当初教书的小学校。那些在她面前被启蒙的孩子们长大了，做了父亲，父亲们又牵着自己稚嫩的孩子，口口声声喊着"陈老师"，又把孩子送到母亲的身边。不光是山里的孩子，包括我们兄妹三人，都是由母亲启蒙的。在我的印象中，母亲不仅是慈爱的，也是严厉的，大约是一年级的时候，我到外边玩忘了上课时间，母亲当着全班同学的面，罚我在教室外站了一堂课的时间。

山村小学校里老师少，学生也少。在偏僻的村小里，往往是几个班在一个教室里上课。这时，母亲往往是先教一个年级的课，布置作业后再给另一个年级的学生上课。她不仅教语文，但凡是需要开的课都是她一个人上。语文、算术、音乐、美术、体育，母亲成了全能人才。山里的孩子穷，特别是女孩子，家里往往让她们早早地辍学。这时母亲就一次又一次地登门做家访。有一个女孩，因为母亲的劝说，复学又回到了学堂，后来师范毕业当了中学教师。她曾经写了一篇文章，谈及"陈老师"苦口婆心地劝说她母亲再送她上学的情景。山里的孩子住得分散，学生们放学时，老师都要负责送孩子一程，特别是下雨天，山洪暴发后，老师要背年纪最小的孩子过山涧。母亲个子并不高，这时就显出了她的勇敢。孩子趴在她单薄的肩膀上，闭着眼睛，听着洪水的怒吼声，缓慢地渡过混浊的不断上涨的河水。

"文化大革命"中，母亲正在一个小镇上教书，那时，我在这所学校已经读到了六年级。学校的墙上贴着母亲的十大罪状，造反派们要母亲回答红卫兵的提问，母亲不知所措。那时，我发挥了写作的能力，帮助母亲诚恳地写检查。从家庭根源写到思想认识不足。母亲的检查足足写了两张纸，贴在学校醒目的土墙上，直到有一天风雨发挥作用才洗刷掉母亲的惶恐。

母亲是在一个叫吕氏祠的小学校里生下我的。长大后，母亲曾领我来到这个有着巨大廊柱的祠堂里，指着一间并不宽敞的房子告诉我，她是在学生放学后的一个黄昏里，生下了我。按时间推算，母亲当时只有 31 岁。小时的事情我肯定不记得了，印象中母亲带着我的哥哥、姐姐还有后来来到我家的外祖母，像追逐花期的蜂农，在一个学期结束后，从一个学校搬到几里或者十几里外的另一个学校。学校往往没有职工宿舍，我们就租住在邻居的家里。在我的幼小的记忆中，始终没有出现父亲，我也一直没有问父亲的下落。仿佛一直到了小学四五年级，父亲才又出现在我们的眼前。

　　父亲重新走进我们家庭的第一幕是很尴尬的。当时我家还租住一户张姓人家的房子里，已经读初中的哥哥将父亲与母亲的被子扔到院子里，叫嚷着要父亲滚出去。少年的哥哥大约受了别人的挑唆，或者他对父亲多年来对家庭的不管不问十分生气，所以才做出让母亲十分难堪的举动。

　　父亲在 1957 年被划为"右派"，虽然降了工资，但没有丢掉公职。据说，划为右派前，他正与母亲闹离婚，打算再找一个情投意合的年轻人，但这场运动让他的一切都泡了汤。大约很长一段时间，他没有回家，更没有尽一个丈夫与父亲的责任。于是，养家糊口，包括教育几个孩子的事情，就都落在母亲的肩上。

　　母亲的工资只有二十几元，要养活三个孩子和外祖母，还要接济乡下的妹妹一家，可想而知是多么的捉襟见肘。家里往往是寅吃卯粮，到了月底还没有发工资的那几天，母亲只得找学校先借几块钱。那时没有储蓄之说，学校里老师们有个互助会，工资到手时每个人拿出五块钱，让最急用的一个人先使用。等到我们兄妹三人上学时，大家就让母亲享受这份特权。

　　就这样，母亲的工资最多只能保证全家的口粮可以买回来，至于添置衣物，则是十分奢侈的事情。我的衣服往往是哥哥下放的，外祖母改了又改，补了又补。冬天了，母亲没有棉衣，只好将破布塞到内衣中。家里除了支竹床的四张凳子，就是一个破木箱子。搬家时，用绳子扎的竹床卷成一捆朝肩上一扛，就到了另一个山村。至于家里烧的柴火，都是母亲带着我们上山砍的。

母亲为什么30年没有和父亲调到一起，她一直没有说。哥哥后来告诉我，"文化大革命"前，母亲曾有一次机会可以调到父亲所在的信阳市，当时一所小学已经同意接受了，父亲却又变卦了。就这样，直到母亲退休，他们才走到一起。

老夫老妻终于团圆了，按照常理，老两口应当相濡以沫，弥补30年的缺憾，可是父亲依然对母亲左右都不满意。争吵是家常便饭，原因从炒菜油盐多少开始，到买菜钱的支出，甚至是走路的快慢，两人都会发生冲突。

说实在的，父亲与母亲的婚姻，可能父亲一生都不太满意。他一表人才，年轻时英俊潇洒。去世那一年89岁了，还眼不花耳不聋，腰板笔直。当初家中虽然不算特别富有，但他是长子，爷爷又是个哑巴，所以在家中的地位就凸显出来。父亲是高级师范毕业，20世纪40年代曾经在县城当过中学老师。他六十多岁时，一个满天繁星的夜晚，我们在一起乘凉，他晃着脑袋，一口气背诵出王勃《滕王阁序》的上半截。"豫章故郡，洪都新府。星分翼轸，地接衡庐。"而母亲只是初师毕业，据说小时一读书头就会疼。父亲是媒妁之言娶了母亲，听外祖母说，母亲出嫁时，嫁妆排了足足有一里路。外祖母小儿子早夭，视女婿为己出，曾陪嫁母亲十几亩良田。

母亲养育了我们兄妹三人，不管家里条件多么艰难，她没有抱怨，没有放弃。哥哥读书早，"文革"前在全县唯一的高中毕业，姐姐也读过县里最好的一中，而我虽然只有小学毕业，但由于母亲在学校的缘故，我小时就读了学校图书馆里所有的图书。"文革"结束后，我和哥哥分别又都读了大学。我们兄妹三人曾经多次说，如果母亲也像父亲这样缺少责任感，我们不知又是个什么样子。所以母亲退休后，熟人见了父亲，总会说，亏了陈老师，给你养了这么三个有出息的孩子。

母亲退休时，我们兄妹三人都有了工作，并且也都有了自己的下一代。按说，母亲应当颐养天年，与父亲一起享受人生的最后时光。但母亲天生地闲不住，她先是给哥哥带孩子，后来又给我们带孩子。儿子出生后，我还在武汉大学读插班生，妻子在外地工作。母亲先是跟着媳妇在县城里带孙子，后来干脆将孙子接到信阳市。儿子小时爱喝牛奶，那种 2.4 元钱一袋的林梅奶粉，白天喝，夜里也要喝；夏天喝，冬天也在喝。白天好办，夜里喝了就尿，尿了又喝，如此往复，母亲几乎睡不成囫囵觉。夏天不怕，母亲事先冲好牛奶，用纱布盖上，儿子一哭，她就将奶瓶送上。冬天则不行，她就将牛奶先调得很浓，然后兑上热水。她怕奶太热烫了孙子，兑好后滴一滴到手背上，直到认为无误才送到孙子的嘴边。冬天家里没有暖气，母亲穿着衣服睡，方便照顾孙子。父亲看见母亲对待孙子"鞠躬尽瘁"的样子，十分生气，不止一次地呵斥母亲，"他是你爹！你供着他，看他将来……"母亲则听而不闻，依旧做自己认为该做的事，或者嘀咕几声，"你这死老头子……"

自从我有了孩子，母亲就一直和我们在一起了。儿子先交给他们放在信阳，后来我在单位分了三十多平方米的房子，母亲就带着孙子来了武汉。妻子在学校里忙，我则一心扑在工作上。儿子当时只有 3 岁，他们要照料，还要负责一家的生活。父亲大多时候是跟着母亲与我们在一起，但只要住上一个多月，他就急了，要回去一个人住一阵。母亲有高血压，腰也不断地佝偻。父亲走了，母亲开始一个人还能应付，但随着岁月推移，她说，义呀，我一个人再也干不动了。

1995 年的夏天，妻子学校放了假，母亲与父亲回了信阳。但开学后，母亲也没有来。这时，我已经从武昌调到了汉口，妻子学校也在汉口，但我们的儿子正在武昌读三年级，一时不能迁到汉口来。儿子每天脖子上挂着一个钥匙，中午回家吃我们给他留的剩饭。我们希望父母来，但父亲说这儿像牢房一样，不习惯，我们也就不好再勉强。母亲知道后坐卧不安，夜夜做梦，说她的孙子出了这事那事。她背着父亲给我们写信，问孙子的情况。可是也怪，过了3个月，我总共才收到她的一封信。她责怪我们为什么不给她回信，是不是嫌她老了，不中用了。我急忙给她电话，说她的几封信都没收到。后来才知道那一年信封要求统一尺寸，哥哥单位的信封不符合要求，邮局将信都退了回去。

母亲准备来我们这儿了，她打算买些秋冬穿的衣服，就要父亲陪她一起上街。父亲身体好，一个人在前面急急忙忙地走，母亲就在后面急急忙忙地赶。第二天，母亲准备坐火车到武汉来，但在这天夜里，心脏病突发，嫂子找人将她送进了医院。之后虽然抢救过来了，可后来又转成了肾衰竭，在医院住了一阵，就回到了家中。

母亲生病期间，我过一阵就回去看看，家里的亲戚轮流来照顾她，父亲则成了家里的顶梁柱。每逢父亲要上街买食物了，就将手一伸，"给，给！"这时，母亲艰难地转过身，从枕头下面摸出一个用手帕包着的一叠钱，抽出几张，父亲才悻悻地走去。父母虽然已经团聚在一起，但钱还是各拿各的。母亲的退休工资相对比在一个集体单位工作的父亲还多一些，不过，也还不足1000元钱。父亲上街后，往往是看见喜欢的东西就自己买一点吃，回家吃饭时，他总说，我今天不想吃，就吃一点吧。其实，母亲知道他一定在外面吃过了。有时，他们二人一起上街，父亲也是独自吃零食，仿佛母亲不在身边。

母亲辗转病榻，父亲有时不耐烦了，就抱怨母亲，"你咋不死，你死了我就好了"。我们有时听见了，责怪父亲不应该这样讲，父亲这时会抢白："我死了你们把我扔到外面去，头朝下我也不管！"母亲一声不吭，瞪着眼睛看父亲几下也就算了。这样的情况母亲撑了一年多，1996年11月2日，我接到哥哥的电话，说母亲病情加剧，脸已浮肿，心跳加快，虽然抓紧治疗，但未见好转。闻讯我心情沉痛，想回但无法抽身。当时，我到出版社负责不久，正在筹备举行一次笔会。等到笔会结束，我匆匆乘火车回到了信阳。父亲知道我要回家后，给母亲的嘴里先塞了一颗速效救心丸。

我到了母亲的床边，母亲拉着我的手，"儿呀，想死我了！"但母亲只挤出了几滴眼泪，她说："我眼泪都哭干了。"第二天，母亲注射了若干药物，尚能自主下床，但到了夜里2时30分左右，父亲叫醒我们，说母亲缠得他受不了了。我和哥哥闻声赶去，见母亲大汗淋漓，蜷缩在床上。我们急忙递上氧气袋，母亲迫不及待地朝鼻孔里塞。但她还是气喘吁吁，喉咙里发出嘶嘶的声音。我和哥哥一左一右陪着母亲躺在她的床上，我想，母亲一定能够感觉得到他最亲近的儿子现在都在她的身边了。

次日清晨，我们叫来了医生，医生将听诊器放在母亲的胸部，说肺部已感染，赶紧挂上了吊针。但到了中午12时，母亲还是离开了我们。

这天，是1996年12月1日。

母亲去世后不久，父亲就和我们谈，他要找一个老伴。谈起这个人时，父亲还像年轻人一样，容光焕发。我们估计，这人十有八九是父亲过去的相好——不然怎么这么快父亲就能找到合适的人。但我们没有表态说同意还是不同意。从内心讲，我们不希望母亲尸骨未寒，父亲就领回一个与我们素不相识的人。过了一阵，父亲却也不再提了，他将母亲的遗像放在床前的案上，每天用手帕擦一擦，然后在像前燃上一炷香，嘴里念念有声。

也许父亲独自一个人生活习惯了，母亲去世后，我让他到我们家来，他不愿来，来了也就住上十天半月，就嚷嚷着要回去。后来哥哥添了外孙女儿，父亲去照顾重外孙女儿，一住住了4年。在南方期间，他给小重孙找了个保姆。保姆是家乡人，父亲和她相处习惯了，最后几年，保姆回家了，他干脆搬到保姆家住，他说在保姆家那个大杂院里他觉得自在，那儿有人和他聊天，有人陪他打打牌。他想吃什么，到街上去就可以买得到。

2011年，父亲虚岁90了。哥哥张罗着给父亲办九十大寿，该请的人都请了。席间父亲很高兴，合影、敬酒，但回到哥哥家后，闲聊时，说到母亲的早逝，哥哥半开玩笑地提到父亲当年对待母亲的不恭，结果父亲甚为光火，和哥哥大吵了一架，次日他就回到了保姆家。不到两个月，保姆电话我们，说父亲检查肝部有阴影，要到地区医院复查。我和哥哥急忙将父亲送到医院，结果和第一次检查的一样，肝癌晚期。医生叮嘱，这么大年纪了，治也没用。

11月下旬，我和哥哥、姐姐一起去了保姆家。一是看望父亲，二是商量父亲的后事。其间，我坐在父亲的床前，拉着他枯瘦的手，安慰他明天就要将他送去住院。父亲没有说什么，只叹了口气，说："人生太短了!"后来，他将手头的存折交给了哥哥。存折上共有10万元钱，这是父亲一生的积蓄。

父亲住院后，我赶到北京治疗眼疾。因为是事先预约的，11月31日做了全麻的手术，次日，我就接到哥哥的电话，说父亲于12月1日上午去世了。父亲去世时，哥哥没有在身边，我也没有在身边，保姆陪着他在医院里走完了一生。听说，最后他还在叫着我的名字。

父亲的坟墓，在母亲去世时就已经买好了。他们是一个合墓，在家乡的龟山上。

父亲的病在今天的医疗条件下仍是无法治愈的，为什么他会选择同一天与母亲相会于天堂之上呢？他们因媒妁之言成为夫妻，生育了三个儿女，但在人生最富有活力的30年间，却天各一方。他们不停地争吵又始终相伴着白头偕老，在地没有成为"连理枝"，最后，在天却又成为"比翼鸟"。是父亲感觉到一生的歉疚才做出这样的决定，还是冥冥中的注定？

父亲出殡时，我辗转病榻，没能赶回去为他送行。

人生像一本书，翻着翻着，这本书就翻完了。正像89岁的父亲所说，人生太短了。母亲是74岁时去世的，父亲比她多活了15年，但至少父亲还是感觉只有一瞬间。

对于父亲，我们理解他在那个非常时代的困顿，但我始终认为他确实没有尽到做父亲的责任。那些年，他虽然不能给予我们物质上的帮助，但可以给予孩子们精神上的支持。不过，母亲去世后，看着他孤独的身影，清癯的面庞，我们心头也常常升起无限的怜悯。特别是当他逝去后，过去的一切立刻都化成了永远的思念。思念那个苦难的时代，思念年轻的父母天各一方的日子，思念我们长大后与父母相处的幸福时光。时间能够冲淡一切，何况我们的生身父亲！

我永远记得 12 月 1 日，我的父母又相约相会的日子。天长地久若有尽，此"情"绵绵无绝期。我的父亲母亲，愿二老这一次在上天比翼双飞吧！那里，将是儿女永远的精神故乡。

与父母一起过年的日子

要回家过年了，打电话给在老家的母亲，报告我们一小家人到家的时间。可是，一次又一次，电话总也打不通。我感到纳闷，母亲怎么不接电话呢？

焦虑中，我醒了，发现刚才是在梦中。

我心里很难受，一种痛彻心扉的苦楚。我方才明白，母亲的电话再也打不通了——她在 22 年前就去了天国。

但和母亲一起过年的日子，一幕幕的浮上心头。

小时候，母亲带着一家人，从一个学校搬到另一个学校，在大别山的山沟沟里打转转。我们全家：哥哥、姐姐、我，还有小脚的外祖母，跟着母亲不断转移"阵地"。等到我能成片儿记事的时候，我家已经搬到了大别山窝窝里的余子店小镇上了。据哥哥后来说，我是抱着家里养的一只大白鹅翻过那一道道山岭的。

母亲是公办教师，我们全家都吃商品粮，过年没有猪可杀，也没有豆腐去磨，年货全是靠平时攒下的油票和肉票、豆腐票。过年时如果能够买上一斤两斤油，割回三五斤肉，已经很不错了。那时家里没有地种南瓜西瓜之类的，街上有人摆摊卖西瓜，我和小伙伴们在地上争着抢别人吐出的西瓜籽，晒干后，留着过年嗑。母亲的工资不高，只有 29 元钱，父亲由于被划成了右派，远在外地，不能回家，也没有钱寄回。过年时没有新衣服，母亲将她年轻时穿的一件呢子大衣，改了给哥哥穿，后来又改给我穿。只有到几个同姓的乡下亲戚家去拜年，才会吃上有肉的挂面。（当地的习俗，春节拜年主人都会为来客端上一碗挂面或者米酒糍粑）当热腾腾的挂面端上来后，我如获至宝，狼吞虎咽，吃到后来，才发现下面竟埋伏有几块肥肉，我毫不客气，一口气连同挂面一并吃掉。回来的路上，姐姐责怪我，说别人放的肉又不是让你吃的。问后才知道，乡下农民家也穷，但又爱面子，放在挂面下的肉，是让人看的。知情的人会说：吃饱了，这肉我吃不下——便将肉还留在碗底里。主人家会说：你看你看，你这不是寒碜人！话虽这样说，肉其实还是留着待下一位客人。

有一年春节前，母亲从学校里分回了一块白色的油脂，她说是"皮油"。过年的时候，外祖母盘好了炸油条的面，放在沸腾的油锅里，皮油炸出的油条与香油炸的从外观上看没有什么区别，但就是吃到嘴里后感觉很涩。等到放冷了，上面会蒙上一层白色的油脂。后来我下放到蒋家塆，才知这是木梓树上结的木籽，外面白色的叫皮油，里面榨出来的叫籽油。这种木梓树，学名叫乌桕树——我在一篇文章里曾经写了它的倩影。皮油和籽油是工业原料，其实人并不能食用。当时没有食油可供应，用皮油炸油条只能是聊胜于无。

1969 年，母亲带着我和姥姥到了离她教书只有二三里地的蒋家塆当农民。在学校恢复教学后，又去了七八里外的里罗城大队教书。这时，姐姐也从外地的知青点转回来了，与我们在一起劳动。我们家喂了猪，养了鸡，生产队里分了鱼，我在自留地里种了芝麻和花生，过年的时候，家里的食品一应俱全。虽然，这些年货有限，也只有过年时才能享受得到，但和过去相比，这个年还是要丰盛了许多。这一年，去了右派帽的父亲回到了蒋家塆，我们在全家人居住的两间草房里，招待了全塆每个家庭的男主人。父亲带回的海鲜品，让塆里的男主人们啧啧称赞，也让母亲脸上有光。

我在这个小山村劳动了五年后，母亲四处找人，让我得以到余子店学校当代课教师，母亲则被调到 20 里外的官畈学校当教师。当时，哥哥在舞阳钢厂工作，姐姐已经出嫁，父亲在几百里外的信阳工作，一家人五个地方，过年的时候，一家人到哪儿去团圆呢？每年过年前的一两个月，全家人都在反复沟通。但无论如何，母亲都坚持要让一家人能到一起过年。这时，住在县城里的姐姐说，到我们家来吧。

姐姐家经济并不宽裕——当时她在靠做缝纫赚点生活费，姐夫在大别山沟里的一个林场工作。她家的房子也并不宽敞，两间低矮的瓦房。但看到娘家人四处漂泊，她便和姐夫商量，做主将我们都归拢到她的身边。

那是一个十分温馨的时刻，是我的家庭和那个时代正在发生变化的前夜。姐姐尽其所能，让我们吃到了最为丰盛的年夜饭。鸡鸭鱼肉，外加白菜豆腐（寓意亲戚平安。）当然，家乡最有特色的"筒鲜鱼""干炸圆""清炖鸭汤"是必不可少的佳肴。有姐姐这个孝顺的女儿，母亲微躬的腰仿佛也挺直了一些。

几年后，母亲退休去了父亲工作的信阳，信阳便成了我们过年必须要去的地方。那时我在信阳下面的一个县城工作，已娶妻生子，到了年底，挈妇将雏，回到父母身边。60开外的母亲，几个月前，便开始准备这顿年饭，准备两个儿子全家春节的饮食，还有离开时要带走的特色食品。

母亲的退休工资只有41元钱，父亲虽然右派已经平反，但他在一个自负盈亏的小企业中，一个月也没有多少收入。母亲与父亲各拿各的工资，为了购买春节物资的费用，老两口儿往往会产生口角，这些，我们都是后来获知的。母亲精打细算，为过年筹备丰盛的食品，等我们和哥哥一家都回到她那儿后，她特别的兴奋，身上的那些老年疾病，仿佛一下子好了许多。母亲全天都在厨房里忙碌，不让我们去帮忙，两个媳妇也只是打打下手。过年时的大餐，大多由母亲亲自操刀，为了菜肴的咸淡，烹炒时的火候，经常听见她与父亲争执。母亲总是说："我还不知道自己孩子的口味！"母亲不管多累，只要看见我们对她端上来的菜大快朵颐，她那白色的眼镜片后并不大的眼睛里总是透出欣喜与满足的光芒。

就这样，我们一年又一年地享受着母亲的恩惠，就像小时候一样，觉得母亲的照顾是天经地义。母爱是一条河，河里的水似乎永远不会枯竭。

我们浅薄地认为，过年我们全家都回去了，就是对母亲最大的孝顺。但是，母亲在一次过分的劳累之后，因心脏病急性发作，引起了肾衰竭。从此，她卧床不起，没有多久便离开了我们。

虽然母亲的去世让我们感到失怙之痛，但还是觉得那是上天的安排。直到我的儿子长大成人，到外地学习和工作了，我才体会到，万家团圆的时候，天下父母的付出，是多么的天高海深。

有六年时间，儿子在美国留学。中国人的春节，美国人不放假，家里只有我们老两口。从年前开始，我们就念叨儿子，说这过年他们中国学生会是怎么过的。那时没有微信，电话一次很贵。电话费贵不说，还担心儿子正忙，你电话过去，他问你一句：有事吗？刚开始的时候，会叮嘱他：穿衣呀，注意安全呀，过年自己买点东西吃呀。下一次，你电话过去，如果你还说这些事，他会打断你的话，我都知道了。你这时心里就像犯了多大错似的。但你不打电话给他，过几天，心里又放不下了。特别是要过年的前夕，单位放了假，城里人都开着车回到了乡下，街道上空空荡荡的时候，回到家，老两口儿你看着我我看着你，看着桌子上儿子小时候的照片，看着儿子在美国的照片，还是鼓足勇气再给儿子打去电话。千叮咛万嘱咐，过年自己一定要做点好吃的，如果中国领事馆春节有活动，不妨也去参加。

有一年春节，中央电视台正在直播春节晚会，我在 iPad 上用 skype 打了过去，儿子心情很好，问候几句后，征得他的同意，我将 iPad 的摄像头对着电视屏幕，让他陪着我们一起看春节晚会。其间，我们还就晚会的节目交流几句，讨论剧中的演员表演水平如何。虽然这事过去很多年了，但全家人在虚拟的世界里团团圆圆、辞旧迎新的情景至今让我记忆犹新，再想起时还心头一热。那天晚会结束后，我和妻子反复回忆与儿子说过的那些话题，讨论他当时说了些什么，说话时的神态和表情。这时，我总是想起母亲，当年，她一定和我现在一样的心情。但是，我当时为什么没有感觉到有父母陪同时的充实，为什么没有想到这样的日子并不会永远拥有呢？

今天，是大年三十了，在外的人们，如果父母尚健在，绝大多数已经回到了故乡，回到了父母的身边。此刻，家家的春联应当已经开始粘贴，主妇们正准备张罗中午或者晚上的团圆饭，屋子里已经弥漫着食品的香味，村庄的上空不时响起零星的鞭炮声。就连城市的街道上，也用冷清烘托着年的热闹。读到我这篇急就章的人，你是否感觉到并珍惜和父母在一起过年的幸福呢？你不要以为为了过年舟车劳顿，千山万水地赶回家乡，就是对父母的恩赐和报答。其实，那是对你自己人生的丰富与圆满。不管你的父母当下是身体健康还是年老体衰，生命的长度总有终结之时，你能陪着父母的日子不管如何丈量都不会太长。电话的那一头，并不会永远有父母苍老并日渐低沉的声音。

有父母的年才是一个圆满的日子。

我怀念那曾经有过的时刻。

山　忆

哥哥从遥远的家乡来信，抱怨妈妈不听劝阻，执意又只身回到了她过去教书的大别山里。六十多岁的人了，万一路上有个三长两短，做儿子的怎么交待！

我领会哥哥的良苦用心，更体谅妈妈此番旧地重游的拳拳之情。回到昔日教书的山村走走看看，这是妈妈退休之后的积愫。近年来妈妈随着年岁增高，腿脚一日不如一日，这念头便愈来愈炽。妈妈此番远行，是去重温三十余年青春的梦，是去寻找暮年的慰藉，是去偿还她那一笔心债。

妈妈的一生，是与那重重叠叠的大山分不开的。

30 年前，妈妈是揣着手榴弹闯进那云封雾障的大别山的。她后来告诉我们，那时，新中国虽已宣告成立，但这大山里还有很多土匪残余。他们认为教师便是共产党，逮住一个杀一个。妈妈进山的前几天，土匪夜里便杀害了这个区的两个年轻教师。

那时妈妈还很年轻，从她那时留下的一张唯一的照片来看，人虽不算太漂亮，但正是青春年华。眉宇眼角之间，皆透着一股朝气。就是凭着这股朝气，妈妈带着幼小的儿女毅然决然离开县城里的大家族，去到了偏僻、穷困、落后的山区。

那是 1950 年 1 月，新中国刚刚成立两个月。妈妈 26 岁。

大别山山大石多：金刚台、菊花尖、飞旗山、余家山、雷打石……那里的学校名字也很富有特色：吕祠堂、炮楼、牌坊、里罗城、余子店……

不过，到了退休之年，妈妈竟也怅然：她教了大半辈子书，还没越出两个乡的范围；她从这个山沟到那个山沟，从这个塆子到那个小镇，却还没有在一间合乎规范的砖瓦教室或教学楼里上过一堂课。她居住或上课的校舍，大多是收缴人家的祠堂、庙宇，或是从古墓里挖出的泛着磷光的砖头砌成的茅舍。当然，也还有战争年代留下的岗楼。从洞开的射击孔里，可以看到云起云落，听秋雨秋风……妈妈和她的学生没有使用过红漆桌凳，几块白板钉在一起，便是"高消费"了。大多时候，妈妈和她的学生是在"晴天一身灰，雨天一身泥"的泥课桌泥凳子之间度过的。这种简陋的校舍和设备，不少还是妈妈领着她的学生"自力更生"修建的。有一次修理茅草房时，屋顶上一个尖尖的木条扎了下来，恰恰落在妈妈的脚背上。妈妈拔掉扎了寸余的木条，初时并无疼痛之感，但片刻大叫一声，血如泉涌。至今，每逢天气变化，妈妈脚背便成了一个"晴雨表"。

妈妈是小学教师，而且一直是教低年级，很多时候是教刚入学的毛娃子。这种年纪的孩子，即使以后上初中、高中，或者读大学，老师一个又一个，深植在他们记忆之中的，是关键时刻的那几位，譬如毕业班老师。像妈妈这种启蒙老师，随着岁月的流逝，出于可以理解的原因，他们都遗忘了。

但是，只有一个例外。这里有一个故事。

妈妈的外孙上初中时，他的班主任偶然得知她的学生的姥姥是她的启蒙老师，便备了一份丰厚的礼物来拜望她的老师。这位四十多岁的女老师十分恭敬，还有些与她的身份不符的拘谨。她诚恳地叫了妈妈一声老师，便规规矩矩地坐在一边。

女老师走后，妈妈自豪地打开礼物，让我们品尝她的学生孝敬老师的点心。妈妈很兴奋，脸上洋溢着压抑不住的喜悦。她告诉我们，她的这个学生过去是个苦孩子，家里让她放牛，是妈妈一次又一次登门动员，做家长工作，这个女孩才得以上学，才得以当上中学教师的。

像这样学有成就的学生并不多。可惜那些山里的孩子，最多读到小学毕业便回去钻山沟了。他们的儿子甚至孙子上学后，回家谈起老师时，这时他们或许才依稀记起：噢，那还是我们的老师呢！

妈妈登门动员或亲自教授的学生究竟有多少？有没有谁后来又飞黄腾达？好在妈妈记不清了。她认为那是应该教的，记那些做什么？

妈妈教了 30 年书，1981 年退休时，工资七五折，每月可领四十三元五角。

妈妈当时并不想退休，尽管年纪大了，中气不足，不能再担任更多的课，但她更惧怕回家后的寂寥。可是，当时上边允许教师子女顶班，我们兄妹三人皆已谋到了职业，妈妈如果退了，名额可以由其他人的孩子顶上，于是……

物价上涨，妈妈有时也发发牢骚。如果晚两年退，她的工资也会多提几级。但大多时候，妈妈都聊以自慰。说你们兄妹仨都有了工作、比过去强。

过去妈妈每月 29 元工资，却要养活我们兄妹仨和一个姥姥。每月初，妈妈领了工资，先把全家的柴米油盐买齐，至于吃菜穿衣，则视手头剩余的工资而定。如果碰上每学期开学初，兄妹仨同时要交学费，全家只好勒紧裤带，或者寅时吃了卯时粮，妈妈去会计那儿预支下月工资。妈妈的衣服，由长改短，改给哥哥穿，哥哥不能穿了又下放给我……有一年大雪封山，妈妈要出去巡回教学，山风刺骨，妈妈的袄子破了几处，她只好在腰间加上一条草绳……不过，妈妈向我们讲这些时，都是笑着说的。她这人，一生很"糊涂"。什么个人荣辱得失，似乎都很淡。

我的妈妈叫陈佩芳，是年 65 岁。其发苍苍、其牙松松、老矣。妈妈是很普通的一个山区女教师，因为"家庭出身"问题，一生很少当模范，其名外人也很少知。幸而今天有朋友来约稿，我写下了这些片段文字。我想，一是尽不孝子滴水之情，以报慈母含辛茹苦养育之恩；二是仅以此文献给无数和妈妈一起奋战在山区，把一生都献给大山的乡村教师。

清明的思念

这是一条用青石板铺成的小街，曲曲弯弯，黑瓦房茅草房毗邻相向而建。我从一家院落穿到另一家的院落，寻找可以居住的闲屋，房子的主人茫然地看了我一眼，然后说没有闲地方，房子里都有人。

我有些失望。

左边一排房子的后面是菜园，我穿过生长着白菜和萝卜的一畦畦菜地，朝山上战争时期遗留的一座炮楼走去。

炮楼实际是一座碉堡，两层高，当地人称之为炮楼。炮楼是用很宽的土坯砌的，外面包有一层砖。四周有里大外小的三角形枪眼伸向外面。现在，学校将这里改造成校舍。我四处寻找可以居住的地方，从一楼攀到二楼，但也没有可以住人的地方。

我有些焦急，便从一座房子的墙头爬下去。

炮楼下面有一排学校的房子。房子是用黄土筑的墙，屋顶都是用麦草盖的。大约有些时日了，时间将金黄色的麦草染成了黑色。

我推开一间房子的门，突然发现，母亲正坐在里面。

她说：我们家就住在这儿。

我醒了，这是一场梦。

这是去年的一场梦。第二天，就是一年一度的清明节。这年我没有回到家乡，给往生的父母扫墓。也许是日有所思夜有所梦，我梦见了母亲。在内心的深处，没有回去看看长眠地下的父母，心里有所歉疚。

我把这个梦讲给妻子听。她说，是的，我前天也梦见了父亲——我的岳父。

用弗洛伊德的理论，梦是现实的折射。

我家住在大别山中一条临河的小街上。街不长，从东走到西，不足一里远。找房子住的经历，确实贯穿着我的童年、少年与青年时期。

母亲是教师，从她参加工作起，至少在大别山区的上十所学校里任过教。郑家河、吕氏祠、大麦厂、杨桥、余子店、牌坊、韩冲、官畈、里罗城、王楼、燕冲，母亲的生命，就是在这样一所所学校的辗转中流逝，我们就是在这样一所所学校的迁徙中成长。母亲带着我们兄妹三人，还有守寡的外祖母，从一个山沟迁移到另一个山沟的学校里。幼年的记忆十分淡漠，在韩家冲时，一两岁的光景，只记得有一次在水塘埂上闭着眼睛转圈圈，结果掉到塘里去了——那是因为家里包饺子让我太兴奋的结果。三四岁左右的时候，我跟着母亲到牌坊学校念书，上课了还在外面玩，结果母亲罚我在教室外站了一堂课。还有一次，我将带中午饭的陶罐碰破了，吓得不行，结果学校的张老师又给我找了一个带回家。到了我五岁左右，全家就到了余子店，母亲在小街的学校里教书，我们一家先是住在一个叫胡湾的村子里。村子里都是草房，忘了住了多长时间，后来就搬到学校所在的小街上来住。

学校里没有宿舍，也没有家属院之类的，母亲只好带着我们在街上租房子住。我们先是租住在一户姓张的人家。这家人有一个大院子，十几间房子。我们住在进门的厢房里。房子邻近走廊的部分上端没有封住，如果外面有什么声音，都会传到房子里来。这家人会织布，在他家的上房里，架着一台老式的织布机。每天进了院子，都可以听见院子里回荡着有节奏的织布声音。那声音很沉闷，梆、梆、梆！两头尖的梭子在经与纬之间灵巧地穿来穿去，织布人随即要将一个吊着的工具朝面前拉，大约要将布扎实。织布的工作主要是这家的女主人，我们叫她张大娘。她有三个儿子一个姑娘。这姑娘与我姐姐是同学，好像也读过初中。姑娘小时患过病，背有些驼，行走很不方便，但她坐在织布机前时，那织布的样子还很优雅。她的脚踩动时，吊在屋子上的经线上下来回移动，两只手来回不停地抛梭，织布机嚓嚓嚓地响，布匹慢慢地在怀里生长。大约是长年很少晒太阳的缘故，在我的印象中，她的肤色很白。后来姑娘出嫁了，嫁到很远的一个地方。再后来，张家的三个儿子也都要娶媳妇了，房子自己家要用，我们就搬到小街上另一户姓张的人家去住了。

这户姓张的是一个哑巴，他是小街上一位有名的年轻裁缝。

他家外面是一个很高大的房子，靠里面有一个伸出去的房子，过去可能是做厨房用的。现在，这个十几平方米的厨房租给了我们家。这个哑巴长得很帅，如果他不用一双大眼睛盯着你看，你不会知道他是哑巴的。据说，哑巴小时候生病时，他那当医生的父亲为他在穴位上打"灯火"导致的。

别看哑巴不会说话，也听不见，但他认识很多字。他与人交流的方式，除了用手势表达外，就是在一张纸上写字。他租房子给我们的原因，就是因为母亲曾经教过他。

哑巴有一个木制的缝纫机，他踩缝纫机时，声音很响，特别是在夜里，那声音几乎一条小街都可以听见，哗哗啦啦，仿佛是从高山上流下的瀑布。哑巴自己听不见，他年轻又很有力，踩起缝纫机时，像是卷起了一阵风。

哑巴当年使用的缝纫机的支架和底板都是用木头做的，所以踩起来声音很大

有时，没有事时，趁他在裁剪衣服，我也会坐在他的缝纫机上学着他的样子做衣服，但好多次，我的手都被缝纫机针扎伤了。

哑巴很爱美，人长得也帅，他对学校里的女老师很有好感，对于来找他做衣服的漂亮女孩也很友好，我在一篇小说《陀螺》里曾经写过他失恋的痛苦。

但是后来，我们全家下了乡，等我5年后再回来到学校代课时，听说，哑巴结了一次婚又离了。那个女的虽然也是大山里的，但背着哑巴与人私通，哑巴知道后很痛苦。再后来，我外出读书，等再回到这条小街上

时，哑巴不在了。问街坊，说哑巴已经死了。大约是患了一种什么癌。

我从生产队回到学校代课的时候，哥哥已经被招工到了外地的工厂，姐姐也已经出嫁了。外祖母已经去世，我便与母亲两个人租住在一个叫余弟春的人家家里。他家有一个院子，我们住在进门的两间房子里。母亲白天到很远的里罗城大队去代课，晚上赶回来，给我做饭吃。晚上，我就与母亲住在一张床上。后来，母亲调到二十里外的汪岗公社官畈学校教书，这个学校在公社重新划分时，分到另外一个公社去了，于是我一个人就搬回到学校的单身宿舍去住。好在那时家里并没有什么家具，在我的印象中，一个母亲陪嫁时的木箱，已经油漆斑驳，几张长条凳子，用来放竹竿编的简易床。那竹竿是可以卷的，搬家的时候，扛起就走了。我们那里将它叫"竹簿"。

母亲去世很多年了，但最初的几年，我总是不相信母亲就这样离我们而走了。有几次走在街上，看见几位婆婆的背影，我总怀疑那就是母亲。无论是驼着的背，瘦而单薄的身子，常常爱穿的紫色线衣，都像生前的母亲。我常常想，母亲并没有死，而是去了另外一个地方，有一天她还会回来的。妻子也曾经告诉我，她在街上几次碰到过如我母亲一样的婆婆，她不敢正面看，觉得太不可思议，因为与我去世多年的母亲几乎完全一模一样。后来读英国人写的《托尔斯泰传》，其中托尔斯泰写他的父亲去世后，几次在街上看见父亲模样的人，都以为是父亲又回来了。

那次在梦里找房子住，醒来后，我用惺忪的睡眼环顾卧室，怀疑这是不是还在梦中，等我证实这是在现实中时，方松了口气——我有了自己的房子了，母亲带着我们四处租房子的时代已经成为过去。

适逢戊戌年的清明又到了，今年我是决定要回家乡给父母亲，还有我的外祖母扫墓。母亲的墓在河南信阳的贤山，那儿是一座公墓，生前父母分居了几十年，现在合葬在一起。我的外祖母没有儿子，一个人安葬在我下放时的山村，山后，是茂盛的森林。我要在母亲的墓前告诉她，不用再担心儿子四处奔波流浪了——你的儿子，已经拥有了自己宽敞的房子了。

京剧票友四叔

　　刚刚进入初冬，辗转病榻多年的四叔去世了。三叔、六叔和父亲已先他而去，直系亲属中，四叔是父辈这棵大树上的最后一片树叶。

　　四叔一生没有多的爱好，唯一的癖好是喜欢京剧。他的一生，因京剧而喜，因京剧而悲，起起伏伏，坎坎坷坷，像一曲回肠荡气的大戏。

　　我父亲这一辈朝上数，家族中在朝为官者不在少数。堂高祖是咸同时期的体仁阁大学士，正一品的衔儿。高祖是江浙的布政使、按察使，虽然是一个从二品，但也置办了不少田地。有了田地是好事，虽不是八旗子弟，但在那个时代，官宦人家的，即便中落，却如小说《红楼梦》里那群公子哥儿一样，强撑着面子，不工不商，不稼不穑，捧园子里的小旦，到风流巷中寻一红颜知己，都是常有的事。不过我四叔那时还小，1934 年人，小胡子虽有了，还是毛茸茸的。小归小，他对京剧却是情有独钟。

　　四叔喜欢京剧是因为我家的老宅与县城里一个仅有的戏园子只隔着两条街。四叔从母亲手里讨来的几块钱，都让他踮着脚送进戏园子门口的小窗户里了。

　　十四五岁的四叔那时一定是青春萌动，荷尔蒙正在澎湃，戏园子里的京胡一响，他就兴奋异常。不过四叔并不喜欢园子里那个把水袖甩得如彩云飞的青衣，也不喜欢脸上涂着白粉的丑角，而是喜欢唱老生的，那种字正腔圆、步子迈得稳稳当当的唱功老生。

　　县里的《空城计》《捉放曹》《文昭关》几出戏他看完了，里面的词儿也都会唱会背了，家里来了客，他常常在人前有板有眼地唱一段博得几声夸奖，高兴时连哑巴爹也在一边跟着客人鼓几下掌。谁谁的唱功好，谁谁的手法、掌式如何，他也常能说个一二三四。有一年，元宵节刚过，县里来了个新戏班子，他背着学校和家里连轴转看了几天几夜。四叔被里边一个演诸葛亮的须生迷住了，对此人的一招一式、唱腔做派推崇备至，但这个戏班子演了几场又要换地方了，他瞒着家里人，准备跟着戏班子到外地去学艺，结果收拾行李时被哑巴父亲发现了这个秘密。

四叔的结局是在祖宗牌位前跪了一天一夜，但这次打击并没有让他对京剧失去信心，反而觉得光会唱戏不行，还要会伴奏。他哄着母亲讨钱买来一把京胡，从早到晚，拉得家里人从掩耳而过到驻足倾听。

也许是四叔的天分高，一个初中毕业生，第一个参加了共产党的培训班，第一个参加了土改工作队，并且动员自己的哥哥、嫂嫂——我的父母亲也参加了"革命工作"。

四叔的第一份工作是到乡下组织土改，然后到双铺信用社当会计。那是一个鲜花盛开的时代，在青年四叔的眼里，天是蓝的，水是清的，他每天工作之余，就是抱着心爱的京胡，自拉自唱，抒发对生活的热爱。他很快结了婚，四婶是县城里的姑娘，也在这个乡当小学老师。新婚的生活充满了甜蜜，他很快做了父亲，既为人夫又为人父，他认为，人生的画卷应当是这样绚丽多彩。

1957 年的反右斗争也波及了这个乡村，昔日的熟人不少被划成了右派，他了解这些人，知道这些人并不是对共产党不满，只是给单位的领导提提意见而已。每到晚上，他就缩在自己的小屋子里，侍弄自己的京剧和二胡。有行家认为，他唱京剧很有周信芳的韵味，咬字、音色、唱法形成了自己的特点。转眼到了 1958 年，反右眼看到了尾声，一天单位领导忽然找他谈话，说群众检举揭发他不积极参加反右斗争，有时间就躲在住室里唱戏，"还拉《窦娥冤》的曲子，明显是为被打成右派的人鸣不平！"

无论四叔怎么辩解，候补右派的帽子还是给他戴上了。他以为当右派只不过是检讨检讨，谁知很快工资停发，每月只给一点生活费，然后和其他右派分子一起集中到县城边修铁佛寺水库。

修水库就修水库，四叔脱胎换骨，每天一干十几个小时，挑土拉车打夯，人累得变了形。这正是"大跃进"的时代，修水库也必须破除小脚女人的做派，不分白天夜晚，整个工地红旗招展、歌声嘹亮，大土坝一截截往上长——眼看就要胜利竣工了。很多与四叔同住在坝下工棚的右派，营养不良加上过度劳累，不少一命呜呼。这天夜里，四叔白天刚做完工，夜里该休息的，但同屋一个人生了病，四叔闭闭眼睛只好代他又上了大坝。这是个暴风雨之夜，风大雨狂，上游金刚台几十平方公里范围的洪水如巨龙一般冲向刚刚合龙的坝基。水库很快就蓄满了水，不知是泄洪道太小还是泥土筑就的坝基不够牢靠，大坝很快溃决，几丈高的浪头冲向紧挨着的密密麻麻的工棚，将那些住在里面的"牛鬼蛇神"一扫而空，又轰轰隆隆地冲向下游两公里外的县城。

　　水库没了，县城被冲去大半，土改后留下的几间老宅也冲没了，好在四叔的父母——我的爷爷奶奶下乡到六叔三叔家去了。阴差阳错逃过一劫的四叔只好又回到当初工作的乡下，继续领他的生活费，接受灵与肉的洗礼。那些熟悉的京剧和京胡，只有到夜深人静时，他才能一个人悄悄地哼上几句。

　　转眼就到了1966年，他这个右派毫无疑问地成了红卫兵批斗的对象，检讨、戴高帽子，没日没夜地游街，正在这时，四婶到了临产期，在医院里待产。但红卫兵不让四叔去，四婶虽然已经生过三个孩子，但这次竟然难产，她在产床上呼天抢地，希望丈夫能给她力量。结果是孩子没有保住，四婶也得了产后风，直到闭上眼睛，也没能看到与自己生活了12年的丈夫。

　　四叔得知四婶去世时，四婶已经下葬。没能为爱妻送别，四叔的痛可想而知。有一天，四叔到县城外的河边劳动，听说四婶的坟墓就在河的对岸，便向看守请求，要去发妻坟前看看。看守不允，担心他会趁机逃走。四叔这次再也不能忍受，他挣脱看守的控制，不顾一切地冲到河的对面，跪在一个新垒的坟墓前，号啕大哭，连追上来的看守也怔在一边不知所措。

后来，四叔被送到街道监督改造，生活费没了，住的地方也没了。四叔枯坐一夜，千思百虑，也曾冒出轻生的念头，但想到亡妻，想到与亡妻生下的幼小的二儿一女，牙一咬，昂着头走出银行的宿舍，到西街租下两间破旧的茅房，从孩子姥姥家领回三个孩子，置办了一个两轮的人力架子车和一头毛驴，和几个同病相怜的人一块拉山货挣养命钱。

家乡商城是山区，山路起起伏伏，不是上坡就是下坡。架子车上堆着山一样高的木柴或者木炭之类的，上坡时，偌大一个车子全靠肩上一条皮带拽，人全身往前耸，毛驴四蹄紧蹬，亦步亦趋；下坡时，毛驴发挥不了作用，就靠人全身往后倾，双脚蹬地，全力顶住上千斤的重量，缓缓下移。如此周而复始，挣一点运费钱，也仅够养家糊口。如果是晴天也罢，碰上刮风下雨，拉车人就十分凄苦了。特别是出长途，到信阳或者武汉送货，需要几天几夜，风里雨里也不停下。到了夜晚，没钱住店，人只好钻到车下，垫一层油布，和衣而卧。如果运气好，找到一个棚子或者养路人的歇脚屋，那就是拉车人的天堂。这时，每个人架起自带的小锅，拾柴生火做饭，饭毕，喂过驴，如果碰上四叔心情好，同行的"牛鬼蛇神"们便会央四叔唱一段京剧给他们解乏。《空城计》之类的不敢唱了，《林海雪原》《沙家浜》之类样板戏四叔无师自通，在半明半暗的余火中，四叔那略带忧郁的中音在夜空中荡漾：

穿林海，跨雪原，气冲霄汉。抒豪情，寄壮志，面对群山。愿红旗五洲四海齐招展，哪怕是火海刀山也扑上前！我恨不得，急令飞雪化春水，迎来春色换人间。

四婶去世时，四叔仅 35 岁，正当壮年，于是，老友间也曾劝四叔续弦，四叔看看三个半大的孩子，摇摇头，一声谢过。鳏夫四叔就这样住在两间茅草棚中，伴着一头老驴，拉车度日，直到给右派平反的一天到来。

穿过 20 年黑暗的时间隧道,四叔又回到了他当初参加革命工作的地方。上班没多久,出差省会郑州,事情办完,他找到乐器商店,用补发的钱买回一把上好的京胡。那时传统的京剧剧目还没开禁,他凭记忆,将过去熟悉的《打渔杀家》《文昭关》等曲目整理出来。工作之余,他就沉浸在自己的天地里。没想到,京胡一响,几个票友找上了门,开始还怕有人说他们搞什么地下活动,找个偏僻的地方自娱自乐,后来单位知道了,春节联欢让他把票友带来,上台一唱,成了单位里的一道风景。

再后来姑娘嫁了,儿子娶了,票友中有人给他张罗介绍了一个大姑娘。这姑娘过了适婚年龄,但比四叔要小上十几岁,四叔有些犹豫,可是人家一看四叔仪表堂堂,能拉会唱,二话没说就同意了,这姑娘后来成了我的新四婶。

再后来四叔退休了,除了养花种草,其余的时间全部交给了京剧事业。他是在信阳市退休的,退休后市里的几十位票友组成了一个松散的班子,每天在一起吹拉弹唱,切磋探讨,不知晨昏暮晚,如痴如醉。

按说人的情绪好,不会生什么病的,但四叔几年前还是查出患了膀胱癌。据说,是憋尿太久的缘故。憋尿太久是因为京剧事业太忙,拉起来唱起来忘乎所以,不知尿已早至。当然,此说不能作为科学依据。

四叔去世时已经望八十数了,灵棚搭在银行的院子里,票友们一个个来告别,叹班子里又少了一个伙计。有个与四叔平时配合很默契的女票友提议,老周生前喜欢京剧,我们来给他唱一个送行吧。一人提议,众人响应,于是一天下午,几十个票友相约而至,在灵前站成一排。

　　我主爷起义在芒砀,拔剑斩蛇天下扬。怀王也曾把旨降,两路分兵定咸阳。先进咸阳为皇上,后进咸阳扶保在朝纲。

众人唱的是西皮慢流水《萧何月下追韩信》。四叔在时,最喜欢的是这一出。

四叔出殡时，灵车刚启动，四婶从屋里追出来，递上一把京胡，说："老周喜欢这个，让他带上，免得在那边寂寞。"

校　　友

与妻一道送儿子走进珞珈山的那一刻，我在心里忍不住说，儿子，从今天开始，我们就要成为校友了。

不过，儿子走进武大是顺风顺水，今年刚过 18 岁的生日；而我，走进武大读书时已 32 岁了。

我们这一代人说不幸又是幸运者，"文革"开始我只读到小学毕业，上山下乡，粉碎"四人帮"后考了个中等师范。毕业参加工作，业余舞文弄墨，忽一日得知武汉大学招收插班生，便生出再圆大学梦的幻想了。

复习报考武大时我尚不知妻已怀着未出生的儿子。我与妻结婚 3 年了，让父母都盼到准备让我们去领养一个孩子的地步了，但不知何时，儿子已经来到我们的身边，等到妻呕吐不止我们才明白，小家伙已在妈妈的肚子里 3 个月了。我让妻给我当陪练手，她提问，我背诵。文学的典型性，小说的三要素，老舍、巴金、伤痕文学、意识流文学，妻子腆着肚子在一旁当老师和提问者，我在一旁大声回答力图加深记忆。大约那时儿子就在妈妈的肚子里得到了胎教，他读高中二年级时就坚决要求转文科班，把我读武大期间买的弗洛伊德、黑格尔、卢梭、莫泊桑、巴尔扎克等都读了个遍。儿子希望能读北大，读不上北大，哪儿都不去就读武大。儿子高考分数出来后，毫不犹豫第一志愿就报了武大中文系。

我去武大报名是 1985 年的秋天，那时妻子怀着的儿子已经 7 个月了。大清早，我用自行车带着装衣服的木箱子、棉被，往县城汽车站赶，妻子腆着肚子，一直将我送上通往武汉的汽车。一路上，妻子说，小家伙在里面乱动呢！说不准他知道爸爸要去武大读书，要欢送爸爸了。汽车开动了，32 岁的我看着车窗外渐行渐远腆着肚子的妻，依依不舍但也心知责任重大：这不仅是我一人，也是全家走出小县城的重要时刻，是我为未来的孩子奠下基础的关键一步。来到珞珈山，我无心领略校园的美丽与东湖的湖光山色，一头扎进知识的海洋里，忽一日收到家里的电报：妻已生男。等我乘车回到家，儿子出生已 3 天了。妻子没有抱怨她分娩的生死时刻我没有守在身边，而是用母性的幸福眼光引导我看着她身边来之不易的孩子。

今天，当我用小车将儿子送到武大校门口，看到"国立武汉大学"那六个字，眼睛不由湿润了。这是我的母校，将是我儿子的母校了。在学校小操场与宋卿体育馆之间奔走为儿子办理入学手续时，我仿佛感到 18 年时光奔跑的速度。我第一眼瞥见的像小老鼠一样蜷缩在母亲怀中的儿子已经成为一个高大英俊的小伙子了。儿子像所有刚进校的孩子一样，迈着大步，在浓阴遮盖的悬铃木下疾走，眉宇间洋溢着自信与向往。

我在心里对儿子说，孩子，我们走到同一所大学了。当年，父亲为了这一时刻，32 年的道路是何等曲曲折折。对于那个时代，很多事情你已经很难弄明白了，你没有因家庭出身而名落孙山的痛苦，没有上山下乡的曲折，没有一次又一次运动的冲击，你从小学到中学的道路尽管辛苦，但还算顺顺利利地考进了大学。

交完学费，领到盖了钢印的武大学生证，一直跟在后面的妻子对儿子说：这一下你们父子俩才算真的成了校友了。

儿子回头看了一眼母亲，突然说：你好伟大，把两个男人都送进武大了！

一刹那，我看见妻子的眼睛里闪出异样的光芒。

儿子的天空

倒春寒，温度一下降了十几度，刚刚脱下的羊毛衫，赶快又找来穿上。二四八月乱穿衣，天气正应了这句谚语。天气一变，微信上便有了反应，这不，北京下了雪，片片雪花飘落在帝都的天空。不过，我现在关心的是香港，香港今天的气温 21 度，有阵雨。

关心香港是因为儿子在那儿工作。

自从儿子大学毕业后离开我们身边，他去的地方，那儿的天气就成了我们夫妻俩关注的事情。

儿子离开我们去的第一个地方是美国的俄亥俄州。那儿是美国中东部的一个大州，属温带大陆性气候，夏天温度和武汉差不多，但冬天可降到零下 29 度。州府在哥伦布，儿子所在俄亥俄州立大学主校区就在这座城市。过去在家里，儿子穿什么衣服，基本上都是他母亲提醒，该加的加，该减的减。现在儿子一下子走了这么远，会不会不知道随着季节增减衣服呢。那时候还没有微信，但有了 skype。儿子刚走的那阵，我们很想念他。尽管他已经大学毕业，但他上大学是在同一座城市，在我们的眼中，他还是一个未有出过远门的孩子。

刚开始我们在 skype 上与他聊天的时候，儿子还很积极，主动介绍学校的情况。过了一个月再与其聊时，他开口总是问我们，有什么事吗？那样子，好像正在忙。你想我们能有多少大事，只不过就想看上儿子一眼，叮嘱几句他要注意天气变化之类的话。看他好像没有再聊下去的打算，我们也就悻悻地结束了。反正，知道他状态还好就行了。通完视频，关上电脑，我们夫妻俩就会讨论一会儿儿子的事情，回忆下他小时候如何如何。

但下次再与儿子视频时，提前反复酌量，儿子这时候是不是有作业，是不是有事，但思念之心不止，还是忍不住打通 skype，有时碰巧儿子在，有时儿子不在，但这周给儿子要过了，在屏幕上见了儿子，这一周心里便踏实许多。后来，我在网上搜索到一篇山东的家长写女儿在俄亥俄读博士学位的文章，才从中了解学生的学习任务有多么繁重，儿子没有与我们视频，接视频时不是很积极，我们也就理解了。

儿子硕士毕业后，从文学一下子转到了法学专业，到纽约读法律博士。我们关注的目光，又从哥伦布移到了纽约。纽约的曼哈顿我去过，全美国，恐怕没有比这儿有更多的楼房，更拥挤的街道。我能想象得到儿子每天在这座喧嚣的城市里穿梭的情形。这下，纽约的天气与治安又成了我们关心的对象。

纽约之前发生过 9·11，发生过枪击事件，我们叮嘱儿子出门一定要留个心眼。有一次纽约碰上了飓风，风很大，全城放假，我们在视频中反复叮嘱儿子不要外出，要小心天上的广告牌。还有一次，纽约大雪，雪厚盈尺，我们担心儿子，视频过去，窗户外边有尺余的冰凌。但看儿子，穿着单薄的衣衫。他说房间里暖气十分足，热得不行，我们就释然了。

儿子在纽约读书期间，我因公去过一次纽约，但不巧的是，儿子那个学期交流到日本早稻田大学法学院了，我一个人找到离纽约中央公园不远的法学院校舍。看着镶嵌在墙上的 Fordham University 一排英文，心中充满了温暖。虽然我进不去，但我让路人帮我照了一张以法学院校舍为背景的照片。爱屋及乌，我对儿子就读的学校也充满了感情。

儿子去了日本的半年，东京又成了我们关注的城市。我经常上网看东京的气候，看日本的地震趋势，关心儿子的一举一动。儿子与来自世界各地的同学的合影，我们在电脑上反复看。儿子喜欢村上春树的作品，从读初中时便成了村上春树忠实的拥趸。村上春树也是早稻田大学毕业，儿子与他成了校友，自然对村上又多了几分的亲切。他在东京和大阪遍访了村上春树的旧居和他在小说中提到的情景。我们跟着儿子的脚步，也更多地了解了日本和东京的情景。

后来，儿子回国到了上海工作，我们每天看电视，天气预报里上海的情况是会格外留神的。两年后儿子去了北京，我们的关注对象又改为北京。虽然我们知道他已经有了生活的阅历，有了生活的经验，但作为父母，凡是遇到天气变化，我们还是提醒他几句注意天气不要感冒，要注意锻炼身体和健康之类的话。

去年年底，儿子又携妻去了香港。过去不怎么关注的香港，这下又成了我们在家念叨的对象。香港的天气，自然也加到手机关注的栏目里。而先前关注的儿子住过的那些地方，偶尔还会瞥上一眼。

尽管孩子与母亲之间的脐带从出生就剪断了，但剪不断的是血缘关系，是日复一日的相处，那种浓浓的亲情关系。除此之外，仿佛还有某种冥冥之间由上天早就安排好的宿命。对于中国父母而言，孩子不是生命的一部分，而是全部。有了孩子，父母虽然带来了很多的辛苦，但没有几家父母会抱怨。哪怕是口头上发几句牢骚，但也不会记到心里。父母对孩子，仿佛是天经地义的应当付出。而只有付出，才会感到一种欢乐，一种存在的幸福，生命才会感到完整和丰满。孩子再大，哪怕成人了，成家了，在父母的眼中，孩子始终是孩子。在父母的记忆中，孩子一直是那个在襁褓中的婴儿，是那个牙牙学语的儿童，是那个与邻家的孩子嬉闹的顽皮少年，是那个背着书包渐渐远去的背影。孩子成家了，有了自己的下一代了，父母有时还会叫着孩子小时候的乳名，在父母的眼中，孩子永远是没有长大的孩子。龙应台在《亲爱的安德烈》一书中说："所谓父母，就是那对着背影既欣喜又悲伤，想追回拥抱又不敢声张的人。"

我想，我的父母当年也会与我现在一样的心情，虽然那时没有手机、没有电话、没有 skype，更没有微信，但父母的目光，一定也在追随着儿子永恒的天空。

可惜，那时我并没有感觉到——儿子的天空里，有父母永远热切的目光。

孩子是上天送给父亲节的礼物

儿子小时候有些多动症的苗头。从早到晚，他不会闲下片刻，但只有一件事，能够让他静静地坐下来——那就是画画。

孩子也许天生对色彩有些敏感，我们给他买来了蜡笔，当过小学老师的奶奶教他画儿童画。不管他在外面与小伙伴疯得多么快乐，但只要到了画画的时间，奶奶一喊，他就立马回到小桌子旁，一丝不苟地沉浸在绘画的世界里，那里有小狗小猫，天上的星星，河里的轮船，还有电视里的机器人，聪明一休，等等。对于他的每一点进步，奶奶逢人便夸，然后在家里扯条绳子，给他办画展，满足他小小的虚荣心。儿子小时候儿童画的"代表作"，我们至今还保留着。那是儿子的足迹，父母的念想。

儿子能够养成良好的学习习惯，静下心来读书，与我们的工作、学习习惯有一定的关系。有一段时间，我在出版社负责，妻子在学校工作，每到周末，我们买好周六周日的生活用品，然后，三口人就各忙各的事。我在自己的书房里读书、写作，或者看稿件。妻子在卧室里缝缝补补，或者到厨房给全家人做饭。儿子关起门在他的卧室里读书做作业。很多次，我们都忘了时间的流逝，不知今夕何夕。到了星期天，我们出门去倒垃圾，才发现家里的大门还在反锁着——周六一整天我们谁都没有出去。

当然，男孩子到了青春期，也有叛逆的时候，但他和妈妈的关系一直处得很好，他妈妈是学校书记，很会做思想工作，我的方法就比较简单，儿子经常指责我：我又不是你单位的职工！一度他和我常常话不投机。但有一次学校开家长会，他妈妈却从老师那里得知，儿子在老师和同学面前经常炫耀他的父亲——儿子内心对我是很佩服的。

这一下，我彻底改变了与儿子的对立情绪。我这才知道，表面上与我格格不入的儿子，在他的心目中，父亲却还一直是他的偶像。父母的工作、学习态度，对孩子是润物细无声的。进入青春期的孩子，有他的两面性。一方面，他表现得桀骜不驯，与父母作对；但另一方面，父母又成了他的第一任老师，他抵触父母，但又从父母那儿继承了很多好的习惯。

我从小在农村生活，曾经下乡做了多年的农民。勤俭节约，成了我生活的信条。我经常在儿子面前讲：一粥一饭来之不易，任何财物，只能使用而不能浪费，更不能暴殄天物。我在出版社里要求员工，凡是背面可以使用的纸张，一定要再次使用，并为此发了一个文件。我们家里的废旧物品，能够改造使用的，绝不丢掉；只要能够回收的，就一定会保存，卖给收废品的人。结果儿子也养成了这个习惯，他在学校使用的矿泉水，喝完水一定会将空瓶子带回家。同学们知道儿子有这个习惯，有时还会把他们用过的空瓶子给儿子，有些不用的本子和白纸也给儿子。

有一次，儿子从美国留学放假回家，带了一个大箱子。他打开箱子，把一大摞白色的材料纸交给我。他说，这些打印纸只用了一面，反正箱子是空的，我就顺便带回来了。

稿纸上正面打印的都是英文，我并不认识。但我认识这些漂洋过海，千里迢迢从美国带回的材料纸，是儿子渗入骨髓的节约和环保意识。

1992 年，单位里还没有电脑的时候，我自己花了 7000 元钱，买了台用软盘驱动的 AT 机。那台机子没有硬盘，没有中文菜单，是 DOS 操作系统。计算机虽然主要供我写作和用电话线上网，但成了儿子的宠物。只要我不用，他就坐到计算机前鼓捣。因为 AT 机是很早的一代机型，机子往往会出故障，这时儿子就会琢磨屏幕上闪闪烁烁的一行行英文字母，要弄清楚到底在表达什么意思。很快，他成了出版社家属院的电脑专家，谁家的电脑坏了，人们便会找他，还在上小学的儿子当然不希望让人家失望，他便买来各种电脑杂志，研究计算机的结构和程序。虽然，他后来没有读计算机专业，但通过研究英文的操作系统，让他对英语表现出超常的兴趣。读高中时，他参加全国的英语比赛，获得了一等奖。读大学后，他虽上的中文系，但进了学校的英语快班。大二的上学期，他参加了全国非英语专业四级考试，总分比分数线高出二百三十多分；大二下学期，他参加了全国非英语专业六级考试，他还是多出一百多分。到了大四，他参加了美国研究生 GRE 入学考试，一次就过了。没有通过中介，他自己找到了付奖学金的俄亥俄州立大学。到了美国后，他先学习了两年的东亚研究课程，毕业后，却改变学习方向，到纽约读法律博士学位（JD）。要知道，母语非英语的中国学生，考上美国的 JD，难度是很大的。博士毕业，他接着就考上了美国纽约州的律师，又考取了中国的律师资格。

他后来告诉我，和他同一个班的中国同学，只有二分之一的人通过了纽约州的律师资格考试。

儿子的英语学习能力，我想，与他小时候对计算机的兴趣不无关系。在这点上，我们父母没能给他帮上任何的忙。因为，我们基本上是"英盲"。

儿子上中文系时喜爱文学，有一天，他发给我一部中篇小说，篇名叫《在树上》。大学生活，文字清新，感情细腻，但没有跌宕起伏的情节，我吃不准，请在《长江文艺》杂志工作的同学给看看。她说语感不错，有点村上春树的味儿，稍微压缩就发表了。但儿子一发不可收拾，先后写了十几个中篇，前前后后在各种杂志上发表，基本上是写自己的成长经历和生命的体验，写他们这一代人的所思所想。他从美国回来的这年，在长江文艺出版社结集出版了，书名叫《清醒梦》。

有人说，这都是我的遗传。因为，我是因为爱好文学才离开家乡那个小县城，来到武汉这个都市的。其实也不全是，是改革开放为这代人创造了良好的生活环境和学习条件。

有些时候，我们也会不合拍。他读东亚研究硕士时，我在 Skpye 上与他讨论毕业论文的写作。我建议他写写"文革"中的文学与文学中的"文革"，儿子说我又不了解"文革"。他要写张爱玲，写张爱玲作品中涉及的城市。其中涉及建筑学、哲学、美学、社会学。我与他在视频中争吵，他也不同意，我只好说我们毕竟不是一代人了。他写得很吃力，一个人常常在图书馆里过夜。毕业论文交上了，老师勉强给了个及格。谁知没多久，儿子告诉我，德国的一家学术出版社，要出版他的英文论文。条件是按照10%版税支付。我说能出就行了，稿费无所谓。这本小书的书名翻译成中文，是《民国时期文学作品中的城市意象》。主要写张爱玲笔下的北平、上海、重庆、香港。

前天见了湖北大学张爱玲研究专家刘川鄂教授，他说：这很好呀，我们可以将之翻译成中文。

我真的是落伍了。

给儿子高考报志愿

14 年前，儿子参加了决定命运的高考升学考试。

刚入高中时，文理科没有分班，全校 900 个学生，儿子的成绩在全年级一度排在第 600 名。尽管武汉二中的学生升学率很高，但按照他的这个成绩，上重点大学很困难。

高中三年级时，学校分班，他要求到文科班去。我们还没有表态同意，他自己已经在学校里填了表。

在文科班里，他最开始的排名也很落后；但到了三年级，学校每周调考，他的考试成绩排名每次都在上升。到了临近考试的最后一次摸底考试，他竟然到了全班前列。

高考很顺利，走出考场后，老师组织估分，他估计总分约摸排在全班第一名。

按照武汉二中的分数，如果在文科班里考到第一名，上北大、清华、复旦、人大基本有把握了。我那几天拿着他从学校带回的历年高考录取情况汇总一书，暗暗琢磨儿子应当在这几所学校中如何选择。

分数出来后，儿子的文综考得并不理想。2004 年全国的重点线是 530 分，儿子考了 569 分。上前几名的全国重点院校没有希望了，但上个 985 学校应当没有问题。

我通过武大的老师找到了学校招生办的主任，她帮我们分析了往年武大文科的录取分数。于是，儿子的第一志愿填了武汉大学，平行的志愿报了浙江大学、南开大学、华中师范大学等。

等到录取开始的时候，由于这年报考武大文科的人特别多，录取分数一下子蹿到了 580 分。这下把我急坏了。

我给浙江大学中文系、南开大学熟悉的老师打电话，他们听了分数，再结合当年这两所学校在湖北招生的分数情况，在电话那头打包票说：没问题！等他们明白儿子将这些学校填为第二志愿时，他们立马表示不行了——他们只录取第一志愿的考生。

我只好又通过单位的一把手找了华中师大的负责人，他倒是很帮忙，委托社科处的处长与我接洽。我希望儿子能够到华中师大去读中文系。不管如何，华中师大中文系的老师我比较熟悉，他们还是很有水平的。

这天晚上，从华中师大招生办传出的消息，儿子的档案已经拿到了。他们已经预录取了儿子。我刚刚松了一口气，但不到半个小时，武汉大学的老师又电话告诉我，儿子的分数已经到了武大的录取线。

除此之外，儿子在此之前参加了武汉大学的自主招生，分数比上一名只差 0.5 分，事后我得知，这也增加了录取的机会。

那几天，我一直守在电话机前，每一次电话铃声响起，我立马跳起来去接电话。不管什么时间，电话的铃声，犹如天籁之音。但这个电话，让我不知所措。

华中师大此刻已经预录取了儿子，如果明天他们拿走了儿子的档案，即使武大想录取，也没有办法了。

这一夜，我辗转难眠。

如果儿子没考好，这是他的责任，但现在儿子因为自愿的原因不能到理想的大学去读书，责任就是父母了。因为自愿的选择，在一定程度上是我们在为他当家。

我唯一的希望，是天亮后到华中师大去，要求他们放弃录取。但我也担心，如果华中师大不录了，武大这边又有变化该怎么办呢？如果因此儿子不能读一本，该是多么的沮丧和窝囊。他会一直抱怨我们的。他辛苦了三年，结果是父母没有给他的志愿报好，导致他不能去到理想的学校。

我辗转再三，一夜几乎没有睡上两个小时。在我的一生中，包括我在出版社负责时，遇到再多再麻烦的事儿，也没有这样焦虑和失眠过。

第二天天刚亮，我就到了华中师大。我找了社科处长，他请示了出差新疆的校长，校长说让我们写个说明，自愿放弃华中师大的录取，如果武大不再录取，华中师大也不会再录了。

如果递上了这个申请，华中师大是不会再录取了，如果武大那边也有变的话，儿子只能读二本了。我犹豫再三，权衡再三，决定还是尽最大的努力，让儿子去武大读书。上天有眼，儿子如愿以偿。

虽然，儿子顺利地走过了高考这个拥挤的独木桥，但今天思及，我还是感到惊险万分。

堂弟媳年玉

认识年玉，是 30 年前。

那时年玉还是个扎着羊角辫的小姑娘，眼睛虽说不大，但闪着黑葡萄一样的光。她看见我这个从山外来的大哥哥，就一个劲缠着，"你见过会跑的大车吗？""你知道会吃鱼的鱼吗？"不等我话说完，她便拿出从山上摘来的刺猬一样的板栗，放在地上，用鞋一踩，便绽出油亮亮的果实。

年玉是我六婶的侄女，住在重重叠叠的大别山里。

后来，我读书到了大城市，再听到年玉的消息时，她已经成了我堂弟的媳妇。

堂弟初中毕业后在部队里当过两年兵，一米七三的个子，人长得白白净净，虽说退了伍，但还喜欢穿那身草绿色的军服，洗得一尘不染的衬衣。退伍后第一次到我家来，看见有什么活就抢着帮干，乐得妻一个劲地夸他有出息，说将来谁当他的媳妇一定会跟着享福。

果然，堂弟很快当了村里的干部，为村里的事经常四处忙碌。我有些同学在县里乡里当了不大不小的官，堂弟有时就借我的名义去找他们帮忙。也许六婶与我一样喜欢堂弟的能干，她竟然自己作伐，将娘家侄女年玉嫁给了婆婆家的侄侄，这算是亲上加亲。年玉与堂弟结婚我没有参加，等我见到她时，她已是一个女孩的母亲。初为人妻又为人母，刚刚 20 出头的年玉满脸洋溢着青春的幸福。在她家的房外，我就听见了她与尚在襁褓中的婴儿嬉戏的笑声。

堂弟后来由村主任又当了支书，干了五六年，突然说不干了，要到南方去打工。我再三劝他慎重考虑，他说当支书太累，农村的计划生育，摊粮派款，十分得罪人，加上为完成各种任务，先后借了十几万元的债。这其中有银行的，也有私人的。这笔钱还不上，所以他要到南方打工挣钱来还债。

那是1998年的事，后来断断续续听到堂弟的消息，说他自从到南方后就一直没有回家，年玉也去找过他，二人在一家酒店打过工。但堂弟家上有老下有小，年玉为了照顾年迈的婆婆和两个孩子，后来只好回家当"留守妇女"。前年，听说三婶不幸落水身亡，年玉一个人忙里忙外，将三婶安葬；去年，堂弟初中毕业后打工的大女儿出嫁，年玉一手操办，堂弟也没有回来。在我的印象中，堂弟是一个忠厚勤劳的年轻人，他如此抛家不顾，是不是另有隐情？为此，我和哥哥托在南方的侄女寻找过堂弟，但开始还能联系上，后来他换了手机，就音讯全无了。找他原来打工的那家酒店，同事说他与一个湖北的女子好上了。

今年清明，我与哥哥去给祖父母扫墓。因为祖父母葬在堂弟家附近，我们还没到，远远就看见一个瘦小的女人带着一个孩子站在路边。到了近前，才知是年玉。她从六婶的儿子那里知道我们要来的消息。

扫完墓，我们去了堂弟家，不，是年玉的家。瓦房虽然已经略显陈旧，但泥土地面扫得十分干净。堂屋的墙上，仍然挂着堂弟当支书时的各种镜框和牌匾。面对着年玉，我们不知如何安慰是好。是世道的变化，还是人性的使然，那样一个让人喜欢的堂弟，居然抛却了肩上的一切责任，暗夜扪心，他能够安然入眠吗？

"有人让我登寻人启事，把他的照片也放上，我觉得那不妥，他还要做人，万一有一天回心转意，他还怎么在世上混。再说，说不定他真是遇到什么难了。"年玉低着头，悠悠地对我们说。

说这些话时，年玉好像在讲别人的故事，全然没有一丝的表情。告别时，她指着屋子边盖着塑料薄膜的地垄，说那是她今年新育的旱秧苗。"儿子要读初中了，我哪儿也不能去打工。如果今年年成好，二亩田够我们娘俩的口粮了。"

我走近看了看，白色的薄膜下果然秧苗已经泛绿，与外面的春寒料峭相比，里面一片春的气息。

少 年 孝 国

家乡来人，再一次证明孝国已不在人世。

孝国姓蒋，约比我小一两岁，是我整个少年时期最要好的朋友。

少年时我是在大别山中一个小镇上度过的。小镇四围皆山：庄家山、余山、挥旗山，再有就是横亘如一扇屏风连绵二十余里的金刚台。金刚台是大别山的主峰，一座座锯齿状的山尖尖，刺向深邃的苍天。山很高，每天太阳从金刚台主峰平顶铺上露脸时，已是上午 9 点左右；晚上月亮从一个叫月亮口的山坳坳里吐出时，已是中天光景。所以小镇光影分明，色彩反差很大。小镇叫余子店，据说是几百年前在金刚台上占山为王的余思铭的儿子住的地方。小镇也小，一条街，曲曲弯弯，迤逦在一条布满鹅卵石的小河边。小河平时是一川大小不等寂寞的石头，等到下雨时，从飞旗山、金刚台上倾泻而下的山洪，便塞满小河，小河于是威风凛然，日夜吼叫着从镇下边一个极窄极窄叫撑腰石的峡口挤出去。

我是五六岁时随当老师的母亲从外乡来到这个小镇的。是什么时候认识孝国的？记忆已涣然。给我留下深刻印象的，是他的父亲大腹便便的模样。开始我不知他父亲为何像个孕妇，在街上走动时，步履蹒跚，仿佛怀着十个月大的孩子。后来才知是他肚子里有水，饥饿后缺少营养的缘故。有一天，一个乡下的医生到了他家，孝国父亲依嘱躺在当门的竹床上，肚皮插上一根管子，不一会儿混沌的水便流满了整整一脚盆。当时少年的孝国与我等愣怔在一边，傻傻乎乎，不知所措。最后，他父亲竟奇迹般地活了下来，等到有饭吃了，他还能拉一辆装满货物的人力车。

孝国虽然有一个妹妹，但他是家中的独子。当然，他还有一个秃头的叔叔。他叔叔不知何故一直没有婚娶，所以从他的奶奶到叔叔，全家都视他为传宗接代的宝贝。家里有好吃的，首先是满足他。但他有了好吃的，往往会偷偷留一些给我。在高大而空旷的房子里，他往往变戏法一样地拿出深红色的板栗、紫色的桑葚，还有香喷喷的煎饼——那种加了鸡蛋的微黄的摊饼。当然，我能够回报他的，只有从妈妈学校里借的小人书。街上的孩子组成两派打仗，毫无疑问，我与他坚定地站在同一条战线。至于用泥烧的弹丸，木头削制的驳壳枪，还有树丫做成的弹弓，都成了我们共同交换的玩具。

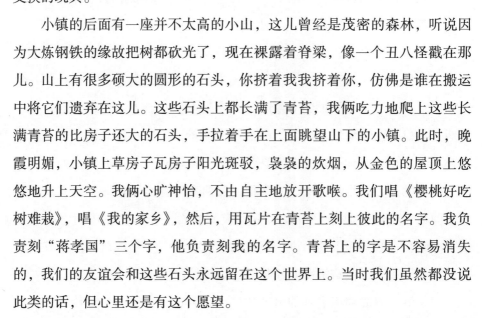

　　小镇的后面有一座并不太高的小山，这儿曾经是茂密的森林，听说因为大炼钢铁的缘故把树都砍光了，现在裸露着脊梁，像一个丑八怪戳在那儿。山上有很多硕大的圆形的石头，你挤着我我挤着你，仿佛是谁在搬运中将它们遗弃在这儿。这些石头上都长满了青苔，我俩吃力地爬上这些长满青苔的比房子还大的石头，手拉着手在上面眺望山下的小镇。此时，晚霞明媚，小镇上草房子瓦房子阳光斑驳，袅袅的炊烟，从金色的屋顶上悠悠地升上天空。我俩心旷神怡，不由自主地放开歌喉。我们唱《樱桃好吃树难栽》，唱《我的家乡》，然后，用瓦片在青苔上刻上彼此的名字。我负责刻"蒋孝国"三个字，他负责刻我的名字。青苔上的字是不容易消失的，我们的友谊会和这些石头永远留在这个世界上。当时我们虽然都没说此类的话，但心里还是有这个愿望。

　　小学毕业后，因为"地主家庭"出身，我没能到县城里去读初中。在镇上的农中读了一年，"文革"就开始了。学校不上课，上山砍柴，就成了我的主要任务。每天天蒙蒙亮，我就随镇上的人到距小镇五六里的金刚台去砍柴。大月亮口、小月亮口，薄刀岭，每一条沟、每一道岭都有自己的名字。开始，我们在山脚下就可以砍到一人高的树枝，后来砍的人多了，就慢慢地朝山顶走。山很陡，上山容易，下山很难。我们在柴火的一端插上尖担或者扁担，在地上拖着柴火朝山下跑。山路很曲折，砍柴的人要机敏，反应必须快捷。腾挪跳跃，有时没有路，甚至要贴着陡峭的岩石往下移。少年的我们虽然很累，但看着家里的柴垛一寸寸地往上长，就很有成就感。下雨天，街坊邻居谁家没有柴烧了，就来我们家借，这时我更有自豪感。我和孝国一起上山砍柴的次数很多，但给我留下深刻印象的，是到方沟砍柴的那一次。

那天，为了寻找干柴，我们沿着方沟往上走，最后攀上了与方沟相邻的薄刀岭。天很蓝，树林高低参差，俯身在我们的脚下。我俩的心情似乎都很好，不知谁先开始，对着大山呼喊，"这儿有鬼哟！"我俩互相比赛似的，看谁的声音更大，拖的尾音更长。谁知我们喊一句，大山就学一句，"有鬼哟有鬼哟"，山谷回音缭绕，久久不绝。等到余音消失，我俩高兴完了，准备下山时，突然发现遇到了麻烦。刚才我俩是攀到了岩石的半腰，现在看来上到山顶还很远，再想顺原路返回也很难。万一失足，毫无疑问会粉身碎骨。这时我俩都认为是遭到了报应，因为按照山里的规矩，凡是谐音不吉利的字眼，都不能提。否则有人出了事，大家就会把责任推到说话人的身上。何况"鬼"这样的字眼更是讳莫如深。但事已至此，我俩没有责怪谁，大家心照不宣地互相鼓励，互相提醒，小心翼翼地，用手抓紧岩缝，一寸一寸地下降到沟底。这时，暮霭已经降临，蓝色的雾气，开始在山谷里弥漫。

当然，上山挖药是我俩常有的事。贝母、枯梗、七星一枝花、麦冬、金银花、天麻、茯苓等等。山越高的地方，路越险的地方，去的人越少。有一次，我俩相约到金刚台的最高峰平顶铺去。

平顶铺有 1584 米高，上面曾经有一个部队的雷达站，后来不知为什么部队又迁走了。记得当时我已经随母亲下放到了距小镇有二三里的蒋家湾。天还未亮时，我到镇上约孝国一起出发。此时夜色尚浓，四周黑影幢幢，我俩竟生出些许的害怕——于是我们就唱歌，有一句没一句地唱。我们沿着镇边的无名小河朝上游走，听着哗哗的水声，不知不觉就到了金刚台山脚下。这时，夜色才刚刚散去，大山里各种鸟儿正展开自己的歌喉即兴表演。我们沿着之字形的山路往上攀登，约莫中午时分，才爬到主峰平顶铺。平顶铺名不虚传，山顶有几个篮球场大。山太高的缘故，顶上无树，只有一片草甸。我俩都是第一次来到这儿，便在上面拼命地奔跑，翻筋斗，伸开双臂，尽情地享受山风的爱抚。然后坐在一块突出的石头上举目四望。此时远山逶迤，层层如浪，山色如黛，深浅相宜。实际上，草甸上除了并不值钱的枯梗外，并没有什么更好的药材。我们此行不像挖药，而像是一次远足。

下山时天已经黑了，碰到镇上几个挑树的人，大家说看不清路，下山太危险，今晚到朝阳洞去住一夜。朝阳洞是一个天然的溶洞，据说红军的队伍曾经住过这里。是夜，我们在山上觅来枯枝，在洞中燃起一堆熊熊的烈火，大家和衣而卧，团团围定。夜半醒来，寒气袭人，于是有人朝余烬中再丢上几根树枝，只听一阵哔啵作响，火势再度旺起。昏昏沉沉中，我一觉睡到天亮。

1971年，我有了一个到镇上小学校代课的机会。这时孝国又到公社黄河高中读书，周末回家，很神秘地告诉我他在看《红楼梦》。在我的央求下，他答应借给我看，但时间不能超过一个星期。于是我用白纸订成一个本本，将每一回的主题思想、生字、诗词写在上面。这样他先后借给我两卷《红楼梦》，我的读书笔记也记了两大本，等我盼到他再一次回家时，他一脸愧色，连声向我道歉，说老师不准他把书再带回家了。他那神色，好像一个做错了事的孩子。因此，我的读"红"笔记至今还停留在蘅芜院中唱戏的芳官和赵姨娘哭闹的那一节。

有一天，我在学校里刚刚给学生上完课，忽然听说孝国被派出所的人带走了。带走的原因是他学《西厢记》里的张生，半夜逾墙，去找崔莺莺。不过，人家崔莺莺是早已心生爱慕，月夜有约。他这次是荷尔蒙太旺盛，夜半难耐，趁着春夜小雨如酥，他翻墙到隔壁的高中女同学家去了。

据说女同学醒来，见孝国站在床边，惊恐莫名，问为何？孝国支支吾吾：来借数学书。孝国也并没无礼举动，只是这借书的方式有些与众不同。女同学家担心日后安全，还是向派出所报告了，派出所传讯了孝国，孝国据实回答，大约也没有什么不良后果，教训一番，孝国再三保证，下不为例，人也就回来了。回来的孝国可能觉得无颜见江东父老，更无颜见隔壁的崔莺莺同学，就报名参军走了。

孝国在部队服役期间，中国恢复了高考。也许孝国不知情，也许形势不允许他报名，反正孝国没有参加这改变命运的一搏。凭他的才学，考上大学是没有什么问题的。

大学毕业后，回小镇给葬在蒋家湾的外祖母扫墓，我没有见到孝国。隐隐约约听人说，孝国转业后，因为小镇下游撑腰石一度计划要修水库，小镇要被淹掉，他全家就移民到了十里外的汪岗乡。孝国转业后成了农民，农民要种田，要抽水插秧，结果呢？电机漏电，他不幸中电而亡。不过，听归听，我始终不相信。那样一个白面书生模样的孝国，当过兵，读过书，怎么会说走就走了呢？

这些天，我眼前总是闪烁着少年孝国的模样——但那模样不甚清晰。我想，还是写些文字，把我脑海里孝国的点点滴滴还原出来，让人知道世界上还曾经有这样一个活泼泼的生命，居然在无常中遽然而逝。当然有时我也会幻想，人类进入了量子时代，未经认识的世界不知还会发生什么。如果宇宙中真的有什么天堂，孝国在天堂上真的有灵魂的话，他要是知道地球上还有一个少年时的朋友在惦记着他，他会多么惬意！当然，于我更多的也是一种心灵上的安慰。

第三辑

他乡是故乡

搬　家　乐

人一生，难免要搬几次家。但像我这样在一年半的时间里连续搬 5 次家的，恐怕还不多。

头一次搬家是在 1987 年。那一年，大学毕业后，被分配在武汉这座我读书的城市里。只是学校在江南，单位在江北。一辆三轮机动车，装着我很少的日常用具和书籍到了繁华的汉口。因为家属在外地，我和还是单身的李君和陈君同居在 7 层楼上的一间房子里。大楼没电梯，楼梯窄且陡，这爬楼梯便成了精神负担。往往是人到了楼下，畏难情绪便上来了。想家乡那一溜平房，抬步便进了门的好处。待近了楼梯，看别人如履平地，心下便想：下放农村时几十里的大山都爬了，这几层楼又算什么。憋足劲儿，一个劲儿往上冲，一楼、二楼，但到了三楼，腿不由地又软了。这样一步一步地挪，等到了六楼时，想想胜利在望，便又来了个最后冲刺。到了门口，先不慌掏钥匙，喘口气儿，慢慢品味胜利的滋味。进了门，先朝阳台上一站，顿觉天也高地也阔，刚才登楼时的烦恼一扫而空。特别是晚上，看万千灯火勾勒出高高低低建筑物的雄伟，聆听着都市的喧器在夜霭中升腾，我常常产生一种走进家乡大森林的幻觉。

在七层楼上仅住了三四个月，李君要结婚，我和陈君只好发扬风格。我请了单位的几位同志，两辆人拉三轮车便将我送到了单位办公楼下的摄影冲洗房里。冲洗暗房大约有四五平方米，呈丁字形。里面原已堆满了聚光灯、印相机之类的冲相洗相器材，空气中，还弥漫着一股浓浓的化学药水味儿。我打开门窗，将那些东西一股脑儿收拾到了一边，在丁字的一端嵌入了一张单人床。次日清晨，我尚在梦中——李君便敲起了门——他一夜都在担心我会被那药水味儿熏死。不过，有了这么一个小天地，我可以安心地写我的东西了，况且，这还是我找了有关方面反复交涉才争取来的。没多久，妻携着刚刚学步的儿子来探亲。妻来前，我心里很矛盾。过了而立之年的我，抛妻别子，来到他乡异地，为的是觅个理想职业，殊不知眼下连个存放家庭之舟的泊地也找不到。如果妻子来了，会不会生出"悔教夫婿觅封侯"的念头呢？我去信大谈困难，意在劝妻不要来。谁知妻知难而进，信没回便带着两岁半的儿子和大大小小的尿片来了。房小，床便窄，儿子是保护对象，睡里边，我只能睡在外边，将半截腿悬空处理。房子没有活动空间，妻怕儿子下地惹事，天阴时，只好让他整天在床上玩。不料小家伙常颠倒乾坤，时常将屎尿抛撒在床上。尽管如此，我给妻子早打了预防针，她才没什么怨言。将妻携子，丁字间里，还满溢着天伦之乐。倒是姨老表从武汉过，看了我们的蜗居后，回家乡讲了我在这边的情况，说：那房子小得连脚也插不进去。这便惹得姐姐见面便抱怨我，说我放着家乡的官不当，房不住，去那儿干啥。我只好笑着告诉姐姐：牛奶会有的，面包也会有的。

　　大约3个月后，我和"分居"的陈君在西郊外又租得了一处民房。房子仍然只有一间，但宽敞，遗憾的是四周遍是垃圾，不远处还有一片污水池。房主是过去的菜农，现在是一家工厂的工人。刚去时，谈妥每月房租是50元，水电费包括在内。但过了两月后，他却又找我们索要。又过了两个月，他又提出房租太低。更有意思的是，有一次，妻因公从家乡来，房主瞅见了，晚饭后，他垂着眼睑踱进了门。平时，我和他们没有什么来往，对房主的光临不免感到突然，忙搬凳子请他坐。谁料他吞吞吐吐说：按这儿的规矩，要写个条。说话间，他挺不好意思地抬头瞟了妻一眼。我以为他把我们当做露水鸳鸯，急忙解释。他对此却不感兴趣，又重申了一句刚才的话。我便又怀疑他是怕派出所查户口，会给他带来麻烦。经我反复追问，他再三解释，我才明白他让我给"菩萨"递个保证书，要"睡责自负"，同时，不要菩萨降罪给他们。我读了多年书，也写了上百万字的作品,但创作这种神人共用的作品还是头次。好在我的智商不算太低,略加思忖,便"援笔成书":菩萨保佑,我妻来此居住,不要连累房主。保证书送房主——那个矮小的工人,他眨眨眼,又如此这般哼哼叽叽一阵后,又声明须交现金作抵押,以示心诚。至于钱多钱少,由自己定,但最少不得少于2元。到这时,我连笑的劲儿也没有了,心底忽然生出厌恶的情绪。我恶作剧一般从口袋里摸出一张被揉得皱巴巴的2元钞票——那种印有工农兵的浅蓝色的纸票。按他的指示,我用一张红纸包好,连同"保证书"双手捧到他家。据说"保证书"要压在一个地方,但他是否供奉我便未可知了。这夜,我和妻很尽兴——大约是交过赎金的缘故。

之后天气日渐变热,这儿蚊蝇出奇得多,污水池释放的气味日趋浓烈,加之我对那位矮个工人生不出好感,我们便托人在东边——汉水之滨找了处房子。房子是房主给未成年的儿子占的,在那个寸土如金的地方居然还有这么一个去处,实在让人感谢房主的远见。房子在三楼,干燥且宽敞。岂料室内无卫生间,方圆好大一片人家,唯一的一个公共厕所还在商贾云集的汉正街上。那儿流动人口多,厕所日日爆满,下厕的队伍常常排出长蛇阵。我这人肠胃有点毛病,清早便捂着肚子穿过两三条街道朝那儿奔。

入夏后,气温反常,广播里常常报温度逾40摄氏度。白日热浪炙人,夜里亦然。恰逢妻联系调动,携幼子在此,房子里无法住,晚饭后,我们一家三口人"胜利大逃亡",去到不远的汉江边。江岸上长满了经年的青草,青草上,横一条竖一条摆着各式席子,席子上皆躺着贪凉的男男女女。我们惊喜这么个伟大的发现,妻立即要我仿效。于是,在微斜的江岸上,我们觅一块尚无人占领的草地,将一家三口安置其间。是时江风徐徐,夹带着腥味和泥土味儿的潮湿空气沿着江岸弥散开来。不一会儿,皮肤渐觉滋润,一天的暑热悄然消失,我们便悄然入得梦中。待到有过往船只鸣笛,惊醒我们夫妻时,往往已是夜半。于是,揉揉惺忪睡眼,抱着仍在梦中的儿子,迷迷糊糊,穿街过巷。待推开房门时,才觉热浪依旧。这时又后悔不迭，叫道：还是江边好。

这年九月底，单位便嚷嚷着要分房子，并且真的让填了表，签了名。我大喜过望，和已调来的妻子商量怎么把丢在家乡的家具搬来，儿子接来，妻并且根据实地考察结果，画了张家具陈设图。岂料过了两个多月，原房主不走，而汉江边的房主又催着要房，说是准备娶媳妇。一时里，我几乎走投无路。租房吧，附近没有；到郊区吧，居留时间短，不一定有人愿意出租。我找单位头头，提出要住办公室，头头不答应，说有碍观瞻，况且办公室里已有两个毛头小伙子在住。四处相求相告，皆不得结果。当时我便想，先祖有穴居之例，但这是文明都市，无穴可居；有巢氏教人筑巢，现在大树砍伐殆尽，何处可承受得了我与妻与子？身为工部的诗人杜甫千年前便疾呼"安得广厦千万间"，我这人微言轻的异乡人，又该往何处呼告呢？

天无绝人之路。没多久，我们单位的上级下发了限令原房主搬家的文件，并且，我很不友好地和分给我名下的原房主理论了一番。新年将临之际，房门钥匙到了我的手中。待到真的要搬进时，我却有点踌躇：这搬家虽非情愿，但从东到西，走一处，一处风景，住一地，一地感慨，这不正像那个失马的塞翁一样吗？想古人乐山乐水，我这一介文人，无乐可乐，这搬家且也算一乐吧！可这一次住进了单位的房子，说不定，再也难得挪窝儿，生活中还到哪儿去找这份情趣呢！想一想还真有点怀念那搬家的好处了。于是，我写下了上述文字。是为记。

我的书柜小史

要搬到江南去了，新房离单位近。能搬的物品都搬了，可看着满满的书柜，我怅然了。

这是 10 年前我从汉口搬到武昌时的心情。在这座城市，从大学毕业始，我已经是第 10 次搬家了。每一次搬家，住房的条件都比上一次有所改善；每一次搬家，我的书柜也比上一次要大，存放的图书要多。在搬到汉口新育村这座房子前，我本以为要在这儿一直住下去，装修时，就拆掉原有的轻质墙，用上好的榉木板在房子四周做了顶天立地的书柜。书柜并不豪华，书架层高仅仅有一本书高，一本书宽，这样一来既节省空间，又最大限度地可以多放书。

当书柜落成，把几千册书分门别类地放进后，我坐在书桌前，环顾四围琳琅满目的图书，心里的充实感、幸福感顿时充溢全身的每一个毛孔。高尔基说：读书对于读书人而言，就像酒徒对于酒，不可一日无此君。而书柜对于读书人而言，也是不可一日无此君。书柜里仿佛存放的不仅是书，而是希冀、理想与追求。读书人与书柜，就像一对从相识、相恋而又走进婚姻殿堂的男女，相处愈久，感情愈深。特别对于我们这些经历过"文革"书荒的一代人，对书、对书柜有着更为特殊的感情。

20 世纪 50 年代，当我来到这个世界，就随当山村小学教师的母亲在大别山里四处迁徙。当母亲从这所大山的褶皱里调到另一座大山的褶皱里教书，伴随我们全家的只有一个破旧的木箱子，和两卷用竹竿麻绳编就的竹床。那时不知有书柜之说，到我小学毕业前，我用攒下的零钱买的几十本连环画，就放在用拾来的木板钉的一个小匣子里。"文革"中随母亲下放农村劳动，足足5年的时间，我几乎与书绝缘。大约在1972年，我在县城的书店里才买到了《朝霞》这部长篇小说。我用白油光纸订了一个十六开的本子，将这本书像拆零件一样，逐字逐句地分析。后来，邻居好友从就读的高中学校带回了那个时代被领袖肯定并允许阅读的《红楼梦》，我在他规定的时间里，挑灯夜读，将书中的诗词歌赋和各章的主要情节、不认识的字抄下来，这样足足记了两本用白油光纸装订的本子。

　　"文革"后期，书禁逐渐解除，我也成了一名小学代课老师，每次到县城去，首要任务是到书店看看是否到了新书。我那微薄的薪水，就这样换回了一本本散发着墨香的图书。那时没有书柜，我就在办公的桌子上，用木板钉了一个简易的两层小书架，将一本本购回的书搁在上面。

　　真正有书柜是在我大学毕业，分到了出版社，有了一室半房子后的事。说是书柜，其实是两个用杉木板钉的书架。杉木板是家乡的一个作者送的，我找人钉好后，又从市场上买来白油漆，自己动手，将书柜里里外外刷了一遍又一遍。然后，我将近年来买回的、别人送的，自己出版社出版的上千册书从箱子里取出来，分门别类地放进一层层的架子上。

　　这是我平生第一次拥有放书的柜子，尽管并不是那种四柱立地，并且镶嵌着繁复雕饰的工艺品。但这是属于我的，存放着我的最爱，改变我的命运的图书的地方。中国人不是说"书中自有黄金屋，书中自有颜如玉"吗？我本来是一个因为家庭出身被那个时代抛弃的人，就是因为有了书，我才改变了自己可能终生"面朝黄土背朝天"的命运。所以我要善待和我朝夕相处的这些"挚友"，不管我的住处有多么简陋，我也要给他们找一个归宿。后来我工作调动，这个书架陪着我从城市的江北搬到江南，又从江南搬到江北，直到我有了这满墙的书柜。

　　可现在，我要告别江北，又要回到江南了。几千册心爱的书可以搬走，但我搬不走做在墙上的书柜。如果新的房客住进了这处房子，他会保留我满墙的书柜吗？想象着我朝夕相处的书柜可能会落到一个不爱读书的人的手上，心里就隐隐作痛。新房主会怎样对待书柜呢？拆掉，还是在里边塞满花花绿绿的衣服？左思右想，我做出决定，房子暂时不出售，我要保留书房和我心爱的书柜。房子是我的，房客最多只能租用，他或她无权拆掉我嵌在墙上的书柜。

但是，新的房客不拆掉书柜，如果他不是个读书人，空着的书柜又会做什么呢？还不是会放上一些玷污书柜的物什。看着已经打包将要搬运到江南的图书，我毅然决定，要将暂时不使用的图书全部放回书柜中。不管什么人租用我的房子，我都要告诉他，这是我心爱的书房，房子可以用，书可以读，但是书柜里不能存放与书无关的物品。

现在，在江南的新居里，我购置了既古朴而又现代的书柜。从书柜的质量和设计来看，目前的书柜比过去的所有书柜都要胜一筹。工作之余，当我走进书房，凝望着、抚摸着、端详着书柜里那一本本搜罗回来的图书，心里常常涌起莫名的暖流。我常常慨叹，如果在我的青少年时期有这么多的图书可以读，我的知识链条，我的学养，肯定会比现在更完善和丰赡。我也知道，按照现代的科学技术，在比这不知要小多少倍的介质里，就可以存放更多的数字化图书，但是，我更喜欢纸的触感，油墨的清香，书页翻动时的愉悦。同时，对于我这个年龄的人而言，书在某种程度上更多是一种寄托和期许。在未来的岁月里，我希望我的孩子、我的后辈能够像我一样喜欢这些图书，喜欢这种用方块字表达情感和认识世界的语言。宁波天一阁的主人范氏兄弟在分家时，曾经制订了严格的家规要求子弟必须传承祖先的藏书。虽然我没有他那庄严的藏书阁，没有他那用上好的木材制作的书柜，也没有他那么多有价值的图书，但我给后代留下了一个从无到有的读书人的希冀。我喜欢江南的书和书柜，也希望我那在江北的书和书柜仍能得到房客的善待。

不过，当我再读到上面这段写于几年前的文字时，已是 2019 年的新年伊始了。江北的房子，因为要给在外地工作的儿子购房，已在前年将房子连同书柜卖给了一个进城打拼的农民家庭。我那依墙而立的书柜是否还完好无损，已不得而知了。我常常安慰自己，这个地球说不定哪一天都会毁灭，你还操心那些已属于别人的书柜做什么。但说归说，地球还在，我的不同时期的书柜模样也仍就不时地浮上心头。一生见到的漂亮女孩子很多，但看一眼可能就忘了，但我的书柜的模样，却让我念兹在兹。

现在，我江南的房子已辟了三个书房：一个是楼下读书写作的书房。要搬进新居时，我从家具店挑来的实木书柜，占了半壁江山；一个是楼上的书房。那一排书柜是从江北搬过来的，虽然是复合板的，模样有些欧化，但如果不再搬动，放书也还挺有用的；再有就是在楼下的客房，我去年又订做了一个樟木书柜放在里面。这个书柜我是计划专门存放我目前正在负责编纂的《荆楚文库》丛书的。我按照已出图书的长宽尺寸，按照将要出版的 1600 册图书的规模，请厂家订制的。为了管理家里的图书，我还从网上购买了一个小型的图书管理系统，将图书的信息都输进去，以便查阅。

坐在四壁皆书的房子里，心里时常有一种踏实感。虽然书柜中的有些书我并没有阅读，或者说没有认真阅读，只是用到时才去翻阅它们，但瞥见一册册图书整齐地摆在书柜里，心里是无比的滋润。我常常自我安慰，虽然没有拥有多少财富，但我拥有这些图书，我从这些图书里了解了整个世界，从另一个角度看，也是一个富翁了。尽管数字时代传统纸媒不被人待见，但我如双眼失明的博尔赫斯一样，将图书的天地看成是这个世界的天堂。数字产品虽然有其储存与阅读的方便之处，但在认知与想象上也有其不足。特别于我们这一代人而言，纸质的图书有一种与生俱来的亲切感。它涵盖了我们对这个世界的全部认知，是我们短暂生命的同行者。

眼下，我已退休经年，虽然受聘还在上班，可华发渐生，一种忧虑不时悄悄地潜上心头——如果有一天，我和妻子都不在这个世界了，我积攒多年的图书，我的这些书柜，该如何处置呢？虽然，儿子也喜欢读书，但他在外地工作，我们现在的房子他会卖掉吗？我的藏书他会处理掉吗？是赠送给某个学校的图书馆，还是贱价处理给卖二手书的书商，或是他保留这处房子，自己继续收藏父亲留下的图书？当然，届时我就不得而知了。

好在有人说过，书比人长寿。人不在了，书会在的。李白不在了，李白咏过的明月还在，李白咏明月的诗歌还在。鲁迅不在了，鲁迅的全集，包括他骂过的、"资本家的乏走狗"梁实秋的书还在。这样，我的书柜和我收藏的、读过的书，也还会以另外一种方式存在于这个世界上。

想想我也释然了。

樱花烂漫时，最忆是武大

　　每年春天的三月，武汉大学校园内盛开的樱花便成了江城的一景，武汉人去赏樱，外地人也千里迢迢来赏樱。过去，校园是开放的，愿意来看者进出自由，后来高铁通了，旅行社便打着到武汉看樱花的旗号，组团招徕游客来看，人太多，校园只好收费。于是，各种看花的攻略出现在网上。现在又觉得收费不妥，只好采取预约，但仍然是人潮汹涌，看樱花间接成了看人。这不，法新社发了张照片，武汉这几天有雨，四面八方的人打着雨伞来看，粉红的樱花、蓝色的琉璃瓦、五彩缤纷的雨伞，构成了一幅颇有现代意味的"春雨赏樱图"。

　　考虑到赏樱的人多，每年这个季节，如果不是来了外地客人，我们一般不去武大加塞。实际上，不是母校的樱花不美，也不是缺少这种情调，而是不管去不去，闭上眼睛，武汉大学校园的樱花都一直烂漫在心头，那儿的樱花大道上，洒下了我迟到的青春汗水，也留下了儿子飞扬的青春脚步。

　　未到武大读书前，关于樱花的所有知识，都是来自鲁迅先生的《藤野先生》一文，"上野的樱花烂漫的时节，望去确也像绯红的轻云"，我只记住了"绯红的轻云"这么一句。入校后，才知道那一幢幢依着山势迤逦而建的老斋舍前，一棵棵谈不上什么高大和美丽，皮肤泛着紫褐色光彩的树木，就是樱花树。所以老斋舍这片宿舍，叫作"樱园"，门前的那条笔直的水泥路，曰"樱花大道"。但我们入校时是秋天，樱花树上并没有出现鲁迅所说的那样云霞般的灿烂。恰恰相反，在我这位大别山人的眼中，所谓的樱花树与山沟中的野樱桃并无二致。何况此时武大的校园里，遮天蔽日的树木，都在向我们伸展着它友好的臂膀，展露着它迷人的姿态。如通往樱花大道沿途的悬铃木，粗壮而又伟岸；教室边南方特有的樟树，散发着一种优雅的暗香；树叶金黄的银杏，张扬着一种华贵；肃穆冷峻的水杉，泛着银色的光泽；还有珞珈山上茂盛的植被，仿佛是一片来自远古的原始森林。我们入校是九月中旬，这时，中文系居住的"桂园"，宿舍四周棵棵桂树正绽开着米粒大小的花蕊，黄色的，红色的，白色的，空气中洋溢着沁人心脾的桂花香味。在武大人的眼中，至少在我们这些插班生的眼中，樱花算不上是宠儿。每天，我们这些搭上末班车的插班生，与年龄相差上 10 岁的学弟和学妹们一起，夹着课本和笔记本，上课时从一个教学楼赶往另一个教学楼。虽每每经过樱花大道，可是谁也无暇抬头注目那些娉娉婷婷的树干如何在天空编织美丽的幻想。

我们这群特殊的学生，是刘道玉校长教育改革的产物。当时，经过教育部批准，武汉大学在全国范围内招收有过工作实践，并且有研究和创作成果的一批青年来大学插班深造。入学选拔时，先要交上研究成果或者创作的作品，经过资格审查，符合者才能参加下一步的入学考试。当时每个院系都有插班生，全校共招了 90 人，招得最多的是中文系。我们这个系分为两个班，一个班是由中国作家协会负责推荐的作家，大多都是中国作家协会会员；另一个班是年龄在 35 周岁以下的文学青年，不用交学费，学校负责分配，如果不能带薪学习，学校还负责发放生活费。目前，活跃在中国文坛的很多作家，如陈世旭、熊召政、胡发云、朱秀海、陈应松、野莽等，都是我们那一届的插班生。

我是属于后一种。这一年，我已经 31 岁了。入校之际，参加了学校教务处召开的插班生座谈会，刘道玉校长介绍了插班生制度的由来，谈到了"集天下英才而教之"的改革初衷。学校很重视插班生，为我们配备了最好的师资。在中国文学批评界具有影响的陈美兰老师，担任我们班的导师。

来到武汉大学之前，我曾有过一次读大学的机会。1977 年，全国恢复高校招生，我这个因为家庭出身只能读到小学毕业的追梦者，参加了粉碎"四人帮"后的首次高考。由于疏忽，也由于没有经过专业训练，当年只读了一所中等师范学校。虽然毕业后留校教书，在县里担任文联主席，工作上取得了一些成就，但当我获知武汉大学招收插班生的消息后，便决心放弃已有的职务，继续出来深造。我要圆我今生向往已久的大学梦。

经过资格审查后，我参加了在武大校园内举行的笔试。这是我第一次来到武大，当走进这座依山傍水、中西合璧的大学校园，便为这儿美丽的风光与良好的学习环境而折服。我徜徉在珞珈山顶的老图书馆前的平台上，天还未黑，一轮月牙却已挂在图书馆飞翘的屋檐上。深蓝的琉璃瓦，浅蓝的天空，与不远处东湖浩淼的湖水相互映衬，湖光山色，美轮美奂。老图书馆对面是古堡式的教学行政楼，右边是穹顶的工学院大楼，脚下四座罗马拱楼两边，拾级而上是一排排学生宿舍。若干年后池莉写文章，称武大校园是"校园版的故宫"。当年国民政府任命李四光担任国立武汉大学筹备委员会的主任时，李四光骑着毛驴，在东湖边的罗家山上，找到这块有山有水的风水宝地。在英国留过学的李四光又聘请深谙中国文化的美国设计师凯尔斯，凯尔斯将西方的设计理念与中国的宫廷建筑风格相融合，设计出了这座宫廷式的园林学府。抗日战争时期，双手沾满中国人鲜血的日本占领军对这座豪华的校园心生敬畏，他们在这儿驻扎，但没有破坏校园的一砖一瓦，还移来了慰藉乡思的日本樱花，开启了武大种植樱花的历史。

考完试后一个月光景，在焦急的等待中，我终于收到了武汉大学的录取通知书。1985年9月15日，我告别已怀孕7个月的妻子，登上了开往武汉的长途客车，开始了我的大学生活，也开启了我与武大樱花的不解之缘。

来到了学校后，在樱花树下的石头桌子上，我向妻子写去长长的信笺，和她分享武大的美丽，悠久的历史，和群星般璀璨的大师。我讲到李四光的远见，王世杰的担当，闻一多的严谨，林语堂的才华，黄侃的博雅。那时打一个长途电话还要跑到水果湖邮局去排队，通信的主要方式是写信。我频频写信的目的，是安慰身怀六甲的妻子，理解丈夫负笈远游，是在为将来的孩子闯出一条更为宽阔的道路。

为了珍惜来之不易的学习机会，除了中文系的课外，我还选报了历史系和哲学系的课。因此，我便经常与陈世旭、邵振国一起，从蓬勃的樱花树下走过，到工学部去上课。次年的3月初，乍暖还寒时节，有一次，我们走到老斋舍前时，有谁抬起头，惊惊乍乍地叫了一声：樱花要开了！

虽然我经常从樱花树下走过，但樱花树如坐定的老僧，并未示我以变化。这时，我仔细地端详，樱花树的枝头上，果然有一种朦胧的，若有若无的红晕，伴随着几株嫩芽，慰藉着高远的天空。

我在心底笑笑，这也能算花？

过了大约不到一周，当我们再沿着宋卿体育馆旁的坡道往上走时，还没到老斋舍，便见樱花大道上恍若飘浮着一片绯红的流云。从珞珈山顶射来的清晨阳光，为流云镶嵌了一道流光溢彩的金边。几天前还如处女般羞涩的樱花，此刻已风情万种，粉色的花瓣，略略有些红晕的花唇，烂漫在每一个枝头。你抬头看樱花树，樱花树仿佛美丽的华盖，罩着你那颗兴奋的心。你从这一棵走到下一棵，棵棵樱花都是那么热情和艳丽。这时，你沿着老斋舍高大的罗马拱门拾级而上，站在楼顶女墙边朝下望去，会发现，樱花大道是浮在空中的，像谁随意舞动的彩绸。你再朝对面一排排绿树看去，樱花大道又像一尊粉色的碧玉雕，恰如其分地镶嵌在老斋舍与绿树之间。

三月的武汉大学，因为樱花而美丽，三月的樱花，亦因了武大而迷人。那时，虽然游客没有像今天这样"疯狂"，但樱花树下，不缺流连忘返的红男绿女，照相馆摆开摊位，放上几件道具，招徕青春的学子。中文系浪淘石诗社，会来这儿举行一年一度的"樱花诗会"。文青们各显身手，抒发对樱花的礼赞，发几声青春不再的感叹。我们班的陈应松、华姿、曾静平，都是因为写得一手好诗才来插班的，他们无疑是诗会的中心和领袖。

昨夜，缤纷的樱花雨，
溅湿了我的梦境，
珞珈山的老斋舍里，
不知有谁在叹息那消逝的白衣人

　　白天人多，夜里赏樱便又是一种风情。每当夜晚，老斋舍那扇扇洞开的窗户里，灯光明亮，窗外的樱花便晕染成了一首抒情的长诗。三五成束的花瓣，玲珑剔透，在夜色中仿若琼枝初绽。如果有晚读的少女从窗户里探出身来，婀娜身形，剪影一般，便窈窕在樱花丛中。少女不知是在赏花，还是知道樱花树下此刻正站着一位少年。少年游移的目光，扰乱了樱花之夜的朦胧，却灿烂了少男少女一宵的春梦。

　　三月多雨，如果是细雨如酥，赏花更增添几番情趣。你不必举伞，那雨是细若游丝的，如果有一滴两滴落在你的唇间，你还会感觉到樱花的吻带有一丝香甜。如果一夜骤雨，白天你从树下走过，偶尔会有一片两片樱花缓缓落下，那优雅的姿势，像一行行惜春的诗句，不由让你生出几分爱怜。

　　樱花虽然是灿烂的，但也是短暂的。四月份，当我们再从樱花树下走过，稀疏的树枝上已经显得寂寥。虽然有绿叶透露出生机，但心头总是生出无法平复的伤感。

　　花开花落，两年的光景，我们这些来插班读三年级的学生便要离校了。后来，有一首校园民谣，写出了我们毕业时的心境。

半个月亮珞珈那边爬上来，
又是一年三月樱花开，
这一别将是三年还五载，
明年花开你还来不来？

毕业时，因为我可能要回到河南去工作，走在樱花大道上，望着九月落寞的樱花树，真不知相逢在何年。离情别绪，我心黯然。但后来我留在武汉，常常有机会来到母校。儿子上小学时，上初中时，我都带着他回到我的母校来赏樱。也许是母校的樱花和厚重的积淀对儿子来说太有吸引力了，高中毕业，他的第一志愿报的就是武大。

在一个阳光明媚的日子，我将儿子送进了母校。当时，在宋卿体育馆办完入学手续，经过樱花大道时，他健步若飞，那年轻的身影，让我仿佛看见了 17 年前樱花树下的那些同样年轻的学弟学妹。

儿子是我读书那一年 12 月份在家乡出生的，当时，我正在上课，系办给了我一份家乡的电报，上面只有三个字：妻生男。

等我赶回家乡，儿子在医院已经出生 3 天了，我找车将他们母子俩接回了家。我没有想到，我接回的是我 17 年后的武大校友。

年年三月，年年樱花盛开。其实，到这个季节，无论是公园，还是路边，都可以看到近年来栽植的不同品种的樱花在绽放，但只有武大的樱花，能够吸引远近的人们蜂拥而至。这正应了一句话：花是有品的。武大的樱花，是有历史的，是有文化的，是有情怀的。人们何止是在赏樱，人们是在欣赏武大。只有武大的樱花，除了娇艳的风姿，还具有言说不尽的话题。于我而言，恰逢花开烂漫时，能不忆念留在母校曾经的鲜衣怒马吗？何况，我是带着父与子两代人双倍的感情呢。

永远的珞珈山

我常常想，如果在而立之年没能到美丽的珞珈山上读书，我此生的轨迹又将指向何处呢？

这一切，至今忆及都像是一场梦。

这场梦，始终与一个叫刘道玉的人有关。

1

大山，连绵的大山，我生于斯长于斯的大别山。夕阳西下时，我拖着疲倦的身子，卧在树丛里，眺望着树梢上镶着金边的云彩，一遍又一遍地在心里追问自己：我就这样度过一生？

小学毕业，因为家庭出身，因为父亲的右派身份，我随在小学当教师的母亲下放到农村。繁重的劳动，被人歧视的"黑五类"身份，让我小小的心灵蒙上了阴影。也许，十六岁还是一个幻想的年龄，我不甘心命运对自己这样残酷，不时地在笔记本上涂抹着自己要读书、要写作的愿望。

推荐工农兵学员时，我以"可教育好的子女"的身份去报了名，结果可想而知。但我没有死心，当下一次报名来临时，我鼓足勇气又去了公社，结果仍是名落孙山。命运对我如此不公，此生此世我就老死在那几分贫瘠的土地上吗？我不止一次地思索这个问题。

在母亲的再三努力下，1973年，我终于去了我曾就读的余子店小学当代课教师。这里，我有了一间属于自己的房子，有了一张可以摆放油灯的书桌。我夜以继日、如饥似渴地寻找一切可以找到的图书阅读。在书桌的旁边，贴着我不认识的注有拼音的生字。每一周，我都会更换新的内容。

书桌两边墙上，我贴着马克思与鲁迅的两句话：时间就是生命、天才在于勤奋。

1977年，大学招生的消息传到了我所在的乡村小学，深藏在心底的读书的愿望又蠢蠢欲动。大约周围的人都认为我这个小学学历的青年人在做不切实际的梦，唯有远在外地当工人的哥哥支持我的打算，并为我寄来了一些复习资料。他是1966年的高中毕业生，此时，他也在准备重温大学梦。可是，小学校里没有一个曾经考过大学的同事，也没有人告诉我应当如何复习，我搂着数学书一个劲地计算什么正数与负数，而对于什么是鸦片战争、什么从昆明到北京走哪条铁路皆置之一旁。何况那时我每周要给学生上22节课，还要带学生到深山里去打一次柴，对于一个连初中都没有读过的人来说，不好意思也不愿让人知道我在复习"考大学"。

高考报名时，公社文教办的负责人提到我的学历，一个小学毕业生也考大学？幸好一位曾在我隔壁住过的老师恰好也到了公社文教办，他为我说了一句话，我得以与其他考生一起走进了考场。

试卷改完后，我的作文在全地区得了最高分。作文被改卷的老师刻印后带到了各县，关于我被清华、北大录取的消息不胫而走。我在希望与失望之间煎熬了几个月，当熟悉的人一个个被录取后，我却只是被录到了一所中等师范学校。后来，我才得知，我的数学得了零分，这还不算，我的政治做掉了一道题——为了显示我的能力，当时我只忙着去做参考题了，但参考题并不算分数。

就这样，我与大学失之交臂，尽管我对能够上师范也是山呼万岁。

之后我留在这所师范教书，在一所乡村高中教书，在县委宣传部当新闻干事，但大学的梦仍然时时萦绕在心，此生此世，如此多的莘莘学子都能进高等学府读书，我却连这样一次机会也没有吗？

那是我在河南潢川县委宣传部工作时，一天下班后，我随手翻阅当天的《河南日报》。在第四版的右下角处，发现了武汉大学招生办答读者问的一则消息。

这件事虽然对我有所触动，但我对武大如何招收插班生仍知之甚少，在单位一忙乎，就把这件事给忘了。春节时，去县医院张医生家拜年，突然看见她在武大读书的儿子李伟，于是又与他谈起武大招生之事，他允诺回校后给问问。没多久，我收到了他寄来的招生简章。其实，我当时也是说说而已。

为什么在这儿烦琐地提起这些细节，是因为我觉得我的命运在某种程度上与李伟这个热心的孩子——我后来的校友有关。如果不是他信守承诺为我寄来了招生的简章，偏居一隅的我此生可能与武汉大学擦肩而过。

当我走进掩映在绿树丛中的武汉大学赴考时，立马被那依山傍水的百年老校征服了：此生能到这里读几年书真是三生有幸呵！当晚，住在招待所里，后山的草木清香伴我沉沉入梦，一觉醒来，自觉神清气爽，走进考场，感觉良好。不过，同屋的诸君可能没有我如此"举重若轻"，据他们说大多一夜难眠。

但回到河南后我心里又没了底，日思夜想，结果夜夜做梦总是与武大有关。在希望与失望中苦苦等了两个多月，终于盼来了录取通知书。

妻子腆着已经怀孕的身子，送我登上了开往武汉的客车。这是1985年的9月。

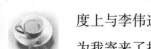

2

清晨，我还没睁开眼，便听见了窗外的啾啾鸟鸣，猛然想起自己现在已经到了珞珈山，已经成为武汉大学中文系的一名插班生了。

31岁又走进大学读书，一切都是新鲜的。走在飘荡着浓郁的桂花香气的校园里，整个身心都陶醉其中，觉得自己是这个世界上最幸福的人了。我抓紧时间给师长朋友们写信，描述这里美妙的一切。

这一届插班生每个系都有，中文系最多。分为两个班，一个班是由中国作协推荐的，他们住在湖滨客舍，其中不乏在中国文坛已经声名鹊起的袁厚春、李斌奎、邵振国、陈世旭、严婷婷等。我们这个班13个人，年龄均在 35 岁以下，主要来自湖北和河南，大家都有一段创作经历，大多是省级作协会员。虽然在家时个个自命不凡，但进大学门，则都是平生第一次。

我们班的第一次全体会议是在系总支办公室召开的。主要议题是选举班委会，张法德提名，大家附议，班长是周元镐，一个大大咧咧并无太多城府的江汉平原的汉子，后来读他的小说《襄河一片月》，才知他其实是柔情似水的。我呢？因为来之前当过县文联主席，大家选举我当了学习委员，但在选举文体委员和生活委员时，大家互相谦让，系总支副书记郑传寅生了气，最后才定下由年龄最小的吕新琼和与我同室的来自襄樊的王伟举担任。

我们班的导师是国内研究现当代长篇小说成果卓著的陈美兰老师，尽管当时她与我们年龄相差并不大，但在我的心目中，她像一个慈母，对我们呵护有加。当时我并没有想到，我这个河南人后来会留在湖北，是我们这个班与陈老师交往最多的一个人之一。

我们这些迟到学子终于挤上了末班车，大家如饥似渴，除了学习知识，还包括积极了解各种新鲜的事物。大家去看戏，去听音乐，去学跳舞，华尔兹、伦巴、探戈、迪斯科。我悟性太差，前学后忘。后来反思，自己从下边来，多少有些自卑。看见比自己年轻许多的女同学，更觉时不我待，平时练习不够，结果大学毕业了跳舞还是小学水平，算是辜负了班长的一片苦心。

班里要办个文学社，这也是学校及系里的意见。但选举社长时，却闹出了一些矛盾。先是社名，有人提议叫"红烛"，取闻一多先生在武大中文系教过书的缘故，彭兴国君指出闻一多家乡浠水县已经办了个同名刊物；有人建议用"野土"，又有人提出排列不美而放弃。不知是谁说应叫"白校徽"文学社，大家略一怔，然后皆称妙。因为学校里老师的校徽是红色的，学生的是白色的。不过，一会儿大家把话题扯到生活作风上去了，同室的王君特别激动，他用愤世嫉俗的语气疾呼插班生应当为本科生做个样子。为了强调自己的态度，他几乎是吼一般地说："我是农民的儿子！"结果大家吵成了一锅粥。

20世纪80年代中期，中国正处在一个思想大解放的前奏期，武汉大学被称为是中国高等学校的"深圳"。除了我们这届插班生制度本身就是改革产物外，学校革除一切不符合教育发展规律的羁绊。学分制、主辅修制、导师制，这些在全国许多高校很多年后才推行的改革举措，当时在武汉大学已全面推行。我除了按要求学习中文系的必修课、选修课外，还选修了哲学系的《当代西方哲学思潮》《中国哲学史》《西方哲学史》《伦理学》等课。由于武大的教室散布在珞珈山的岭南岭北，相距比较远，每上完一个老师的课后，大家便提着书包，跟随洋溢着青春气息的师弟师妹，从一座教学楼匆匆赶往另一个教学楼。现在回忆起来，武大两年时间里读过的几十门课，至今还受用不尽，但就是《英语》课我们只学了一阵子，因为学校对我们网开一面，不作为必修课对待。我与大多数同学一样，坚持了一年就放弃了。至今仍让也在读武大的儿子笑我这个校友是个"英盲"。

那时学校经常请很多专家、学者到武大讲学。印象比较深的是温元凯讲的《中国改革的不可逆转性和不平衡性》。学子皆关心国家大事，听者踊跃，室内室外人头攒动，教室后边的人看不见，干脆跳上桌子一睹温君风采。当天下着雨，室外有人还冒雨仰首聆听。我拼命朝里挤，鞋子被人踩掉几次。后来，美籍华人教授陈鼓应、聂华苓等都曾来校讲过学。萧军、冯牧也来谈过创作，我们都从中获益匪浅。

武大两年的学习时间是愉快的，也是轻松的。可对于我而言，创作上的压力却十分大。尽管入学时我已经出过一本儿童短篇小说集，入学评定成果时我排在第一，但我心里有数，知道自己还有很大的差距。不和湖滨作家班的同学比，就是本班的同学，也有不少发表过反映成人生活的中短篇小说，获过这样那样的奖，我自知与他们有一些差距。过去我写的作品，主要是反映山区少年生活，被人当作小儿科，所以我急着要写点成人的东西，以便早日摘掉这个儿童文学作家的帽子。

稿子我送给很多同学看，也朝各地的刊物寄送，但开始的一年里，事倍功半，我写了一篇又一篇，多数是不成功。也许是功夫不负有心人，到了第二年，我写的以自己熟悉的家乡生活为素材的几十篇小说，陆续在《上海文学》等刊物上相继发表。

3

我拉拉杂杂写下了上面的文字，意在说明我对两年大学生活的无限怀念与感激。但我清楚，这一切，正如开头我说的，没有刘道玉校长，就没有这一切。可以说，是他锐意改革的精神，让我们这些被各种因素留在大学校门外的青年人，有了一次深造的机会。

在武大读书的两年时间里，作为一个学生，能见到校长的机会并不多。但每一次见刘校长的情景，我都记在日记上，所以至今读来仍历历在目。

第一次是刚入校不久的开学典礼上，一个穿着灰色衣服、佩着红校徽的瘦削的长者走到麦克风前，会场响起了热烈的掌声。主持人介绍说，他就是刘道玉校长。校长按惯例介绍了学校的历史沿革，历年的成就，今年的招生情况。他特别强调，今年入学的新生除了八五级新生外，还有专科生、进修生、插班生、少年班、留学生、研究生。尔后是化学系教授讲话，老生、新生代表讲话。他们的话我没有听清，印象中只记得刘校长那抑扬顿挫的口音。那语调听上去就像我的家乡话，后来因为编辑他写的《一个大学校长的自白》一书，我才知他是襄樊人，那儿距河南很近。

第二次是10月9日，在学校的行政大楼里，学校专门给我们全体插班生召开了一次会议。刘道玉校长最后讲了话，他谈了为什么要招插班生，招插班生的经过。当他提到要"集天下英才而教之"时，声音变得沉重许多，其中也不乏几分悲壮。因为当时招插班生的报告送到国家计委教育局时，局长虽已同意，但具体办理的处长却不同意，是刘校长据理力争才获批准的。当时，对插班生制度社会上也有一些非议，上海的《新民晚报》曾发表文章，戏称武大的插班生是"嫁接生"。

也许后来当刘校长离开了校长的位置，我们才理解他的"集天下英才而教之"的教育理想和人生追求。当时，他曾告诉我们，学校为了满足一位希望插班就读的考生的愿望，特地到广州军区总医院的病房中，为一位后来录取到病毒系的女生举行了一场特殊的考试。当时我们也就是感动了一会儿，但今天当刘校长因为莫须有的原因而离开了他为之献身的岗位时，我们才知道，如果这个时代缺少一个像刘校长这样的教育家，我们的民族，也许会少了许多栋梁之材。

再见到刘校长已是 1986 年的 12 月 7 日，这一阵儿，躁动不安的学生纷纷上街游行。这天，刘校长要与学生对话。地点原拟在教 3 楼 201 教室，后来参加者太多，临时改在放电影的小操场。等我赶到时，操场上已有上千人，不少学生站在讲台上，围着刘校长。刘校长对着麦克风，一一回答学生的提问。他那样子，如同飘在汪洋中的一只孤舟，被他挚爱的学生包围着。刘校长没能阻止住冲动的学生，学生们也没有想到，他们的举动为刘校长离开校长岗位迈出了关键的不可挽回的一步。

最后一次见到刘校长，是次年的 3 月 3 日夜晚，仍在学校的小操场，他主持召开全校学生党员大会。在这次会上，刘校长讲了一个多小时的话，主旨是反对高校学生上街以及资产阶级自由化。在当晚的日记中，我这么评价刘校长的讲话：缺少逻辑力量，理论很贫乏。他努力寻找什么来说服学生，但没有找到自己熟悉的语言。现在我终于明白，他说到底是一个教育家，一个中国的教育改革家，一个被人称之为"武汉大学的蔡元培"的人。

2004 年，还在长江文艺出版社社长任上的我，突然接到老校长的电话，要来与我商谈他的图书的出版事宜。尽管我也感觉到他的自传事涉许多尚在的当事人，出版后可能会带来一些麻烦，但我想，古人曾讲，滴水之恩涌泉相报，今天是我报答刘校长的时候了。我要将刘校长的人生道路展现在所有关心着他，怀念着他的人的面前，要将他的教育理念，告诉天下所有的教书人和读书人。

　　武大的两年，对于我的一生而言，其重要性不言而喻。那些帮助过我的老师，那些曾经有些许矛盾但又释然的同学，都与美丽的珞珈山一起，永远地留在我的心底。如果说我有什么值得宽慰的话，那就是作为学生，在卸掉社长职务之前，能够向世人介绍一个真实的刘道玉校长，这是我感到庆幸的。

恩师陈美兰教授从教五十周年纪念会侧记

2012 年，陈美兰老师从教已 50 个春秋了。10 月 2 日，陈老师执教的大部分硕士生和博士生，以及我们中文系首届插班生的 5 位代表，从全国各地汇聚珞珈山，一起出席了这次难忘的纪念活动。

会议开始前，陈老师逐一介绍每位与会的学生。75 岁高龄的陈老师，走到每一位学生面前，娓娓讲述他们的特点，其中包括性格、爱好、入学情况、学习成绩等。陈老师犹如一位慈祥的母亲，对自己的学生了如指掌，有些学生，包括我们这些离校已经 25 年的学生，陈老师仍不假思索，三言两语道出特点以及离校后的表现。几十个学生，仿佛不是散落在天涯海角，而是一直依然围拢在她的面前，过去已融入了她大脑的沟回里，现在，时时仍在她目光的关注下。所以，看见学生，她能如数家珍，一一从容道来。

接着会议放映了十余分钟的短片。短片选取陈老师不同时期的照片，从懵懂的少女时代到青春洋溢的大学生活，从为人母到为人师，每一帧照片都记录了她生命不同阶段的光彩。特别是她珍藏的与每位学生的合影，更透露出老师的细心与对学生的关爱。有些照片，学生都没有了，可是她还一直留存着。

武汉大学艺术系主任、陈美兰老师的博士生彭万荣代表硕士和博士发言，华姿代表我们插班生发言。深情的回忆，诚挚的祝福，代表了我们所有"陈门弟子"的心声。在武汉大学中文系求学的一幕幕往事如同昨日浮现在眼前。

当年武汉大学刘道玉校长推行教育改革，我们这些具有一定创作经历但没有大学学历的特殊学生，插班到武汉大学中文系读三年级。我们班十八位同学，有的只有小学学历，有的有专科学历，年龄从 22 岁到 35 岁不等。入学时，创作成果算一半的分，考试成绩算一半的分。学校从上千名报名的学生中，录取了我们 18 个人。另外还有一个作家班，是中国作协推荐的，年龄不限，不包分配。陈老师就担任我们这个班的导师。

对于刘道玉校长及陈美兰老师，我始终是心存感激的。刘道玉校长大胆改革，创造条件将我们这批特殊学生招进高校，改变了我们的人生命运。陈老师作为导师，则陪伴我们度过了 700 多天，直到我们离开珞珈山。陈老师不仅尽到了一位老师在校内所尽的职责，她的治学方法与为人态度，更深深地影响着每一位受业的弟子。陈美兰老师是从事现当代文学研究的，特别是在长篇小说研究方面，在国内属于有真知灼见的专家。她的研究不是仅仅近距离对作家作品进行扫描，更多的是探究长篇小说创作的内在规律，对作家作品进归纳性分析，从宏观的方面把握长篇小说创作的现状及走向。即使对具体作家作品的分析，也是持论公允，不偏不倚，为业内所称道。特别是我担任出版社社长后，凡是社内有会议需要陈老师出席的，她总是有求必应。对于学生取得的每一些微进步，老师总是多加鼓励。可以说，尽管我们 1987 年就从武大毕业了，但 25 年来，工作原因，我是近水楼台，总是得到老师的眷顾与无形的精神支持。当我得知这次会议信息后，为了表达自己的一点心意，就请湖北省文联书画院的著名画家刘正洪先生创作了一幅《高山仰止图》。画中山岳耸峙，苍松虬劲，象征了老师的高风亮节，也代表了我们首届中文系插班生对老师的景仰之情。

庆祝会整整开了一天，每位同学都争先恐后发言，意犹未尽，唯恐倾诉不完对老师的感激与思念。因为紧邻着陈老师，我是第一个发言的。回忆往事，不由热泪盈眶。感恩老师的培养，感叹岁月的倥偬。尽管入学前我已工作，但从今天看来照片上的我仍显稚嫩青涩。人生不再，往事如烟。个别发言的同学几度哽咽无法讲述，有些同学讲了一次言犹未尽还要求再次倾吐心声。到了下午，感恩变成了汇报，大家不仅回忆了与老师的相处时光，还交流了各自的近况。正如陈老师在最后的感言中所说，学生的努力与成功，就是对老师最好的回报。她向每一位与会的学生赠送了她的近作《我的思考——在当代文学研究路上》一书和一把武汉大学的金钥匙。她衷心希望大家一如既往地用这把钥匙打开智慧之门，实现人生的理想。

晚上，大家继续在"钱柜"欢聚。为老师放歌，为友谊抒情。每个人都一展歌喉，各抒才情。武大艺术系的年轻女老师也来现场一展舞姿，今天，不仅是陈老师从教50周年的纪念日子，也是陈老师75岁生日。歌声半酣，服务员推出了蛋糕。烛光摇曳，祝福的歌声从每一个人的心田涌出。陈老师的先生宗福邦虽然身有微恙，却坚持登台放歌，他那深情的俄罗斯民歌诠释着这对伉俪的爱情马车是多么一往无前。正如陈老师曾教过的一位年轻的女博士生所说，陈老师不仅在学业上给学生以楷模，在爱情上也让人向往。

人生不满百，却有50年时光倾注在自己钟情的教育上，陈老师是幸福的。陈老师用自己博大的胸怀，温暖着所有得到她教诲的学生。今天，她会为自己桃李满园而自豪；作为她的弟子，我们也为今生有幸成为她授业解惑的学生而自豪。庆祝会虽然只有一天，但这天的掌声、笑声和歌声，将会永远回荡在每一个与会者的心中。

养鱼拾趣

在武昌买了新房，已装修完毕，去广东购家具，见朋友家在阳台上修了水池养鱼，颇有些情趣，回后在北阳台上也兴起土木。将已经铺上的石块掘起，建了一个小型的带有假山喷泉的水池。

有假山喷泉不可无鱼，我便去花鸟市场。别人告诉我，锦鲤最好养。只见店主用一个塑料袋盛水，将鱼放进，然后用一根大塑料管伸进去，一头接着氧气瓶，一头给小鱼儿输氧，然后将口子扎起来递给我。

于是，瀑布有了，喷泉有了，小鱼儿也有了。整个新房里顿时充满了生命的气息。但当时我还没有入住新房，只好每天专程从单位跑去喂食。也许是鱼儿知道我是他的主人，只要我在池子前一站，他们就争先恐后地出来迎接我，有些还摇头摆尾，做出讨好我的神态。或者张着小口，水池里一片喋喋不休的声音。可有一天，正是 2008 年 5 月 12 日的下午，我朝鱼池里丢了食，鱼儿不认识我似的，无动于衷，还一个个躲进了假山下面。我很诧异，今天这些小鱼儿是怎么了？在跟我闹别扭，还是在耍鱼脾气？正在琢磨，忽接单位电话，说集团大楼晃得十分厉害，来电话人估计，可能是黄石一带地震了。我这才明白小鱼儿原来是通灵性的，它们大约已经感觉到地球的变化，才用拒食来向我报警。等我回到单位，方知刚才是千里之遥的四川汶川发生了震惊中外的 8 级大地震。

接着几天，汶川地震的消息在报端和电视里占据重要位置：山河破碎，家园倾圮，妻离子散，惨不忍睹。我既为地震中家破人亡的无数家庭而惋惜，也为救灾中无数感人的事迹而感动，还为我养的这几条小鱼儿生出几分敬意。

据说，大地震发生前的五六个小时内，地磁会大为降低，磁场会出现不规则的变化。但武汉距汶川直线距离不下 1000 公里，为什么我的小鱼儿能够敏锐地感应到千里之外的一场灾难将要发生呢？如果能够提前将鱼儿的异常反应告诉科学家，那不是会拯救无数人的生命吗？如果要评选汶川地震预报英雄，我的这些小鱼儿是否也应当榜上有名！

遗憾的是，又过了两个月，正是武汉七月流火的时节，有一天我再次来到装修好的房子，结果一推开通向北阳台的门，就发现不对劲。那些地震预报英雄没有像昔日一样兴高采烈地来迎接我。小小的水池中，漂浮着一片英雄的尸体。我当时就懵了。天气热，缺氧，还是小鱼儿也在为汶川地震没能及时预报而伤心欲绝？这让我沮丧了好一阵儿，心心念念那些曾经活泼泼的小生命。后来想，人犹如苏东坡《赤壁赋》中所言，"寄蜉蝣于天地，渺沧海之一粟"，小鱼儿又安能逃过自然的造化。说不定小鱼儿是陪着汶川地震的亡灵而去了，想到此，我心方安。

直到年底我搬进了新居，才又去买了十几条锦鲤。

有了这些小鱼儿，家里多了一道风景，我也多了一项功课。每天早晨起来，或者下班回家，第一等事，便是看看这些小鱼儿。有时怕惊动它们，便隔着玻璃门，看他们在水里嬉戏。鱼儿有红色的、黑色的，还有一条白身子头顶红太阳的。儿子从美国回来，说，这在日本叫"国旗鱼"。这条鱼是这个池子里最名贵的。但不知为什么，看见"国旗鱼"，我眼前就闪过电影里的一些镜头。当然，这只是一刹那，我不至于促狭到"非我族类，虽远必诛"的地步。池中有一株水浮莲，小鱼儿绕着水浮莲游来游去，"鱼戏莲叶东，鱼戏莲叶南"，我眼前浮现出古人的这首诗这幅画。

小鱼儿一天天长大了，我与妻焦急，将来鱼儿再长大了，这池子太小怎么办。我说送去放生，反正不忍心吃掉它们的。孔子说，君子远庖厨。这话看来是有一定道理的。我还感到为难的是，万一我们二人都要出差，这鱼儿交给谁来照顾呢？

有一天，一个在武汉工作的学生，不知是不是知道我爱鱼，忽然给我送来了一个不大不小的玻璃鱼缸。随同来的工人，还带来了水草、砂子、石头之类的。这样，我的家里就有了两拨鱼儿。

鱼缸是透明的，用灯一照，绿色的水草，游来游去的小鱼儿，客厅里仿佛有了一幅流动的具有生命的画。鱼儿刚刚放进去时，还有些小心翼翼，不到半天时间，他们就成了主人，满世界跑。有趣的是，它们仿佛是一群永远吃不饱的小馋猫，只要人到了鱼缸前，他们就全部跑来冲着你摇头摆尾。有一条小花鱼，小嘴儿一张一合，做出讨好人的媚态，让人生出几分怜香惜玉的感觉。也许人类都有这种不健康的心态，看着小鱼儿的殷勤样，我便不顾妻的告诫，偷偷地多喂鱼儿一些食儿。结果有一天，有几条小鱼儿无情打采地在砂石上盘旋，到了第二天，便不治而殁。从鱼缸里捞小鱼儿时，我有种痛彻心扉的感觉。

更为可怕的还在后面，按照工人的交代，我给鱼儿换水。第一次没有什么异常，第二次，为了让鱼儿有一个干净的环境，我将鱼缸里的水都抽干净换成了新水。结果当天晚上，有些小鱼身上就溢出了白色的物质，后来成片的鳞片掉落，鱼儿再也不争着抢着觅食，再接着，鱼儿一条条地死去。我去花鸟市场请教，才知鱼儿患了感冒，换水时一定不能超过二分之一。遵嘱我购买了两种药水，倒进水里，但也无济于事，最后，鱼缸里空空荡荡，只剩下我倒进的红色药水，让人目不忍睹。

鱼缸里没有了鱼儿，好一阵儿，看着冷冷清清的鱼缸，心里就空落落的，有种失去亲人的感觉在心里游走。大约半个月后，妻说，再去买些鱼儿吧！

于是，我客厅里又充满了生气。这样，每天我有两拨任务：看看北阳台上愈来愈大的鱼儿，给它们加加水，喂喂食，再到客厅里看看那幅流动的画儿，隔着玻璃，与它们说说话，不知不觉，一天的繁杂没了踪影，愉悦悄悄地从心头升起。

都 市 菜 园

六年前由汉口迁往武昌，在南湖边购一复式建筑。建筑商除了送六个阳台外，屋顶的六七十平方米也悉数归我所有。于是，我就有了在上边种菜的冲动。

其实，种菜我并不陌生，当初下放农村时，我就有几块属于自己的菜地。那是几块沙壤土，尽管白菜萝卜黄瓜茄子长得一般，但给了我学习和锻炼的机会。

楼顶种菜的第一要务是土，我先觅街上的挑夫，从他们手上买了若干袋；然后我自己每天下楼，到后面的空地里去挖，像燕子垒巢般，菜地渐渐有了模样。可惜的是搬上来的土都是生土，黄泥居多，改造需以时日。堂侄女带着男朋友上门，闻讯拎着从别处池塘里捞来的黑泥土送给我——她仿佛知道这比送烟酒更让我喜欢。

于是，我就去市场上买来一袋又一袋的种子。南瓜、黄瓜、丝瓜、苦瓜、冬瓜、苋菜、菠菜、白菜、空心菜、卷心菜、莴苣、韭菜、马齿苋、番茄、茄子、豇豆、四季豆、扁豆、蚕豆、大蒜、洋姜、小葱、芫荽，还有家乡人爱吃的荆芥。当然，更值得一提的是，我还种上了武汉特产的洪山菜薹。

种菜先要育苗。这些种子大的是瓜种和豆种，一粒粒的，饱满而分明，小的如白菜、苋菜，种子如芥末般，放到土里就不见了踪影。育苗的墒土要施足底肥，土壤要很细碎。播种时，如果是瓜种，就要尖尖的一角朝下，如果是细小的菜籽，就要拌上一些细土，否则会撒得很不均匀。有些坚硬的种子，还要用温水泡泡为好。

也许是三天五天，也许是十天八天，苗圃里突然有了绿意。淡淡的，鹅黄色的，从土里拱出个尖尖的小脑袋。先是垂着头，还带着一瓣二瓣胚胎，用力地顶着头上的土壤。不知什么时候，某天清晨，突然就昂起了头，朝着空中，嗖嗖地蹿起来。

种苗长出了三五片叶子时，就要移栽了。移栽最好带上些苗床上的泥土，最好选择在阴天或者晴天的晚上移种。移栽的苗儿一定要将根部壅好土，然后浇上透水。十天半月后，苗儿适应了新的环境，就开始了施展拳脚。

春天的时光，寒意还未消退，楼顶料峭的风还呼呼地叫着，地里白菜、莴苣、蒜苗、蚕豆和洪山菜薹经过一个冬天严峻考验，显得还那么无精打采，但是当你走近它们，俯下身子仔细看，不知什么时候，菜心里已经开始悄悄地伸出了新叶。特别当春雷响起，夜里无声地飘下春雨，菜苗就像变戏法似的，一天一个样子，一个个从灰头土脸的村妇变成了水灵灵的大姑娘。碧绿的枝叶舒张开，伸展着腰肢，昂着头一个劲儿往上蹿。

我所在属武汉市洪山区，以这个辖区命名的"洪山菜薹"，是湖北特有的一种蔬菜。菜呈紫色，一株苗儿，到了春天就开始分蘗，好像变魔术一般，生长出一枝又一枝的薹箭。你今天割下几株，不几日根部又会像射箭一般长出一束紫色的薹箭。这菜薹如果种得早，或者在大棚里培育，春节前后，都会有新鲜的"洪山菜薹"上市。菜薹看似粗壮，其实炒出来嫩脆可口。亲朋往来，本地人去外地，往往会选择上好的菜薹，用精致的塑料袋装好，作为礼品馈赠。不过我楼顶的洪山菜薹可能由于不接地气，往往要在春节后才会真正地热闹开来。

楼顶的蔬菜真正葳蕤茂盛还是夏季。夏季的品种比较多，特别是瓜果类，一株小苗，开始很不起眼，但藤蔓长呀长，四处探头探脑，不仅覆盖了楼顶留下的空隙，有时候还从楼顶垂下来，珠帘一般挂满四周的墙壁。瓜果类最好侍弄的是南瓜，施好肥和水，然后它自己就开花呀结果呀。让你不相信当初一粒那么小小的种子，为什么就能带来这么多的绿意和丰硕的果实。黄瓜也很有趣，架子上枝叶繁茂，黄色的花绿色的叶，有时候，该摘的黄瓜也都摘了，结果你再仔细一瞅，不是这儿就是那儿又发现一个遗漏的尤物。这时候你就觉得，采摘黄瓜尽管很有成就感，但不及寻找这种不期而至的快乐更让人无比喜悦。

夏天也是楼顶色彩最丰富的时候，绿色是主色调，点缀其间的是各色花儿。花儿以黄色居多，南瓜、黄瓜、丝瓜、冬瓜、苦瓜，个个高举着金黄色的喇叭；当然还有紫色，紫色是茄子花，低垂着头，一脸谦虚的模样；白色是辣椒花，在绿色的枝叶间露个小脸。花儿分雌花和雄花。雄花是装扮，当然也还承担着授粉的责任。雄花向雌花授粉主要靠蜜蜂，或者是野蜂，近年蜂子少了，人工的授粉就显得特别重要。雌花轰轰烈烈地开着，等到青春期一过，它们就开始孕育。短则三天五天、长则十天半月，果实就可以采摘了。紫色的茄子、红色的番茄、黄色的南瓜，还有那如火一样燃烧的辣椒……

楼顶种菜，春天、秋天和冬天还好侍奉，夏天热，水分消耗快，一天浇一次两次都不行，稍不留意，蔬菜就会打蔫，甚至会死掉。开始中午我与妻戴着草帽去浇，来回一身的汗水。后来，一位朋友帮我从网上买来了自动浇灌设备，虽然不能全部覆盖，但一天补充一次水也就够了。除了水分，楼顶种菜肥料也十分重要。农谚云："庄稼一枝花，全靠粪当家"。楼顶种菜，讲的是绿色环保，用化肥和农药就失去了原有的意义。于是我们找来几个塑料桶，将每天厨房里的菜梗、果皮、剪下的枝叶等一切可以腐烂的物质都放在其间，然后施到地里。当然，我还央一位养鸡的朋友，每年送我两袋鸡粪。鸡粪要沤熟了再施到地里，这是上好的肥料。到了秋天，各种藤蔓下架了，茄子枝要拔了，我就将这些晒干的枯枝杂草木棍堆到一起，上面先略压些泥土，用火柴点燃，再用土将整个燃烧的柴草盖住。如果是晴天，两天两夜下面的柴草就会自己燃烧殆尽。这是我在乡下劳动时学到的薰肥方法，不仅可以改善土质，还会是优质的钾肥。

冬天到了，大自然的色彩顿时单调起来，我家楼顶的蔬菜成了小区里不多的绿色了。这时，鸟儿就会来了。我们开始还扎个布条、捆个红色塑料袋什么的吓吓鸟儿，但很快鸟儿识破了我们的把戏，肆无忌惮地一个个飞下来觅食。开始还觉得可惜，后来想，能够让鸟儿找到过冬的食物也算我们的贡献。

我将楼顶的成果发到微博和微信上，有人赞赏，但也有年轻人不理解。说浪费光阴，说不值几个钱。这让我想起了《庄子·秋水》篇中庄子与惠子关于鱼的快乐与否的对话。惠子曰："子非鱼，安知鱼之乐？"庄子曰："子非我，安知我不知鱼之乐？"陶侃搬砖，其尔陶陶；渊明结庐，自在返璞。中国士子讲的是"独善其身"，不能闻达于诸侯，为何不觅个楼顶种菜呢？何况老将至矣，跳出樊笼，我就是庄子笔下的那条鱼也。

大别山在哪里

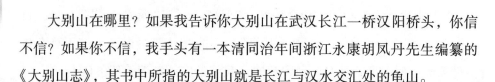

大别山在哪里？如果我告诉你大别山在武汉长江一桥汉阳桥头，你信不信？如果你不信，我手头有一本清同治年间浙江永康胡凤丹先生编纂的《大别山志》，其书中所指的大别山就是长江与汉水交汇处的龟山。

吾大学毕业留武汉，至今已 30 载，半生为楚客，因祖籍在鄂豫皖交界处，故常自诩为"大别山中人"。年届花甲，参与《荆楚文库》编纂，方知武汉市内也有个"大别山"，而且清朝浙人胡凤丹先生以道员衔领崇文书局事时，还编纂有《大别山志》十卷。这下让我这位"大别山中人"不知该魂归何处了。

先说此大别山。胡先生所指大别山，据整理者今人胡小莲、李桂生在《大别山志》（武汉出版社 2016 年版）整理本"前言"中曰：

> 大别山是位于汉水之滨的一座名山，又称龟山，如今的龟山电视塔即耸立于其上。

这里确指大别山即龟山，但"前言"中也提到了关于大别山的名称，曾"朔称反晦"，历史上一直存在"汉阳说"和"安丰说"两种意见。"汉阳说"指大别山为汉阳龟山，"安丰说"指大别山在"庐江安丰"，即今安徽霍山县西南。而胡凤丹则"采辑众说，搜罗旧闻，廓清源流，订正讹误，还大别山以真面目"，认为汉阳龟山是名正言顺的大别山。

胡凤丹在十卷本《大别山志》的"自序"中，强调"大别为汉、沔最著之山，一名鲁山，一名翼际，俗名龟山"。他在序中也列举了历来关于大别山是指庐州安丰西南之山还是汉阳龟山的不同观点，但他最后肯定大别山是龟山。理由是：

> 余也客游楚水，九载于兹；公暇渡江，每过大别之下，仰窥则怪石嶙岣，俯瞩则江流浩淼。回望武昌、黄鹤对峙，雄踞东西，实为鄂汉唇齿。故三国南北之际，恒为必争之地。今则潇湘洞庭，万派安澜；夔巫湘沅，众流顺轨。朝宗之庆，砥柱攸赖，此大禹治水之功也。即蒙其利而不正其名，可乎？

因为"蒙其利"，出于对第二故乡鄂汉的热爱，道员胡凤丹"检家藏群籍"，"正名"大别山即龟山而非彼山。

现在武汉市的"大别山"实际上是一个临江而立的小山峰，但从三国起，因东吴大将鲁肃的衣冠冢在此，此山改名为鲁山，这个名字一直用到明代。因明朝的皇帝崇奉玄武，封玄武为帝。玄武又是龟形，恰恰这鲁山，如同一个乌龟卧于江边，时任湖北巡抚的王俭奏请朝廷，将鲁山改名龟山，隔江相对的黄鹄山就称为蛇山。

而另一个大别山，按照目前地图确认，坐落于安徽省、湖北省、河南省交界处，西接桐柏山，东延为霍山和张八岭，东西绵延约380公里，南北宽约175公里。西段作西北—东南走向，东段作东北—西南走向，长270千米，一般海拔500~800米。山地主要部分海拔1500米左右，是长江与淮河的分水岭。

试想，如果考试时给武汉的学生出一道题，让其在地图上指出大别山的位置，学生应当填写在何处呢？所以，本文以为有必要对大别山的来龙去脉认真"考镜源流"。

关于大别山名称的由来以及历代的争论，胡凤丹在《大别山志》中，关于"大别山"的条文下引证丰富，共有六十则及案二则。笔者梳理后，发现胡罗列的观点本身即十分矛盾，有持"龟山说"的，也有持"安丰说"的，双方各执一端。敝人现将其主要观点按"两说"分列如下。

一、持"汉阳龟山说"的主要观点：

1. （夏）《尚书·禹贡》：导嶓冢，至于荆山；内方，至于大别。

2. （夏）《尚书·禹贡》：过三澨，至于大别，南入于江。

3. （汉）孔安国《汉孔氏传》：内方、大别，二山名，在荆州，汉所经。

4. （唐）李吉甫《元和郡县志》：鲁山一名大别山，在县东北一百步，其山前枕蜀江，北带汉阳，山上有吴将鲁肃神祠。

5. （宋）苏东坡《东坡书传》："苏氏曰：'二别皆在汉上。'"

6. （元）黄镇成《尚书通考》：汉水东至汉阳，触大别山，于江。汉阳，故夏口之地，班云行一千七百六十里。

7. （清）胡渭《禹贡锥指》：大别山在汉阳府城东北半里，汉水西岸。

8. （清）江声《尚书集注音疏》："《左传》云：'吴既与楚夹汉，然后楚乃济汉而陈，自小别至于大别，然则二别近汉之名，无缘得在安丰县。如预所言，虽不知其处，要与内方相接，汉水所经，必在荆州界也。'"

二、持"庐江安丰说"史料如下：

1. （西汉）班固《汉书·地理志》："六安国安丰县有大别山。"

2. （东汉）郑玄注《禹贡》："大别在庐江安丰县。"班固、郦道元、京相潘，均主此说。

3. （南北朝）郦道元注《水经》："自巴水出零娄县之下灵山，即大别山也。决水即出此山，世谓之分水山。"

4. （宋）林之奇《尚书全解》：据安丰、零娄皆在庐江郡，此数说皆同，然后若以大别在庐江，则去汉甚远。而左氏云："济汉而陈，自小别至于大别。"不知其谓何。汉志六安国有大别山，如唐孔氏乃谓《地理志》无大别，此亦不可晓。

5. （清）王先谦《汉书·地理志下》"六安国安丰"条引沈尧说："大别在光州西南、黄州西北、汉阳东北、霍丘西南，班《专属》之安丰，但据山东而言。若论其西南，则直至治水入江处，故商城西南黄陂、麻城之山，古人目为大别。"按光州州治在河南潢川县。

6. （清）王鸣盛《尚书后案》：郑引《地理志》云"大别在庐江安丰"者，《汉地理志》：六安国"安丰县。《禹贡》：大别山在西南"。但此县《续汉志》改属庐江县，不属六安国。故郑云：庐江安丰。《疏》谓《志》无大别，误也。大别在安丰，则扬州界。非荆州。《传》《疏》皆非是。汉竟陵故城在今湖北安陆府钟祥县南，安丰故城在今江南六安州霍山县西北。

7. （清）王鸣盛《尚书后案》：班固、郑玄、司马彪及《水经》四十卷皆以大别系安丰，杜预《定公四年》注虽疑大别不当在安丰，然亦不能言其处。《水经注》："江水东迳鲁山南古翼际山也。"《地说》曰："汉与江合于衡北翼际山旁也。江上有吴江夏太守陆涣所治城，江夏盖取二水之名。"《地理志》曰："夏水过郡入江，故曰江夏也。旧治安陆，吴乃徙此，山左即沔口矣。此条乃指在今湖北汉阳府城东北汉水西岸之山而言，乃汉水入江处。然但称为鲁山，又称为翼际山，而未尝指为《禹贡》之大别山。"

从上述"两说"来看，最为关键的一点，还是对最早的典籍《禹贡》中关于"大别"与"小别"如何诠释的问题了。《尚书·禹贡》："导嶓冢，至于荆山；内方，至于大别。嶓冢导漾，东流为汉；又东为沧浪之水；过三澨，至于大别，南入于江。"嶓冢，又名汉王山，位于陕西省汉中市宁强县境内。荆山，在今湖北省南漳县西南。内方，山名，《汉孔氏传》指"在荆州，汉所经"。《汉书·地理志》指竟陵县的"章山"，今人顾颉刚认为此山很小，疑为大洪山。漾，水名，为汉水的源头。向东流去经过沔县、襄城、南郑，称为汉水。再向东经过沧浪、三澨，到达大别山，向南汇入长江。其实，三澨在今襄阳上下，距离长江还有很远的距离。从上述的分析来看，汉水的发源地与走向，都没有什么异议。

那么，就涉及如何来理解"至于大别，南入于江"了。

首先来看汉水的走向，先秦时汉水注入云梦泽，在明朝以前，汉水近江一带歧道曼分，多口入江，主道经汉阳与孝感、黄陂之间东流，在今天的汉口谌家矶、黄陂沙口间向东南方汇入长江。明成化年间，在今汉阳以西排沙口、郭师口堤坝溃决，经龟山北入江，这条水道才成为主道。清人杨守敬疏《水经注·沔水中》说："疑古时汉水自安陆东南……至阳逻南入江。"与上面的判断自可印证。今人左鹏在《楚国历史地理研究》中认为，汉水在先秦时"属于游荡型河段"。"汉水下游则因其在先秦时期汇入云梦泽，其具体流路今则难以详知。"今人刘玉堂在《楚国交通研究》中指出："古代的汉水一支流自钟祥东南旧口东出，接今天门河经汋汉湖至武汉地区滠口附近入长江。而另一支流大体上沿今汉水河道，经今潜江、仙桃，在武汉龟山脚下注入长江。"

所以，就有人提出，"汉水至于大别"，并不是指一个具体的山峰。而是指的大别山余脉。如果古时汉水主道在滠口、阳逻附近，离麻城山区已经不远了。郦道元《水经注·沔水》言"触大别之陂"。《地说》言"汉水触大别之陂。陂者，山脉之靡迤而不尽者耳。触者，仅渐及之而已耳，非水直至山下也。"

另外，在谭其骧主编的《中国历史地图集》第一册之《春秋图》上，大别山即定点在今鄂豫皖交界之山脉。该山为长江与淮河水系的分水岭，按《说文解字》意，"别"有分割意。指山水一边向南流，汇入长江，一边向北流，汇入淮河。郦道元《水经注·江水三》中巴水"出雩娄县之下灵山，即大别山也。与决水同出一山。故世谓之分水山，亦或曰巴山"。

雩娄即我的家乡河南商城古县名，汉时置雩娄县，东晋时废。这里指的是决水与巴水同出一山，决水源于山北，巴水源于山南。一山而分二水，意为永远分别。在宋元金时，将大别山的主峰定在湖北英山的天堂寨，那儿的水向也是呈南北分流的。

那么，为什么有这么多的历史资料认为龟山是《禹贡》上所指的"大别"呢？

据汉江附近地形地貌来看，汉江汇入长江附近，只有一个孤零零的龟山。《禹贡》指"至于大别，汇入长江"，如果要认定这儿是大别，便理所应当是龟山了。古人的书写载体只有竹简，容量所限，无法更详细描述，加上当时的交通条件，测绘手段，所以《禹贡》所言容易在理解上产生分歧。从胡凤丹搜集的资料来看，明确指龟山即大别山的，最早的史料是唐人李吉甫《元和郡县志》："鲁山一名大别山，在县东北一百步，其山前枕蜀江，北带汉阳，山上有吴将鲁肃神祠。"但为何将此山称为大别山，何时称为大别山，未言其详。

当然，认为龟山即大别山的，还引用了《左传·定公四年》吴伐楚的史料来证明。"舍舟于淮汭，自豫章与楚夹汉。史皇谓子常必速战，乃济汉而陈，自小别至于大别。三战，子常知不可，欲奔，史皇止之。十一月庚辰陈于柏举，吴师大败楚师，子常奔郑。"主张"汉阳龟山说"的认为，"自小别至于大别"，是指吴军与楚军隔着汉水，从小别到大别之间对阵。至于小别与大别的位置，清人胡渭《禹贡锥指》中指出："今汉川县东南有甑山，即小别山，《元和志》云：'小别山在汉川县东南五十里。'……《索隐》云：'大别山，土人谓之甑山。盖承孔疏之误，二别相去一百二十余里。'"如果甑山是小别山，龟山是大别山，吴军与楚军三天之内在这里打了三仗，不符合逻辑。

但是，从《左传》的记载看，吴军是从"淮汭"舍船上岸的。"淮汭"一说在今安徽凤台县城西，张正明《楚史》认为应在息县，也有论者认为应当是淮滨。吴军穿过大别山的大隧、直辕、冥阨三关杀到楚地，两军隔着汉水摆开阵势，从大别至小别，10天时间，前后打了三仗，楚师丢盔弃甲，子常准备逃跑。

吴军与楚军是否在现龟山与汉川的甑山之间对垒的呢？从吴军行军路线来看，吴军是从淮河经过桐柏山与大别山之间的义阳三关杀到汉水边的，他们不会舍近求远到汉川或长江边"与楚夹汉"。吴军远途奔袭，多是步兵，楚众吴寡，兵贵神速，据《吕氏春秋·用民篇》，此役吴军只有三万人，如果双方军队一直隔江对峙，对拥有战车的楚军有利，对长途奔袭的吴军并不利。故以伍子胥、孙武这样的军事家而言，绝不会以人之长较己之短。从情理上讲，双方的战场，是从进入楚地的大别就开始的，然后止于小别。所以写，"凡三战，十一月庚辰陈于柏举"。关于柏举，古人都认为是现今湖北麻城龟峰山一带，但张正明认为是《楚史》安陆一带，从吴军的行军路线看，有一定的道理。双方战斗的结局是"吴师大败楚师，子常奔郑"。所以说，如果说吴军在小别与大别之间一直与楚军隔江对垒，将战线拉了一百二十里，这种布局不合情理。如果吴军不止三万人，在汉水之滨的平原上作战，吴军也会处于不利地位。今人绘制的"吴楚柏举之战"示意图，也清楚地表明了吴军主力前进路线。从这张图上看，吴军的行军路线，与汉川，与龟山没有什么关系。清人王鸣盛在《尚书后案》中也力挺此种观点，认为小别与大别不是指现龟山与甑山之间。用《左传》中记载的吴楚之战"自小别至于大别"来证明龟山系大别，更是缺少合理性。

4

吾以为，从现在的龟山而言，高不过几百公尺，方圆里许，如果与现在的纵横数百公里的大别山相比，谈不上"大"。《禹贡》称其为"小"尚可，如果称其为"大别山"，则有些言过其实。何况《禹贡》仅1193字，涉及汉水走向，仅寥寥数语，并未展开叙述，也未明指"大别"确系何山，有何寓意。何况《禹贡》的成书时间，作者是谁，学术界目前也尚无定论。成书时间有西周早期，西周中期，西周晚期，东周时期，春秋时期，春秋晚期，战国时期，秦代时期，汉代时期等多种说法。三是如果《禹贡》将龟山称为"大别"，也不排斥古人将龟山视为现今大别山的余脉。

胡凤丹客居湖北，以一己之力编纂《大别山志》，搜集了关于龟山的地理名胜，仙释，金石，艺文，记一山之胜，考辨沿革兴废，人事名物的来龙去脉，旁及龟山四周风景名胜，功莫大焉。但他并没有如郦道元那般去认真考察水系来龙去脉，或者到庐江安丰等地也去做一番踏勘，相信他如果深入大别山区，便知此"大别"与彼"大别"之霄壤之别。吾寓楚地已三十载，较胡先生时日更久，但吾在鄂豫皖交界之大别山中也生活了二十余年，此山与彼山，皆有感情。但我认为大别山非一人之山，非一地之山，如果张冠李戴，或语焉不详，从治史角度，或舆地沿革角度看，确有申明之必要。作为地方小志，《荆楚文库》收录《大别山志》并无不妥，因为其中记载了很多有价值的史料。不过，即使如此，我还要说明的是，此"大别山"非彼"大别山"也。

告诉你一个真实的鹦鹉洲

　　到武汉来旅游的人，登黄鹤楼，游晴川阁，到归元寺烧香数罗汉，免不了会吟上一句唐人崔颢的"晴川历历汉阳树，芳草萋萋鹦鹉洲"之类的诗句。黄鹤楼在蛇山，晴川阁在龟山的脚下，但鹦鹉洲呢？有人会说，鹦鹉洲不是在汉阳吗？不过，现在汉阳也没有"洲"了，只留下了若干个地名和一座以此命名的跨越长江的红色大桥。

　　其实，鹦鹉洲原在武昌，洲聚于沙，沙转于水，斗转星移，江水悠悠，竟把个芳草萋萋、桃花夹岸，兰蕙飘香的十五里沙洲没入长江。长江改道，三百年后，靠近汉阳一边，又渐渐隆起一座沙洲。洲本无名，宋代知军刘公带人在洲上种植，故名"刘公洲"，到了清雍正、乾隆年间，又申奏朝廷，将已消失的鹦鹉洲重新命名于此。

　　鹦鹉洲从何而来？为什么一千多年来中国历代文人墨客对"鹦鹉洲"三个字始终痴情不改？地理上的鹦鹉洲不在了，可记忆中的鹦鹉洲还在；一代又一代人消亡了，文化中的鹦鹉洲却还活着。人们念兹在兹，鹦鹉洲呀鹦鹉洲，你莫非是上天赐给武汉人的一个念想！

　　鹦鹉洲，与东汉末年建安时期一个叫祢衡的人息息相关。

　　祢衡是谁，一般的读者可能不知。晋代史学家陈寿所著的《三国志》中没有祢衡的文字，更谈不上为之写传。南北朝时的宋人裴松之在注释《三国志·荀彧荀攸贾诩传》中才提到祢衡。陈寿拥曹，很多影响不及祢衡的人物都写在三国这段历史中，他不写祢衡可以理解，裴松之虽然对祢衡缺少正面评价，但能从一个侧面帮助读者理解祢衡的所作所为。《后汉书·文苑列传》中，同是南朝宋人的范晔，始为祢衡立传。明人罗贯中的长篇章回小说《三国演义》，第23回"祢正平裸衣骂贼"，就是据《后汉书》和民间传说撰写。如果你看过于魁智演唱的京剧老生剧目《击鼓骂曹》，听过骆玉笙演唱的京韵大鼓《击鼓骂曹》，就对戏剧中这位山东"平原般人"不陌生了。

但祢衡为何从山东来到了湖北，在长江中的一片沙洲上演绎出一段悲壮的活剧；并且地理的沙洲业已不存在的一千多年时光里，人们还在怀念这个建安时期的年轻人，一个仅仅活了26岁，还没有功名的"祢处士"呢？

说来话长，祢衡这颗耀眼新星的出现，与孔子第二十世孙孔融有关。

孔融这个人，中国有一部家喻户晓的启蒙读物《三字经》，其中写"融四岁，能让梨，悌于长，宜先知"，就是他童年的故事。孔融是魏晋时期人人传颂的"竹林七贤"之一，他家学渊源，少有异才，除了让梨这个小典型事例外，其实真正让历史铭记住他的，还是他的人品、文品，以及他在那个黑暗时代里的无畏气概。

《后汉书》中写下了孔家"一门争义"的故事。我在《西汉文章东汉气节》一文中曾经提到有一位与宦官做斗争的名士张俭，落难时曾经逃到了孔融家。张俭与孔融兄长孔褒是好友，他来到孔家时，孔褒却不在家。当时孔融年仅十六岁，张俭认为孔融年轻，并没有告诉他自己的处境。孔融看见张俭窘迫的样子，猜想他一定有难处，就自作主张留张俭住在家里。

后来官府的人追来了，张俭跑了，孔褒、孔融则被逮捕入狱。审判官问谁是主谋，孔融说："收容匿藏张俭的是我，有罪归我。"孔褒说："张俭来找我，不是弟弟的罪过，罪在我。"官吏问他们的母亲，母亲说："我是一家之长，罪责在我。"他一门三人都争着赴死，郡县迟迟不能决断，于是向朝廷请示，最后虽然定了孔褒的罪，但孔融因此事而闻名。孔融后来受到司徒杨赐的征召，成为司徒掾属。汉献帝即位后，任北军中侯、虎贲中郎将、北海相，政绩卓著，时称"孔北海"。

在中国文学史上，有一散文名篇《荐祢衡书》，正是这位孔融向汉献帝，实际上是向曹操推荐祢衡的文书。这一年，孔融比祢衡大 20 岁。一个是朝廷重臣，一个还是一介布衣。

> ……窃见处士平原祢衡，年二十四，字正平，淑质贞亮，英才卓踔。初涉艺文，升堂睹奥，目所一见，辄诵于口，耳所暂闻，不忘于心，性与道合，思若有神。弘羊潜计，安世默识，以衡准之，诚不足怪。忠果正直，志怀霜雪，见善若惊，疾恶如仇。任座抗行，史鱼厉节，殆无以过也。……

孔融的这篇"意气高昂，文采飞扬"（刘勰语）的表章中，称赞祢衡有才华，品行好，和古今的贤人相比，并不逊色，并且超过了他们。他说："如果得到了祢衡，就好像龙一跃而飞到天路上，挥动羽翼于银河上，在皇宫中声誉传扬，传播彩虹的光辉，足以显示我们汉朝人才众多，能增添朝廷的威望。"最后，他出面担保，"无可观采，臣等受面欺之罪。"就是说，如果祢衡的才华不像我介绍的这样，你们就治我欺君之罪。

以孔融当时的身份，如此恳切地一而再再而三地推荐祢衡，让手握重权的曹操也觉得祢衡可能是个人物。曹操是个文武双全的枭雄，正在网罗人才，便要召见祢衡这个年轻人。但祢衡却认为曹操挟天子以令诸侯，为世不耻，便自称有病不见。不见则已，还在外面四处说曹操的坏话。曹操获悉后恨不得杀了少不更事的祢衡，但又顾忌祢衡的名气。这天，孔融又在曹操面前反复说祢衡的好话，曹操便对孔融说，我要宴请宾客，这儿正好缺一个敲鼓的人，听说祢处士的鼓敲得很好，你问他愿不愿意来献技。按曹操的推测，祢衡这种心高气傲的人不会来；如果真要来了，就趁机会教训教训这个不知天高地厚的年轻人。

祢衡却真的来了，但他心里有自己的小九九。

汉魏间的文人，个个都是文艺青年。除了祢衡，马季良、蔡伯喈、边

岁月绵长

文礼、郦文胜、杨敞、马融、阮瑀，个个都会唱歌、弹琴、下棋。特别是嵇康，琴弹得好，很多人拜他为师。当司马氏杀他时，在东市刑场上，他提出要弹琴。琴取来后，他当着三万太学生和民众的面，从容地弹了一曲《广陵散》。弹完后说，袁孝尼多次要向我学弹琴，都被我拒绝了。现在《广陵散》再也没有了。

关于祢衡"击鼓骂曹"的情节，《后汉书》《三国演义》及京剧《击鼓骂曹》，均记载了这个慷慨激昂的故事。但三种艺术形式，三种不同的表现方法，突出的着重点有所区别。《后汉书·文苑列传下》中是这样记载的：

> 诸史过者，皆令脱其故衣，更着岑牟、单绞之服。次至衡，衡方为《渔阳》参挝，蹋躞而前，容态有异，声节悲壮，听者莫不慷慨。衡进至操前而止，吏呵之曰："鼓史何不改装，而轻敢进乎？"衡曰："诺。"于是先解祖衣，次释余服，裸身而立，徐取岑牟、单绞而着之，毕，复参挝而去，颜色不怍。操笑曰："本欲辱衡，衡反辱孤。"
>
> 孔融退而数之曰："正平大雅，固当尔邪？"因宣操区区之意。衡许往。融复见操，说衡狂疾，今求得自谢。操喜，敕门者有客便通，待之极晏。衡乃着布单衣、疏巾，手持三尺梲杖，坐大营门，以杖捶地大骂。吏曰："外有狂生，坐于营门，言语悖逆，请收案罪。"操怒，谓融曰："祢衡竖子，孤杀之犹雀鼠耳。顾此人素有虚名，远近将谓孤不能容之，今送与刘表，视当何如。"

为了帮助诸君理解，我再用白话来复述一次：

这一天，宴会开始后，每一个鼓史经过曹操面前，都要脱去原来的衣服，只穿一岑一单绞。轮到祢衡了，祢衡正在奏《渔阳三挝》，声节悲壮，听的人莫不感到慷慨激昂。到了曹操面前，小吏呵斥他为什么不换衣服就这样随便进来了。于是祢衡站在曹操的面前先脱内衣，再脱掉外面的衣服，裸身站着，然后取来岑草、单绞慢慢地穿。穿好后，再敲着鼓过去，一副毫不羞愧的样子。曹操苦笑着说："我本想侮辱他一下，谁知道反被他侮辱了。"

孔融出来责备祢衡，说曹操很器重他，不应当这样不礼貌，祢衡就答应再去拜会曹操。孔融找到曹操，解释说祢衡有神经病，现在我让他来谢罪，他答应了。曹操很高兴，令守门的人，如果有客来就马上汇报。曹操等了好久，祢衡才穿着一件布衣，戴着疏巾，手拿三尺长的木杖，坐在大营门口，用杖敲击地面大骂。小吏告诉曹操，外面有个狂人，坐在营门口，说了很多大不敬的话，请将他收捕治罪。曹操知道祢衡戏弄了他，怒不可遏，对孔融说："祢衡这小子，以我的脾气，我非杀了他不可。不过我杀了他，等于杀一只麻雀老鼠罢了。这人素来有虚名，不知道情况的人会说我曹操不能容忍他，今天就将他送给刘表，看刘表怎么待他。"

罗贯中的《三国演义》第 23 回"祢正平裸衣骂贼"，前面情节都无二致，只是增加了祢衡脱掉衣服后，与曹操有一段关于"清浊"的对话：

操叱曰："庙堂之上，何太无礼？"衡曰："欺君罔上乃谓无礼。若露父母之形，以显清白之体耳！"操曰："汝为清白，何谓浑浊？"衡曰："汝不识贤愚，是眼浊也；不读诗书，是口浊也；不纳忠言，是耳浊也；不通古今，是身浊也；不容诸侯，是腹浊也；常怀篡逆，是心浊也；吾乃天下名士，有为鼓吏，是犹阳货轻仲尼，臧仓毁孟子耳！欲成霸王之业，而如此轻人耶？真匹夫也！"左右皆欲斩之。操笑曰："吾杀竖子，是杀鼠雀耳。令汝往荆州为使，如刘表来降，便用汝为公卿。"

小说明显经过了艺术加工，在真实历史的基础上虚构了祢衡当面指责曹操的情节。在京剧《击鼓骂曹》中，除了延续小说的情节，还考虑戏剧艺术的特点，进一步强调了祢衡视死如归的无畏精神。

闻言怒发三千丈，大骂奸贼听端详。

昔日文王访姜尚，亲临渭水得栋（呃）梁。

臣坐君辇，君陪往，为国求贤理应当。

我本是堂堂奇男子，把我当作小儿郎。

枉在朝中为首相，狗奸贼不知（呀）臭和香。

【西皮摇板】

曹贼把话错来讲，祢衡言来听端详（呃）：

鼓打一通天地响，鼓打二通国安康；

鼓打三通灭奸（讷）党，鼓打四通振朝纲；

鼓发一阵（讷）连声响（呃），

【西皮散板】

管教你狗奸贼，死无有下场。

总而言之，无论是历史书上的记载，小说中的故事，还是京剧里的唱词，都表现了祢衡面对手握生杀大权的曹操，将生死置之度外。试想，民不畏死，奈何以死惧之！即使曹操能够消灭祢衡的肉体，但他能够消灭存活在时间长河中的浩然正气吗？

在祢衡这件事上，曹操仿佛明白了这个道理。

曹操派人用快马将祢衡送到了刘表的辖区。

祢衡再一次来到了地广人众的荆州。

那时候，荆州的治所在襄阳，从广东的五岭到湖南、湖北、河南的部分地区，都属于荆州管辖。刘表是荆州牧，既管民政，也管军政，权力很大。由于刘表本人是东汉末年的"党人"，属于"八顾"之一，曾经流放在外，平反后才来这儿任职，因此各地的名士闻声都投奔他。人们比较熟知的诸葛亮，就是从山东琅琊随叔父诸葛玄来隆中定居的。在此之前，祢衡也从山东来到了荆州，许昌成为汉献帝的新都后他才去河南寻找发展的机会。

祢衡来到荆州后，刘表和荆州的文人都知道他才气逼人，对他器重有加。刘表的有关文案，别人看了不算，只有祢衡看了才能定稿。有一次祢衡外出了，刚好要写奏章，刘表和幕僚们发挥集体智慧，好不容易觉得奏章写得满意了，碰巧祢衡这时回来了，大家将奏章送给他审阅，结果祢衡还没有看完，就将其撕碎扔在地上。然后他自己动笔重写，片刻文章写就，果然文采飞扬。刚开始刘表还有些生气，看后不得不更加佩服祢衡的才情了。

但祢衡最后还是离开了刘表。祢衡离开的原因，有两种说法。

《后汉书·文苑列传下》中说祢衡恃才傲物的个性，终于让刘表接受不了了。他觉得江夏太守黄祖性子急，一物降一物，祢衡或许适合他。他就哄祢衡说江夏如何如何好，黄祖如何如何仰慕他。祢衡没有犹豫，就到了江夏。

《裴松之注三国志》中对此则有另外的解读：刘表的幕僚们见刘表对祢衡特别器重，心生嫉妒，"因形而谮之"，曰："衡称将军之仁，西伯不过也，惟以为不能断；终不济者，必由此也。"即说刘表缺乏深谋远虑。虽然这话并没有说错，但不是祢衡说的。刘表也没有调查，就疏远祢衡以至于驱逐他。

在荆州时，祢衡就与黄祖的儿子黄射相识，所以他很高兴去江夏太守黄祖处。黄祖委派祢衡做书记官，这对于祢衡来说，属于人尽其才。他的文章写得篇篇疏密得体，用语恰如其分，黄祖看了很高兴。他拉着祢衡的手夸奖说："祢处士呀，你的文章写得好，句句就像说到了我的心坎里。"

黄祖的儿子黄射做章陵太守，与祢衡一见如故。有一次，两人去看蔡邕的碑文，回来后，黄射说，蔡邕的文章写得好，可惜我记不全了。祢衡说，文章我都记得，只是中间有两个字没看清。黄射让人去抄回碑文来校对，果然如祢衡回忆所书写的一样。黄射叹服祢衡过目不忘的本领。

有一次，黄射大宴宾客，席间有人献上一只鹦鹉，黄射说，请祢才子为鹦鹉写篇文章，让大家躬逢其盛。祢衡立马操笔，文不加点，片刻文章写就，果然文采焕然：

> 惟西域之灵鸟兮，挺自然之奇姿，体金精之妙质兮，合火德之明辉。惟辩慧而能言兮，才聪明以识机。故其嬉游高峻，栖峙幽深，飞不妄集，翔必择林。绀趾丹嘴，紫衣翠衿，采采丽容，咬咬好音。虽同族于羽光，因殊智而异心……

这篇神来之笔结构精巧，寓意丰富，文字形象，抒情含蓄。祢衡以鸟喻人，说鹦鹉超凡不俗，形质皆美，可惜身陷笼槛，无人相知。他当场朗诵自己的赋作，满堂轰动，这篇即兴之作随之传扬开来。500 年后，诗人李白流放夜郎遇赦返回江夏时，曾专程造访鹦鹉洲，触景生情，写下《望鹦鹉洲悲祢衡》："吴江赋《鹦鹉》，落笔超群英。锵锵振金玉，句句欲飞鸣。鸷鹗啄孤凤，千春伤我情。"以此也可证《鹦鹉赋》之绝妙。当然，这是后话。

还有一次，江夏太守黄祖在大船上宴请四方宾客，祢衡在客人面前说话很不得体，黄祖觉得丢人，就呵斥祢衡不应该这样无礼。祢衡瞪着眼睛看他，说："老家伙，你为什么不早说呢？"黄祖这下被激怒了，派手下人把祢衡拖出去毒打。岂知祢衡仍不服软，还在一个劲大骂，黄祖一怒之下要取祢衡性命。黄祖的主簿平时嫉妒祢衡，两人关系不好，听黄祖这番气话，就真的把祢衡给杀了。黄祖的儿子光着脚来救，结果赶来时祢衡已倒在血泊之中。

实际上，在《裴松之注三国志》中对此还有另外的解释。祢衡在与黄祖对话时，"答祖言俳优饶言，祖以为骂己也，大怒。"祢衡在回答黄祖的话时用了戏剧中很饶舌的语言，黄祖没听明白，误以为祢衡在骂他，因之大怒。

在这里，我们不能不感谢裴松之。他的《三国志》注释对于祢衡开罪刘表和黄祖的记载，让我们看到了历史的真相。祢衡引来杀身之祸并不是因为他一而再再而三的放诞无礼，悲剧是误会所铸成的。同时也说明在那种极权时代，人的生命是掌权者予取予夺的草芥。裴松之与范晔同是南朝宋人，两人相隔不过上十年光阴，可见对祢衡的评价会因时因人而有不同的版本。当然，我更相信裴松之的解释，否则祢衡成了一个不知天高地厚、放荡无稽的愤青。

祢衡死了，一方诸侯的黄祖也觉得自己做得有些过分，便厚殓祢衡，在洲上建祠，纪念祢衡。这座沙洲，便因祢衡之《鹦鹉赋》而得名。而后的文人墨客，纷纷到洲上来凭吊祢衡，从崔颢到李白、杜甫、孟浩然，苏东坡等，人人留下佳句名篇。翰墨流芳，江洲生辉。在感慨祢衡的同时，也为自己的命运鸣不平。

传说黄射大宴宾客的席上，有一位才艺俱佳的碧姬，为祢才子磨墨。才子怜香惜玉，事后将鹦鹉送给她。祢衡死后，碧姬带着鹦鹉，一身重孝到了江心洲，哭祭之后，一头撞死在祢衡墓前。那只鹦鹉彻夜哀鸣，第二天，人们发现鹦鹉也死在墓前了。江夏城里的人们感其重情义，集资为碧姬修了一座坟墓，把鹦鹉也一同葬在洲上，从此，人们就叫江心洲为鹦鹉洲。后来人们发现，与碧姬合葬的鹦鹉变成了一块绿色的翡翠石。

当然，这是民间故事，史家并未采信。

史家不幸诗家幸。清光绪年间，浙江永康人胡凤丹应湖北巡抚李瀚章之聘，以道员衔履职崇文书局总经理时，编纂了四卷本《鹦鹉洲志》。他将有关鹦鹉洲的来龙去脉及历朝历代吟咏诗词一百多篇汇编成册，记录下了这座沙洲上的悲欢离合。现在，这本《鹦鹉洲志》收入《荆楚文库》的"方志编"。虽然今天我们再也找不到地理上的鹦鹉洲了，但还是可以到千秋翰墨中来一次说走就走的神游。

20世纪60年代之前，已与汉阳连成一片的鹦鹉洲上，还坐落着祢衡

岁月绵长

墓、正平祠、鹦鹉寺，但到了"文革"，革命小将为了表忠心，将一切都推倒砸碎了。星移斗转，1983 年，浩劫结束，武汉市政府在并不是沙洲的莲花湖畔又重修了祢衡墓，时贤皆认为鹦鹉洲是武汉市一张不可或缺的名片，正如它对面的黄鹤楼。

其时，有人问，鹦鹉洲难道仅仅留下了一个凄婉的传说，一段风流韵事，一份茶余饭后的谈资，一个莫须有的地名？但我们在重读《荐祢衡表》《鹦鹉赋》，重温《击鼓骂曹》的精彩片断，神游文化上的鹦鹉洲的时候，会不会觉得那个早已沉入江底的建安名士的骸骨，才是我们这个民族的精英们，在大灾大难面前一次又一次挺起的脊梁。否则，从古到今，祢衡墓时毁时建，我们为什么总是惦记着那个年轻的生命呢？我们的民族虽然时沉时浮，但仍然葆有不竭的活力呢？

关于祢衡的狂狷和恃才傲物，几年前吾师易中天在《品三国》中，认为祢衡"心理变态""病入膏肓""其实是一个极端自私的人""这就不能算是英雄，只能叫作混蛋"等等。这些观点，我是不能苟同的。我们且不说祢衡在文学上的贡献，单凭他将生死置之度外与曹操等权势人物的斗争，便足以让我们高山仰止。祢衡不是一个孤立的人，而是那个时代的象征，一代士人的楷模，尽管在他的身上不乏少年才子的狂放与恃才傲物。

"荒坟三尺掩蓬蒿，挝鼓余声作怒涛。"清人刘墉在谒《祢衡墓》时如此写道。他认为祢衡虽已逝去，但击鼓的声音已化作长江上不尽的波涛。换一句话来说，如果我们的民族再出现邪恶势力，中华民族的广阔大地上，一定还会站起千万个祢衡！

如若不信，且听长江日夜，波涛声声，如鼓，如歌。

第四辑

屐痕处处

海上漂流记

那时我正在炮艇的仓底，穿着一件褚红色的充气救生衣和一群相识的不相识的男女挤在一起，靠着悬挂的军人钢丝床，迷迷糊糊地打瞌睡。蒙眬中，我隐隐听见铁链与甲板摩擦的声音，有顷，又感觉炮艇在行驶。

这时，舱里已漆黑一团，有一位海军战士从隔仓牵出一条电线来，上面悬着一个显得有气无力的橘黄色的灯泡。

"怎么，今晚不走了吗？"

有一位青年人拿出了他手上砖头一样大小的"大哥大"，快速地按了几个键，大约没信号，他气恼地说："今天普陀山上的菩萨也不显灵了！"

我也感觉今天的运气不佳。上午从宁波北仑港附近的军港上船，按照常规，50 分钟就可以到普陀山，可是由于大雾，能见度低，加之我们所乘的炮艇是东海舰队退役的船只，除了一个狭长的艇身，上面的其他设备都拆除了。炮艇在海上几度抛锚，足足磨蹭了两个多小时，才将我们这些客人送到普陀山朝圣。傍晚下山时，风雨交加，在岸边停留了一个多小时，旅游公司和炮艇上的负责人几番犹豫，才决定今天不走了——一辆大客车将我们送到了法雨寺旁边的禅院。可屁股还没坐稳，又有人催我们快走，说是海上雾散了——

我攀着扶梯上到舱面，海面上一团漆黑，辨不清东南西北，更不知船在何方。问炮艇上的战士，说他们正与基地联系，但就是联系不上。这时，天上正下着冷雨，舱面上的木连椅上，零零星星坐着几个蜷缩成一团的人。我踅到驾驶室，见时任新闻出版署党组成员、图书司司长杨牧之和浙江省新闻出版局的骆丹女士正挤在里面。我这次来宁波，就是参加新闻出版署召开的图书审读会议。会后，举办方组织大家到普陀山走走。据说部队的报废炮艇速度比民船快，谁知事与愿违。驾驶室太狭窄，人多，大家都只能斜签着身子，立了片刻，我支持不住，只好又回到前舱。结果，原先的位置也被人占去了。我只好从人缝里找出两件救生衣，一屁股坐在上面。反正，今天大家同船过渡，到了这个地步，只能听之任之了。

不知过了多长时间，舱面上有很多人叫，说是来了一条大船。我将信将疑，带着行李又攀上舱面。果见炮艇果断地在朝一条灯火辉煌的大船靠拢，大船上的人吵吵嚷嚷，仿佛不希望小艇靠过去。但炮艇上的战士态度十分坚决，他们迅速地攀上大船。很快，一条铁链将两条船系在了一起。不知是谁喊，炮艇上的人都到大船上去。

这时，海面如墨，豪雨如注，涛声依旧，两条船虽靠拢在一起，但仍晃动不已。没有舷梯，人要从一条小炮艇转移到大船上去，需要猿猴一般的矫捷。大船是唯一的救命稻草，别无他途。这时，我们来参加会的各省新闻出版局图书处的男男女女，显示出了极强的适应能力。大家你拉我拽，抓住大船上丢下的绳索，攀着船舷爬上了那艘叫"陵海08"的大船。

大船是一只散装货船，除了硕大的货舱，就是驾驶室和少量的船员住室。一下子涌来这么多人，平时只有七八个员工的货轮立即热闹起来。下面无处可坐，我沿着扶梯，一直爬到驾驶室。结果同来参加会议的黑龙江、贵州、陕西省局和社会科学出版社的四位同志已捷足先登。大家感叹唏嘘一番，各自找个角落半靠半蹲。

散装货轮是福建省一个县城小公司的，本来打算进北仑港补充给养，结果碰上大雾，半路抛锚，没承想搭救了我们上百号人。船上物资本已很少，但他们十分慷慨，罄其所有，用仅有的半袋大米给我们煮了一锅又一锅清可鉴人的稀饭。没有碗，也没有筷子汤匙之类的工具，大家轮流用员工的杯子，仰着头一饮而尽。

喝完稀饭，已到下半夜，同行的打算长坐一夜，而我连坐的地方也没有，就靠着舱壁蒙眬入睡。结果醒来后，发现自己用头顶着操纵台那个硕大的铁柱子，好似共工怒触不周山。也许是因为凡胎肉身，我头顶生疼，便再去碰碰运气寻找好去处。找了一圈，最后在楼下觅到不知谁放的两件雨衣，我如获至宝取来铺在船舱铁甲板上，和着身上鼓囊囊的救生衣一并卧下。

天蒙蒙亮时我被惊醒了，原来是署图书司的李明和寇晓伟来拍照。他们大约也觉得这种机会太少，希望留下历史性的一刻。大家遗憾昨夜从小炮艇翻到大船的关键时刻没有留下英雄形象，于是纷纷再下到小炮艇，模拟昨夜的壮举。

早餐仍是稀饭，不过，说是稀饭，比昨夜更要少了许多内容。

饭后浓雾依旧，我们正在闲聊，突然货轮汽笛长鸣，沉闷如鼓，震得船身仿佛都在颤抖。汽笛刚息，警报器大作，此起彼伏，如临大敌。问左右，皆不知何故，大家正惊怔不已，有船员来告，远处有船要驶来。侧耳细听，果有隆隆声从雾里渗出。船员说，如果不及早提醒对方，会发生撞船事故。

到了下午一点多钟，海面上终于起了风。大雾挣扎了一会儿，悄悄地溜了。这时我们才发现，昨天夜里，我们是挨着一个叫畸头角的小岛停下的。这儿水深流急，据大船上的船工讲，小炮艇锚链短，根本无法固定，如果随海潮移动，即使不碰上礁石，也会很可能与别的大船相碰。何况，报废的炮艇上没有夜航设备，没有通讯设备，连探照灯之类的灯光也没有。

下午两点钟，陵海货轮拖着炮艇驶上航道。到了宽阔的海面后，两船相连的缆绳解开了，大家噙着眼泪挥手相别，所有的相机都打开了，镜头对准"陵海08"几个字。虽然不是生离死别，但大家心里都明白，如果昨夜不是这个"陵海08"，我们现在可能已经生离死别了。

约20分钟后，炮艇驶进了军港。那个昨天坚持要我们离开普陀山上船的船长，下船后抱着政委就哭了。据说，昨天夜里他在船上就写好了检查。

据基地方面说，昨天夜里他们派出了二艘导弹驱逐舰出海寻找我们，但由于炮艇上的通信导航设备已经拆除，且又偏离了航道，所以一直无法联络。

回到宁波，见当天的《宁波日报》报道，因海上雾大，两艘轮船在舟山群岛附近相撞，东海舰队派出快艇救援，有 7 人在这次海损事故中不幸遇难。

大难不死，必有后福。同行的各省市图书处长都这样说。但我想起 1994 年 4 月 17 日东海一夜，后脊梁骨都还是凉的。但是，同行的李明处长，后来在去西藏的路上因车祸而亡，终还是没有摆脱无常的魔掌。

怀念喀纳斯

丙戌年夏，去乌鲁木齐参加16届全国书市。会后，友人说，到了新疆，一定要看看边塞风光。如达坂城的风力发电、吐鲁番的坎儿井、火山造就的天池。最后他说，如果只看一个地方，一定要去喀纳斯。那儿才是神的世界，人类的天堂。

从乌鲁木齐到喀纳斯，需要一天多的车程。刚出城时，看见高大的胡杨，连绵的棉田，一排排由白杨组成的防风林，我们都会生出几分兴奋，但时间一长，就出现审美疲劳。我们寻了个话题，与同车的小司机聊起来。小司机只有20来岁，长得十分帅气，一看就知道是少数民族。后来才弄清他是维吾尔人，叫阿坚。于是，我们一路上"阿坚阿坚"地叫个不停。从出城开始，他就总在播放一首民歌，歌的旋律十分低沉，舒缓，歌词我记不清了，但大意是一位年轻的小伙子在向一位姑娘表白爱情。看见阿坚陶醉其中的神情，同行的就问起他，是不是在想念女朋友。阿坚一听就打开了话匣子，向我们描述他的未婚妻，眉眼间洋溢着幸福。我从他的讲述中可以感觉到他是十分喜欢这位心上人的。最后，我们才知道他的未婚妻是汉族姑娘。维吾尔人与汉人通婚近年来并不少见，但传统的维吾尔人家庭还是有阻力的。汉族的姑娘嫁过去后，大多要尊重男方家的习俗，而维吾尔的姑娘要嫁给汉族人，特别是在南疆，阻力就更大了。曾经有一位维吾尔的姑娘与一位汉族小伙子私奔，结果引起了一场不大不小的冲突。但阿坚对汉族的未婚妻看来十分满意，从他精心挑选的歌曲和反复播放这首爱情歌曲来看，小伙子与姑娘感情已经很深。同行的打趣道，阿坚可以当民族团结的典范了。

爱情的力量是无穷的，由于有了阿坚的影响，有人提议每个人都谈谈自己的爱情经历。车上五六个人，就这样一路上讲去，大家谁也没有感觉路程的遥远。这天晚上，我们住在一个被白杨包围的小县城里。县城旁边有一条水流湍急的河，有人告诉我，这是从喀纳斯泻下的湖水。

来喀纳斯之前，我们对这个高山湖泊的了解，印象中仅限于那则水怪的故事。汽车走过雪线，就看见了碧绿的高山草场，公路两侧的松树就渐次多了起来，越往前走，树木就越多，很多是从没人砍伐过的原始森林。在新疆这样一个与大戈壁联系在一起的地方，能有这样一片保护得十分完整的森林，让人感到惊奇。后来我们从导游处得知，这儿住的主要是哈萨克人。在哈萨克人的传统中，一棵树就是一个神灵，他们珍惜森林就是在坚守自己的信仰。

等我们到了喀纳斯，这儿才真正地让人赞叹不已了。远处，阳光照耀下的是洁白的雪山，映衬雪山的是无边的森林，森林环绕的是个狭长的湖泊。湖水清澈，微风吹来，满湖碎玉。湖畔游客如织，不同肤色，不同民族，聚集在这里享受天籁。我们沿着湖边用木板搭起的小路朝树林深处走去，各种青苔攀附的不知多少年的古树或卧或躺，记录着这里的沧桑。据说，这里原是一片沧海，造山运动在高原最北端隆起了气势磅礴的阿尔泰山脉。第四纪冰川时，冰蚀的作用，将巨大的石块移到山口，弯弯曲曲的峡谷中形成了一个硕大的湖泊。湖泊南北长约 24 公里，东西宽 2 公里左右，最大水深达 188 米，是我国最深的高山湖泊。在湖泊的下端，湖水不满这远古的巨石的束缚，吼叫着，奔涌着，向干涸的大戈壁奔去。

离开喀纳斯，第二天，我们又去了与哈萨克斯坦接壤的边界，去了天池，去了吐鲁番，看了火焰山，在著名的大风口领略了飓风的威力。新疆之行一切都值得怀念，但不知为什么，我对喀纳斯始终情有独钟。那块碧玉一般的湖泊，那些透彻心肺的充满潮湿气息的空气，还有我们几个同行者在一棵横跨小河的枯树上竞走时无拘无束的笑声，永远像清晨的天空，像初恋时的久别重逢，久久地留在我的记忆中。我觉得，那不是一次简单的旅游，是上帝赐给我的一次精神享受。今生今世，我也可能不会再有机会去到喀纳斯，但今生今世我都不会忘记喀纳斯给我的震撼。

但近日，在那个人们向往的边疆土地上，发生了一场冲突。这场冲突失去的不仅仅是财产和生命，重要的是失去了民族之间的信任。从外电得知，我们曾去过的大巴扎，那个游客云集的最具新疆特色的高空钢丝的表演，已少有人再敢去光临。我不知道，曾为我们开车的年轻的阿坚，与那位心爱的汉族姑娘，是不是已喜结良缘，他们之间会不会因此也产生隔阂呢？眼下正是新疆旅游的黄金季节，报载却有几千人退团。我在美国留学回国的儿子，最初的计划是与同学一块去新疆旅游，结果也是望而却步。我想，那个美丽的喀纳斯，是不是真有了传说中的水怪出现，才会出现几十年来最为血腥的暴力袭击。

喀纳斯，美丽而神秘的湖，我心中的圣湖，数万年的风风雨雨，地球的沧桑巨变，也没有改变你的妩媚和纯洁，你不仅是属于新疆，属于哈萨克，属于维吾尔，你也是属于全中国五十六个民族的。我想，笼罩在你身上的阴云终会散去，时间会抚平这一切伤疤，笑声属于我们曾经的游客，笑声也永远属于喀纳斯。

登麻城龟峰山赏杜鹃花记

龟峰山，因形似龟而得名。山在麻城之东，距武汉百余公里，离麻城20余公里。近年龟峰山古杜鹃名声大噪，人皆传颂。壬辰春，携妻及三五友人到此一游。

杜鹃是动物名，也是植物名。望帝杜宇化身为鸟，传说美丽而凄美，那鸟便是杜鹃；杜鹃花遍布环宇，得宠春风，娇艳可人，芳名不输牡丹。此种亦花亦鸟之品类，为世所仅见。李白诗云：蜀国曾闻子规鸟，宣城还见杜鹃花。子规亦杜鹃，也称布谷鸟，杜鹃花又叫山石榴、映山红等。一种名字囊括了鸟与花，用来寄兴比附，实乃诗人的奇思妙想。

是夜，我们驱车先至半山一宾馆休憩。至时已近夜半，春雨稍歇，浓云渐去，但见山势陡峭，危崖咫尺，入室未憩，便闻室外风声嘹唳，便思如此明日大雨滂沱，杜鹃芳容恐无法得见了。

次晨推窗，却见艳阳高照，东侧高耸巨石便是山因其名的龟首。龟首傲视苍穹，以沧海桑田的豪迈，赋予人无限的遐想。宾馆四周翠竹环绕，兀立不动，便思昨夜风雨之声，约是这竹林在布阵疑兵，故有山雨欲来风满林之势——思之不觉哑然。

登龟峰山有两条路，一是登566级台阶爬山，一是乘新修的缆车登临。我们希望二者兼而有之。主人倪君于是率我们一行盘旋至缆车处。此时游人甚少，缆车尚空。刚入座行于群山之上，便听到头顶传来悠扬的歌声：不是天上的霞，不是画家的画，它比霞美，胜似画，那是家乡的杜鹃花。同行的麻城人阳君自豪地告诉我，这是当地作家专为家乡的杜鹃花而创作的。

果然，在缆车行经处，悬崖上，树木中，便见零星杜鹃绽放，下了缆车，扑面而来的是成片的杜鹃林。不过由于气候原因，今年此处的杜鹃尚在含苞待放之时，没有我预想中的漫天云锦，如火如荼之势——心中不免有了几分失望。但细里一想，花团锦簇是人间一美，这花开未开恰恰就像一个个妙龄少女，正以处女之身待字闺中，更给人以青春之美。你看，这杜鹃列队道旁，身姿婀娜，娉娉婷婷，仪态万千；那矗立枝头的花骨朵更像少女噘着的小嘴，粉中透红，晶莹欲滴，虽缺少丰满妖娆之处，但给人无限的想象空间。于是，我们皆作怜香惜玉状，弓下身子，在杜鹃花丛中沿木栈道向山下右侧迂回，小心翼翼，唯恐惊醒了杜鹃仙子的春梦。

行百余步，是数株苍松，松下有一木质平台，抬首远眺，但见远处重峦叠嶂，云雾缭绕，山风掠过，云与山变幻不定。一会儿如万马奔腾，一会儿似游龙嬉戏，一会儿如顽童藏身，一会儿若处子亭立。正让人眼花缭乱，忽一阵山风，金灿灿的阳光从云隙泄下，满山杜鹃似有谁泼上了一层浓墨重彩，顿时如烈火烹油，呼啦啦燃烧起来。

这时，有人惊叫，杜鹃王！我们闻声而去，果见一簇硕大的杜鹃树鹤立鸡群一般，在如海的杜鹃花海中挺身而出。此杜鹃簇拥在一起，树干高约两三米，曲若虬龙，苍劲古雅，冠五六米，漫铺开来，如一把巨伞，占地三十平方有余。这每一株树相依相偎，从一棵树根繁衍而出，整整56株。这每一株杜鹃树上，花团锦簇，如繁星满天，无以计数。同行的倪君告诉我们，此杜鹃有三百余年树龄，是龟峰山上的"花王"。

这56株杜鹃树团团环绕，象征着56个民族的团结兴旺。也许是光照的原因，这花王众子女尽管同宗同祖，同一父母所生，但有些已经笑靥绽放，有些仍羞羞答答，欲言又止。于是，这一丛花便层次丰富，色彩斑斓，平添了别样的风姿。人说这儿的杜鹃以红为主色调，但在一丛花中，在一枝花上，深红，浅红，粉红，仿佛时时在变化着的。你细细端详去，这红是肉眼无法分辨出行踪的，就好像谁用一支毛笔，蘸上色彩，在宣纸上一抹，这红渐渐地洇开了来，从浅红到深红，再从深红到浅红。你从不同的角度，都能读出别样的美感。

依依不舍作别杜鹃王，循人行栈道，我们来到了人称花海的杜鹃亭前。这儿是古杜鹃的欢乐谷，漫山遍野，一眼望不到边。人一进入杜鹃林，就像潜入了花的海洋。只有站在高处，才能看见游人在花海中畅游的姿势。古人有"人面桃花相映红"之句，在这儿，不仅是姑娘、心仪的人，就连白发苍苍的老人，笑脸和盛开的杜鹃花也融在了一起。如果说，刚走下缆车，那些列队欢迎的花之少女，是这首乐曲的序幕，这儿，因为阳光雨露特别眷顾的杜鹃，已经次第开放，纷纷奏响了春之舞曲。在春天的交响乐声中，一簇簇，一枝枝盛开的杜鹃花，就像丰润的少妇，在向游人展示女性的美丽和华贵。这让我不由想起了唐人的《夜宴图》，那种大气、自信、雍容、高雅，让人追慕、陶醉。而今天，在这里，杜鹃花则展示了一个飞速发展时代的全部辉煌。

实际上，在我家乡的山坡上，也盛开着无数的杜鹃花——那儿是大别山的另一座主峰金刚台。但是，那儿的杜鹃花是寂寞的，少有人问津的。只有这儿，因为主人的慧眼，将杜鹃的美丽传遍天下。而这个主人，眼下就是我的同事，麻城曾经的市委书记，也许是这层缘故，我对龟峰山的杜鹃情有独钟。看着这花海、人海，眼前不断闪现出他当年构思这个风景区时指点江山的英姿。同行的倪君，也不断地告诉我开发时的种种艰难。杜鹃花是无价之宝，无论它的花朵，还是树干和树根，除了供人观赏，还有实用价值。但更重要的，是开发这座山和古杜鹃潜在的价值带给我们的启迪。

下山时，我们沿人行步道而去，尽管道旁的奇石和石刻也有其惟妙惟肖之处，但我眼前仍是那无边无际如火一样燃烧的古杜鹃：那是一片让人沉醉的树和人的历史，它将鼓舞我们不断地去发现美和创造美。

镜泊湖之游

我到访过鄱阳湖、太湖、洞庭湖，这些是中国较大的湖泊；我也曾经到访过纳木措湖、羊卓雍湖，那是中国海拔较高的湖泊。何况我身处千湖之省，仅一个武汉市，就有东湖、南湖、北湖、汤逊湖、沙湖、莲花湖、墨水湖、龙阳湖、三角湖等大小湖泊166个。万顷碧波，水天一色，云蒸霞蔚，浮光掠金，渔歌互答，鸥鹭齐飞——大多数文人都是这样来描述其观感的。

有湖往往就有山，湖光山色，山因水而秀媚，水因山而灵动，大自然造化无穷。鄱阳湖边有石钟山，山因苏轼而名于世。青年时曾从大别山中挑银耳到九江售卖，余暇游石钟山。口诵苏文，"元丰七年六月丁丑，余自齐安舟行适临汝"，踊跃于山上山下，近湖聆听苏大学士笔下天籁之音，果听湖水拍石，有"款坎镗嗒之声"。洞庭湖中有君山，君山多胜迹。湘妃竹、秦皇印、柳毅井、飞来钟，一步一奇景，一步一传说。是时尚年轻，刚到出版社不久，翠竹一枝千滴泪，便感慨娥皇、女英的飘逸。吾也作深思状，在遗迹前搔首弄姿，留下若干青春的记忆。

前日黑龙江召开书博会，书业不振，加之信息化，书展已无多大意义，偌大展场成了业内诸友互相慰藉的party。

会后安排游览，有漠河、佳木斯等诸条线路，我毫不犹豫，选择了去牡丹江游镜泊湖。

对于镜泊湖我既熟悉又有些陌生。熟悉是因为三十啷当岁时，在《当代作家》杂志做编辑，有一位尚在读大学的女作者，曾在连绵如缕的信中描绘过镜泊湖之美丽。春天，满山花香；夏天，绿荫如盖；秋天，果甜鱼肥；冬天，万树银花。她曾自告奋勇要带我去游镜泊湖，在冬天的湖上溜冰。可惜，后来她去了喧嚣的都市，我无缘再去镜泊湖，青春的梦成了人生美好的记忆。

29日早，我们一行十人分乘两辆旅行车。车行四个半小时方至镜泊湖景区。到了湖边，导游却说，先去游"地下森林"。来之前我没有做功课，初以为"地下森林"是洞穴中的钟乳石之类，到之后才知这些森林是在昔山的火山口中，因地势低而得名。

4800年前，张广才岭一带火山喷发，熔岩流出后，火山口塌陷，形成大小不等的10个火山坑。火山坑表现不一，有陡峭如削，寸草不生者，但也有如三号、四号火山坑者，树木参天，红松、紫椴、黄菠萝、水曲柳、黄花松、鱼鳞松和落叶松，杂陈其间，从谷底争先恐后直指云天。我们沿着三号坑右边人工台阶小心翼翼地下到谷底，但见巨木耸立、藤萝缠绕，绿苔浮生，枯木横陈，杂花如茵，清香馥郁，当年暴烈如虎气吞山河的火山，被时间演化成了生命的竞技场。各种动植物在这里繁衍生息，年复一年，谱写着自然的礼赞。

火山口并不深，仅200米，我们一行游人按指示从右边下，又从左边攀缘而上。幸福之门、升官发财路，参天的大树被人为地演义成了世俗的追求。爬至半山腰，见一洞穴，人折而入之，几步即见岩石下有冰块沁出。洞口绿荫如盖，洞下尚留着冬的记忆。

冰火两重天，于斯可见也。再往上十几米，是一火山熔岩隧洞。洞口一巨石，仿佛一只虎蹲于此。洞高约3至4米，拾阶而上，行不过百步，豁然又一重天。洞口有一椴树横于上，若巨蟒凌空，人称"迎客椴"。穿过树下，十余步外即四号火山坑。坑深不见底，但见翁翁郁郁，万千绿树涌出。此时夕阳西照，有淡淡雾霭袅袅升起。有人作虎啸，顿时地下森林中若有群虎应答，吼声不绝。

看了火山口，游过地下森林，镜泊湖的前世今生也就知其一二了。

当火山喷发，炽热的岩浆顺万千沟壑涌入牡丹江，江水顿时被阻断，岩浆流到50公里开外，就逐渐冷却，形成了中国最大的高山堰塞湖。这天晚上，我们虽然临湖而眠，可以看见远山的剪影和对岸星星点点的灯火，但天已向晚，无从得见镜泊湖的风采。

半夜里醒来，曾禁不住想一瞥镜泊湖的芳容，但窗帘外，镜泊湖像一个沉睡的处子，无声无息。只有不知名的鸟儿，偶尔发出一两声悠长的啼鸣；还有窗外盛开的丁香花，送来一阵阵浓郁的、充满着蜜意的芳香气息。等我再一觉醒来，窗外竟已大亮。看看手机显示的时间，只有四时半。

这就是镜泊湖，是那个姑娘用笔反复向我描述的镜泊湖！我站在临湖的阳台上，迫不及待地，睁大两眼眺望着拥我入眠的镜泊湖。此时，湖水静静的，像谁不经意在这儿丢下的一面大镜子，偌大一个湖面，淡淡的，没有留下任何一处痕迹。此时，太阳还没有从东边的山峦间探出头，但光影却将湖面勾勒出了或明或暗的层次。这时，你从高处端详，湖面又像一幅刚刚裁出的写意水彩画，明的是天空的倒影，暗的是重重叠叠的山。但这山不像人们想象中的北方汉子，个性鲜明，而似南方的小男人，圆润而没有棱角。湖依着山，山靠着湖，似一对情深意笃、相濡以沫的老夫妻。这时，忽然有一只早起的游船闯进了湖中，那幅水墨画被揉碎了，湖面上荡起了无数的涟漪。

饭后，我们乘坐一只游艇，驰进了向往已久的镜泊湖。从地图上看，镜泊湖状似蝴蝶，翩翩而落在丛山之间。湖南北长约45公里，最宽处也只有6公里。湖南浅北深，北部最深处达60米，而南部最浅处只有1米左右。此时我们正处在蝴蝶的翅膀上，不远处就是著名的吊水楼瀑布，那儿是镜泊湖的主要出口之一。

关于吊水楼瀑布，有一个动人的传说。据说当地有一位多才多艺而又美丽迷人的少女叫红罗女，她经常躲在大瀑布的后面，对来向她求婚的勇士、书生、商人乃至国王提出同一个问题——"什么才是人间最宝贵的？"勇士回答："人间最宝贵的是武力。"书生回答："人间最宝贵的是诗书。"

商人回答："人间最宝贵的是金钱。"国王则回答："人间最宝贵的是权势。"红罗女不满意他们的回答。于是勇士、书生含羞而去；商人将带来的财宝倾倒于湖中，他们都知难而退不再提亲。唯有国王死乞百赖地呆立在"吊水楼"前不肯离去，最终老死在悬崖上葬身于乌鸦腹中。

吊水楼瀑布高约 25 米，雨季时瀑布宽约 200 多米，平时也有 40 余米。距瀑布尚远，隔着一片树林，便闻如雷的响声隆隆传来。转过八角亭，一排白练倏然跃入眼帘。那白练上接镜泊湖，下接黑龙潭，从从容容，似一条永远也抽不尽的丝帛。再往上行，响声愈发震耳，白练似万千斛珍珠从天而泻。黑龙潭上水雾缭绕，平静的潭面上堆雪嗽玉。时至下午 2 时，有一汉子裸着上身，着红裤衩从瀑布上悠然走过，然后又折返回瀑布中，先做俯仰状，突然一个猛子，竟然从瀑布上跃下。好一会儿，人才从水中蹿出。那汉子没有游向下游，而是顶着瀑布，攀着峥嵘的岩石，又不紧不慢爬到岩顶。

我曾瞻仰过美国的尼亚加拉大瀑布，那瀑布从天而降的惊心动魄至今难以忘怀。不过那是游人乘船深入瀑布下端之故。镜泊湖尽管没有尼亚加拉那么高大，但一个从上往下窥，一个从下往上看，角度不同，感受也就难以相同了。不过我想，尼亚加拉也罢，镜泊湖也罢，都是大自然的造化，那地球亿万年的沧桑，不是我们人类可以参透的。

镜泊湖，北方的高山湖，我们昨天匆匆地来，今天又匆匆地走了。愿你和那美好的记忆，永远留在时间之中。

一棵树和一座寺庙

这是一棵树，一棵生长在寺庙中的树。

树在寺庙的东端，虬居在一个高高的山坡上。树身很硕壮，要三五人方能合围；树冠遮天蔽日，显得有些张扬。无论是香客还是游人，到寺庙中来，一定要寻这棵树，那投过的目光是十万分的虔诚。来人仰视良久，还会小心翼翼地绕树一周，时不时口中念念有声。带了相机的，一定会与大树合上个影。然后，踽踽离开。离开时，定会回头再看几眼，这时，心中方有几分释然。

这棵树叫菩提树——树在湖北黄梅五祖寺印心堂畔。

这棵树，与佛教有关。2500 年前，乔达摩·悉达多的释迦族净饭王的太子放弃了锦衣玉食和娇妻美妾，在一棵高大的菩提树下苦苦思索人生，找到了人痛苦的根源和解脱、升华的方法，佛教因此得以确立。2000 年后，有一个叫慧能的中国僧人，也因对这棵树的理解而得到五祖的认可，接过了禅宗的传衣——佛教中国化的序幕由此拉开。因此，这棵树，与佛教，与禅宗，有了不解之缘。

菩提树为桑科榕属植物，树皮为灰色。树冠为波状圆形，具有悬垂气根。它本名叫沙罗双树、阿摩洛珈、阿里多罗等等。是这棵树给了身为太子的乔达摩·悉达多以灵感，还是太子赋予了这棵树以神性，因此，人们忘记了它的本名，按照梵语的读音，称它为"菩提树"——觉悟之树。太子从此也不叫太子了，他是觉悟了的释迦族的圣人释迦牟尼，这棵树也不叫沙罗双树、阿摩洛珈、阿里多罗等等了，它成了佛门的一个符号。但是，对于这棵树的理解，1000 年后，在湖北黄梅县城 16 公里外的东山，却引起了佛门的一场公案。

这是唐高宗龙朔元年，时年63岁的五祖弘忍自觉将不久于世，于是，他要在众多的弟子中选拔一个承接其衣钵的人。因此，他要弟子们各写一个偈子，看谁悟性强，就把衣钵传给谁。是时，已年过五旬的弟子神秀是上千弟子中的佼佼者，身为教授师，他经常为其余学弟讲经说法。他内外兼修，为人谦虚，平时很受五祖的器重和众人的敬仰，他知道从学问上看非他莫属，但也不愿让人家认为自己是为了继承衣钵而做这个偈子。于是，他趁夜里僧众都入睡后，一个人悄悄溜出僧寮，举着蜡烛，在南廊的照壁上写了一首偈子：

> 身是菩提树，
> 心亦明镜台；
> 时时勤拂拭，
> 勿使惹尘埃。

神秀在这里也提到了菩提树，单从字面理解，他认为，众生的身体就是一棵觉悟的智慧树，众生的心灵就像一座明亮的台镜，要时时不断地将它掸拂擦拭，不让它被尘垢污染障蔽了光明的本性。

据《六祖坛经》记载，五祖弘忍见此偈后，就改变了请卢供奉在这块墙壁绘《楞伽经》变相壁画的打算，他招来众弟子，命门人"炷香礼敬，尽诵此偈，即得见性"。众门人平时对神秀就敬畏几分，见师傅对神秀的偈子如此重视，皆以为六祖的衣钵非神秀莫属了。但是夜三更，五祖弘忍召神秀到禅堂，却告诉他，这个偈子对于禅宗佛法的理解："未见本性，只到门外，未入门内"，要他再作一首诗偈送来。

神秀在照壁上写诗偈的消息两天后传到正在槽厂舂米的慧能耳中，慧能一听便知"此偈未见本性"。于是央求唱诵神秀偈子的童子带他来到照壁前，便想也写一首表达自己学佛的心得。可惜慧能虽然慧根很深，但无奈幼小因家境贫寒，以打柴为生未曾读过书，这时恰好江州别驾、一个叫张日用的官员从这儿过，慧能便口诵一偈，请其代写在神秀偈子的一边。

菩提本无树，
明镜亦非台；
本来无一物，
何处惹尘埃。

慧能三十多岁才从岭南广东千里迢迢来黄梅双茂山拜弘忍学习佛法，因其相貌矮陋，并不为人看重，弘忍虽然通过对话知其根器不浅，但仍让他到基层锻炼，结果他在碓房里春米劈柴一直干了8个月。他个子矮，身材瘦弱，压不下春米的石碓，只好在腰上拴一块石头增加重量。可慧能无怨无悔，在这里勤奋劳作。

这个被时人称为"獦獠"的广东居士也写了一首偈的消息立刻传遍了整个寺庙，弘忍读后，认为慧能悟性很强，他就是自己要找的接班人。于是，亲到碓房看望慧能，又半夜三更将慧能叫到禅堂，把《金刚经》大致讲一遍，慧能立刻理解了里面的大意。弘忍更加坚定了自己要传灯于他的决心，便取出从历代禅祖那儿传下的袈裟，郑重交到慧能手里。

这样，慧能成了禅宗的第六代传人。佛教中国化的道路，经过他的发扬光大，从此影响更加广泛和深远。

一棵菩提树，经过神秀和慧能的解读，从有到无，体现了禅宗不同派别认识事物和自身的途径和方法。神秀讲的是"渐悟"，后来他成了北宗的领袖；慧能讲的是"顿悟"，他成了南宗的领袖。其实，无论南宗北宗，都是"顿"中有"渐"，"渐"中有"顿"。

天下的佛寺，规制相差无几。建筑无非殿堂多少，装饰简繁如何，法物是否贵重，但只有五祖寺，在佛教的发展史上，具有举足轻重的地位。五祖弘忍在这里不仅奠定了佛教中国化的理论基础，而且通过慧能，将禅宗衣钵传承并发扬光大。无可否认，没有五祖寺，就没有禅宗一枝五叶的盛景，没有菩提树，就没有禅法认识上的高下之分。

那天，当我们一行来到五祖寺这株神圣的菩提树前时，狂风大作，浓云密布，树冠虽然俯仰上下，但躯干岿然不动，仿佛一位禅定的老僧，以其超然的姿态，静观自然的无常。

离开五祖寺已经一月有余，这些天，菩提树，连同那座神圣的五祖寺，一直浮现在我的眼前。关于五祖、关于六祖，还有那个神秀尊僧，毫无疑问，他们关于这个世界和人自身的理解，值得我们思索和领悟。

碧海青天鼓浪屿

年届花甲，方去厦门，去鼓浪屿，虽是第一次，但在大脑的沟回里，有关这个漂浮在海上的花园，仿佛早就刻蚀了无数的足迹——不过，细细想起，是在舒婷的诗里、文里。

20 世纪 80 年代，舒婷一首《致橡树》，让无数青年男女倾倒，南国花朵红硕的木棉树，一次次盛开在年轻躁动的心里。从此，我的目光追随着舒婷的诗行，走进了诗意栖居的海上世界，那个不足两平方公里的鼓浪屿：一幢幢中西合璧的别墅，一个个历尽沧桑的家族故事。从文学家林语堂到生命天使林巧稚，从钢琴家殷承宗到科学家卢嘉锡，鼓浪屿曲曲弯弯的小巷子里，走出了一个又一个灿若星辰的天才。当然，那些天才要么已留在历史的层累中了，要么已去国多日，只有诗人舒婷这只"会唱歌的鸢尾花"，还妖娆在鼓浪屿的天幕上。

按说，1985 年的秋天，我与舒婷有可能在武汉大学樱花大道上相遇，用她自己的话说，当时"年轻气盛"，错失了珞珈山的召唤。否则，武大中文系会多了一位女诗人，我会多了一位会写诗的女同学。这次擦肩而过，并没有让我放弃与舒婷的神交，她的大多数作品，我都拜读过。1997年，江苏文艺出版社供职的学友汪修荣，惠赠该社出版的三卷本《舒婷文集》。2012 年，我曾供职的长江文艺出版社，又精选出版了舒婷的散文、随笔、诗歌，也是三卷本。几天前，出席第十三届海峡两岸图书交易会高峰论坛，我始有缘来到厦门，来到近在咫尺的鼓浪屿。是时，渡轮汽笛的余音尚在空中缭绕，我的脚尖还没有踮上钢琴渡口的石阶，舒婷诗文中的意象，便一齐向我涌来。

钢琴渡口广场上，是舒婷笔下的"迎客榕"，气根繁盛，巨伞高擎。小小的鼓浪屿，这种庞然大物随处可见。舒婷在早期的诗中，曾在《寄杭城》里写过这种遮风挡雨的古榕，但她心系的榕树在上杭，榕树下与友人的对话深远地影响了她的诗歌创作，所以她对古榕树怀有深深的敬意。在她的随笔中，鼓浪屿的榕树是慈祥的世伯，是圣诞老人，是给人以庇荫的华盖。

在鼓浪屿，带她走向诗坛，赐她灵感的还是木棉树，那一棵棵与橡树并肩而立的木棉树。这种树在鼓浪屿虽然没有榕树伟岸，没有榕树家族庞大，但拐过钢琴码头，走过避风港，我就在枝叶繁茂的树丛中发现了她的倩影。也许是季节的缘故，木棉树没有了炫目的花朵，也没有茂盛的叶片，高举的枝丫略显冷清，但我的脑海中跳出的却是舒婷的那句"作为树的形象和你站在一起"的木棉，"根，紧握在地下／叶，相融在云里"。不过，木棉属于温煦的南国，舒婷笔下"伟岸"和"铜枝铁干"的橡树生长在干旱少雨风沙凛冽的北国，在她的诗中，橡树是一种"终身相依"的伟男子的象征。鼓浪屿最多的是三角梅，"只要阳光长年有／春夏秋冬／都是你的花期。"舒婷诗中的三角梅是属于日光岩的，但在鼓浪屿，无论是海边，路边，还是院落中，楼顶上，到处都是不同品种、不同色彩的三角梅。三角梅是厦门的市花，也是鼓浪屿人别在衣襟上的一枚胸针。

我与舒婷属于同时代的人，命运也大致相同。父亲是右派，兄妹均由母亲养育。十五六岁上山下乡，累过，苦过，但更多的是精神的饥渴。不过，她是在知青点，我则独自随家人下乡劳动。劳动之余，我们都四处寻找精神的食粮。我所在的小镇经过"文革"的"洗礼"已成文学的荒漠，而她回城当上工人后，结识鼓浪屿一个喜爱藏书的归国华侨"曾先"。"曾先"终身未娶，民国时曾任《星岛日报》副刊编辑，虽落魄底层，藏书嗜好不减，"文革"焚书之际，偷藏了不少中外名著。舒婷经人介绍，从他那破败的红楼里忘情地汲取知识的营养。舒婷在散文《书祭》中深情地回忆到"曾先"那里借书、读书，与之交往的过程。如果说，舒婷从鼓浪屿这样一个弹丸之地跃上文学的圣坛，成为令世人瞩目的朦胧派诗歌的领袖之一，除了舒婷本人天生具有诗人的气质外，这位"曾先"，则犹如在如磐的黑夜中为舒婷高擎火把的丹柯，抑或是向月宫中偷偷送去灵药的吴刚！

十年前"曾先"已辞世，我不知他的"兄弟藏书"是否还完好如初。这次海峡两岸图书交易会，鼓浪屿有分会场，据说设在一家新开的书店里。缘于此，我与中国版协常务副理事长邬书林先生、港台出版社代表一行才跨过800米宽的鹭江，登上舒婷笔下千娇百媚的鼓浪屿。从鹿礁路到福建路，从复兴路到中华路，我们犹如早就相识的老友，在舒婷的诗文地图中穿行。终于，在一幢被鼓浪屿人称为"猫头鹰楼"的老别墅里，我们觅到了一年前开业的"外图书店"。

老别墅共3层，是一座维多利亚时期风格的建筑，清水红砖石墙，哥特尖券拱窗，院门顶部和窗户采用猫头鹰纹饰，室内顶部采用莨苕和扇贝纹饰。这座楼之前是英国亚细亚火油公司的办公地址，几经转手，现在政府无偿拿出这处别墅办了家岛上唯一的书店。书店的一层是咖啡屋，可以供读者坐下安心读书。拾级而上，二楼是陈列图书的位置。书店保持原来别墅内部的结构，两万多册中文简繁体图书和英文原版图书陈放在六间房子里。三楼是举办沙龙和展览的地方。我们上楼时，福建非物质文化遗产"珠光瓷器"的传人正在紧张布展。

二楼的陈列架上，有本地作家一栏，我低头遍寻，没有看见舒婷的作品。我嘴拙，没再追问，后来才知舒婷已签了几百本诗集放在店里另一间房子里。询舒婷住处，工作人员告知就在楼后左侧，但她补了一句，房子在维修，人不在这儿。不过，有舒婷的作品，见与不见，便都在一念之中了。

离开这家被人称为"中国最美的书店"时，我们和书店经理、工作人员一起在别墅石阶上留影纪念。看着院子里葳蕤的龙眼，我想起舒婷所说的，在鼓浪屿，如果插上一根枝条，都会生根、发芽和结果的。过去，舒婷在小巷深处"曾先"的"兄弟藏书"室里，偷偷汲取文学的营养，结果一个邮票般大小的海岛，养育了她这位世界级的诗人。现在，有海岛书店丰富的中外图书，有优美的读书环境，这一颗颗知识的种子，一定会在具有人文气息的小岛上生根发芽，滋养出更多时代的俊彦。

回到武汉，我从书架上又一次找到舒婷的诗文，在字里行间，重新回味了那个短暂的，但记忆深刻的鼓浪屿之旅。我的耳畔，仿佛有谁在吟哦舒婷的那首《日光岩下的三角梅》：

　　呵，抬头是你/低头是你/闭上眼睛还是你/即使身在异乡他水/只要想起/日光岩下的三角梅/眼光便柔和如梦/心，不知是悲是喜/

我也喜欢上了那个漂在海上的小岛以及岛上的书店，那里有了一个足可以告慰"曾先"的书天堂。

西湖歌舞永不休

杭州这座城市我曾经去过几次，每次去都少不了要到西湖看看。苏堤、白堤、断桥、三潭印月、雷峰塔，西湖的美丽与美丽的传说如酿酒般一直在大脑中发酵。去岁到杭州开会，当晚，我们趁夜色再次来到西湖。这次到西湖并非怀旧，主要是前年的 G20 峰会在杭州召开，西湖那一场惊艳世界的晚会，唤起了我对夜西湖的向往，换句话说，是被张艺谋打造的那场视觉盛宴所诱惑。

其实，张艺谋导演的这场被媒体称为"世界之最"的室外水上交响乐，我在电视里已经荣幸地分享过了。这场排演年余，让"全世界美哭"的 50 分钟 G20 峰会晚会，无论是灯光、舞蹈、器乐、演员阵容，水上表演的难度，应当说无愧于"之最"的桂冠。从媒体在晚会前后剧透的消息看，为了体现这场晚会的"诗情画意"，在西湖四周的景物上布置了上百万盏彩灯，错落山势、飞檐翘角、天上明月、水中画舫，在中西合璧的音乐声中，灯光明灭之间，把个西湖元素、杭州特色演绎成了中国气派。这个供几百人同时表演的巨大舞台，设置于水下 3 厘米处，无论娉娉婷婷的采茶姑娘，还是恩爱缠绵的梁山伯与祝英台，被张艺谋认为恐怕连普京都没有见过的水上芭蕾舞《天鹅湖》，凌波踏歌，借水的灵动恰到好处地烘托出了江南的韵味。而结尾《欢乐颂》，变幻的水幕，有节奏的欢呼声，漫天的焰火和中西合璧的交响乐，把晚会高潮成了世界大同的景象。

当时，我也在电视机前心潮澎湃了许久，但到了西湖，老夫难以免俗，还想瞻仰下让外国人"羡慕嫉妒恨"的晚会现场。说不定，会赶上实景演出，再饱饱眼福未尝不可能。当我们坐出租车与杭州的梁春芳教授来到西湖时，原以为夜里西湖清静些，岂知仍是游人如潮，摩肩接踵。我们只好随着人流往前挪，移步却到了苏小小墓。墓在西泠桥畔，小而精致，青石雕琢，上书"钱塘苏小小之墓"六个字。墓上有六角攒尖顶亭，叫作"慕才亭"。亭周有楹联十二副，什么"灯火疏帘尽有佳人居北里，笙歌画舫独教芳冢占西泠""桃花流水窅然去，油壁香车不再逢"，无非是繁华不再，笙歌昨日之类的话。细细读来，不由让人生出几分红颜薄命、天意难违的感慨。

过西泠桥，却进了孤山公园，沿湖往前走到了楼外楼。这楼外楼不知者以为是一处名胜，实际是建于清道光年间一菜馆。南宋林升《题林安邸》中有诗句："山外青山楼外楼，西湖歌舞几时休？暖风熏得游人醉，直把杭州作汴州。"主人借其诗意，使菜馆成了西湖一景。民国年间，骚客文人附庸风雅，举觚飞觞无不莅此。

再沿湖而行，又到了平湖秋月，有康熙题碑在此。但此刻正是夏初，全无"一色湖光万顷秋"之意境。悻悻然沿白堤而行，则到了断桥，白娘子与许仙相会之处。问一游人，方知晚会举办地方向与此刚好相反，在岳湖曲院风荷景区。同行的教授说，我明天带你们去探访。

可惜，第二天我要开会。

会后，主办方却组织我们到钱塘江畔去参观 G20 峰会会址。上了车我还在琢磨，会都散了一年多，会址还有什么可看？车子七拐八弯，把我等带到一个庞大的建筑物前。上了一层电梯又是一层电梯，从迎宾厅到了四楼主会场，才觉不虚此行。

主会场硕大无比，中置一巨无霸紫檀圆桌。环绕桌子，等距离地摆放着写有各国元首姓名的铭牌，外加一个硕大的紫檀椅子。主座之上，是一摊开的卷轴，上置文房四宝。主座之外，是一圈供随从侍坐的紫檀椅子。椅子上均有绣着图案的精致坐垫。会场地上满铺当地吉麻良丝地毯，外圈一色深蓝，若春江水暖，内圈衬以国色天香，锦簇花团。

当然，最吸引人目光的也最能体现主人匠心的还是屋顶的设计。桌子的上方，是三层叠放的"江南纱灯"，三重团圆，八边镶嵌，薄如蝉翼的轻纱上，梅花与桂花绽放其间。外面一圈环形灯，青花瓷色，朵朵相环。灯的外圈则有 108 个斗拱，分阶递进，首尾相连。斗拱外圈为白铜椽子，光洁如玉，翘如展翼，仿若江南园林轩阁之翼角。

会场墙面为江南镂空花窗。花窗后一幅江南山水长卷，湖光山色，让人如置身于"画坊轩阁"之中。近觑水纹涟漪如纱，远观山色朦胧如画，有道是"二十四桥仍在，波心荡，冷月无声"。花窗外是六米之高的东阳木雕，布达拉宫、都江堰、莫高窟等"中华二十景"按照东西南北地理方位排布，与北墙"锦绣中华"大型木雕相映成趣。与之媲美的则是主会场一幅《盛世风华》双面刺绣大屏风，其高其宽世所罕见。室内沿墙装饰四个巨大的"廿"字，据说是寓意"四梁八柱"，呼应"廿国共宇、合作共赢"之意。

可以想象得到，当二十国首脑进入会场，巧夺天工的设计，灿如星辰的灯光，一定会再次达到惊艳的效果。如再加上昨晚西湖那场让人如痴如醉的演出，"震撼"二字恐都不足以表达各国来宾此刻的心情。

当然，主会场如此别出心裁，其他的场地，主人们也是煞费苦心。

午宴厅也是一个展现大国风范的地方。午宴厅在会场的上方，为一直径 60 米的球形建筑。穹顶正中星光闪烁，十二星象若隐若现。外环为五圈闭合叠加的水墨山水长卷。周边的 12 根风柱采用中国"如意"装饰，环绕四周。午宴厅背景屏风以《万里江山图》为主题，以大青绿的绘画手法，展示泱泱大国山河之美。

出了宴会厅，便是一空中花园。但见松竹相映，红绿其间，奇石假山，黛瓦飞檐。三潭印月、花港观鱼、小瀛洲、我心相印亭，活脱脱把一个西湖浓缩到此间。花园移步换景，曲径通幽。有汀州菰蒲，鸥鹭翔集；有小桥流水，潺潺湲湲。据说，与西湖晚会一般，策划施工团队精挑细选，集园林艺术之大成，是目前国内面积最大的屋顶空中花园。

十年前，我带十几位社长总编到纽约大学学习，结业时，老教授罗伯特别出心裁，带我们到联合国总部隆重颁发结业证书。联合国总部在曼哈顿东区，紧邻第一大道，楼高 39 层，联合国年年在里面召集世界各国的领袖来讨论国际大事，但室内装修之简单与杭州峰会主会场相比，简直不可同日而语。大厦前虽有一小花园，但游人想照张相留念，总是难以取下大厦全景——足见促狭之状。中国不愧有大国风范，是礼仪之邦，为了开一次规模并不算大的国际会议，京都之外都修有这样"高大上"的会场和宴会厅，不由让人从毛孔里生出几分自豪。吾私下揣测，与会的奥巴马、默克尔、安倍等他国领袖联想本邦也定自愧不如。

　　我从网上看了看中外媒体的报道，对于 G20 峰会，无论是张艺谋导演的光影璀璨的西湖水上音乐会，还是主会场富丽堂皇的设计，抑或这座 6 万平方米的空中花园，均被认为创造了多项"世界之最"与"国内之最"。海外媒体除了少数不和谐音外，大多数都认为这次峰会展现了中国风范、中国智慧。不过，也有国外媒体如我一样仍对张艺谋导演的西湖晚会惦之念之。委内瑞拉南方电视台网站曾报道："这场演出由中国著名导演张艺谋执导，他也是 2008 年北京奥运会开幕式和 2014 年 APEC 欢迎晚宴光影活动的导演。这位备受赞誉的电影艺术家以他惯用的人海队列和光影效果打造了一场绚丽的演出。"当然，如果我们不用"耗费国帑达到个人圈钱目的"去腹诽张艺谋的话，这些年，他是早已远离了秋菊之类的底层叙事，一直在以这种宏大气魄展现中国的文化自信。前不久，在青岛的上合峰会上，张艺谋总导演的文艺焰火晚会，好似"烈火烹油、鲜花着锦"，再度"惊艳"全球。我相信，创造力超人的张艺谋，在下一次的大国外交场合上，很可能会继续用这种文化大餐霸屏，诠释国人满满的自信。

　　离开杭州的时候，我向教授告别。她说，很遗憾，没能带你去曲院风荷看晚会实景。我宽慰她，有你代我看看就行了。她说，实际上我自己是想去看看。我虽然人在杭州，但上次开峰会时，工厂停工放假，学校延迟开学，政府动员大多数杭州人外出，我们自己也是在外地通过电视机才看到晚会的。我说，那好，张艺谋导演的晚会不是借用白居易的诗句叫"最忆是杭州"吗？那我们就将杭州峰会的"世界之最"放在记忆中吧。杭州在，西湖就在；西湖在，这歌台舞榭总不会停歇吧？那我们现在将林升的诗改两个字，叫"西湖歌舞永不休"，这盛世盛景不就常在心中了嘛！

　　杭州别过又一载有余了，忆及杭州，我眼前闪过的还多是张艺谋举洪荒之力导演的那场美轮美奂的西湖歌舞：那个在湖面上缓缓展开的中国折扇，全息投影下如梦如幻的小天鹅，那朵让人如痴如醉的茉莉花，光与影，天与水，人与歌。与众人一样，林升原来的诗句我早已忘了，白居易的诗却常常浮现我的心头：

　　　　江南忆，最忆是杭州；
　　　　山寺月中寻桂子，郡亭枕上看潮头。
　　　　何日更重游！

第五辑

域外掠影

香港的文学"发烧友"

1994 年，长江文艺出版社出版了一套由周季胜、张诗剑主编的 6 卷本"香港当代文学精品丛书"，其中包括长篇小说卷、中篇小说卷、短篇小说卷、诗歌卷、儿童文学卷、散文卷等。这套丛书收集了香港 225 位作家的作品，其中有曹聚仁、曾敏之、刘以鬯、犁青等老一辈作家的力作，也有张开冰、梦莉等青年新秀的作品。这套丛书显示了香港作家多年来对严肃文学的追求与钟情，借用他们自己的一句话说，他们是文学的"发烧友"。

这年 5 月，这套丛书在港举行首发式，当时我在湖北省新闻出版局图书处工作，便随长江文艺出版社的副总编辑周季胜和责任编辑吴双一同赴港。

我们从深圳罗湖口岸过境，乘火车到港后，在九龙候了半个小时，接待方、香港《文学报》主编张诗剑方到了。我们随他乘地铁到了弥敦道鼓油街，从一个狭窄的楼道上去，是一家不大的酒店。客房仿佛是由仓库改建，空间高，里面放了些双人床。主人安排我们住上下铺，每人每天住宿费是 100 港币。

见状我心里一冷，来之前的预期马上降低了许多。当时长江文艺出版社与张诗剑沟通，说好我们来后的食宿由他们支付，没想到来后住宿条件这样简陋。晚上，张诗剑和他的文友们在酒店里招待我们。大家杯觥交错，相谈甚欢。结束时，张诗剑站起来，说每个人付费若干。只见参加宴请的作家们纷纷从口袋里掏出钱包，如数支付给张诗剑。

当时大陆经济情况虽然不太好，但由个人当面"凑份子"招待客人的情况我从未见过，何况名义上是香港的作家协会负责请客。当面我们不便问，后来才知道，香港的文学组织，政府没有任何的资助，更没有由政府付工资的专业作家。他们在谋生之余从事文学创作，特别是严肃文学的创作，完全是出于一种爱好。

这批"发烧友"中，给我留下深刻印象的是香港《文学报》执行主编、该丛书主编之一的张诗剑夫妇及老诗人犁青。

张诗剑和夫人陈娟均系20世纪60年代厦门大学中文系毕业的大学生，70年代旅港。为了生存，他们先后做过教师、编辑，也打过工。目前，妻子陈娟拾起了下放农场劳动时学会的针灸技术赖以为生。尽管当初生活并不安定，他们夫妇还是联合一批从内地去港的文朋诗友，如巴桐、夏马、曾聪、田野等组织了"龙香文学社"。他们以诗文为纽带，团结在一起，自费出版了《当代诗坛》《文学报》，编选了"龙香文学丛书"30余种。当初出版《文学报》时，每位编委每期出500港元印刷费，后来得到了实业家施祥鹏先生的支持，才暂时摆脱了经济压力。目前，他们以微薄的广告收入维持，每期印行万余份。报纸主要供世界各地大学及图书馆、各文艺团体和文学爱好者订阅。在大陆，说起文学创作和文学期刊，人们会很快想到作协、文联一类的准政府机构，说起报纸编辑部，则会想到高耸的楼房。但在香港，集编辑和作家于一身的张诗剑夫妇，纯粹是"业余"。他们主办的《文学报》的编辑部，就在张诗剑夫人陈娟开办的针灸门诊部里。那是九龙红磡春田街35号二楼一个并不宽敞的房子，楼下一尺余大小的木板上，用红黑二色标示着编辑部和针灸门诊部的地点。房子的前半部分，是学中文的陈娟为病人扎针灸、拔火罐，间或为人看看阴宅和阳宅的地方。《文学报》编辑部，就在门诊部后面一个不足6平方米的小房子里。传统的中医、堪舆和文学，就在这富有传奇色彩的地方顽强地生长着。这次为了编选"香港当代文学精品丛书"，夫妇俩不知打了多少电话，克服重重困难，历时一年半才将这几百万字的文稿交给出版社。这次在香港见到张诗剑在文学界的朋友，人们皆称他是香港文学界的"活雷锋"。其意是张诗剑夫妇在其中不取一分钱的报酬，纯粹是出于对文学的热爱。

5月27日，在湾仔高尔夫游艇俱乐部举行了"香港文学促进会成立三周年暨'香港当代文学精品丛书'赠书典礼"。新华社香港分社副社长张浚生，宣传部长、政研室主任等均到场。中新社、中通社及亚视、翡翠、本港台等媒体皆到场采访。老作家刘以鬯也来参加了会议。很意外的是，我们还见到了当时正居住在香港的上海籍作家程乃姗女士。这天晚上，因为我们出版的这一套书，香港文学界"群贤毕至，少长咸集"。香港"作联""文联""文协""文促"四个文学团体都来参加了会议。

第二天，年届六旬的犁青亲自开着他的宝马车接我们去他家。

与张诗剑夫妇相比，诗人犁青则属于物质生活与精神生活都十分丰富的一类。犁青目前在香港经营着一家跨国公司，腰缠万贯已不足有形容他的富有。他住在清水湾乡村公园里，典雅精致的别墅，绿树与红花簇拥的宽大的书房，与蓝天、大海和谐相处。别看他在商界早已享有盛名，其实早在20世纪40年代，12岁的小诗人犁青就出版了童话诗集《红花的故事》，因而在文坛传为佳话。60年代，他所在的侨居国华文被禁，犁青搁笔20多年，直到80年代返回香港定居，他才重新提笔。从此，犁青的诗兴勃发而不可收。1983年以来，他先后出版了《踏浪归来》《千里风流一路情》《情深处处》《犁青的诗》《犁青山水》《台湾诗情》等6本诗集。同时，他主编了《诗世界》丛刊，创办了文学世界出版社和作家出版社。近年来，他又致力于华文文学的联系与交流，先后发起组织了"文学世界联谊会"，并以他主编的《文学世界》作为共同耕耘的园地。尽管他在实业上是一位成功者，本可以尽情地享受这份富余的生活，但任何东西都不能代替他对文学的钟情。尽管商务繁忙，有时一天要飞到四个国家，但每到一地，他不是先去谈商务，而是找到当地的文朋诗友，来一顿精神会餐。台湾的，大陆的以及东南亚的文学界的朋友到香港来了，他总是出面接待。我注意到，他近年来硕果累累，但大部分的作品都是写在洽谈商务之余，写在列车上，在候机大厅里，抑或是深夜。如《未名湖畔》，篇末注明"1988年1月6日于新港航机上写"，《给西山佛寺的济公》，篇末注明"1987年10月5日深夜写"，《红荔枝》篇末注明"1984年5月19日写于广深列车上"。

这天中午，犁青带着他的小儿子、儿媳、孙子一起和我们一起到清水湾"乡村俱乐部"吃海鲜。俱乐部面朝大海，视野开阔。菜很丰盛，新鲜的鱼虾，主人亦很好客，不停地朝我们面前的盘子里夹菜。最后，剩下两个馒头，两片菜叶，犁青见我们都不吃了，自己拣起菜叶，将盘子上的菜汁擦得干干净净。在我们的注视下，他略仰着头，不慌不忙地将菜叶吃了下去。

饭后，犁青的儿子开车带我们游览了海洋公园、乘坐高空缆车，观看香港的大海，然后，再去海豚馆看温驯可爱的海豚表演。晚上，犁青带我们又去了太平山，在山顶用西餐，边吃边俯瞰香港维多利亚港美丽的夜色。

当然，对于香港这批文学界的朋友而言，文学创作在一定程度上已不是谋生的手段，像犁青老诗人这种企业家，更没有任何功利的色彩。文学对于他们，是一种精神寄托，一种理想的追求。他们燃烧自己，记录心灵的轨迹，一步步地向缪斯的圣坛走去。虽然没有什么组织把他们养起来，但这并没有改变他们对文学的向往。他们用自己坚实的步伐一步步为华文文学史写下了灿烂辉煌的一页。

此事已经过去多年了，因为这是我第一次去香港，所以记忆犹新。

域外撷萃（四章）

·

华盛顿大街上的中国女孩

走出华盛顿国会旁的航空博物馆，沿林荫道向对面的国家美术馆走去，突然，大家不约而同地发现树荫下的长椅上坐着一位正在读书的中国女孩。这女孩很专注，尽管四周人来人往，她仍旁若无人地在那儿一边看书一边还用笔在本子上记着什么。

这是 2005 年 8 月的一天下午，华盛顿还比较热。这条十分宽敞的大街上，有人在跑步，有人在散发着传单，也有情侣在树荫下相拥相抱，当然，还有松鼠和鸽子在林间悠闲地散步。这时，这位穿着一袭白衣的姑娘蓦然出现在我们这一行人的面前，大家眼睛都为之一亮。

这是在美国首都最为著名的大街上，旁边有 21 个博物馆，不远处还分布着大大小小的各种景点。这位姑娘却独自一人专心致志地在异国的首都读书，让我们多了几分钦佩，也有了几分好奇。

姑娘是两年前从北外毕业的，目前在国家外经贸委工作，她是自费利用假期来美国实习的。临行前，她通过互联网在华盛顿订了一处房子，租金是每月 800 美元。她说这话时，歪着头对我们笑了一下。她告诉我们，这是她工作几年的积蓄。我们问她实习的地方，问她是否还回去，她说已经联系好了实习地点；实习结束后，她还回到北京工作。

据了解，每年从国内到美国"考察学习"的人有好几万，大多数是公费。这些西服革履的衮衮诸公，以各种名目走遍了美利坚的名山大川，大包小包地带回了各种高科技产品，如我等虽然是到纽约大学受训，学些知识，开阔了眼界，但还有不少时间从东到西穿越美利坚富饶辽阔的土地。

从美国回到中国已经几个月了，那位静若处子的年轻姑娘在华盛顿大街旁读书的情景一直浮现在眼前。20 世纪 80 年代以来，国内学习风气日浓，年轻人读书向学的情景随处可见，但在大洋彼岸，在异国首都繁华的大街上看见一位中国姑娘在潜心读书，我们不能不为之骄傲——为这位有志气的姑娘，也为我们正在崛起的中国。

时间已经过去几个月了，但华盛顿独立大道上中国姑娘的影像却越来越清晰。祝福这位并不知道姓名的姑娘能够摘取知识的桂冠，成为我们这个时代的佼佼者。

小 小 胸 卡

我参加了无数次的会议，佩戴了无数次的胸卡，塑料的、金属的，戴也就戴了，大多数出了会场就随手扔了；也有少数的带回家放了一阵子，但最终还是扔了。2005 年 9 月，我赴日本东京参加第一次东亚出版研讨会，会议结束时，东道主竹中龙太却追着我们将所有的胸卡都收回了。我不解，后来才知道收回去是留着下次会议使用。

我们一行 7 人这次赴日本参加东亚出版人会议，会议的赞助方是日本生产汽车的丰田株式会社。丰田出资，由日本资深的出版人邀约中国、日本、韩国的出版人，每年在三国间轮流召开一次出版研讨会。日方很慷慨，我们往返日本的旅费，在日本的食宿，包括从武汉飞往北京的费用，都由日方承担。除此之外，我们到达日本的当天，每人还收到了 3 万日元的零花钱——东道主的细心与大方程度可见一斑。我参加了很多会议，无论是国内还是国外的，还从没有收到过主办方发的零花钱呢。这次会议的饮食也很考究，主人带我们每天换一个酒店。4 天下来，几乎吃遍了银座一带有特色的饭店。但是，我们发现，主人该花的钱毫不吝惜，而应当节约的地方也是丝毫不觉"寒碜"。如我们去日本的当天，年过七旬的加藤敬事，没有带什么小车之类，而是让我们乘机场的大交通车，从成田机场走了两个多小时赶到东京银座。我们住在银座三井城市饭店，进了饭店，总感觉气温有些高，好像空调质量不行，结果到了举行会议的大日本印刷的大楼内，还是有些热，估计温度不下于 25 度。与我一同前去的上海的巢老，也有同感。后来又去了几个地方，如书店、出版社里，也是感觉空调的温度调得比较高。这时，我们才明白这是日本人在节约能源。后来我到酒店里观察，除了这些方面，譬如拖鞋，也是用经久耐用的塑料编织的，既不厚重，也不像国内的沾上水就不行了，更不会每天不管是否还能使用就被服务员换了。连洗澡用的泡沫擦，从我第一天到最后离开就再也没有换过。沐浴露、洗发膏之类的，也是用大瓶装着，用多少挤多少，绝不会用半瓶就丢了。就像日本的饮食，品种多，但都用很小的碗盛着，一餐下来，几乎没有什么剩余。还有日本人送礼用的礼品，包装精美，但往往金玉其外，其实"内容"不多。回国后，我总在想，日本人富可敌国，但是整个民族都很注意节约与实用的。我们中国人经常讲"地大物博"，实际上，按 13 亿人计算，无论是国土面积，还是资源，都不能夸下海口。但中国人无论是请客吃饭还是做别的什么事，都讲无谓的排场，很多的资源白白地浪费了。我想，要建设节约型社会，我们是否学学日本人，每次开会结束时也收回胸卡呢！

反恐声声急

十年前，我曾去过一次美国，那一次是在洛杉矶市举行"湖北三峡书市"。今年，因率团到纽约大学接受图书市场营销培训，我再一次去了大洋彼岸。前后两次去美国，从有形的建筑物上没有看出十年间有什么明显的变化，但这次时时处处可以感受得到的是，美国防止恐怖主义袭击的弦绷得很紧。

纽约大学出版中心坐落在纽约曼哈顿岛上，紧邻第五大道。教室临街，窗外总是传来警笛声声，仿佛是"9·11"重演。据统计，纽约市700万人口，而警察有3.65万人，是全美最大的警察局，所以街上随时可以看见警察，警车声不绝于耳也就不奇怪了。我们到达纽约是7月25日，距伦敦7月7日的地铁大爆炸只有十几天，纽约害怕伦敦的悲剧会在本地上演，因此气氛骤然紧张。据纽约市警方发言人说，伦敦发生第一次爆炸后的两周内，纽约"9·11"共接到1600多个报警电话，其中1476个称发现可疑箱包，149个电话报告发现疑似炸弹。他们宁信其有不信其无，对于地铁、灰狗巴士及街上背包的可疑人，随时要求开包检查。就在我们到达的这个周末，一位开双层游览巴士的司机看到5名中东男子背着大包，觉得他们可疑，便报了警。配备重型武器的警察立即出动，在街头上演了一场反恐"真人秀"。

当时，警笛呼啸，警灯闪烁，马路被封闭，身着防弹衣、端着自动步枪的警察把游览车团团围住。车上60名乘客被令将双手举在头上，一一慢慢下车，5名被怀疑的对象则双手被铐，跪在路边。

警察后来才发现，这5个人都是英国游客，根本不是什么恐怖分子。纽约市长还向当事人和英国政府道了歉。

学习之余，我们一行去了世贸大厦遗址。昔日高耸入云的地标建筑只留下一个偌大的基坑，从铁护栏方形的格子望去，地坑犹如一只硕大的眼睛在瞪着天空，似乎在问，美国怎么了？

俯瞰高楼林立的曼哈顿世贸大厦不见了，过去曾一度喧嚣但因世贸大厦而黯淡的帝国大厦再度受宠。这座大厦，过去游人可以自由出入，但眼前则是戒备森严。过安检门时，不仅行李要经过X光照射，连腰带、皮鞋都要脱下来放在传送带上经过X光检查。大家上楼时要经过一道风帘，据说这是防止衣服上沾有化学品之类的。等到排着长队经过一次次地检查，登上108层的观景台，连赏景的兴致几乎都没有了。后来，我们在美国国内乘坐飞机时，飞机上不提供免费的午餐，据说是因为反恐经费开支巨大，各航空公司只好从乘客头上挖潜。我们上飞机前被明确告知，任何行李箱都不能锁住，因为安检人员会随时开包抽查。有一次，同行的姜君开箱后发现里面多了一页黄色的纸片，果然是国土安全部的函件，说明抽查了他的箱包。

美国第一大城市纽约如此，首都华盛顿的反恐气氛更浓。过去可以任游人参观的白宫、国会大厦、五角大楼已禁止游人进入。五角大楼外也不能拍照、录像，更不用说停下车来近距离观察了。市内通往重要办公场所的通道，都已被一重重新修的检查岗哨所阻断。一些有可能通行车辆的地方，皆错错落落地放置了硕大的水泥"花坛"阻挡汽车通行。花坛里，栽种着各色的矢车菊。花儿尽管很艳丽，但难掩美国人心中的忧虑。

纽约一位朋友告诉我，美国人要想消除与阿拉伯人的仇恨，需要两代人的努力。20世纪末，美国学者亨廷顿在《文明的冲突》一书中，谈到了21世纪的冲突是两个文明之间的冲突，即伊斯兰文明与基督教文明之间的冲突。他的话音刚落，美国人自二战以来在本土上发生的最大一场悲剧就降临了。是美国应当反思自己历届政府的外交政策，还是如亨廷顿所言两个文明之间不可避免的冲突呢？我想起旧金山唐人街一面墙上用油漆绘就的星条旗，旗旁边写着"天佑美国"四个大字。我想，一向骄横无比的美国人终于愿意低头反思了。

美国街头的小人物纪念

任何一个国家，都会对自己重要的历史人物或者做过重要贡献的英雄通过各种形式加以褒奖，如纪念馆、雕像，或者以人物的名字命名地名或街道、道路，目的不外乎通过这种形式让人们缅怀先贤，激励后人，形成民族的共识和价值观。而这次访美，让我印象深刻者，则是他们对普通小人物的纪念方式。

在美国的首都华盛顿，各种纪念建筑形态各异。以开国总统华盛顿为例，首都以他的名字命名，然后建立有他的直插云霄的纪念堂、各种姿势的塑像。有气势恢宏的林肯纪念堂、杰斐逊纪念堂。当然，他们更忘不了战死的"英雄"，如二战纪念碑、林徽因侄女设计的越战纪念碑、韩战纪念碑。但是在哥伦布市的街头和麻省理工学院里，我却看见了另一种形式的纪念。

在哥伦布市中的一条河流旁，绿树掩映中，有一个亭子，亭子上边燃烧着长明灯，一年四季，这束淡黄色的火苗似乎在无声地诉说什么。问儿子，他看了看碑铭，才知这座亭子是为当地牺牲的消防队员而建的纪念物。旁边，则雕刻着他们的一组群像及使用的灭火器材。

我当时感叹了一番，我想，这座城市因公死亡的消防队员是有，但肯定不会太多，而这座城市的主人却忘不了这些奋不顾身的小人物。我想，他们不仅仅是为了缅怀英雄，更多的是告诉这座城市的后人：为了公众的利益而捐躯的人，人民永远不会忘记。

另一天，我在哥伦布市另一条街上散步时，看见十字路口有一个街头小花园，走近一看，原来是为这座城市牺牲的警察建的纪念地。一组人物雕塑，旁边的椅子上，地上，都刻着他们的名字，记录着他们生前的事迹。

而在麻省理工学院庄严的大厅里，正面的墙上镌刻着无数的人名，一看，才知是在二战中牺牲的这所学院毕业的学生名录。另一边，则是在韩战和越战中战死的这所学校的学生名录。这所以科研和理论著称的学院里，在如此显赫的位置表彰这些为国牺牲的学生，足见他们"思想政治工作"做得十分到位。什么叫爱国，在这里会找到答案。

一个国家，一个民族，都应当有自己共同的价值观和道德规范。这些规范，不是法律，而是靠黑格尔所说的，是自省，道德的力量。这种价值判断，有时比严苛的法律还要有力。如何形成这种民族的共识，不是通过说教，或者通过威权强加给人民，而是要靠人民的自觉行为。中国几千年的封建社会，给有功的大臣绘像，建生祠，在各地树立雕刻精美的石牌坊，表彰各种符合民族或者当时统治者道德伦理规范的人物，这样，活着的人们在长久的浸润中，就形成了一个共同遵守的行为准则，化为民族优良的传统。而目前如何有效地重塑民族精神，接续民族美德，值得我们深思。美国街头这种给小人物树碑立传的做法，能够给我们以启迪。

坡州：一座散发着书香和智慧的城市

　　山不高，无奇峰异石，却有一个美丽的名字：寻鹤山。小山卧在延津江与汉江交汇之地，距汉城一个小时的车程，距三八线也只有 40 分钟的车程。小山与不远的汉江之间，是一片长满芦苇的湿地。因为南北关系之故，这儿曾是野兽、水鸟与鱼儿的天地。现在，这儿却成了韩国出版人心目中的一片"圣地"。紧挨着山之北麓，沿着一条摇曳着芦苇絮影的小河，一座座造型别致的建筑呈放射状散开，这就是在交通指示牌上称之为"Paju BOOK city"（坡州出版城）的地方。初冬时节，受这座城市主人的邀请，我来到了这个图书的故乡，下榻于一个命名为"纸之乡"的亚洲出版文化信息中心招待所。

　　世界上有很多的城市，有功能型的金融中心、钢城，有占地理优势的威尼斯、拉斯维加斯，而以出版为中心集聚在一起的并称之为城市的地方在全世界还是第一家。目前，这儿已经聚集了韩国 200 多家与出版有关的公司。其中包括出版社、印刷公司、装订公司、著作权中介公司、出版流通中心及设计公司等。在不久的将来，这儿将是韩国，也是世界最大的出版文化信息产业园。

　　这座城市的诞生缘于 20 世纪 80 年代末 7 位中青年出版人的梦。当年，他们登上首都附近的北汉山，讨论韩国出版的未来，希望以书为纽带，组建一个向上游和下游拓展的一站式服务的出版共同体。也许，有了梦想就有了未来，他们以繁荣韩国出版为己任，开始了这个伟大但十分曲折的行程。直到 1997 年，这座城市才真正开始实现梦想之旅。当机器的轰鸣休止之后，这片沉寂的湿地，终于生长出除了芦苇之外的一幢幢风格各异的建筑。

见证了这座书城孕育、生长与诞生全过程的出版城文化财团法人李起雄先生，当年是韩国一家大型出版社"悦话堂"的经理，当初那 7 位性情中人，将实现这个梦想的重任委托给了这位看似瘦弱但十分坚强的 48 岁的中年人。他们成立了以经济为纽带的事业合作社，募集了 360 家出版公司及印刷、发行、流通等服务公司的 36 亿韩元，要实现振兴韩国文化产业的伟大梦想。为了这个艰难的起飞，用董事长李起雄告诉我的话说，他用了"诸葛亮的智慧、曹操的策略"。他们通过发动市民签名，向当时的总统金泳三陈情，与负责土地管理的韩国土地开发公社斗争，与所在地军事当局协调，一笔一笔描绘着这座出版城的雏形。他们的初衷从表面上来看，是为了将出版社及其这个产业链的上下游简单地集中在一起，继而形成规模效应，形成产业优势。但他们是有着梦想与远大理想的出版人，希望把这儿建成一座在空气中都散发着书香、洋溢着智慧的城市，一座像博物馆一样的有悠久传统而又具有田园风光的城市，一个为全亚洲提供精神食粮的出版信息中心。他们要在世界上创造一个奇迹，这儿既不同于莱比锡的古书小镇，也不同于里昂一样的出版集中地，而是一座与书有关的精神家园。这座城市不仅能影响着 4600 万韩国人，还能影响 30 亿亚洲人的精神生活。所以，他们每一年都在这儿召集一次出版论坛，由他们支付费用，请全世界的出版人，主要是亚洲的出版人，来这儿畅谈亚洲出版的现状与未来。

坡州是这儿的大名，实际上，这儿属于坡州交河邑一个叫"文发里"的地方。顾名思义，这儿与"文化"有关。公元 4 世纪至 6 世纪中叶，这儿涌现了无数的学者、文人和政治家，其中影响巨大的畿湖学派就发源于此。在韩国被人看作是智慧化身的黄喜丞相就出生在这里，韩国的文宗大王为了表彰这位丞相，特将他出生之地命名为文智里。所以，这儿的地名都与这些文人有关。用今天建设坡州出版城的人来说，这些似乎很早就预示了这座出版城市的今天。

建设坡州出版城，并不是简单地将许多出版社、发行公司、流通公司、印刷厂搬在一起，建成一幢幢的高楼大厦就行了。这座城市的建设者多次考察了欧洲许多文化城市，对于这儿的建筑风格、使用材料，包括地面、桥梁、水路都有明确的规划。为此，他们请了全世界一流的设计师，来规划一座具有美学价值的小城，一座像博物馆一样的城市，一座能够供人们旅游的城市。今天，当我们透过下榻的宾馆硕大的玻璃窗，眺望汉江的晚霞和窗外摇曳的苇絮，我就明白这座没有篱笆，没有院墙，没有灯红酒绿标志的城市的灵魂。

"竞争中的合作——亚洲出版的未来"为主题的会议一共开了3天。3天时间我们哪儿都没有去——连夜晚几乎都用在了讨论上。董事长李起雄先生、执行董事李斗瑛先生一直与我们一起参加会议。来自美国、澳大利亚、日本、菲律宾、越南、奥地利、中国台湾、香港和内地的我们，与东道主一起热烈讨论着亚洲出版的现状与未来，大家那热烈的劲头好像天下出版舍我其谁。会议结束时，还发表了一个庄严的声明。似乎这个叫作坡州的地方就是指挥亚洲出版的前沿阵地。实际上，这儿属于朝鲜半岛的非军事区，距南北分界线只有半个小时的车程，我们来到这儿的前几天，朝鲜方面宣布停止南北陆路来往。如果南北发生战争，坡州实际上就是最前沿的阵地了。不过，他们今天谋划的却是人类精神寄托之大事，他们坚信人类的自由与和平永存，所以建造了一座随书一起留在历史记忆中的出版之城。

坡州之行只有3天，回到国内，别人问起韩国，我就说起坡州出版城。那里没有车水马龙，没有灯红酒绿，没有过度现代化的痕迹，但让人永远记住了韩国，记住了韩国出版人的深谋远虑。

飞过喜马拉雅山

我们见到了尼泊尔政要

我参加过很多国家的书展，也到过一些国家参加出研讨会，但这次出访尼泊尔。却出乎意料地见到了很多尼治尔的政要。

出国之前，中国编辑学会的领导告诉我们一行四人，中国编辑学会与尼治尔编辑学会达成一个协议，双方每年派代表团互访一次。至于去了见谁，身为团长。因为我刚从武汉飞到北京，具体任务一点也不知道。

到了尼治尔的次日，尼泊尔编辑学会的会长高塔姆一行早早地来到了我们下榻的"耗生与雪"宾馆，说要去见一位政党导人。2009 年 5 月卸任的前总理普南昌达。

丰田面包车在加德满都狭窄而凸凹不平的街道上行驶了约十几分钟，我们在邻近郊区的一幢四层高的小楼前停下。虽然有人在门外等待我们，但小院的铁门紧关着，穿迷彩服的士兵与警察在把守，只有一个很小的窗户对外。在并不高的院墙上，有一个小岗亭，沙袋后面露出一杆乌黑的枪口。有人双手合辑迎接我们。口中轻轻念出"沙依罗拉"（"你好"）。我们先上了 3 楼，但由于我们人多，只好又换到 2 楼。房间很小，大约只有 20 平方米。中间放了 3 个木质茶几，对面是一幅让人眼熟的红底镰刀锤子旗帜。

我们坐定后，一位留有胡子戴着眼镜表情严肃的男子从楼上下来。我估计他就是我们要见的那位前任总理。握手寒暄后，我先开口，说中国人民都了解他这一位传奇人物。到了尼泊尔，我们哪儿没有去。第一个拜访的就是他。说到这里，他严肃的表情略有放松，然后告诉我们，他去年参加中国的奥运会闭幕仪式时，曾经见到了中国导领人胡锦涛与温家宝。他感谢中国政府和人民对他的支持。他谈到了他辞职的背景和当前尼泊尔政局的复杂，他希望尼泊尔新宪法能尽快制定出来，希望能组织联合政府重新执政。我引用中国最流行的术语告诉他，只要他代表人民群众的最根本利益，人民会拥护他的。我希望如果我下一次再访问尼泊尔，他能够在总理府接见我们，说到这里，他笑了起来，说你的观点是最科学的。

我们交谈了大约只有五六分钟，然后，我们向他赠送礼物。礼物是吴琳小姐从署里带来的，是一幅仿制的中国画，画上是几枝荷花。普南昌达很高兴，他说他的乳名就是荷花的意思，是不是我们知道。我说，这是天意。我们事先并不知道，这大约是心有灵犀一点通吧。闻此他笑得十分开心。同时，我们也向他赠送了一幅丝绸的披巾，请他转送给夫人。

晚上6点，按照事先的安排，我们又驱车到总理官邸，因为是周六，总理今天在家休息。进了一道紧闭的门，是一个空旷的院落，停着一些车子，后来我们才知道来的是媒体的记者其中有一位是ABC电视台的。里边还有一道门，有几个人在把守。进了这道门，一位年轻的小伙子迎上来，他是总理的新闻秘书。

在一个很宽敞的大会客厅里我们坐定后，总理马达夫·库马尔·尼帕尔从房间里走出来。他戴着一顶尼泊尔花帽，笑容可掬地与每位来宾握手后，会谈就开始了。我先表示感谢，总理能在百忙中接见中国编辑代表团，这对于中尼人民增进友谊，加强了解，都是一件重要的事情。接着总理就谈起中尼人民的友谊。公元602年，尼泊尔历史上的李查维王朝时期，尼泊尔赤尊公主嫁给了藏王松赞干布。建筑师阿尼哥则在建造北京妙应寺白塔时做出了巨大的贡献。尼帕尔总理在参观北京的世界公园时，却没有看见介绍尼泊尔的内容，那里介绍佛祖却说是印度的。佛教始祖释迦牟尼实际上生于今尼泊尔境内的南毗尼，但中国的很多书籍、博物馆中却说释迦牟尼出生于印度。他还提到尼泊尔悠久的历史，丰富的旅游资源与自然资源，如加德满都是寺庙之都，南毗尼是佛祖的出生之地，很多信仰伊斯兰教的教徒一生最大的愿望是到麦加去一次，如果中国所有佛教徒也到南毗尼来一次，对尼泊尔就是很大的支持。尼帕尔总理还介绍了尼泊尔丰富的水利资源，具有特色的自然风光，希望中国的旅游者到尼泊尔来旅游，中国的企业家到尼泊尔来投资。

与总理会谈时，我祝愿尼泊尔人民在新政府的领导下，能够政治稳定，经济发展，走向现代化的道路。同时也提到了佛教对中国文化、中国人精神世界的深远影响。希望回国后通过各种形式改变少数国人对佛祖出生地的误解，呼吁企业家到尼泊尔来投资。

我们向总理赠送了北京奥运会纪念品"福禄寿喜"，向他的夫人赠送了丝巾。总理向我们签名赠送了他执政后讲话的汇编本，并与我们合影留念。

最后，他送我们走出会客厅，并与我们一一握手告别。

总理接见时，很多媒体的记者都到场，当晚，尼泊尔的几家电视台播出了会见的消息，次日，尼泊尔政府的英文版《廓尔喀报》、私人办的尼泊尔语《尼泊尔晨报》等都刊出了会见的消息。

见到制宪会议主席是在次日的上午 10 时。本来计划上午 8 时去见大会党主席、前任首相和临时政府总理柯伊拉腊的，于是我们早早地就起来了，车走了 20 多分钟，突然得了消息，86 岁的柯伊拉腊身体不适，会见只能取消。

制宪会议为尼泊尔最高立法机构，与总理府在同一个院落。门口的守卫可能没有得到通知，让我们等了五六分钟才放行。制宪会议的会客室从一个花园穿过，是一处平房，有二十几平方米。室内的陈设一般，墙上挂有几幅画，柜子里陈列有工艺品之类的。我们坐定后，戴着一顶尼泊尔黑帽，裤子上罩有半截裙子的制宪会议主席苏巴斯·内姆旺从旁边的一间房子走出，与我们一一握手后方坐定。

与前面几次会见一样，双方先回顾了中尼交往的友好历史，佛教与中尼两国人民的关系，最后，内姆旺谈到了新宪法制订的艰难。尼泊尔新宪法的制订需要各个政党的批准。而尼泊尔有 70 多个政党，其中 3 个大党的态度最为关键。尼泊尔制宪会议必须在其两年任期届满的 2010 年 5 月 28 日之前制定宪法；制宪会议宪法委员会必须在 2009 年 9 月 17 日至 30 日间完成宪法草案终稿并予以公布。但是由于各个党派之间的取向、诉求有差异，新宪法的制定十分困难，所以成为各方关注的焦点。

10时30分左右，我们去了在同一个院子的信息与通讯部。部长是位戴着一副眼镜的中年人，我们简单交流后，在他简陋的办公室合影留念。

那浓得化不开的情谊

见到德文迪拉·高塔姆先生，我是丝毫没有思想准备的。当时我们正下机排队准备接受检疫，突然有人找到翻译吴琳，把我们带到去贵宾室的通道。

刚进门，一群人围上来，照相机的闪光灯频频闪烁，一个大胡子、戴着花帽和眼镜的尼泊尔老人，将一个花环往我的脖子上挂。原来，尼泊尔编辑家协会的重要成员和中尼友好协会、中国驻尼大使馆政治文化宣传处的单义铎主任、王理心随员都来到了机场迎接我们。

给我戴花环的这位老人是尼泊尔编辑家协会的会长，后来我才知道他叫德文迪拉·高塔姆先生——一个资深的尼泊尔老报人，一个为中尼友好而孜孜不倦努力的友人。我们在尼泊尔的6天中，除了休息，这位老人一直在陪伴着我们。

遗憾的是在尼泊尔的几天中，我对老人没有专门的采访。但从他的儿子兰姆·高塔姆那儿，我断断续续了解了这位从业40年的老报人的一些事迹。

1972年，完成学业的高塔姆先生进入了新闻界，他创办了《尼泊尔日报》，坚持正义的道德观和新闻的独立性。原本报纸发行量蒸蒸日上，但由于得罪了当局和某些权贵，高塔姆被以莫须有的罪名关进了监狱。这一关就是9个月，他和自己的家庭不仅在心理上受到了极大的压力，事业上也受到了重创。报纸因为他的离去而发行下降，以至于被迫停止。但是，高塔姆狱中接受调查的同时却对监狱展开了反调查。当我们临别时，老人送我们每人一本他的英文版的《反调查》一书。这是他9个月监狱生活的另一收获。目前，老人还办着《尼泊尔邮报》这份刊物，在新中国成立六十周年之际，这本红色封面的刊物，就成了庆祝中华人民共和国六十周年的特刊。

老人任职的尼泊尔编辑家协会与中国的编辑协会在职能上有一些区别。尼泊尔的编辑家协会不仅包括出版社的编辑，还包括报纸、期刊、电台、电视台的编辑记者。这些编辑记者都是尼泊尔知识分子中的精英，他们参加编辑家协会并不是从事业务交流，而主要是作为非政府组织，对社会生活的方方面面，包括对政府进行监督。所以，由于有高塔姆先生的威望与影响，才得以安排我们会见了尼泊尔的主要政要和尼泊尔的重要媒体。

我们先去的是尼泊尔电视台，台长显然已知道我们来。随后，总编辑与分管技术的副总经理也来了。双方寒暄后，谈到中国中央电视台对尼泊尔电视台的支持，节目的交换，双方技术人员的交流，希望今后加强联系，希望中国多支持之类的话。接着，我们向台长和总编辑、副总经理赠送了礼物。之后，副总经理就带我们去参观由中国政府3年前援建的播出机房。

机房是座五层高的楼房。在大楼的入口处，镶嵌着一块铜牌，上面写着"中华人民共和国援建"的中英文对照铭牌。走进由中国施工人员建设的大楼，看着门上依然留着的中文指示牌，我们心中升起一种自豪感。

副总经理带我们从配电房走到播出机房，走进演播厅，走进播出带的存放室，再看看昂然而立的播出天线，院子里的一草一木，我们像走进家里一样感到亲切。

拜访尼泊尔通讯社是我们从巴克塔布尔市返回的一天中午，我仍在车上收拾东西，同行的女士就催我快下来。原来已经有人在门口迎候。

送给我的是一束最大的用绿叶衬托的鲜花。在这个充满阳光和雨水的山谷里，到处都可以看见盛开的鲜花。这是用野菊花和冰川时代遗留的蕨扎在一起的花束，充满了清香和远古的气息。接着，迎上来的是巴尔克利斯纳·查巴干主席，一个眼睛里充满着渴望的人。他给我们每人都献上了一条金黄色的哈达。

会议室不大，一张原色的长方形会议桌，上面裸露着树的纹理。我坐在靠墙的地方，紧挨着主席。司仪介绍并主持会议，先是由一位资深的记者介绍尼通社的历史，然后由主席致欢迎辞。欢迎辞早已写好，他拿着打印的尼泊尔语讲稿，认真并充满感情地讲述着。中文翻译是曾在中国读过书的哈利仕医生，他的妻弟、女儿都在中国读过书，目前都在中国工作。主席讲到了与中国新华社的友谊，回忆着新华社对他们的支持。他一条条地列举，仿佛这样还不能倾诉完对中国的感激之情。主席话讲完，说再正式举行一次欢迎仪式，一位女士再次向我们每人献上一条金黄色的哈达。

再后来是互赠礼物。很可惜，我们这时因为已经去过很多地方，手头已没有什么像样的礼物了。"一小盒茶叶，"我说："千里送鹅毛，礼轻情义重。"尼通社主席拿出一个扎得很紧的黑塑料袋，一层层地解开，先是一个纸盒，最后露出一个玻璃盒，里面闪烁着金色的光芒。

主席十分虔诚地捧出一个佛像，他说，这是让人从释迦牟尼出生地南毗尼请来的。后来，我把这尊佛像也捧上了飞机。因为这不仅仅是释迦牟尼的化身，也是尼通社几百名员工的心意。

我们参观了尼通社的办公室，说实在的，办公条件与中国的任何新闻机构都无法相比，但他们的脸上都洋溢着工作的幸福与快乐。也正如中国驻尼使馆的同志不止一次地告诉我，不要看这个国家生活条件差，幸福指数还是很高的。我想，尼通社人脸上的幸福表情就足以说明问题。

午饭仍在编辑家协会第一次招待我们时的拉纳家族旧居里。这是一个统治尼泊尔一百多年的家族，财产早已收归国有，里面除了墙上悬挂着显示着那个时代主人昔日威风的油画外，还有熙熙攘攘的游客。

饭仍是尼泊尔的传统套餐：米饭、面条，外加土豆、黄瓜、青菜、西红柿，三两块煎炸的鱼块，有些像中国的盒饭。有红酒、啤酒，但很少白酒。餐桌的后面，是表演尼泊尔节目的姑娘。姑娘们赤脚表演一种尼泊尔舞蹈，有二人舞，也有三人舞，还有棍棒舞。姑娘们很单纯，清澈的目光像刚摘下的樱桃，闪烁着晶莹的光芒。

吃饭时，巴尔克利斯纳·查巴干主席不停地询问一些关于中国的发展与未来，还有对尼泊尔的看法之类的问题。主席只会讲尼泊尔语，翻译将他的话翻译成英语，小吴再译给我听。

最后一个参观的新闻媒体是尼泊尔政府机关报，相当于我们国内《人民日报》的机构。这是一个报业集团，办有尼泊尔语的《廓尔喀报》和英文版的《新兴的尼泊尔》，同时还办有 3 份期刊。尽管是报业集团，他们并没有像样的会议室，会谈是在报社主席维扎卡·查和兹的办公室里。房子比较大，报社的主要负责人都来了。欢迎仪式上，主席的稿子是事先已经准备好的，显然他十分重视我们的来访。

简短的仪式后，我们一行去参加他们的印刷车间和编辑记者办公室。一台主要的四色印刷机是十几年前北京印刷机械厂制造的，还有就是印度生产的机器。办公室很狭小也很旧，但主人仍很耐心地带我们参观完了所有的楼层。晚上，在招待晚宴上，报社主席曾问我参观后的感受，我有些犹豫，不知是否该如实告诉他。于是我用了一个外交辞令，我说，尽管设备不够现代化，但员工们都很敬业。他听后很高兴。

出乎我们的意料，这天晚上仍是在博根·格里豪的酒店。拐进狭窄的街道，我们就知道又来到了这家具有尼泊尔特色的旅游酒店。刚来的第二天晚上，尼泊尔旅游协会曾经请我们来这儿品尝过尼泊尔大餐和欣赏乡间的舞蹈。

脱了鞋，走进一大通间，围绕着一个可以任意延长的条形餐桌，人们席地而坐。首先是一小盏尼泊尔人乡间自酿的粮食酒，侍应生将铜壶高高地举起，一道白色的银练倾泻而下，浓烈的酒香顿时扑鼻而来。随后是一个温热的大铜盘，米饭、面条，外加土豆、野猪肉、鱼块、青菜，由侍应生一一分送。我估计这是尼泊尔招待客人最为隆重也最为昂贵的配置了，但这是健康的，也是合理的。饭后，一般会送一份用奶酪拌的水果沙拉。

席间也有各种尼泊尔乡间的舞蹈表演。尽管我们听不懂尼泊尔语，但小伙子与姑娘们的姿势与神态，可以看出是在表达爱情忠贞。还有一种舞蹈是姑娘们头顶着一盏灯，用婀娜的腰肢做着各种优美的姿态。但无论身体怎么舞动，那盏灯始终顶在头上。后来，几位姑娘邀请我们共同跳舞。我和小吴走上席中的空地，与尼泊尔姑娘跳起当地的民族舞。这时，所有的朋友都站了起来，大家一同拍手，一同唱着同一首尼泊尔民歌，全场洋溢着友谊的旋律。

舞毕，主席拿出一个用礼品纸包装的小礼品。为了一睹礼品，我们解了好一阵儿才打开，原来，是一面用两个三角形拼成的尼泊尔国旗。我告诉主席维扎卡·查和兹先生，我会将这面旗帜放在家里，当看见这面旗，就会想起尼泊尔朋友，想起主席先生与他的同事对中国人民的深厚情谊。

几天来，无论是在城市还是在乡村，尼泊尔朋友都用最诚挚的方式在接待我们，有时，甚至热情得让我们不知所措。

我们曾经离开加德满都，来到另一个古都巴克塔布尔。这儿曾是马拉王朝时期的首都，有众多的寺庙和王宫遗迹。

还在加德满都时，记者协会主席曾专程赶到首都，送交了一份正式的邀请函，欢迎我们去访问。这天，高原的阳光十分热烈，而主人的热情比这儿的阳光更要热烈。

在杜巴广场，紧邻着神庙，市政府一位官员先向我献了用柏枝和鲜花扎在一起的花束，还给了男士一顶尼泊尔人常戴的黑色帽子，给了每个随行的女士一个绣花的钱包，里面装着一个挽头发的竹簪。我们参观了五层庙、湿婆神庙、王宫遗址等等，时间已 12 时多了。面包车载着我们向一个建筑驰去，门口有很多人迎上来。我以为中午在这儿吃饭。结果走进建筑，才发现阶梯会议室里已经坐满了人。会议室的上方，悬挂着欢迎我们的标语。

我们坐在主席台上，市记者协会主席讲话，尼泊尔农工党国际部主任讲话，没有同声翻译，小吴不时地告诉我，他们表示坚决支持中国关于西藏的政策，反对少数国家干涉中国内政。我虽不能完全听懂，但从台下的鼓掌声里，我可以感知听众的热情程度。

轮到我讲了。虽然事先没有准备，好在这不是专题的演讲，我从尼中人民的友谊，讲到中国的发展，从佛教对中国文化的影响，谈到中国人的精神追求。我希望尼中人民共同发展，建设现代化的社会。前前后后，都仰仗小吴给我翻译。会上我们又互赠礼品，我们送给主人的是一幅山水画，主人送给我们的是尼泊尔人精致玲珑的木制小工艺窗户。我想，他们一定希望这扇窗户是中尼人民心灵的窗口。大家互相了解，互相关照，让两国人民世代友好的情谊继续传承下去。

我们这次访问尼泊尔，尼泊尔的主要媒体给予了跟踪报道。在我们到达尼泊尔的第二天，英文版的《尼泊尔晨报》就刊载了我们到达的消息，以至于当天会见总理时，总理说他在报上已经看到了这个消息。我们会见总理，见议长，见信息与通讯部长，包括我们参观电视台、通讯社和报社，当地的媒体与刊物都进行了连续报道。连我们到巴克塔布尔之前，当地的尼泊尔语报纸已经提前给予了报道。

寺庙与青山

尼泊尔总人口官方统计数字是 2700 万人，据说实际上已有 3000 万人。在尼泊尔，基本上是全民信教，居民中 86.2% 的人信奉印度教，7.8% 的人信奉佛教，3.8% 的人信奉伊斯兰教，当然还有人信奉其他宗教。全民信教，寺庙之多就可想而知。据统计，仅加德满都城内的大小寺庙即达22700 多所，素称"寺庙之都"。占地 7 平方公里的市中心，庙宇、佛堂、经塔有 250 多座，形成庙宇多如住宅，佛像多如居民的景象。就连街道和通往乡村的道路两旁，也不时可见形态相似的小庙。这些小庙旁边都有三五铜铃，大约在供奉时要用铃声告诉神灵或表达某种心声。

去尼泊尔的第一天上午，我们在拜会普南昌达后，高达姆先生一行带我们去了山谷西边一座小山顶上的猴庙。

这座小山像是一朵莲花，在加德满都山谷中升起。据说加德满都山谷曾是一个大湖，有佛祖在这儿一指，湖水退却，小山就显露出来。庙前的碑铭显示，这座寺庙是公元前460年马纳德瓦国王下令修建的。站在山顶，可以俯瞰加德满都城市的风貌和附近山谷的风光。

猴庙当然以猴为主，调皮的猴子注视着前来朝圣的香客。它们在围栏或佛塔的上下攀缘，做出各种可爱的动作，使人忘记这是一个严肃的宗教场所。但令人感到亲切的是这里的狗，它们悠闲地躺在人群来来往往的地上，旁若无人地做着自己香甜的梦。

这里最为宏伟的是一座用巨石砌成的白色佛塔。佛塔上方是一座金色的方形建筑，四周绘有佛眼，注视着谷地的四周。在两眼的上方绘有第三只眼，象征着佛能够洞察一切。

塔底部周围有一连串的转经筒，信徒和游客在一起转动着已经锃亮的铜质经筒。经筒上都刻有神圣的曼陀罗祷文。一排排的经幡随风飘扬，从塔尖牵向四方。

在佛塔的北面，是一座宝塔式的神庙，其中供奉着印度教执掌人们生育大权的天花女神。在佛塔西边还有一座萨瓦提神殿。这座神殿里供奉的是知识女神。这天，很多信徒在点燃油灯，信奉印度教和信奉佛教的信徒都在这座寺庙中寻求自己的慰藉。这种不同宗教在同一庙宇祭祀的现象在世界上并不多，这也是为什么尼泊尔没有宗教冲突的原因之一。高达姆先生告诉我们，在尼泊尔，无论是信奉印度教还是佛教，无论是信奉萨满教还是伊斯兰教，都能和谐相处。

在佛塔的平台上，有一位挑着鸟笼的年轻人吸引了我们。喳喳叫的鸟儿原来是等着施主将它们放归大自然。小吴动了恻隐之心，买下一笼雏鸟，打开笼门，一霎时，小鸟已飞得无影无踪。我想，尼泊尔的这群小鸟一定记得，这是一位中国姑娘赎下了它们的自由身。

当天中午，是尼泊尔编辑家协会的欢迎宴会，午饭后，我们没有休息，即去了市中心的杜巴广场。杜巴即宫殿的意思，曾经是历任城邦国王加冕并宣布其具有合法地位的地方，这里是加德满都老建筑最为辉煌的地方，也是联合国教科文组织 1979 年认定为世界遗产的地方。在 1934 年的大地震中，这里建筑曾遭到破坏，但后来都重新修缮。

广场的中心是一座三重屋檐的木亭。据说加德满都的名字就源于此。这座木亭式建筑建于 12 世纪，是从一棵婆罗双树上取材建成的。亭子中供着乔罗迦陀的神像，据说他是 13 世纪的一位苦行者。木亭的北侧不远处，矗立着一座小型的金色的神殿，里面供奉着象神。人们在这里顶礼膜拜，然后摇响铜铃，祈求象神保佑平安。广场上有普达拉普·马拉国王的石柱。国王坐在上面，被两个妻子与五个儿子簇拥着，旁边有眼镜蛇在保护着他。他面朝着自己寺院三层私人祈祷室，据说窗户始终开着，等待国王随时回家。

在这座广场上，还有一座湿婆——帕尔瓦蒂庙。这是 18 世纪修建的，时间虽然不久远，但它矗立在一座两层平台上，人们喜欢与这座性启蒙教育的女神合影。在它的廊柱上，刻上了象征生命力量的性的场面。据说这是瑜伽元素，与藏传佛教与印度教在尼泊尔的融合有关。在尼泊尔的其他神庙中，都可以见到这种色情艺术的木雕。

库玛丽神庙是尼泊尔一座最具有特色的神庙，它就是杜巴广场与另一广场的结合部。

神庙是一座三层红砖建筑，阳台和窗户上的木质雕刻十分精美，其复杂程度令人难以置信。庭院环境十分优雅，绿色的植物、高大的树木，给人一种生机盎然的感觉。院子中有一座微型佛塔，上面刻着知识女神萨拉瓦提的象征符号。活女神——库玛丽及一家就住在这里。据说这种传统源自加德满都最后一任马拉国王。为什么要选一位童女为活女神，传说很多，但没人能说清这种习俗的由来。

库玛丽必须是 4 岁开始到青春期前的女孩。选拔的程序很复杂，仅身体检查就有 32 道，最后的程序有些类似选拔达赖转世灵童的方法，入选的女孩要从很多衣服中挑出她的前一位库玛丽穿过的衣服和佩戴过的首饰。一旦入选，她和全家都会住进库玛丽女神庙中，成为人们顶礼膜拜的活神仙。不过，库玛丽女神一年只在 6 次正式庆典中才会出现在公众场合，我们无缘得见这位女神的尊容。据说，过去这位美丽的少女会出现在神庙窗户的后面，但现在由于门票价格的原因与广场的管理方不配合，她与监护人决定不再出现在窗户后面供游客观瞻。

晚上因为要去拜会总理，5 时左右，我们就依依不舍地离开了这座称为加德满都灵魂的杜巴广场。我们离开时，阳光仍很灿烂，大大小小寺庙的顶上，一片烁目的光彩。

再进入寺庙是在巴克塔普尔市。这座只有 75000 人的小市距加德满都不到一个小时的车程。进入高大的城门，有一位事先联系好的工作人员迎了上来。

巴克塔普尔市杜巴广场是王宫和寺庙的奇妙组合，更是世俗生活与神灵世界，过去与现在有机结合的典范。马拉国王全盛时期，这里有 172 座寺庙，由于战争与地震，很多建筑都遭到过破坏。我们去到的第一个王宫旧址，只留下一个水坑。据说在这个水坑的上面，当年曾是一个华美的宫殿，宫殿下面，有运兵通道，当年曾屯集着待命的军队。隔壁有持枪警察守卫的院落，院落里除一座印度教徒才能进去的庙宇外，还有国王与王妃洗澡的一座皇家浴池。铜铸的高大的眼镜蛇和盘旋在池子四周的眼镜蛇，团团围定当年水池中嬉戏的国王和王妃。贵妃出浴，那该是多么的香艳与浪漫，但现在只剩一池泛着铜绿的死水和荒芜的残垣断壁，历史留给我们的只有无尽的遐想与深思。

好在布彭德拉·马拉国王还坐在广场的大理石圆柱上，如加德满都那尊圆柱，两个妻子与五个孩子团团簇拥，双手抱在胸前，凝视着对面王宫金碧辉煌的大门。这座大门通往宫殿内院，是加德满都中最为珍贵的一件艺术品，上方刻有四头十臂的女神像。为了建这座华丽的金门和雕饰繁复的 55 扇窗户，几任国王前后接续才完成这项壮举。

国王雕像的旁边，是维特萨拉·杜加女神庙。这座石砌神庙的旁边，是著名的 Taleju 大钟，它是贾亚·兰吉特·马拉国王于 1737 年铸造的。每当清晨和傍晚钟声敲响时，城里的男女都会前往神庙祈祷。在大钟的右边，还有一口小钟，称之为"犬吠钟"。据说是为了抵消国王所做的一个梦而造。现在钟声响起时，城市中的狗也还会伴着钟声一起吠叫。

杜巴广场上，有无数座神庙，最高的，也最壮观的，是尼亚塔波拉神庙。这是一座五层 30 米高的神庙，当地也叫它五层庙。据说，它是尼泊尔最高的神庙。这座建于 1702 年的神庙，1934 年的大地震只对它造成了很小的破坏。在通往寺庙台阶的两侧，分列着五对雕像，每层塔基上都有一对。位于塔基底层的是传说中的金刚力士加亚，第二层是一对大象，第三层是一对狮子，第四层是狮身鹫首的怪兽，最高处是两位女神。掌管这一切的是密宗女神，她隐藏在寺庙之内，可惜我们无缘得见这位女神的尊容。

沿着台阶登上神庙，可见城市的全貌。几只硕大无比的木车轮子和车身躺在寺庙后面中午的阳光下，据说每年的 4 月中旬时，这些巴伊拉布大战车将被装配起来，在全城巡游。此时，神和人融会在一起，尽情欢庆一年春节的到来。

寺庙是尼泊尔人的灵魂所在，但青山则是尼泊尔人的灵性的体现。尼泊尔 147181 平方公里的土地，40% 被森林覆盖。虽然是高原地区，但由于印度洋季风的爱抚，加德满都山谷和附近的喜马拉雅山一带，郁郁葱葱，满眼的生机。无论是在距西藏边境仅 4 个小时车程的杜里凯勒市，还是在 2900 米的那嘎拉固山，森林成了这里的主旋律。9 月 14 日晚，我们住在杜里凯勒市前任市长贝尔·普兰萨德家的旅游宾馆中。宾馆房间硕大的玻璃窗户后面，就是绵延起伏的喜马拉雅山。这天夜里，我们面朝青山，头顶星光，聆听着高原的天籁，享受自然的赐予。次日，我们参观了这儿的医院，眺望附近新建的大学，绿色的原野，红色的砖瓦建筑，毫无悬念地镶嵌在一起，我们几乎不相信这儿仍是比较贫困的尼泊尔，仿佛去到了富裕的欧洲北部。

当然，登那嘎拉固山主要是希望能欣赏到日出。这天我们离开巴克塔普尔市就来到了这座 2000 多米的高山。上山的下午还是阳光普照，但夜里下起了雨，后来雨变成了雪粒，打得硕大的窗户沙沙啦啦地响。为了欣赏日出，住在顶层的我没有拉上窗帘，于是整个房间仿佛置身在苍天之下青山之中。夜里我几次起床透过硕大的落地窗眺望远近朦胧的苍山，听着屋顶和窗户上沙沙的雪粒声，惴惴中有几分刺激，不安中有几许期待。次日，由于有雾，日出的那一刻没有欣赏到，但在喜马拉雅山上与尼泊尔的同行共度的这个良宵，却让我们感到兴奋异常。在太阳出来的刹那，我在阳台上留下了纪念。果然下山的路上，小吴用我的手机给她远在北京的先生发了个短信：柱子，想着山的背后就是祖国，突然有了念家的感觉。如果有机会，我一定陪你再来这儿森林宾馆的阳台上喝咖啡，欣赏喜马拉雅山的雪景。我想，我们同行的每一个人，都会有她这种念想。

　　如果说大自然让人流连忘返，那么尼泊尔国家植物园中众多的珍稀植物，更让我们难以忘怀。不过，难以忘怀的不光是这儿繁茂的植物，还有主人精心安排的植树活动。

　　离开尼泊尔的最后一天，主人带我们来到了这个距加德满都有一个小时车程的植物园。这儿参天大树掩映，珍稀植物荟萃，不过，让我们十分激动的是，主人早就做好了准备，在一块绿草如茵的山坡上，让我们每人栽下了一棵象征着中尼友谊的树。主人还告诉我们，来这儿栽树的，还有中国人民尊敬的邓小平先生、李先念主席、林佳楣女士。后来，在伟人栽下的那些已经苗壮成长的紫杉树旁，我们每人郑重地留影，以纪念已经逝去的先贤。

　　与这些伟人相比，我们几位太微不足道了，但在主人的心目中，我们都是尼泊尔人民的朋友。我们不是某一个具象的人，我们代表的是中国的编辑，代表着每一个中国人。

　　给小树培土，浇水，挂上用英文、尼泊尔语写就的姓名铭牌，这一切对于我们太陌生了，但在尼泊尔，他们却给了我们这样的礼遇。今生今世，且不说在尼泊尔访问难忘的 6 天 5 夜，就冲着这几棵我们亲手栽下的树苗，我们能不再来一次尼泊尔，再看一眼自己亲手栽下的树吗？如果我不能来，也一定要让我的孩子，让我的朋友，代我们来喜马拉雅山的南麓，看看在尼泊尔青山之中的中尼友谊树。

栽完树，我们以青山和友谊树为背景，与尼泊尔的同行一起合影留念。

青山常在，绿树长存，历史与现在共存的尼泊尔，我们来了，我们又走了，但留在我们脑海中的，永远也忘却不了。

有这样一个乡村医生

清早，在杜里凯勒市前市长家的"太阳与雪"宾馆的后花园里用过早餐，老市长贝尔·普兰萨德先生陪我们去了市里。说是市，实际上是一个散落的乡镇，这个镇也只有 4 万人，只相当于中国的一个乡。

昨天已经听说，老市长在任期间，在这个偏远的地区，建起了一座颇具规模的医院，开办了一所大学。所以，在民主选举中连续三届被辖区的居民选为市长，如果不是任期所限，他还会继续干下去。

老市长是一个有点绅士风度的尼泊尔人，眼镜、西服，没有传统的尼泊尔帽子之类的。他三个儿子，有两个在美国学习与工作。其中昨天接待我们的，是他从美国临时回家的老二。

到了医院，我们去了会议室，结果会议室里正在召开晨会，我们退了出来，然后在医院里四处走走。病房很宽大，病床的下面都有轮子，是可以移动的。其中不少是面黄肌瘦的农民。

这所医院的设计有些特色，依山而建，下面一层楼房的屋顶是上面一层的阳台，病人可以在上面散步。不远处红砖黄瓦建筑，是这所医院的护士培训学校，再远处，是绿树掩映中的楼房。老市长告诉我们，却是他们新办的大学。

谈到这所医院和大学，老市长有些自豪。他说，这所医院不是公立的，也不是私立的，属于社团性质的医院。一切都靠自己，在这个偏僻的乡村，最初没人相信会做好。现在，这所医院有 300 个床位，聘用了 500 个员工，其中医生有 50 多名，大学也有几千个学生。医院和大学，都是用 5 年的时间建起来的。

　　我们又回到了会议室，穿着白大褂的院长夹着本子匆匆地走来。这是一个中年的汉子，头发已有些花白，神色有些严肃，目光中透露出沉稳和坚毅。

　　这里是喜马拉雅山的南麓，距中国边境只有 4 个小时的车程，周围没有工业，没有大的城市，只有相对贫困的乡村。这样一所医院，它们该如何运营，如何维持医院的生存呢？

　　面对我们的提问，院长给我们画了一张图。院长告诉我们，这儿每年有 400 万人就医，10 万人在这里做手术。但由于这里很多农民十分困难，有 19% 的患者无力支付医药费。收取的费用，加上开办护士培训学校的收入，只够维持医院的开支，医疗设备，包括会议室的桌子，都是靠社团和慈善机构捐助。对于无力支付医药费的农民，他们一律先收治，用最好的服务为他们治病。

　　后来，我问起院长个人的一些情况，才知道他曾经在欧洲留学 15 年，妻子是澳大利亚人，一个 15 岁的女儿，十分漂亮聪明。15 年前，他来到这里行医，可以说是一无所有。今天，刚好是他在这儿工作 15 年的纪念日，我们来之前，他正在日志上写下这行字，就来了中国朋友。在他 15 年的纪念日里，来了中国人，何况我们是访问这所医院的第一批中国人，他十分高兴。正说话间，一位助手进来了，他告诉我们，这位助手在英国留学 8 年，英国的医院给了他很高的报酬，希望他留在英国，但他还是回来了。

　　留学、乡村、清贫的生活，我问院长，是什么信仰在支撑着他放弃舒适的生活和更为优越的工作条件，而自愿来到乡村医院，并且在这儿工作了 15 年。他说，也有人这样问他，他过去研究过伊斯兰教，伊斯兰教里有好人也有坏人，他也研究过基督教，基督教里有好人也有坏人，现在他有些信佛，佛教里没有坏人，总是教人行善。

我终于明白为什么3000年前印度的王子会放弃舒适的生活而在菩提树下悟出真理！在这块充满灵性的土地上，是会诞生一位又一位大慈大悲的善者。而兰姆医生，正是这位普度众生的南无阿弥陀佛。

我想，我们的经济在飞速发展，社会生活发生了很大的变化，但由于某些原因，我们的社会还缺少兰姆医生这种甘于奉献，不求索取的精神。尽管回到祖国很多天了，兰姆院长还一直在我的眼前闪现。我们不是要常怀律己之心吗？那就想想生活、工作在贫困乡村的兰姆医生吧，那一霎时，每个人的幸福指数肯定会得到空前的提升！

俄罗斯纪行

提起俄罗斯，中国人感情复杂。一是俄罗斯对中国的近代发展影响深远，从近百年前阿芙乐尔号巡洋舰上的一声炮响开始，中国就注定与这个北方的国度联系在一起了。流血、革命，天翻地覆。今天，红色的俄罗斯尽管已经改弦更张，但在这片土地上产生的领袖和理论仍在它的邻国被奉为圭臬。二是苏俄文学对中国知识分子精神世界的潜移默化影响甚巨，至今仍被奉为经典。三是俄罗斯因其地缘关系与中国一百多年来的恩恩怨怨。所以，我一直希望在工作期间能访问一次俄罗斯。

2012 年 9 月，我终于借俄罗斯国际书展的机会，来到了这个神往的国度。

民谣声中的俄罗斯

飞机降落在莫斯科时是当地的 4 点，足足飞了 8 个小时。飞机落地，我的睡意顿时无影无踪。坐上大巴，两眼紧盯着窗外，急切地希望知道这片黑土地上的一切。

天气阴沉，有淅沥小雨，因为有国内机场的印象，感觉这儿的机场比较陈旧，机场外也比较杂乱。出了机场，没有笔直的高速公路和整洁的花圃，公路两边是森林和无序的杂草。导游是中国在莫斯科的留学生，小伙很精干，但显得有些油。甫上车，他就迫不及待地进入正题，用四句顺口溜，介绍他眼中的俄罗斯。后来在彼得堡，另一个女导游也是中国的留学生，她也多次提到概括俄罗斯人现状的这个经典版本的顺口溜。

青草地上白雪盖，

拉达比奔驰跑得快，

姑娘大腿露在外，

干活都是老太太。

第一句讲的是俄罗斯的气候，每年10月底开始下雪，到第二年4月方冰化雪消。由于雪下得急，青草尚是葱绿一片，漫天飞扬的大雪已急切落下。青草来不及枯萎，或者比较耐寒，雪被厚厚地盖上，就形成了这样一种"白雪青草"的景观。第二句说的是俄罗斯出产的"拉达"轿车便宜，加之俄罗斯对车速没有限制，这种火柴盒似的轿车在马路上肆无忌惮地狂奔，速度比奔驰都跑得快。后来我特意留意这种霸王车，果然领略了驾车人的风采。一次是在克里姆林宫的入口处库塔菲亚塔楼前，一辆拉达的左车灯坏了，用黑色塑料布加胶带粘上。第二次是在一个小区里，拉达车的后半部被撞坏了，也是用黑色的塑料布绑上仍旧在使用。第三句说的是俄罗斯的少女们爱美，尽管俄罗斯冬天常常冷到零下30多度，但姑娘们仍然穿着超短裙，露着颀长的大腿——结果是俄罗斯的妇女大多患有关节炎。第四句是说俄罗斯的男人酗酒成性，平均寿命只有59岁，男人死了，老太太孤单只好用工作来打发时光。但一种说法是俄罗斯的青年人不爱工作，也有不少是啃老族，老太太挣钱是用来补贴家用的。我后来在博物馆、纪念馆、火车站，果然看见不少老太太晃着臃肿的身子，仍"坚持"在工作岗位上。这种老太太饱经沧桑，大约看透了人世，服务意识往往比较差。我们在彼得堡回莫斯科的火车车厢上，就碰上一位老太太服务员。她板着脸，一副拒人于千里之外的神情，那样子恰似中国监狱里管教犯人的警察。

红场与克里姆林宫

到俄罗斯必到红场。

红场是全世界知名广场之一。它和威尼斯的圣马可广场，罗马的圣彼得教堂前广场及巴黎的协和广场媲美。1812 年，拿破仑在此举行了阅兵大典，1945 年，苏联在这里举行了卫国战争胜利大检阅。但作为我们这一代人，提到红场，眼前就会呈现克里姆林宫塔楼上那颗照亮了全世界的五角星，就会呈现红场上阅兵的场景。昂首挺胸的士兵，隆隆驰过的坦克，挥手的领袖。特别是二次世界大战中，当德国法西斯围困莫斯科时，红场上高昂的军乐声，久久地回荡在莫斯科的上空，鼓舞了全世界反法西斯阵线的军民。未到红场时，我不由想到中国的天安门广场，宽阔、恢弘，一眼望不到边，红场实际上不到天安门广场的十分之一。由黑色花岗岩地砖铺就的红场，略显凸凹不平，其一边是国家博物馆，一边是圣瓦西里大教堂，红墙下是列宁墓，对面就是购物的古姆百货商店。

未进红场前，是一道铁栅栏，遵照导游的嘱咐，行人掏出相机和手机，通过安检，方可走近红墙脚下。走近红墙，我才发现这儿的墙上嵌着许多铭牌，铭牌前面是一束束鲜花。原来自 1924 年列宁墓建成后，这里就成为"克里姆林宫红场墓园"的中心。红墙边葬着苏联共产党及世界各国共产党政治或军事领袖、科学家与文化界人士，如文学家高尔基、列宁夫人克鲁普斯卡娅、二战英雄朱可夫、宇航员加加林等。紧靠列宁墓后有 12 位带半身塑像苏联领导人的纪念柱，地面上有他们的墓碑。他们是斯维尔德洛夫、伏龙芝、捷尔任斯基、加里宁、日丹诺夫、斯大林、伏罗希洛夫、布琼尼、苏斯洛夫、勃列日涅夫、安德罗波夫和契尔年科等。

列宁墓是一个半地下建筑，墓顶是检阅台，向下走几步台阶右转，就是列宁安息的地方。这里光线较暗，四目相视，是守卫幽幽的目光，到了水晶棺前，只见一束白光从上而下照到列宁的面部上，依然是那个在电影里翘着下巴思考问题的老头形象。他左手微微地伸着，还仿佛在倾诉着什么。我打算靠近水晶棺前仔细瞻仰领袖的尊容，但被和蔼的警卫示意不可逗留。

红场上正在搭建舞台，还有很多的帐篷，据说不久要在这里举行世界军乐队表演。其中，有三色旗的俄罗斯士兵，要从列宁的墓前走过，我希望这一切变化不会惊扰伴着镰刀斧头安睡的伟人。

告别列宁墓，我与中青社师东兄一起，由九座洋葱头组成的圣瓦西里教堂往前，沿着涅格林卡河与克里姆林宫城墙之间的人行道，一睹雄伟的塔楼和高大的城墙。

克里姆林宫是中世纪俄罗斯公国时期修建的一座城堡，随着俄罗斯的统一，逐渐发展成为俄罗斯宗教、经济、文化的中心。整个城墙长约 2235 米，拥有 18 座塔楼。城墙用特别烧制的大块石砖砌成，墙堞是欧洲城堡才有的形制，远看犹如中国古制的刀币。行走约一个小时，我们来到了红场边无名烈士纪念碑。纪念碑是一口放在地上的棺材，上面饰以军旗和头盔。这儿站岗的军人换岗是一道风景，他们昂首挺胸，略显夸张地迈开正步，互致军礼后笔直地持枪屹立在墓旁。这些战士都很年轻，他们虽然没有经历过血与火的岁月，但他们知道墓里是卫国战争中牺牲的 2700 万亡灵，从不熄灭的圣火象征了他们不死的精神。

克里姆林宫是苏联和俄罗斯领导人办公的地方，也是游历莫斯科游客必到的地方。

进入克里姆林宫，最引人注目的是圣母安息大教堂、圣母报喜大教堂、耶稣解袍大教堂、大天使教堂等由欧洲建筑大师们修建的皇家教堂。金碧辉煌的洋葱头式尖顶，造型各异的设计，白色花岗岩的外墙，内部墙壁上庄严肃穆、精美绝伦的宗教绘画，展示着俄罗斯悠久的宗教历史和宫廷信仰。除了这些曾统摄着俄罗斯人精神的教堂，这里最有影响的当数克里姆林大宫殿。那里过去是沙皇办公和一家人居住的地方，现在是俄罗斯最高权力机关及普京办公所在。但大宫殿正在修葺，我们只能从画册中去领略里边无尽的奢华。当然，还有远从 14 世纪沙皇时期就修建的兵器陈列馆，现在里边陈列着 4 世纪到 20 世纪的工艺饰品，包括珍贵的莫纳麻赫皇冠。当然，这里还有苏联时期修建的与这儿风格很不协调的大会堂。

站在克里姆林宫一侧的花园，可以眺望涅格林卡河和莫斯科城市的风光。河上，有自在的船，路上是川流的车，天上是变幻无穷的云，云下是鳞次栉比的高楼和一代又一代生生不息的俄罗斯人民。

游克里姆林宫，普京办公的克里姆林大宫殿正在维修，虽然我们无从得见总统本人，但我们在这里看见并体验了一个民主国家领导人、政府与民同在的情景。

新圣女公墓

新圣女公墓是莫斯科的另一个景点。

旅游去看坟墓，未出国门的中国人也许不解，但到了国外，就会发现公墓不仅是人死后安葬之处，而且也是一个通过艺术的方式净化心灵，追求崇高，向往永恒的圣地。国外很多墓地在城市中央，靠近坟墓的房子比有山有水的豪宅还要讨人喜欢。

这就是文化的差异。

新圣女公墓在莫斯科的西北角，过去是彼得大帝囚禁姐姐索菲亚公主并埋葬她的地方。后来有一些教会上层人物和贵族也安葬在这里，19 世纪，俄罗斯一些精英死后相继安葬在这儿，他们都是不同时期为俄罗斯发展作出重要贡献的人物。所以，新圣女公墓不仅是俄罗斯雕塑艺术的一个缩影，更是俄罗斯历史教科书的重要一页。

新圣女公墓占地 7.6 公顷，但已经安葬了 2.6 万个亡灵。政治精英、文化名流、科学巨匠、战斗英雄相聚在一起，在风格各异，大小不等的墓地里诉说着人类的终极话题。

普希金、果戈理、契诃夫、小托尔斯泰、奥斯特洛夫斯基、法捷耶夫、戏剧理论家斯坦尼斯拉夫斯基等，因为工作的缘故，我对这儿作家的坟墓印象特别深刻。

果戈理的坟墓上方是一个十字架，十字架下是一个没有头骨的作家。据说，果戈理死后，一个极其崇拜他的著名戏剧家巴赫鲁申说服了守墓的修士，割下了他的头颅供奉在家中。后来这位粉丝虽然交出了心中偶像的头骨，但在另一次迁徙过程中作家头颅又不知所终。与果戈理相邻的是批判现实主义作家契诃夫，这位作家以精巧的短篇小说而使中国读者倾倒，他的代表作品是《变色龙》和《套中人》。小托尔斯泰坟墓的墓碑上雕刻的是他作品中的故事，健康的村妇、飘飘的裙裾，还有《狼和小羊》的故事。当然，最让我们熟悉并鼓舞了无数中国青年人的还是创作了《钢铁是怎样炼成的》一书的作者奥斯特洛夫斯基。他的一只手放在书稿上，饱受疾病折磨的身体微微抬起，眼睛凝视着远方，墓碑下方雕刻着伴随了他大半生的军帽和马刀。墓碑上的雕刻逼真地再现了他临终前的时光。

当然，这里还躺着国人熟悉的政治家赫鲁晓夫、叶利钦以及共产国际的宠儿王明。

赫鲁晓夫的墓碑是用黑白相间的大理石设计而成。在 3 米高 2 米宽犬牙交错的几何形状中，赫鲁晓夫圆圆的脑袋嵌在其中，微笑着仿佛正倾听着过往行人的评价。很显然，雕塑家伊兹维斯内用黑白相间的对比，形象地表现出了赫鲁晓夫一生的功过和是非。其实，赫鲁晓夫生前对雕塑家伊兹维斯内并不友好，他曾用轻蔑的口吻，指责雕塑家"吃的是人民的血汗钱，拉出来的却是"臭狗屎"；尾巴甩出来的东西，也比涅伊兹维斯内的作品强"。但当赫鲁晓夫去世后，宽容的雕塑家对其家人的央求并没有推托，他用艺术形式恰当地表现并评价了墓中主人公功过参半的一生。

赫鲁晓夫是苏共领导人，按说应当安葬在红场列宁墓边而不是新圣女公墓，原因至今仍无权威解释。一说赫鲁晓夫本人不愿与斯大林葬在一起，一说勃列日涅夫不愿将赫鲁晓夫安葬在那儿，理由是赫鲁晓夫死时已经退休，不再是苏共领导人。于是，赫鲁晓夫与将他赶下台的政治敌人波德格尔内安葬在同一个墓地。

叶利钦是俄罗斯的第一任总统，他死后也来到了新圣女公墓。他的坟墓的造型是一面俄罗斯三色旗。这面类似俄罗斯国旗的坟墓毫不起眼地放置在一片空地上，没有墓碑，也没有他本人的雕塑。正如他生前的平民作风一样，叶利钦死后依然保持低调和俭朴。距他的墓地不远，是苏联总统戈尔巴乔夫夫人赖莎的墓地。据说戈尔巴乔夫也已将他自己的墓地选在夫人旁边，如此两位政见截然相反的宿敌将会在这里殊途同归。

当然，在这座异域的名人公墓中，最让我惊讶的是看见了中国共产党领导人王明的雕塑以及他的妻女。

这个黄皮肤、戴眼镜的革命者被当下的中国历史定格成了一个左倾机会主义者和冒险主义家。他在新中国成立后就来到苏联养病，从此没有回到自己的祖国。我不明白，是他自己生前决定死后留在异邦，还是俄罗斯人决定在新圣女公墓安葬这个游荡的孤魂。当然，也许他生前早就知道，按照中国的政治生态，假如他回到故园，毋庸置疑，他的尸骨早就灰飞烟灭了。

新圣女公墓只有 7.6 公顷，面积并不大，但这里是一部浓缩的俄罗斯历史，也是一部俄罗斯人的精神成长史。"人生自古谁无死，留取丹心照汗青"。在这儿，凡是为俄罗斯历史做出过贡献的人死后都会受到尊敬，包括籍籍无名的卓娅和舒拉，还有俄罗斯首任马戏团团长和他的狗，包括芭蕾舞演员乌兰诺娃。这就是俄罗斯人的高明之处，这就是传统的东正教熏陶出的俄罗斯人民。尊重历史、宽容异己、和平共处，社会才会健康地发展。这对于我们当代中国人来说，应当有借鉴之处。从这个角度看，莫斯科新圣女公墓对于来访的中国人而言，就绝不仅仅是一个旅游景点了。

圣彼得堡，俄罗斯帝国的皇冠

俄罗斯作家安齐费罗夫说，了解圣彼得堡，最好是从空中鸟瞰：整齐划一的街道、建筑，波光粼粼的大小运河，连接着 40 多个小岛的 500 多座桥梁，圣彼得堡犹如一个能工巧匠雕塑出的巨大的艺术品，被放置在地球的一端。这里有美轮美奂的宫殿，有金碧辉煌的教堂，有造型各异的桥梁，还有那日夜流淌着歌声和音乐的涅瓦河。如果说，莫斯科是俄罗斯的心脏，这里就是俄罗斯的皇冠，它代表着这个昔日帝国曾经的自豪和荣光。

我们来到彼得堡时值初秋的清晨，空气中弥漫着潮湿的凉意，整个城市都还在睡梦中，只有橙黄色的路灯和各式建筑上的装饰灯，勾勒着彼得堡的历史和艺术。我们沿着空旷的涅瓦大街，驰过一座又一座横跨城市的河流和桥梁。早餐后，导游将我们带到涅瓦河畔的大学滨河街美术大楼前，聆听这条英雄的河流不舍昼夜的心声。这时，还是黎明与黑夜难舍难分的时刻。城市的轮廓正被一层轻纱笼罩着，渐渐地，东方透出了黎明的曙光，河对岸的建筑与远处橘红色的海神柱显露出了全部的神韵，近处的涅瓦河水从深黑变成浅蓝，湍急的波光和岸边狮身人面像的倒影，一齐向我们诉说和展示着这座城市的魅力。

与地球上所有的城市发展不一样的是，这座城市的肇始是主人按照自己的设计蓝图建造而成的。尽管后来物换星移，岁月沧桑，但也没有改变城市的布局和结构。

这座城市与俄罗斯历史上一位伟大的君主彼得大帝紧紧地联系在一起。彼得年轻时，曾化装到欧洲游历和做工。他深深地迷恋上了欧洲的文明和科学技术，即位后，积极地向欧洲敞开大门学习。1703 年，通过北方战争，他从瑞典人手中夺得这片出海口，为了让俄罗斯全面融入欧洲，彼得大帝决心在这片沼泽地上建设一座融会欧洲文明与俄罗斯文化的全新的城市。无论是街道、建筑还是河流、桥梁，所有的工程都是按照主人设计的蓝图建设，有些重要的工程，是彼得大帝亲自指导设计、修建的。就连这座城市房屋的高度，除了教堂和重要的纪念物，都规定一般不得超过五层楼。从空中鸟瞰，整座城市如一座浮雕，镶嵌在大自然优美的胸膛上。

因为建在沼泽地上，这座城市的一个重要特点就是河流多。穿行在城市中的除了涅瓦河，还有喷泉河、格里博耶多夫河、莫伊卡河和众多渠道。有河就有桥，这些河渠上的桥是彼得堡的特色之一。它们有的笔直，有的成拱形；有的庞大，有的小巧；有的简洁明快，有的繁复精致。这些桥有石头的，有水泥的，也有钢铁的。它们都有自己独特的结构、形式及装饰性的雕塑。如阿尼奇科夫桥上装饰着四组雕塑群，它们都是同一个主题——驯马。更多的桥上装饰的是狮子。这些狮子有石制、铜制和铁制的。一般在狮子桥的两端各摆放着两个狮子的雕塑，"狮子"嘴里衔着铁索，托起桥梁，象征着力量、强盛和王权。当然，彼得堡还有一种可以开合的桥——涅瓦河上一座座用钢铁架起的桥梁。白天，这些桥梁从河中间合上供行人通过，到了夜晚，这些钢铁桥梁会用绞索拉起，像一匹匹骏马扬蹄奋鬃。从施密特中尉桥开始，按照从下游往上游的顺序次第开启，"三位一体"桥、宫廷桥，直到大奥赫特桥。一艘艘轮船从骏马的蹄子下穿过，从芬兰湾驰进市内，又有一艘艘轮船擦肩而过驰向大海，驰向欧洲。这些桥连同花岗岩的堤岸，铸铁的雕栏，造型精美的路灯，一起构成了彼得堡特有的景观。

彼得堡的另一个特色是用桥梁连接起来的广场和广场上的雕塑。

当我们跨过一座座风格各异的桥梁，穿过一道道用欧洲特有的黑色花岗岩铺砌的街道，从一座座教堂或者某一位名人的故居门前匆匆走过时，你不经意，就会进入一个广场。在彼得堡，这种广场犹如一串串绿色的宝石，镶嵌在城市的中心。它们是奥斯特罗夫斯基广场、艺术广场、皇宫广场、十二月党人广场、伊萨克广场等。这些广场除了冬宫前的皇宫广场外，一般都算不上宽阔。但所有的广场上，一定都会有一组雕塑。这些雕塑的主题，一定是在俄罗斯历史上产生重要影响的人物。

也是一天清晨，穿过花园中的丛林，踏着露水，迎着朝阳，我们来到了十二月党人广场。广场虽然为纪念俄罗斯历史上因起义被枪杀的十二月党人命名，但在广场中央，一块巨石上，屹立着彼得大帝的骑马塑像。彼得横跨马背，目光注视前方，挥手向前。马的前蹄腾空，后蹄踩着一条大蛇。这尊由叶卡捷琳娜二世于 1782 年下令修建，法国雕塑师法利科内制作的彼得塑像，栩栩如生地刻画出了彼得大帝这个新都开拓者、改革者、立法者的雄心和百折不挠的坚强意志。

彼得的改革并非一帆风顺，不仅是贵族、保守派，就连他的亲生儿子阿列克谢，都不理解他强硬的改革措施。他要求贵族从 15 岁起就要服兵役；要求俄罗斯人剪掉视为命根子的胡子，否则要交重税；要求剪短传统长袍，推行欧洲人的服饰；要求改变俄罗斯旧历使用公元纪事；他在圣彼得堡开设科学院、大学，要求各省设立技术学校，并且全面翻译欧洲的教材供学生使用；他建立博物馆和图书馆供市民阅读，并不惜拿出自己的薪酬。他一手描绘着建设的蓝图，一手挥舞着鞭子，不管保守派和反对者如何阻挠，他也不改变自己要将落后的俄罗斯带向世界强国的决心。为了推行改革，他不惜将亲生儿子阿列克谢及政变者一起关进彼得要塞监狱甚至杀掉。所以任何的历史学家都不否认，如果没有彼得这些近似疯狂的举动，俄罗斯今天不会拥有这样广袤的土地，强盛的国力，悠久的文化，统一的信仰。

与十二月党人广场相距只有几个街区的国立俄罗斯博物馆前的艺术广场上，是一尊挥着右手的普希金塑像。彼得堡是普希金读书求学的城市，也是他施展才华的舞台，还是他结束生命的驿站。在这座城市，有很多座关于普希金的雕塑，还有他的纪念馆和研究院。普希金是这座城市的灵魂，也是俄罗斯文学的奠基人。这位伟大的天才诗人、作家一生向往自由，同情十二月党人，但他对身为沙皇的彼得却从内心里生出景仰之情。他在观看了彼得的青铜雕像之后，曾写出了著名诗篇《青铜骑士》。他写道：呵，你命运的有力的主宰，不正是这样一手握着铁缰，你勒住俄罗斯在悬崖上面，使她扬起前蹄站在高岗。所以，圣彼得堡这个波罗的海畔的明珠，是彼得大帝统治时期勇气、意志与国力的象征。

当然，这座城市还有无数恢宏的宫殿和教堂，那里不仅展示了沙皇时代的奢靡，也留存了俄罗斯民族包容开放的建筑艺术。大理石宫、尤苏波夫宫、玛丽娅宫、叶卡捷琳娜宫、康斯坦丁宫、彼得宫和紧倚着涅瓦河和那艘阿芙乐尔号巡洋舰的冬宫。这些宫殿中不仅演绎了一幕幕宫廷权谋与专制，也记录了这个分裂的民族如何演变为一个世界强国的历程。伊萨克教堂、圣血教堂、喀山教堂，教堂里不仅只有圣像和圣画，还有俄罗斯人从宗教中获得的宽容与尊重。所以，在圣彼得堡，你通过任何一座桥梁，都可以抵达这个城市的历史褶皱与灵魂深处。

圣彼得堡的创意是属于彼得大帝的，但完成这个构思，赋予这座城市以荣耀和永恒的，实际上是叶卡捷琳娜二世女皇，那个继承了彼得大帝改革开放的意志，使俄罗斯真正融于欧洲并征服了欧洲的人。

叶卡捷琳娜二世的登基我们且不管历史学家如何评价了，但对于混乱的俄罗斯而言，她的开明果敢，谦虚好学，励精图治，给这个民族，给圣彼得堡带来了福音。在那个弱肉强食的时代，她领导的俄罗斯军队东征西讨，拓展了 67 万平方公里的国土。她推行新经济政策，使俄罗斯的人口数量、经济总量和财政收入大幅增加。彼得大帝在世时，制订了圣彼得堡发展的宏伟蓝图，并修建了城市中的部分重要建筑。但是一场大火，让圣彼得堡大部分的建筑毁于一旦，于是她重新请人设计这座城市，让城市的布局更加科学和美观。她不再用木材修建这里的房屋，代之以坚硬的石头。为避免芬兰湾的海水倒灌，她下令在城市中开辟众多的运河，并将原来寿命很短的木桥改成石桥和铜桥、铁桥。她酷爱读书，与欧洲重要的哲学家、科学家、文学家探讨关于国家治理和哲学、文学、科学的重要命题。鉴于她治下的俄罗斯日益强大，鉴于她对科学与艺术的眷顾，哲学家伏尔泰写诗赞美她："呵叶卡捷琳娜，能目睹您的丰功伟绩，聆听您的谆谆教诲，是三生有幸！"狄德罗在写给她的信中说："尊敬的公主，我匍匐在您的面前！"这个领导了俄罗斯 35 年的女人辞世后，俄罗斯人怀念她的功绩，将她与彼得一起尊称为"大帝"。

告别圣彼得堡的前夜，我们穿过涅瓦河上一座正在维修的桥梁，来到河对面的玛林剧院，观看被称之为俄罗斯国粹的芭蕾舞《天鹅湖》。这座历史悠久的剧院，在俄罗斯艺术发展史上曾有着重要的地位，中国人熟悉的柴可夫斯基等巨匠，在这里表演并完善了他的理论。《天鹅湖》是这座剧院的保留剧目，近百年来上演不衰，尽管我们只是这座城市中的一员过客，但当音乐响起，无论是演员还是观众，都沉浸在那如梦幻般的圣洁天使的命运之上了。我相信所有来到圣彼得堡的人，任何时候，当他或她脑海中浮现这座城市时，耳畔一定会响起《天鹅湖》那优美的旋律。

演出结束，正是圣彼得堡华灯璀璨的时分。整座城市，在灯光的烘托下，如同晶莹的夜明珠在深蓝的天际大放光明。涅瓦河上的一座座桥梁，连同那迷离的灯光，如长虹卧波，将两岸瑰丽的建筑，将俄罗斯的过去与现在，辉煌与荣耀，牢牢地焊接在一起。

圣彼得堡，俄罗斯的皇冠，如果有机会再来到这个被人称为"北方威尼斯"的城市，我们一定要走遍这个城市中的每一条河流，走过这些河流上的每一座桥梁。也许，我们会更加明白，一个国家的强大，一个民族的崛起，只有与世界架起更多的桥梁，我们的心灵才会更加辽阔，我们的生命才会更加顽强。

一个匍匐在大地上的人

——在托尔斯泰墓前的随想

1

这是一个长方形的土堆。在枞树、橡树、桉树和松树的呵护下，在九月亚斯纳亚·波良纳的树林深处。

已值正午，斑驳的阳光从树隙间透过，闪闪烁烁地洒落到长满青草的长方形土堆上。土堆前没有任何文字说明，也没有雕塑或者墓碑之类的标志。如果不是在托尔斯泰庄园，没有人会相信土堆下面埋葬着世界上最伟大的思想家和文学家列夫·托尔斯泰。

刚才还一路喧哗的游人瞬间静寂下来，空气中弥漫着森林和青草的气息，人们围绕着这个土堆行注目礼。有人蹑手蹑脚地走到土堆前，献上临时采折的一片树叶或者一朵野花。那神情中，满是崇敬和怀念。

我们一行——湖北作家和学者代表团 6 人，冯天瑜、熊召政、徐鲁、汤旭岩和我，飞越高山、江河、湖泊和大漠，飞越森林、草原和城镇，从中国来到俄罗斯。我们的目的之一，就是到这个距莫斯科 200 公里的雅斯纳雅·波良纳，瞻仰长眠了 108 年的世界大师。

现在，我们站在俄罗斯最高贵、最伟大的巨人最简陋的坟墓——一个土堆前，凝视着那个和泥土融为一体的托尔斯泰。

2

托尔斯泰和所有的人一样，没有逃脱死亡的魔咒。1910 年，阿斯塔波沃火车站，一心要离开贵族家庭，到人民中去的托尔斯泰因风寒导致肺炎而告别了人世。这年，他 82 岁。至今，岁月已流逝了 108 年。但托尔斯泰，如天上的星辰，仍照耀着这个日夜旋转的星球。

托尔斯泰家族，无论他的父系还是母系，在俄罗斯历史上都是显赫至极的：枢密院首脑、将军、省长、伯爵、贵族……他们拥有权力和财富，拥有那个时代的尊严和骄傲，但只有一个 2 岁失恃，9 岁失怙，自认为长相丑陋的小托尔斯泰，后来成了世界文豪。他与他的作品一起，永远生活在一代代人的记忆中。也因为他的卓越成就，托氏家族才得以让世人熟知。

是什么赋予了托尔斯泰超人的艺术才华？是家中那个盲人讲的民间故事，还是亚斯纳亚·波良纳美丽而迷人的风光。有研究者说，是普希金发表于 1821 年的长诗《拿破仑》唤起了托尔斯泰对文学的兴趣。除此之外，卢梭对少年时代的托尔斯泰影响也非同凡响。托尔斯泰自己说，他 15 岁前读完了卢梭的 20 卷作品并且将一枚刻有卢梭画像的纪念章挂在胸前，而不是十字架。当然，托尔斯泰也如饥似渴地阅读了他那个时代所有的经典作品，如果戈理、陀思妥耶夫斯基等。当然，最重要的，是俄罗斯广袤的土地和生活在这上面的人民，是托尔斯泰生活了 70 年的雅斯纳雅·波良纳。这儿，寄托了他对祖国俄罗斯所有的爱与眷恋。"如果没有雅斯纳雅·波良纳，我将难以理解俄罗斯以及我对它的态度。"他在一篇散文中如许倾诉。

1852 年，时年 24 岁的托尔斯泰，和哥哥尼古拉一起，来到了高加索的战场上。两年前，他从喀山大学休学回家了。在战事之余，他修改完成了在家乡图拉就开始创作的带有自传色彩的中篇小说《童年》，并将此寄给了当时颇负盛名的《现代人》杂志的主编涅克拉索夫。

从此，俄罗斯文学的上空升起了一颗耀眼的新星，托尔斯泰的作品，受到了评论家涅克拉索夫、屠格涅夫、车尔尼雪夫斯基、德鲁日宁等人好评。《现代人》杂志是托尔斯泰崇拜的诗人普希金所创办，现在由诗人、评论家涅克拉索夫担任主编。涅克拉索夫是最先看到托尔斯泰作品的人。他在看完《童年》后写信给托尔斯泰，称赞"作者的思想倾向，故事的质朴和真实性都是这部作品的不可剥夺的优点"。屠格涅夫看完托尔斯泰的《塞瓦斯托波尔纪事》后在写给友人巴纳耶夫的信中，称文章"精美绝伦"。车尔尼雪夫斯基撰文评论托尔斯泰的《童年》，称赞其写出了"触及灵魂的辩证法"。

《童年》的成功坚定了托尔斯泰创作的信心，他一发而不可收，断断续续写了27个中短篇小说。在他开始创作的前7年中，他的创作都与那个进步的《现代人》杂志密切相关。他的自传体三部曲中的《童年》《少年》《青年》，通过对主人公尼古连卡性格的形成过程，写出了贵族生活方式对人的不良影响，提出了摆脱不良影响的方式是"道德上的自我完善"。

让托尔斯泰引人注目的还是他那些战争小说。他在高加索相继写出了《袭击》《伐木》《暴风雪》《两个骠骑兵》，还有以他熟悉的赌博生活写出的《弹子球记分员手记》。他写出了高加索人的勇敢、真诚与自信，以及高加索的道德风俗，托尔斯泰因此受到了高加索人的尊敬。当100年后俄罗斯与车臣发生冲突，苏联和俄罗斯建立的博物馆和塑像都被车臣人破坏，托尔斯泰的纪念馆与塑像则毫发无损。

塞瓦斯托波尔的系列战争纪事，是托尔斯泰用生命抵近战场的一次文学体验。他写出了《十二月的塞瓦斯托波尔》《五月的塞瓦斯托波尔》《1855年8月的塞瓦斯托波尔》。这些作品在《现代人》杂志发表后，据说俄皇后读后为之而流泪。尼古拉沙皇二世下令将其翻译成法文发表在官方的《北方》杂志上，并要求将托尔斯泰调离战斗区域，担心这样一个天才死在战场上。这篇作品托尔斯泰用熟人闲聊的口吻表达个人对战争的观感，对战争的残酷的描述，对战士的英雄气概和苦难遭遇进行了不动声色的描写，这是他至此最为成熟的作品。

是的，棱堡和整条壕堑上竖起了一面面白旗，开满鲜花的山谷满是臭味四溢的尸体，明晃晃的太阳正朝着深海的海面缓缓下沉，大海的蓝色波浪在金色的阳光照耀下熠熠闪亮。成千的人聚到一起互相打量、交谈、微笑。我们不妨认为这些人——这些承认共同的爱之法则的基督徒——一旦看到他们所做的事，会立即跪下来在上帝面前忏悔。

这些经历，为他以后创作《战争与和平》中写作战争场面积累了丰富的生活素材。

3

祖国和人民，从托尔斯泰这些早期的中短篇小说的创作中已经露出了一些端倪，后来，在他的长篇小说创作中，则成为主要的基调。

34 岁那年，他娶了宫廷御医、八品文官别尔斯 18 岁的二女儿索菲娅，这让一直不安分的托尔斯泰感到"久已没有的和平与安全"。在爱情的荫庇下，他创造的灵感被激发了，一部部优秀的作品在托尔斯泰的笔下流溢而出，终于，一部传世的史诗诞生了。

《战争与和平》是托尔斯泰这个时期创作的最具代表性的史诗性作品。小说以 1812 年的卫国战争为中心，以鲍尔康斯、别祖霍夫、罗斯托夫和库拉金四大家族的经历为主线，在战争与和平的交替描写中对贵族在祖国生死存亡的关键时刻所起的作用、人民在战争中的作用等社会重大问题进行探索。

这部小说的手稿现在保存在俄罗斯国家档案馆中，共有 5200 多页，其中作品的开头就有 15 种之多。开始托尔斯泰只计划写一部关于十二月党人的作品，后来，他在对历史资料的研究过程中，将自己的笔触延伸到了 1812 年的卫国战争。托尔斯泰力求让每一个细节都符合历史的真相，他广泛搜集当时的文件和书信，当事者的回忆录。他的岳父别尔斯为了支持女婿的事业，也积极为他收集资料，提供书籍和当事人的信件。托尔斯泰还专程到战役发生地鲍罗金诺去实地考察，为了写好这部让他激动不已的小说，他动用了自己的全部生活储存，包括他宠大家族的光荣与梦想，他在塞瓦斯托波尔所感受到的俄罗斯的国魂和它的伟大生命，还有他的疯狂的赌博生涯，最后连他可爱的妻子、活泼的小姨子塔妮娅都作为素材写进了这部小说。

这部本来只计划写几个贵族家庭生活的小说，最后变成了一部具有宏大历史规模的史诗性作品，而促使托尔斯泰拓展表现领域的则是一位十二月党人费·格林卡的信件。这位俄国军官的信件发表后在当时引起了轰动。信件中，这位亲历了卫国战争的军官呼吁沙皇政府让人民的愤怒合法化："所有的人，每一个能够拿起枪来的人，都拿起枪来！"托尔斯泰因此修改了主要人物的发展线索，展现了宏伟壮丽的人民战争的场景，写出了千万生灵的悲壮，并插入了许多哲学和历史性的议论。

这个时期，年轻的妻子给予托尔斯泰意想不到的快乐。他沉浸在这种极度欢愉中，促使他身上迸发出惊人的创作能量。《战争与和平》的写作就充分体现了这一点。1863 年 10 月他在写给亚历山德琳的信中说：

我以前从未觉得自己的心智，甚至所有的道德力量，会像现在这般不受拘束，能够完全胜任工作。我在心里已经对工作有了整体构思。这项工作就是完成一部时间跨度大概从 1810 到 1820 年的小说……我现在是一个充满灵魂力量的作家，写作和思考时所处的状态完全不同于以往。我是一个快乐而安宁的丈夫和父亲，无须对任何人隐瞒什么，心里别无他念，唯愿一切将永远这样持续下去……

4

65 岁开始，托尔斯泰就开始考虑自己的后事。那时，他 7 岁的小儿子万涅奇卡死于猩红热，托尔斯泰夫妇俩伤心至极。他在日记中写下他希望如何处理自己的身后事，他的理想的葬身地是简陋的公墓，没有鲜花，没有神父，更不要有讣告。

追求生活的质朴与简单，是托尔斯泰成年后一直思索的问题。年轻时的风花雪月、纸醉金迷让他惭愧。他在《战争与和平》中借列文之口表达了自己的忏悔。这一次，他通过《忏悔录》这本书，系统地表达自己对于社会与人生的思索，在思想上完成了从贵族向平民的转变。

1881 年，托尔斯泰发表了《忏悔录》，坚定地表示要转到劳动人民方面来，"我学会了爱这些人。我愈了解他们的生活，我愈爱他们，我的生活也过得愈安闲舒适"。

当时，《忏悔录》的原名是《一部未出版的作品的序言》，这部未出版的作品是东正教大主教马卡里的《东正教教条神学》。因为涉及教会，托尔斯泰的作品被送到宗教审查委员会审查。审查没有通过——托尔斯泰被认为对东正教态度不敬。审查委员会要求杂志社将刊有《忏悔录》作品剪掉销毁。但是，托尔斯泰的《忏悔录》却在地下广泛发行，具有讽刺意味的是，发行人却是俄国警察总长的亲戚。

托尔斯泰思想转变的主要原因，是俄国农奴制度改革后 20 年的现状。"农民忍饥挨饿，大批死亡，遭到前所未有的破产，他们抛弃了土地，跑到城市里去。"

1882 年，托尔斯泰参加了莫斯科的平民调查，并且请求在最穷的地段任职。目睹因饥荒而流入城市的贫民的悲惨现状，他写成了《论莫斯科人口普查》一文，"这次调查，在我们这些富裕的受过教育的人们面前，展现出那隐藏在莫斯科各个角落里的贫困和压迫的全貌。"他亲自到国会杜马去朗读自己的文章，并将文章印发给参加人口的普查员——一群贫困的大学生。

现实让托尔斯泰的思想发生了巨大的改变。正如他在《人生论》中引用帕斯卡尔的那句话，人是"会思想的芦苇"。他的内心，一直放在基层民众的身上，"一种奇特的，纯粹是生理的感情"。他觉得，"劳动民众的人生即人生本体，而这种人生的意义方是真理"。

"我感到地狱般的痛苦。我回想起我过往的卑怯，这些卑怯的回忆缠绕着我，他们毒害了我的生命。"

他要成为新人了。为此，他身体力行，要改变自己的贵族习气。他在 1884 年 6 月 18 日的日记中写道：

"我一直在改变自己的习惯，起得早，多做体力劳动。……酒已经完全不喝，喝茶时也不把糖放在茶里，而只是吮着糖块喝，肉已经不吃，烟还在抽，但抽得已经比较少。"

他放弃打猎，改吃素食。他亲自参加耕地、做木活、当皮匠，给寡妇犁地，穿农民一样的简便衣服，扎草绳。每当家里开舞会，他关在房子里，很痛苦、矛盾。1884 年年底参加"媒介"出版社工作，以平民读者能够负担得起的价格出版各种书籍。为了进一步地与贵族身份划清"界限"，他将自己所有的财产，包括著作权在内，都划给妻子索菲娅。他把自己在萨马拉的马匹和牲口都卖掉，将土地分成四块租给农民。

他这种"灵魂的救赎"，完整地体现在他的最后一部文学巨著《复活》中。

《复活》以法律活动家 A. P. 科尼给托尔斯泰讲述的一个真实的故事为基础创作的一部长篇小说。作品通过聂赫留多夫的经历和见闻，展示了从城市到农村俄国社会的真实面貌，监狱的黑暗，法庭审判的虚伪，各级官吏的丑恶嘴脸，官办教会的虚伪，神父们的市侩嘴脸，宗教仪式的荒诞无情，19 世纪俄罗斯农奴制改革后的破败景象和农民的悲惨处境。托尔斯泰以他最清明的目光，深入了每一个人的灵魂。

《复活》与其说是在描述玛丝洛娃与聂赫留多夫的恩怨，不如说是托尔斯泰想借聂赫留多夫之行为，表达一位七十岁老翁的忏悔与救赎。与其说，作家写的是玛丝洛娃灵魂的"复活"，不如说，通过玛丝洛娃，使聂赫留多夫这位贵族的灵魂得以"复活"。因为，在聂赫留多夫这个形象的身上，寄托了托尔斯泰这位昔日的贵族对于人民的所有感情。

有评论家认为，这是托尔斯泰创作思想的一次升华。

5

大多数的读者，也许只知道托尔斯泰是一位伟大的作家，他创作了长篇小说《战争与和平》《安娜·卡列尼娜》《复活》等无与伦比的世界文学经典。是的，长篇小说最能代表作家的艺术创作能力，但托尔斯泰绝不仅仅只是一个文学家，他还是一个教育家、慈善家。

1859 年 10 月，时年 31 岁的列夫·托尔斯泰在家乡雅斯纳雅·波良纳开办了农民学校。教室就在他家的苹果园里，浓郁的苹果香味让孩子们兴奋不已。但农民对他的学校并不信任——因为不收费。实际上，是托尔斯泰自掏腰包。到了次年 4 月，经过托尔斯泰的宣传，学校终于招收了 50 名学生，包括男生、女生，还有一些成年人。托尔斯泰在学校里贯彻自己的教育理念——以学生为中心，因材施教。后来，他利用自己当政府与农奴之间调解员的身份，在当地开办了 21 所学校，并且招募了部分失业的大学生来当教师。1862 年，他又创办了教育期刊《雅斯纳雅·波良纳》。他是主编，同时又是撰稿最多的作者。托尔斯泰还编印了《识字课本》《算术》和 4 本《阅读课本》以及《新识字课本》。

托尔斯泰认为，初级学校的学生知识面要广。他规定学生要学 12 门课，包括阅读、文法、书信、历史、数学、自然科学、绘图、唱歌等。他还划出一块土地，让学生们自己耕作、收割。

为什么开设学校，在英国传记作家罗莎蒙德·巴特利特看来，托尔斯泰认为这是他的"天职"，"只有当他采取措施以赎回俄国对它无知的农民欠下的巨额债务时，他躁动不安的心灵才能归于平静"。

作为伯爵和退役军官的托尔斯泰居然让农奴的子女接受教育，这激起了附近贵族的反感，他们控告他，恐吓并辱骂他，逼他决斗。1862 年 1 月，警察局建立了一份有关托尔斯泰的秘密档案，详细记载了托尔斯泰的一言一行。如他在国外与赫尔岑、勒莱韦尔等危险人物接触，他雇用政治上激进的学生担任教师，他担任调解员期间过激的言论等等。这些人还诬陷托尔斯泰在家里开办了一个地下印刷厂，印刷煽动反对政府的文件。警察趁他外出之机，派人搜查了他的庄园，监禁了他聘请的 12 个老师。搜查整整进行了两天，他家的地窖和厕所都不例外。托尔斯泰回家后勃然大怒，给他最亲密的女友，在沙皇身边担任要职的堂姑妈亚历山德琳写信倾诉他为什么要办学校：

> 这是我全部的人生，我的修道院，我的教堂，我在其中得到了救赎，它将我从所有的烦恼、疑虑和生活的诱惑中解救出来。

后来，他又给正在莫斯科的沙皇亚历山大二世写信控诉，沙皇让警察头目写了一封委婉的辩解信给图拉省长，让省长将信转交给他。

1891 年，饥荒在托尔斯泰所在的图拉省四处蔓延，而沙皇政府和知识阶层有些人对此漠不关心，托尔斯泰获悉后，和他的两个女儿塔尼亚和玛莎一起率先投入赈灾。他放弃了到莫斯科过冬的打算，骑着马到农村四处察看灾情。他意识到当务之急是迅速行动，便率先在农民的庄园里开办救济食堂。他撰写《论饥荒》《一个可怕的问题》等文章，顶着沙皇政府审查官的压力，寻找媒体发表，呼吁社会各个阶层不要漠视农民的困境。他通过朋友将文章译成法文和英文到国外发表，希望其他国家也了解俄罗斯农民的困境，既伸出援手，又借此向沙皇政府施加压力。妻子索菲娅在他的感召下，也投入了赈灾工作。索菲娅发动募捐，撰写报道，处理世界各地寄来的邮件，也直接到农村去帮助救灾。托尔斯泰的两个女儿不仅帮助父亲开办救济食堂，设立专门的儿童食堂，还负责为马匹采购饲料，向农民分发燃料、种子、亚麻和树皮带，给他们找活干。托尔斯泰的一些朋友对他们一家人充满钦佩，捐款捐物，还有一些外国志愿者加盟。截止到1892 年秋天，他共筹集到几百万卢布捐款和一些物资，在 4 个地区设立了212 个救济食堂。托尔斯泰后来对人说，这是他一生中最幸福的时光。

当然，也有人不高兴。沙皇政府感到托尔斯泰又一次赢得了民心，自觉颜面扫地。但托尔斯泰却从此站上了俄罗斯道德的高地，被誉为"人民的代言人"。

6

这是一个并不宽敞和高大的两层白色楼房，在 5500 公顷的雅斯纳雅·波良纳庄园里，它只占了很小一个角落。

卧室、书房、餐厅、会客室，一切都是那么简陋，甚至有些逼仄。那狭窄的楼梯，那窄而又长的木床，那张简单的书桌、椅子，与农民一起干活使用的镰刀、绳索，还有他常穿在身上的肥大宽松的农民式罩衫，让你难以相信拥有两千多亩土地和几百个农奴的贵族、大文学家托尔斯泰会是如此的简朴。

1886 年 6 月，美国记者、旅行家乔治·凯南在造访托尔斯泰的书房后，也曾有过与我们一样的感受。他在 130 年前的这篇文章中曾写道：

> 地板光秃秃的，家具的样式都已过时，一张宽沙发或者说高背长靠椅，蒙着破旧绿色的山羊皮面子，一张没铺桌布的廉价小桌子。……很难想象还会有哪间屋子陈设比这里更朴素、更简单。东西伯利亚许多农民的小屋里都可以找到更值钱、更华丽的东西。

托尔斯泰的书房，是由一间储藏室改造而成的。家里孩子多，客人多，为了安心写作，他将书房移到这里。书桌不大，四周安有小小的围栏。紧挨着书桌，有一张沙发——那应当还是他的外祖父沃尔康斯基公爵的仆人制作的沙发（美国记者看到的也是这张沙发）。托尔斯泰母亲尼古拉的 5 个孩子都出生在这张沙发上，托尔斯泰自己的 11 个孩子也全都是出生在这张沙发上，就连他的两个孙儿也是如此。托尔斯泰的书房曾经换过 4 个房间，房间里唯一不换的家具是这张沙发。在托尔斯泰的几部小说中，也都曾出现这张沙发。《战争与和平》一书中的安德烈公爵为了迎接儿子的诞生从书房里搬出了一张名称相似的沙发，在《安娜·卡列尼娜》中也不止一次地被提及。不知是托尔斯泰恋旧还是冥冥中觉得这张沙发延续着家族的使命，上百年来，他一直看护着这张沙发，视之若生命。

沙发旁边，有一张铺在地上的黑色熊皮。茸茸的熊毛，透露出一种恒久的温暖。这张熊皮，是托尔斯泰外出狩猎时的战利品。那年冬天，他与哥哥尼古拉邀朋友一起去猎熊。托尔斯泰带有两把步枪和一把短剑，第一天打死了一头熊，但是在第二天，一头因枪声受惊发狂的熊在他的前额留下一个永久的疤痕。他冒着生命危险守了几个星期，终于杀死了那头袭击他的熊，熊的皮做成了室内的地毯。他写作《战争与和平》时，新婚不久的妻子索菲娅就睡在这张熊皮上，紧紧地挨着他的脚。当托尔斯泰在书桌上奋笔疾书，拿破仑冒着严寒进攻他心爱的祖国，库图佐夫元帅率领着军队展开殊死的抵抗，而他的脚下，却是 18 岁的小妻子舒缓如音乐般的鼾声。这时，托尔斯泰的笔下仿佛灌注了灵感的魔力。

那是一段多么甜蜜的夫妻生活。托尔斯泰在日记中写道，这种幸福 100 万对夫妻中只有一对才能享有。在托尔斯泰创作《战争与和平》的 6 年间，索菲娅为他生了 4 个孩子，还有过一次流产。凡是不需要照看孩子的时候，索菲娅都乐意为丈夫誉写手稿。其中《战争与和平》前后抄写了 7 遍。

但是，这对恩爱的夫妻在晚年产生了严重的分歧。托尔斯泰要把他的所有财产分给农民，要把他的版权全部交给社会，要放弃自己舒适而奢华的生活，而索菲娅作为一个母亲，她不希望自己及其子女变成一无所有的人，变成一个自食其力的劳动者。何况，那时他们都已是五六十岁的老人。可是晚年的托尔斯泰已经完全成为一个理想主义者，他不仅与俄国专制社会和东正教会势不两立，也因为观念的冲突与妻子的裂痕越来越大。他无法忍受妻子对自己的监视，几次计划离家出走。最后一次，当妻子索菲娅得悉托尔斯泰背着她与切尔特科夫签了一份遗嘱后，便趁托尔斯泰熟睡后前去他的书房寻找——她要看看这份遗嘱到底写了些什么内容。被惊醒了的托尔斯泰激怒了，他星夜叫醒家庭医生和小女儿，凌晨趁着妻子尚在梦中便离开了庄园。他在给妻子的信中说："我的出走会使你难过。对此我很抱歉。但请你理解并且相信，我别无选择。我在家里的处境已经变得无法忍受。除了其他种种原因，现在我再也不能像过去那样过着奢侈豪华的生活。"

这一走，托尔斯泰便再也没有回到这座建筑里来了。

7

列夫·托尔斯泰是一个伟人，但他不是一个圣人。特别是在他荷尔蒙十分旺盛的青年时期。

14岁那年，他的两个哥哥尼古拉和谢尔盖带他去了妓院，在那个他称为"命中注定"的日子里失去了童贞，在"干那种事"之后他站在那个女人的床前悄声啜泣。之后的20年，他在日记中称是"粗鄙放纵，生活中时时受到野心、虚荣，尤其是食欲的驱使"的日子。他不断地反省自己，在日记中不停地制定自己的行为准则，如发誓要鄙视奢侈的享受，要早睡早起，但也计划"每月只去妓院"两次。

1844年秋天，16岁的托尔斯泰去了喀山大学，先学东方语言系，后转学到法律系。他最初很多的精力放在喀山的社交活动中，舞会、音乐会、业余剧团演出，在法律系读书的后期，他广泛阅读文学和哲学书籍，普希金、果戈理、莱蒙托夫、屠格涅夫、狄更斯、席勒等都是他喜爱的作家，他特别迷恋卢梭的启蒙思想，开始对农奴制和学校教育产生不满。

大学三年级时，托尔斯泰休学回到了庄园。哲学的研究唤起了他独立自学的兴趣。再加上一同上学的两个哥哥即将毕业，他不愿意一个人留在喀山。他回到家乡，制订了一个宏伟的学习计划，但年轻的他始终无法克制自己的欲望。他酗酒、赌博、跟吉卜赛姑娘混在一起。他在牌桌上损失惨重，单是一次便输了4000卢布。对庄园里的几个漂亮的农奴姑娘，他行使"主人"的权利，将她们一个个勾引到手。

30岁这年，列夫·托尔斯泰爱上了离波良纳六公里外一个村子里的一位少妇。这位少妇的丈夫经常不在家，他便经常到树林里与她约会。这位妇人后来生下了一个儿子，波良纳的人都认为这是列夫·托尔斯泰的私生子——从长相上看。列夫·托尔斯泰把这一切记在自己的日记里，晚年以此为素材写出了小说《魔鬼》——他为青年时的放荡而懊悔。在《安娜·卡列尼娜》里，他借聂赫留朵夫的口，再一次表示了自己的忏悔。

列夫·托尔斯泰也是个自负而且极为偏激的人，从他与屠格涅夫的交恶可见一斑。1855年11月，托尔斯泰在即将离开从军的塞瓦斯托波尔之际，收到了屠格涅夫的第一封信。托尔斯泰对这位比他年长的同时代人心怀敬意。他在文坛初露头角时，屠格涅夫已经活跃在圣彼得堡10年之久。屠格涅夫读了托尔斯泰的作品后，认识到托尔斯泰是一个具有文学天赋的人，并且为托尔斯泰将他的作品《伐木》题献给他而深感荣幸。他们第一次见面时，都情不自禁地亲吻对方。屠格涅夫带他去见圣彼得堡所有的文学家、批评家、出版商，带他到《现代人》杂志去见素未谋面的编辑。他们一起彻夜喝酒，游玩。当托尔斯泰出现困难时，这位只年长10岁的朋友便像父亲一样呵护他。

圣彼得堡的作家们也都很喜欢托尔斯泰，欣赏他的才华，但是他们都意识到很难与这位怪脾气的作家相处。托尔斯泰时常表明自己挑衅性的观点，硬要与别人过不去。如与《现代人》杂志中有联系的作家中，有人在写关于莎士比亚的文章，有人在翻译莎士比亚的作品，但是托尔斯泰却对莎士比亚不屑一顾，他因此对这些喜欢莎士比亚的人十分痛恨。就连性情温和的屠格涅夫因为没有与他站在同一个立场上，托尔斯泰也与之吵得不可开交。

有一次，他去拜访屠格涅夫，屠格涅夫向他朗诵刚刚完成的长篇小说《父与子》，托尔斯泰觉得它枯燥无味，竟然睡着了，这让屠格涅夫感到十分恼火。1861年6月，两人一起访问诗人费特，屠格涅夫非常得意地谈起，他的非婚生女儿正在学习行善布施，亲手为奶妈补衣裳。不料托尔斯泰反驳说："我认为，一个姑娘穿戴得漂漂亮亮，坐在那里修补又脏又臭的破衣裳，不过是装模作样地演戏罢了。"

两人由此引起争吵，言词都十分粗暴尖刻。托尔斯泰觉得受到了侮辱，他要与屠格涅夫决斗。他气得通宵未眠，派人去庄园里取来了武器。后来决斗虽然没有发生，但屠格涅夫自此与托尔斯泰断绝了关系，直到16年后，两人才真正复交。

8

在托尔斯泰书桌上方靠墙的部分，摆放着一排他经常使用的工具书，上面有德文、英文、意大利文、法文书籍。在这并不多的书籍中，我们一眼就看见，上面还有一本中文图书《道德经》。这让我们这些来自荆楚故地的文化人感到快慰。

托尔斯泰是如何接受中国的哲学思想，特别是老子的思想影响呢？

据法国学者罗曼·罗兰研究，托尔斯泰早在1877年就开始关注老子的著作。1881年，他根据巴黎出版的法译本翻译了《道德经》中的部分章节，1884年已经开始研究中国的圣贤孔子和老子，"后者犹为他在古代圣贤中所爱戴"。在1984年3月6日的日记中，他写道："我在翻译老子，结果不如我意。"在3月10日的日记中他又写道："做人应该像老子说的如水一般。没有障碍，向前流去；遇到堤坝，停下来；堤坝出了缺口，再向前流去。容器是方的，它成方形；容器是圆的，它成圆形，因此它比一切都重要，比一切都强。"1893年10月，他与波波夫合作根据德文译本翻译了《道德经》。为了表述准确，托尔斯泰本人仔细核对译文，并且为之作序。他称赞《道德经》里的基本教义与世界上所有伟大的宗教教义相符。1895年，他参与校订了在俄国研究神学的日本人小西氏翻译的《道德经》，在他去世的1910年，他还撰写出了《论老子学说的真髓》，编选了《中国贤人老子语录》。

1884年，托尔斯泰开始研究孔子。他在写给契尔特科夫的信中，在日记中都提到了孔子。他认为孔子的学说具有"非常的道德高度……孔子的中庸之道妙极了，同老子一样——顺应自然法则即智慧，即力量，即生命。"这一年，他还写了《孔子的著作》和《大学》。托尔斯泰在研究孔子的同时，也对孟子和墨子等圣贤进行研究。他十分热爱墨子的兼爱思想。1910年他还编辑了布朗热的《中国哲学家墨翟·论兼爱的学说》一书。

对老子等中国圣贤的研究伴随着托尔斯泰的一生。他在1909年3月20日的日记中表示，要出版中国古代圣贤的书籍，其中包括道教。他还计划写一部有关中国哲学的著作，特别是关于人性善与人性恶问题的讨论。尽管他的这一打算未能实现，但他对中国哲学的兴趣一直延续到他生命的结束。

1906年始，托尔斯泰对斯拉夫民族所背负的历史使命产生了怀疑，他想起了"伟大而睿智的中国人"。他相信"西方的民族所无可挽救地丧失的自由，将由东方民族去重行觅得"。他相信，中国领导着亚洲，将从"道"的修养上完成人类的转变大业。罗曼·罗兰在他的《托尔斯泰传》中如是描述。

怀着对中国的极大兴趣，托尔斯泰一直希望与中国人接触。在他的晚年，才有机会与北京同文馆派往俄国留学的张庆桐以及中国国内大名鼎鼎的辜鸿铭通信。他在写给张庆桐的信中说：

> ……很久以来，我就相当熟悉中国的宗教学说和哲学（虽然，大概是非常不完全的，这对于一个欧洲人来说是常有的情形）；更不用说关于孔子、孟子、老子和对他们著作的注疏（被孟子驳斥了的墨翟学说，更特别使我为之敬佩。我对于中国人民向来怀有深厚的敬意……）

9

晚年的托尔斯泰成了一位斗士，他以自己坚定的信仰，向一切巨大的偶像进行攻击：宗教、国家、科学、艺术、自由主义、平民教育、慈善事业、和平运动，还有社会主义。

教会和沙皇对他恨之入骨，宫廷里的官员们谈论该把托尔斯泰关进苏茨达尔修道院的监狱，还是把他流放到国外，或者送进精神病院。甚至有人传说托尔斯泰已经被关进了索洛茨韦基的修道院监狱。不过，托尔斯泰的堂姑妈亚历山德琳发挥了作用——她向沙皇游说为这位任性的亲戚开脱。

当局只好迫害他的追随者。他的秘书，阅读他的图书的读者，参加他举办活动的信徒，都被抓起来了。他再三地向检察官、法官、部长写信：

> 实在没有什么像把我关进监狱——关进一个真正的、好的、又臭又冷又挨饿的监狱，更使我满意，或更能使我高兴的事了。

托尔斯泰希望以身殉道，但沙皇政府没有给他这个机会，托尔斯泰为此感到愤慨。有什么比一个希望坐进监狱的人更让政府头痛呢！

但是最后，俄国东正教会开除了他的教籍。1888年2月20日的《教会新闻》周报的头版发布了这一命令。2月25日俄罗斯各大报纸的头版刊登了这一命令，同时颁布一份政府禁令，禁止在报刊上讨论此事。托尔斯泰被革除教籍这天，天气很好，白天阳光灿烂，夜间月色皎洁，他这天对待妻子特别温柔，极其热情，家里一派节日气氛。索菲娅在日记中详细记载了托尔斯泰得到开除教籍消息时的心情。

公布革除托尔斯泰教籍的决议这天，莫斯科发生了向托尔斯泰致敬的游行，来访者将他在莫斯科的庄园围得水泄不通，以至于莫斯科市政当局只好出动骑警维持秩序。远离莫斯科的马特舍夫玻璃厂的员工送给托尔斯泰一块镌有金字献词的绿色玻璃：

> 尊敬的列夫·尼古拉耶维奇……俄国民众将永远视您为伟大人物和亲爱的人，并为您感到自豪！

教会没有估计到，开除托尔斯泰的教籍使他的影响迅速扩大到俄罗斯社会的各个阶层，托尔斯泰迅速成为俄罗斯的灵魂和良知的代表。他所到之处，皆有众多的民众组织欢迎。一个以信奉托尔斯泰主义为主的教派在俄罗斯形成，有人把他的照片当成圣像悬挂。时至今日，苏联解体之后，一个始终存在的列夫·托尔斯泰教会在俄罗斯司法部注册成功。

如果说托尔斯泰有什么教义，那就是他反复强调的，不以暴力抗恶，道德的自我完善、宽恕和博爱。

即使托尔斯泰公开宣称"不以暴力抗恶"，沙皇政府对他仍然心存戒备。

1910年11月5日，重病的托尔斯泰弥留在阿斯塔波尔车站站长的床上之际，早已驻扎在此的秘密警察队伍里又增派了60名警官以防不测事态。获悉托尔斯泰去世后，成千上万的人包围了这个车站，但是政府禁止加开任何一辆临时客车去阿斯塔波尔车站。大学生们深夜冒着严寒守在装载托尔斯泰灵柩将要经过的扎斯卡车站等候，他们希望借此向托尔斯泰表示最后的敬意。

托尔斯泰的死，在俄罗斯土地上激起了巨大的反响。俄国社会各界人士都赶来参加了他的葬礼，送殡的队伍足足有几英里长。托尔斯泰的儿子和雅斯纳雅·波良纳的农民们抬着单薄的棺木，队伍前面，有人拉起了一个横幅，上面写着："列夫·托尔斯泰，我们——因失去了您成为孤儿的雅斯纳雅·波良纳的农民——永远铭记您的恩典。"

人群里，响起了哀婉动人的《永垂不朽》的歌声。那低沉的歌声在俄罗斯初冬凛冽的清晨寂寥的旷野上空缭绕。

托尔斯泰回到了他深深热爱的雅斯纳雅·波良纳庄园，与这里的土地融为一体。那里是他的摇篮，是他的天堂，是他终身挚爱的俄罗斯祖国的一部分。

10

列宁生前十分喜欢托尔斯泰的作品。一小本残缺不全的《安娜·卡列尼娜》他曾经读了上百遍。列宁曾经对高尔基说："怎样的一个大师啊！哦，怎样一个伟大的人物啊！"他称赞托尔斯泰是"俄国革命的一面镜子"。同样，对于中国作家和艺术家而言，托尔斯泰不仅是一面镜子，而且是中国现实主义文学的鼻祖。鲁迅在《祝中俄文学之交》一文中指出，"俄国文学是我们的导师和朋友"。托尔斯泰的作品"是为现在而写的，将来是现在的将来，于现在有意义，于将来才有意义"。

托尔斯泰，一个终身匍匐在俄罗斯广袤大地上的作家，过去是，现在也是世界文学顶峰上一颗璀璨的明珠。他在《那么我们怎么办?》一文中指出："作家，就自己的使命本身来说，——应该为人民服务。……艺术，就自己性质来说，必须让人们接近。……艺术界人士为什么不可以服务于人民呢?"生前与死后，托尔斯泰都兑现了自己的这份诺言。

作为中国的作家和媒体人，我们怎么办？今天，我们还应当向托尔斯泰学习什么？面对丛林中与泥土长眠了108年的托尔斯泰，其实，我们不用再问他应当"怎么办"了。

首都的秋天

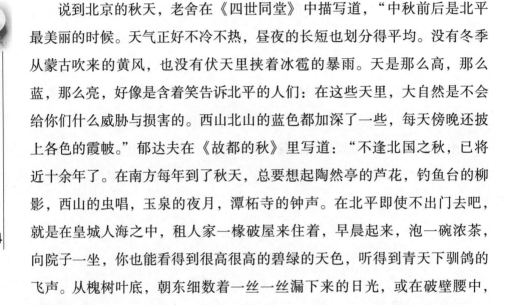

　　说到北京的秋天，老舍在《四世同堂》中描写道，"中秋前后是北平最美丽的时候。天气正好不冷不热，昼夜的长短也划分得平均。没有冬季从蒙古吹来的黄风，也没有伏天里挟着冰雹的暴雨。天是那么高，那么蓝，那么亮，好像是含着笑告诉北平的人们：在这些天里，大自然是不会给你们什么威胁与损害的。西山北山的蓝色都加深了一些，每天傍晚还披上各色的霞帔。"郁达夫在《故都的秋》里写道："不逢北国之秋，已将近十余年了。在南方每年到了秋天，总要想起陶然亭的芦花，钓鱼台的柳影，西山的虫唱，玉泉的夜月，潭柘寺的钟声。在北平即使不出门去吧，就是在皇城人海之中，租人家一椽破屋来住着，早晨起来，泡一碗浓茶，向院子一坐，你也能看得到很高很高的碧绿的天色，听得到青天下驯鸽的飞声。从槐树叶底，朝东细数着一丝一丝漏下来的日光，或在破壁腰中，静对着像喇叭似的牵牛花（朝荣）的蓝朵，自然而然地也能够感觉到十分的秋意。"

　　我虽然属于外省人，但对于北京的秋天，也曾领略其美艳。登香山赏红叶，去地坛看苍松与翠柏，到颐和园看秋水与长天，到后海看水底人家。北京的春天有风，有那种挟带着沙砾的狂风；夏天炎热，一如南方的气候；冬天凛冽尽显北国风光。只有秋天，长空如洗，暖阳与和风赐予游人，即使踯躅街头，也能感受到帝都的魅力。但是，近来北京的秋天却常常成了雾霾肆虐的季节。从图片中看，那座标志性的天安门，也如蓬莱胜景般漂浮在雾海中。每当雾霾超过人们承受的极限，电视上就会出现无数人戴着口罩走在街头的画面。报上不断传来有人逃离京都的消息，据说连那位可爱的平民化的美国驻华大使都要辞职回家，网上传说，他是因为害怕北京的雾霾。

11月初，我们一行五人要去美国考察一个数字技术公司。因为飞机从北京转机，所以就十分关注北京的天气。结果不查不知道，一查吓一跳。11月2日报载：

> 昨天傍晚，北京市空气重污染应急指挥部发布了空气重污染蓝色预警：因明晚有雨，雨前天气静稳，空气不易流动，污染物易积累，明天全市空气质量在重度污染状态，请大家做好健康防护，减少户外活动和机动车上路行驶；请各有关单位加大施工工地扬尘控制和道路保洁频次，各排污单位进一步采取措施，减少污染物排放。

11月2日至3日北京5级重度污染，不少飞机航班因此延误。也许我们是幸运，到了4日清晨，北京是少有的晴天——昨天雾霾已不见踪影。同行的田君戏说："别人说我一到北京天气就变好了，希望我以后长驻北京。"

4日晚我们乘机，因为时差，到了美国首都华盛顿还是4日深夜。飞机落在近郊维吉利亚的一个机场，夜里司机将我们一行五人拉到了郊区的一个宾馆。第二天清晨拉开窗帘，我就被窗外五彩斑斓的景色震慑了。

那仿佛是一幅巨大的油画，无序的森林，林中偶尔露出一角的建筑。但斑斓的五彩将画面调配得十分匀称，红是那样的灿烂和热烈，黄是那样的明丽和富贵，本来杂乱无序的森林变得富有了旋律和层次。你走进任何一个局部，即使在一株树上，也能看见变化和节奏。而天空，仿佛是一块巨大的画布，将这幅天籁般的自然杰作呈献在上面。同行诸君一致认为，这里仿佛是四川九寨沟的秋天。但时而穿行而过的汽车提醒人们，这里实际是一座城市的郊区。

上午，我们去了此行要访问的阿普达公司的总部。总部坐落在一片茂密的森林中，簇拥着现代化大楼的，是合抱粗的参天大树。树底下，有绿地、野鹿和无忧无虑的小松鼠。从阿普达总部9楼的玻璃窗望去，一条明丽的小河，一大片如地毯般的五彩的树林。树林上，是明净蔚蓝的天空和似有似无轻纱般的白云。

　　会谈完毕，下午我们去了华盛顿。华盛顿我已经来过几次，对这里的人文景观我并不陌生。但我随同大家来到那片种满了各种树木的广场时，我再一次地目睹了穿着秋天盛装的华盛顿。

　　这里是一个巨大的广场。四周有美国著名的林肯纪念堂，有韩战雕塑群，有越战纪念碑，有二战纪念碑，有杰弗逊纪念堂，还有倒影在水池中的华盛顿纪念碑。但环绕着这些建筑物的，是五彩的树林和碧茵茵的草地。阳光很好，空气中有丝丝的凉意，我们沿着水泥步道徜徉其中，犹如在某一个自然风景区中郊游。有人说，前面是阿甘曾经跳进的水池，后面是马丁·路德金博士发表演讲曾经站过的地方。一幕幕的历史在脚下这片土地上上演，构建了美利坚的《光荣与梦想》。也许是这儿的空气富有氧离子，大家都在尽情地呼吸，似乎要吐出肺中的污浊，尽可能地储藏更多生命的动力。

　　据说，美国的洛杉矶也曾发生过光污染，在工业化的发展过程中，自然也可能是不可避免地要付出代价。但中国曾经是有过碧日蓝天的国度，愿中国大地上的污染能够早日得到有效治理，特别是我们的政治经济和文化中心北京，能真正葆有明净的天空和自由呼吸的空气。

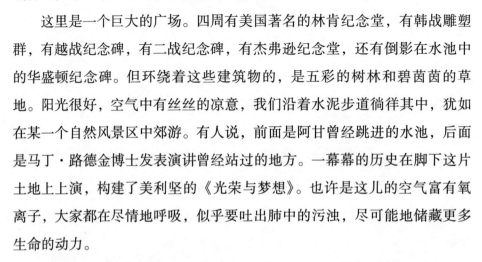

向阿尔弗雷德·诺贝尔先生致敬

遗　嘱

　　我所留下的全部可换为现金的财产，得以下列方式予以处理：这份资本由我的执行者投资于安全的证券方面，并将构成一种基金，它的利息将每年以资金的形式，分配给那些在前一年里曾赋予人类最大利益的人。上述利息将被平分为五份。其分配方法如下——

　　世界上的遗嘱有千千万万，只有这一份遗嘱，从它发布之日起，就牵动世界上所有人的目光。人们关注获奖者，也关注科学技术的发展与文学的最新成果。这份遗嘱的委托人，就是阿尔弗雷德·诺贝尔先生。一个出生于瑞典技师家庭的化学家、工程师、发明家、军工装备制造商和炸药的发明者，当然，还是一个业余作者。他把生前所拥有的大部分财产所产生的利息，设立了物理、化学、生理或医学、文学及和平五个方面奖项。

　　我们的瑞典之行，在很大程度上是冲着阿尔弗雷德·诺贝尔先生而至。

　　飞机从圣彼得堡起飞，如海鸟掠过波罗的海深蓝色的海面，一小时三十分，那个由七十多座桥梁连接而成的斯德哥尔摩就渐渐映于我们的眼帘。

　　斯德哥尔摩时值深秋，云淡天低，风柔水静，空气纯净得让人心醉。是夜，我们宿在一个小岛上，倾听波罗德海与梅拉伦湖在酒店的脚下轻吻。我的眼前，总是浮现阿尔弗雷德·诺贝尔，一个终身未娶的科学家的形象。

他是一个对科学事业痴迷的人。阿尔弗雷德·诺贝尔先生一生拥有355 项发明专利，其中有 129 项发明是关于炸药的。他发明了安全的硝化甘油炸药、可塑炸药和无烟火药。因为试验，他的弟弟被炸死了，为了避免误伤他人，加上市政府不允许在陆地上建造炸药工厂，诺贝尔先生本人只好在一条船上坚持试验硝化甘油炸药的可控性。

他是一个热爱文学的人。诺贝尔在少年时代深受英国诗人雪莱的影响，成年之后，诺贝尔对文学的爱好与他对科学的爱好一样始终如一。也写过诗，一首自传体式的长诗《一则谜语》。他写过小说，1861 年写的《在最明亮的非洲》、1862 年写的《姊妹们》，这两部作品抒发了对社会改革的观点。他写过戏剧，1895 年写了《杆菌发明专利权》和《复仇的女神》。

诺贝尔是一个有博大胸怀的人。他曾说："我的理想是为人类过上更幸福的生活而发挥自己的作用。"他还说，"我更关心生者的肚皮，而不是以纪念碑的形式对死者的缅怀。"

他是一个淡泊名利的人。他说："我看不出我应得到任何荣誉，我对此也没有兴趣。"当有人提出要为他写自传时，他写道："阿尔弗雷德·诺贝尔，当他呱呱坠地时，他那可怜的生命，本可断送于一位仁慈的医生之手。主要的美德：保持指甲清洁，从不累及他人。主要的过失：没有太太，脾气很坏，消化不良。唯一的愿望：不被人活埋。最大的罪恶：不祭拜财神。"

只有在斯德哥尔摩，我们才能零距离地感受到阿尔弗雷德·诺贝尔先生的伟大与独具一格。

蓝　厅

蓝厅其实是红厅——红色的瑞典手工砖砌成的市政大厅。这儿，不仅仅是现在的斯德哥尔摩市政府举行会议的大厅，还是瑞典王室招待诺贝尔

岁月绵长

奖获奖者的宴会大厅。

一年一度的 12 月 10 日，诺贝尔逝世的这一天，蓝厅里宾客云集，在管风琴声中，沿着那条高低适度的台阶，衣着华丽的女士们挽着身穿燕尾服的男士，在 1300 多位宾客的注目下，优雅地走下台阶，向阿尔弗雷德·诺贝尔先生致敬。

2012 年的 12 月 10 日，有一个中国人，和他的妻子，也是从这个台阶缓缓地来到大厅的。他叫莫言，一个山东高密的汉子。

在这个台阶的中部，有一个小小的演讲台。莫言站在这里，穿着燕尾服，用汉语向全场来宾发表了感言。感言的第一句，莫言说讲稿忘在旅馆里了，但都"记在脑子里了"。

莫言的即兴发言与书面稿件是有差别的，主要涉及文学作用的评价。在即兴演讲中，莫言说"与科学相比，文学是没有用处的"。他可能是正话反说，或者说他即兴演讲中出现了失误，好在没几个人听得懂这种东方语言。他在书面稿中写道："有文学时我们认识不到他的重要，但如果没有文学，人的生活会变得粗鄙野蛮。"

在莫言之前，具有中美双重国籍的女作家赛珍珠创作的反映中国农民生活的长篇小说《大地》于 1938 年获得了诺贝尔文学奖；2000 年，法籍华人高行健凭着长篇小说《灵山》获得了诺贝尔文学奖；但真正具有中国国籍并在中国生活的，至今只有莫言一人。我们相信，当汉语这种抑扬顿挫的声音从一个东方人嘴中念出时，长眠地下的诺贝尔先生，会为诺贝尔文学奖的世界性感到宽慰。

感到宽慰的还应是中国的所有作家们，因为从那天开始，从一个新角度说明中国文学受到了全世界读者的重视。莫言获奖不仅是他个人的，也是奖给所有中国作家的。

作家韩石山曾在《在斯德哥尔摩西郊墓地凭吊》一文中写道，在一处墓地中，有中国作家莫应丰、张弦、邹志安、刘绍棠、王润滋、徐迟、公刘等人的墓碑，墓碑上没有名字，但嵌着一个个作家的照片。这些墓地中并没有作家的肉身，但他们精神尸体却葬在斯德哥尔摩，毫无疑问，为的是那个曾经梦寐以求的理想。

我是事后才看到这篇文章的，不然我们一行也要去凭吊牺牲在文学征途上的勇士们。我们会告慰长眠在斯德哥尔摩的同道，诺贝尔文学奖已经属于中国作家了。

1901 年，诺贝尔文学奖第一次奖给了法国诗人芬利·普吕利姆，除了因为战争的缘故有几年没有评选外，到 2012 年，莫言已是第 108 位获奖者了。但对于中国而言，这是用方块字写作的第一位。莫言的获奖证书上的评语是这样的：

水流上山，成为秀丽而残破风景中远远映射的镜子。在镜面中映射有冷雾寒树，那些重生的人互相看不见而又排成行列行走着，有我、他、驴子和一个并不属于这部故事的牛般大的老鼠，而他们内部都是红色的。

证书上的颁奖词是诗意和含蓄的。瑞典皇家科学院的评委认为，莫言的小说，是幻想现实主义和历史、故事的完美结合。

我们在蓝厅入口镶嵌着象征物理、化学、医学、文学和和平奖的浮雕前合影，在莫言曾经走过的楼梯上走了一遍又一遍，我们还能感觉到晚宴的隆重与热烈，能感觉到那天的笑声与歌声。我们希望，中国的作家，包括我们中的某一位，有一天也能够再次来到蓝色大厅，让动听的汉语再一次在斯德哥尔摩上空回响。

诺贝尔博物馆

博物馆在老城，在皇宫左边的一条巷子里。与声名显赫的诺贝尔比较，这儿也许显得简朴。玻璃门上雕刻着诺贝尔的侧面肖像，门楣上只有一行单词：NOBEI MUSEUM。

房间并不大，人多的缘故，显得有些挤。据说，这儿曾经是一个证券交易所。诺贝尔奖颁发 100 周年之际，在这儿建立了一个博物馆。

博物馆借用声光电的技术，将百年诺贝尔奖获奖者的成果展示出来，让人们怀念并永远牢记这些获奖者对世界的发展所作出的贡献，进而激励更多的人摘取这具皇冠上的明珠。

进了博物馆后，我们每人领取了一个耳机，据说其中有中文的解说。不知何故，我们始终没能调到汉语的声音。其实，听不听得到并不重要。诺贝尔先生和他设立的奖项，于我们乃至全世界的人民，都应当已经烂熟于心。

与其他博物馆不同的是，在屋顶上方有一条轨道，上面有一个缓缓移动的视频，循环展示着一个多世纪以来获奖者的照片和他们对人类所做出的巨大贡献。这些流动的视频，恍如夜空中闪烁的星星，装点着人类发展的世界。仿佛告诉人们，永远不要忘记这些在物质世界和精神世界领域造福过人类的精英。

博物馆有一个小卖部，主要出售有关诺贝尔奖的纪念品。还有文学奖获得者的图书和他们的照片。我在众多的熟悉和不熟悉的获奖者的照片中找到了莫言，那个戴着一条红色围巾的东北汉子。用他自己的话说，他算不上英俊，但这张照片却是中国文学界最漂亮的一张面孔。我认识莫言，在出版社出版的《跨世纪文丛》第二辑中，我们收录了他的中短篇小说集《金发婴儿》，新世纪之初也曾计划重新再版他的《丰乳肥臀》，但因故搁浅。在他获奖前一年，出版社出版了《莫言作品精选》。我花了 15 瑞典克朗，买了一枚与莫言金质奖章等大的巧克力诺贝尔奖章，又花了 12 瑞典克朗，将这位熟悉的山东汉子的照片请回了中国，郑重地放在我的书橱上。

现在，我已经离开了那个不到 1000 万人口的小国，离开了那个建在坚硬岩石上的城市，但一年一度公布诺贝尔奖的时间又到了。几天来，我都在关注着新的诺贝尔奖得主。我相信，全球人的目光也都会聚焦到这个冰天雪地即将来临的北欧国家。人们如我一样仰望着这个国家，这一切，皆因那个具有创造精神和大爱的阿尔弗雷德·诺贝尔先生。

香港书店探访记

元宵节去香港看望儿子一家，除了浏览市容，乘游览车到太平山顶欣赏风景，到紫荆广场拍照表示"到此一游"之外，就是去探访书店。不仅因为我是出版人，与书店，与书籍有职业上的联系，更因为，书店是一座城市的文化地标，到一座城市看看书店，就知道这座城市的文化品位和文化底蕴。

香港之前曾经路过两次，但时间紧，没有专程去探访书店。这次到香港，先后到九龙、港岛拜访了8家书店。

先看的是旺角的书店。旺角是香港的闹市，街道不宽，两边高楼林立，最有特色的，是伸到街中的招牌。这招牌五花八门，各行各业皆有——把个旺角的天际线分割得支离破碎。循着招牌，我们很容易找到了序言书室。这家在内地还有些名气的小书店，据网上介绍是香港中文大学哲学系毕业的学生开办的。书店在7楼，进门是一曲折门脸，窄仅容一人通过。先是步梯，地面皆是色彩暧昧的洗脚按摩导引符号，上到3楼，有一简易电梯。进得电梯，仿佛是谦虚，电梯先向下一挫，然后再兴奋起来，摇摇晃晃朝上走。到了6楼，出得电梯，再向上一层，便看见关着门的书店，透着花格玻璃门，可见里面高高的书架。

看惯了内地的新华书店，无不大门脸，无不雄踞在闹市区，我甚至怀疑这就是所谓的香港书店了。推开门，便是书。书店不大，约20多平方米，书架与书架之间仅容一人通过。靠着通向另一房间的过道旁，有一"涂鸦墙"，上面贴满规格不一的纸片，类似于"读者留言簿"，上面写着访书者的期望、心得甚至人生感悟，不同色彩的纸片犹如片片落叶，让人恍觉这里是秋天花园中一角。

在书架与书架之间的墙上，挂有一个镜框，里面嵌着一张猫咪与书的照片。下面的文字说明，这只叫"未未"的猫是书室的店长。可惜我眼拙，在店里没有看见店长的光辉形象。镜框两边，写着"学富五车，百无一用"的对联，再下面，是"室友卡"的申请规则。这种自嘲兼混搭的风格，大约是年轻人的一种视觉时尚，正像街上穿裤子却露着膝盖的年轻人。临窗是一高出地面的台子，放有 3 张不大的书桌，供购书者小憩或阅读书籍。在这寸土寸金的书店里，有这个让人身心放松的小小空间，足可见学过哲学人的用心。

旺角一带的书店还有好几家，但有些是二手书店，有些是专售学生课本资料的，我看了看招牌，便懒得进去。还有一家"尚书房"，牌子挺大，标明是广东新华书店开办的。近年来，香港书店本来不受游客待见，但由于铜锣湾书店的开门关门，香港书店成了国内外关注的一个窗口。我让儿子带我到铜锣湾，当港岛地铁显出这三个字时，我有些兴奋。但我们坐电梯上到希慎广场的 8 楼时，才知这儿是诚品书店。

去台湾时，我曾经访问过台北的诚品书店。这家以独特的经营思路和价值追求而创办的书店复合体，开创了两岸图书经营的新模式。书店以"人文、艺术、创意、生活"为核心价值观，带给一个城市的影响，带给整个社会的影响，已经远远超过图书本身的价值。它以自己的人文艺术探索，滋养着读者的气质与素养。特别是在传统图书日渐被数字化排斥的时代，图书作为一种精神的象征，对于华文地区文化的丰富与启发，已经成为"社会生活的美学与文化的指标"。诚品在哪座城市开店，就变成那座城市的一道风景。作为一位企业家，办书店尽管有他商业的谋划，但更多的是对社会文化的贡献。2017 年 7 月，当创始人吴清友因心脏病发作不治而逝之后，龙应台在 Facebook 发文称："今晚我为他流下眼泪。有些人飞扬跋扈，其实贡献很薄。有些人默不作声，做的却是静水流深的事。书店可以只是卖书卖纸卖文具的商店，他却把它做成生活的美学、文化的指标、对心灵境界的坚持。可是也只有朋友们知道，在幕后，他坚持得多么多么辛苦。我感佩他对台湾的付出，尊敬他对华人世界的贡献，但更心疼他白了头发的辛酸……"

香港的诚品书店占据了希慎广场的8、9、10楼。8楼是知性生活，9楼是人文艺术，10楼是风格创意。我们穿行在一排排摆放独特的书架间，嗅着咖啡与书香，欣赏着来自世界各地的书籍。9楼的东角落里正在举行一场新书发布会，尽管听讲的媒体只有那么几家，但主讲人介绍得十分认真。

但我终没有出手在这儿买书，到我这种年龄，这种职业，家里要看的书太多了，如果不是特别感兴趣，或者工作确实需要的，一般不会出手。何况，儿子也是个书虫，市场上最新出版的图书，他总要先睹为快的。我在后边搭个便车，便知一二了。逛书店，对于我们老出版人，其实是在寻找一种精神寄托，一种生命的慰藉。

在香港的最后一天，我想去看看内地在港开办的三联书店。过去有很多认识的出版界朋友，如董秀玉、李昕，他们在香港三联曾经负责过，爱屋及乌，我要去看看他们出版的书。

在手机上查三联书店，距我所住的皇后大道宾馆最近的，是香港大学附近的一家。高德地图指示，书店在西环薄扶林道。我们沿着前天到香港大学走过的道路往前，找到了薄扶林道，但手机地图指示一会儿是800米，一会儿说错了，把我和妻子都弄糊涂了。我们只好又退回到皇后大道，找人打听书店所在。在等绿灯的时候，一个高中生模样的姑娘告诉我们如何向左再向右，找到麦当劳店再找老人中心。谢过往前，走了几百米，面对一个路口，正在犹豫，有人在后碰了妻子一下，再看仍是那位清纯的女中学生。不知是顺路还是暗中陪着我们这两位老人，她这次明确地指明书店在左边西贝城大厦中。

三联书店在西贝城大厦的二楼，图书和文具兼营，图书的摆放与其他书店比并无二致，内地、香港和台湾的作家图书皆有。其中有本书在田园书屋中曾经见过，这书我听说湖南一家出版社曾经计划引进出版，结果未能成行。这本书站在历史的角度来写战争中的小人物的命运，写了"二战"中的德国人、苏联人、日本人，台湾人，但主要写国民党军队败退台湾时，无数裹挟其中者的个人命运。我有位亲戚，人在美国，我曾听他们讲述当年仓皇辞庙时的悲欢离合。

这本书的定价是 118 港元。交费的时候，收款员反复问我什么，但我一直听不懂他的粤语。交过费，我才发现，如果扫他们三联的 APP，第一单可以免去 50 元。那一会儿，我觉得自己是个冤大头。

不过，黄金有价，好的书籍是无价的。

第六辑

书人书事

先生之风，山高水长

雷达先生上周六去世，从朋友圈里获此噩耗后，我感到十分震惊，心里也十分难受。虽然，我与雷达算不上是师生关系或者是乡友挚友，但我从 1995 年秋走上长江文艺出版社领导岗位之后的 22 年，与雷达先生一直保持着密切的联系。他对长江社工作的全力支持，我一直感佩在心。于今，中国文坛的"老水手"，理论批评的"雷达"遽然离去，与他相交的历历往事不由涌上心头。

1996 年的 1 月 6 日，我们在北京"文采阁"举行二月河长篇历史小说《雍正皇帝》研讨会。当时，陈建功是中国作协书记处书记兼作协创作研究部的主任，雷达是副主任，作协创研部的雍文华、吴秉杰、季红真、胡平、牛玉秋都来了。在这次会上，评论家们对《雍正皇帝》给予了较高的评价，认为《雍正皇帝》是"五十年乃至百年不遇的优秀长篇历史小说"。这种观点虽然是评论家丁临一提出的，但与会的专家对这部作品无疑都是持肯定态度。当时，雷达已经是国内较有影响的批评家之一，他们的出席，代表了中国作协对这部作品的肯定，无疑更有权威性。雷达在会上指出："《雍正皇帝》通过大量细节的呈现，充分展现出当时的历史文化氛围，是这部小说获得成功的重要因素。"通过这次会议，经过媒体的广泛宣传，二月河的《雍正皇帝》开始受到市场的关注和文化界主流声音的肯定。

因为这次会议，我社与中国作协创研部有了密切的联系。后来，我们便计划出版一套反映中国文学不同体裁的文学作品年度选本。双方一拍即合，陈建功主任委托雷达先生具体负责此项工作。1996 年的 7 月 26 日，我与社总编室的刘学明同志一并到当时尚在沙滩办公的中国作协创研部与雷达签署了合作协议。并确定由雷达同志负责拟定"编选说明"，每年的稿件作协研究员选定后交他终审。这套"中国文学作品年选"，从1995年开始出版，至今已23个年头了，是长江文艺出版社连续出版时间最长的一套丛书。

雷达在"编选说明"中写道：

> 我们早有编选这套选本的想法了，每个年度，文坛上都有数以千万计的各类体裁的新作涌现，云蒸霞蔚，气象万千。它们之中不乏熠熠生辉的精品，然而，时间的波涛不息，倘若不能及时筛选，并通过书籍的形式将之固定下来，这些作品是很容易被新创作所覆盖和湮没的。……我们的编辑方针是，力求选出该年度最有代表性的作品，力求选出精品和力作，力求能够反映该年度某个文体领域最主要的创作流派、题材热点、艺术形式上的微妙变化。同时，我们坚持风格、手法、形式、语言的充分多样化，注重作品的创新价值……

这年的11月25日，我们与中国作协创研部在湖北武汉和宜昌联合举行了一次长篇小说研讨会。这次会议，在中国作协的组织下，共有十几个作家来了。如阎连科、林希、张抗抗、毕淑敏、二月河、赵玫、关仁山、邱华栋等。创研部由雷达带队，研究员季红真、牛玉秋、胡平等来了。出版社在武汉举行了一个小型的欢迎宴会，省委宣传部部长王重农和出版局路局长等领导都出席了这个晚宴。第二天，移师宜昌举行。其间参观了葛洲坝、在建的三峡水库大坝，沿着长江，到了屈原的故乡，诸葛亮托孤的白帝城。一路上，我陪着雷达先生，沿途获益不少。他知道我曾经在《小说评论》上连续发表了一些作家作品的评论文章，鼓励我继续写下去。这一次，因为我刚到出版社负责不久，经济状况不好，缺少经验，心理压力不小，结果满嘴的燎泡，雷达见面笑着说我，"这都是着急上火的结果"。

但从此出版社与中国作协创研部，特别与雷达先生建立了亲密的工作关系。出版社无论要编选什么图书，只要他适合，毫不推托。我们在京举办研讨会、评选会，只要他在京，一定会出席。我们出版了重点作品，请他撰文批评推介，他一定不会推辞。

除了由他总负责的《中国文学作品年度选本》外，他先后为我们主编了《百年百篇经典短篇小说》《百年经典文学评论》，作协创研部为我们编选了"新中国 60 年文学大系"。

据我初步统计，我们社出版的重点作品，如《雍正皇帝》《张居正》《狼图腾》《大江东去》，刘震云作品系列，阎连科作品系列，九头鸟长篇小说文库，他都亲自撰写了推介或研究性的文章。

"九头鸟长篇小说文库"我们有一个子系列，是指字数在 10 万字左右的长篇小说，我们称之为"小九头鸟"。这套书系的总序，我们请雷达先生撰写，后来，这篇文章用《异鸟惊飞》为题目，在各家媒体上发表了。他在文章中写道：

> 当我们决定以"九头鸟"来命名这套袖珍长篇小说时，我们的心情是愉悦和自信的。这不仅因为丛书的出版地就在湖北，人们过去曾有过"天上九头鸟，地上湖北佬"一说，以此冠之以明确的地域指向。更是因为"九头鸟"这个神话传说中的小精灵，曾经有过深厚的文化沉积，曾经不乏意蕴复杂的揶揄与嘲讽。而且，在今天市场经济的条件下，在科学技术飞速发展的信息时代，这个小精灵又被人们赋予了更多的理解和褒扬。……重要的是，我们在这里放飞的九头鸟不是别的，而是一批长篇小说，而且着重于袖珍长篇小说。我们特别强调"袖珍"两个字。事实上，在读者中我们早就有一种对小长篇的渴求，人们总是在私下里说，十二三万字的长篇最好读了，"大部头的长篇太多了，实在没有时间读"。……关于篇幅长短对长篇小说创作的意义，目前是有争议的。……然而，我总觉得，篇幅与受众的心

理，与流行的速度，与阅读的快感，与阅读者的时间承受力，毕竟还是不无关系的。……

"九头鸟长篇小说文库"推出的第一本长篇小说，是阎连科的《坚硬如水》，这部小说放到今天，因其表现的内容与作者的思想倾向，都算是出格的。但正因其创新意义，雷达先生在评介中说：

> 阎连科正在不断地生产奇书：《年月日》被有人称为中国式的《老人与海》；《日光流年》倒着写，从主人公之死直写到他回归母亲的子宫，全书酷烈而冷硬，读之者莫不暗暗称奇；《坚硬如水》则同样是对人们审美惯性和思维惰性的一次颠覆。它们都不靠造热点占一时的风光。一切都是默默进行。不经意间，一部让人足以刮目相看的作品出来了，作家本人艺术上的一场变革发生了。

在收入九头鸟的另一部长篇小说《城的灯》中，雷达先生撰写了长文予以评论。这篇文章的题目是《〈城的灯〉中的圣洁与龌龊》。

> 《城的灯》所表达的意蕴不算新鲜，但却是重大，深邃，带有贯穿性的，是传统与现代化冲突中的一个说不尽的话题。由于中国社会的城乡二元结构由来已久，城乡在物质与精神生活方式上的差异悬殊，都市对乡村构成了巨大的诱惑与吸引，于是，逃离乡土，进入城市，由农村人变为城里人，便成为现当代文学中不倦的命运主题。然而，不同历史时期里人们离别乡土进入城市的原因是各不相同的，或者侧重于政治的需求，或者侧重于经济和市场的理由，所包孕的历史文化内涵也大为不同。这也就决定了这一母题具有常写常新的基质。

"九头鸟长篇小说文库"先后出版了35种，其中有些作品先后获得了国家图书奖，中宣部"五个一工程奖"，但出版社自己也设了"九头鸟长篇小说奖"，终评请国内知名的评论家和作家担任评委。第一届评选由李国文担任主任委员，第二届评选由陈建功担任主任委员，这两次评选，雷达先生都出席了。评委讨论后举行无记名投票，第一届是张一弓的长篇小说《远去的驿站》获得一等奖，第二次是姜戎的《狼图腾》获得一等奖。

雷达先生在中国批评界的泰斗地位，是毋庸置疑的。作为一位作者，如果作品能够得到雷达先生的青眼，那他在中国文坛的地位基本算是奠定了。雷达先生的评价不能说完全是对的，但绝对是权威的。在中国文学的批评界，雷达就像一部文学的"雷达"，能够敏锐地感知文学发展变化的趋势，能够言人之所未言，评人之所未评，对于他的独到见解，人们会尊重和高度重视。在雷达作品研讨会上，贾平凹在发言中这样评价他：

> 雷达的评论可以用"正""大"来比喻吧。正，是他贯穿了新时期文学，经历的事多，众多文学思潮的生成和发展他都参与或目睹，他的评论更多的是蕴涵着传统的东西，包括马列主义的、延安文艺座谈会的、黑格尔康德的、"别、车、杜"前苏联的、西方现代主义派的思想等等。即文以载道，担当、责任、社会、历史、民族文化，可以说，他的文章一直起着指导意义，代表了正，代表了主流。

中国作协副主席李敬泽在雷达的论文集《雷达观潮》所写的序言中，用"立高冈之上，尽览风行草偃"来评价雷达：

> 雷达始终是在现场的批评家，作为同行，我时常惊叹他的阅读之广、他的思考之深。他是正心诚意的，是从不苟且从不凑合的。我想他不是不知疲倦，我都常常替他感到累，但是，我想我是懂他的，我能够理解像他这样一位批评家永不衰竭的激情。他对自己有严苛的要求，他肩负使命，他那一代批评家的心里都曾有过来自"别、车、

杜"的召唤，而雷达，他把这种启示和召唤变成了个人持守不渝的使命。

正因雷达先生独到的艺术鉴赏力，入情入理的批评，长江文艺出版社的《狼图腾》《你不是潘金莲》《一句顶一万句》《大江东去》等书在他的批评和推介下，得到了社会的正面承认，获得了国家级的重要奖项。

《狼图腾》2004年出版后，在国内外产生了较为重大的影响，但仁者见仁，智者见智，批评的声音也不少。批评者很多并没有读完作品，或者凭着自己的偏见对作品进行否定。雷达先生在高潮平息后的2005年，再一次认真地阅读了这部长篇小说，全方位地对这部小说进行了学理性的分析。

　　　我认为，姜戎的《狼图腾》是当代小说中很有价值的作品，是一部深切关注人类土地家园的，以灵魂回应灵魂之书。……整部作品悲怆恢弘，撞击人心。……

当然，雷达对作者认为必须用狼性来改造农耕民族的羊性之说并不赞同。他说："《狼图腾》的主体部分是优秀的。但是，赘在后面的《理性探掘——关于狼图腾的讲座和对话》却比较糟糕。"

对于刘震云的作品，雷达先生一直在关注。他说"刘震云是一个年龄不算大，创作跨度却大，创作数量不少，创作变化多端的、具有很强文体意识、哲学意识和创新精神的作家，因而颇难捉摸。"

他对刘震云的《一句顶一万句》给予了高屋建瓴式的分析：

　　　《一句顶一万句》仿佛又回到了《故乡天下黄花》的关注点上。从哲学上讲，比黄花要深刻了许多。它以其对中国农民的精神流浪状态的奇妙洞察写起，体现了中国当代乡土叙述的发展和蜕变姿态。它的不同凡响在于，发现了"说话"——"谁在说话"和"说给谁听"，是最能洞悉人这个文化动物的孤独状态的。他的叙述也有魔力，不凭依情节，故事，传奇，而是凭借本色的"说话"，语句简洁，洗炼，是连环套式的，是否定之否定式的，像螺丝扣一样越拧越紧。他写的似乎是农民，其实是全民族的；探究全民族的精神困境，找到集体无意识，千年孤独。

《一句顶一万句》后来获得了第八届茅盾文学奖。在这个奖项上，长江文艺出版社是继《张居正》后第二次获此殊荣。从第四届到第八届茅盾文学奖评奖，雷达先生都是终评委。我们能有两次获奖，与他熟悉我们的作品，与他那重要的一票是分不开的。

很有意思的是，阿耐的网络长篇小说《大江东去》出版后，长江文艺出版社在北京召开了一次作品研讨会，在这个会上，有一位与会的嘉宾，对于出版这本书当场给予了尖锐的批评。但雷达先生并不这样看，他撰写了一篇推介文章，对这部作品给予了客观的评价。

> 本书特别擅长对经济活动的描写，而且语言精准、紧凑干净。看了很多写改革开放三十年总结的作品，都缺这个东西，因为作者本身对经济不熟悉，但《大江东去》不同，作者很懂经济生活。这本书里提供了很多经济生活的细节。

雷达的文章后来在北京的重要媒体发表，对于这部书赢得了正面的评价，起到了拨乱反正的重要作用。此后该书获得了中宣部"五个一"工程奖。

最后一次见到雷达先生，是 2015 年 1 月 7 日，长江文艺出版社举行的"'中国年度文学作品精选丛书'出版 20 周年座谈会暨'新世纪作家文丛'启动仪式"上。雷达先生与中国作协创研部的同志都出席了在现代文学馆召开的这次会议。当时，雷达与我坐在一起，见了面，与往常一样，亲切地询问我的近况。会上，时任创研部主任的何向阳代表作协发了言，会后，我与编选中篇小说的牛玉秋合影留念，并且与创研部的同志包括雷达一起共进午餐，但万万没有想到雷达先生这样快就离开了我们。在我的印象中，他是一个开朗、幽默的忠厚长者，是中国文学批评界的"别车杜"。他是雷达，但他是雷达中的"天眼"。中国文学需要"天眼"，他不应这么早就离开我们。

雷达先生出生在甘肃天水，那儿属于黄河流域。作为一个出版人，一个热爱文学的人，一个在长江之滨的出版社，我仅以长江的名义，向黄河的儿女雷达先生致以崇高的敬意。河汉泱泱，先生之风，山高水长。愿雷达先生在天之灵安息！他对于中国文学的贡献，有他的皇皇八部著作为证，历史，将会永远铭记这位文学界的"雷达"。

世上已无凌解放，人间长有二月河

最后一次见到二月河先生，是 2018 年 8 月 22 日的夜晚。那时，他刚从中国人民解放军总医院的重症监护室转移到普通内科病房。

他的身上插满了各种管子。虽然神智是清醒的，但已不能说话。我噙着眼泪，注视着他微睁的双眼。我握紧他宽厚松软的手掌，分明能感觉到他起伏不定的心绪。

最后一次接到二月河先生的短信，是 3 月 19 日。多年来，我几乎每天都能接收到二月河先生发来的一条或几条短信。谈人生、谈励志、谈社会上的种种有趣的和没趣的事。或者，互相通报一下平安。

最后一次与二月河先生通电话，是 3 月 25 日。家乡的一位朋友要开展乡村旅游，希望通过我请二月河先生写幅字。我刚给他发去短信，他就主动打电话给我，问我的朋友什么时间去南阳。后来，朋友发来了他与二月河先生举着条幅的合影，我这才看到二月河先生的身体已经病态毕现。果然没多久，先生被送去北京抢救。

认识二月河先生，已经 31 年了。1987 年 8 月 10 日上午，我们在南阳的先生家中见了第一面——那是一个巷子尽头两间潮湿的陋室。我看见了几案上先生挑灯撰写的密密麻麻的稿件，看见了他供盛夏时放进双脚避蚊的水桶，看见他桌上那个香炉中袅袅燃烧的檀香。从这天开始，一位编辑与一位作者开始了长达 31 年的亲密交往，开始了不是亲人胜似亲人情感的交流。

从 1991 年二月河先生的长篇历史小说《雍正皇帝》的第一卷《九王

夺嫡》在长江文艺出版社出版，到 2002 年，二月河先生的 13 卷本文集，包括《康熙大帝》《雍正皇帝》《乾隆皇帝》在长江文艺出版社出版。多年来，围绕着作品的编辑、出版、宣传、评奖，乃至版权的保护、转移、衍生，我与先生有过无数沟通与交流，也有过共同的喜怒哀乐。我在出版社当编辑时是热线联系，我在出版社当社长时是热线联系，我离开了出版社，去到长江出版集团任职，二月河先生签署授权协议，还是将他作品的守护权交给我。哪怕我退休后，去负责《荆楚文库》工作，有关二月河先生作品的相关事宜，或者有人要找二月河先生写个序、写作品的推荐语，请二月河先生写幅字，别人还是想到我。

有人问二月河为什么舍近求远，将作品全部托付给外省的一家出版社出版？还有人不止一次地允诺用更高的版税，希望二月河将作品交给他们出版。但二月河和他的夫人，三十一年如一日，始终相信当初的选择。

2006 年前后，《二月河文集》出版几年后，二月河先生与夫人一起来到武汉讲学，多次向我提出将稿费再降两个百分点。我说不必了，您作品的艺术价值与市场价值远远超过目前的标准。这是我迄今为止，听一位作家多次提出要将自己作品的报酬降低一些。也许，他对于金钱的态度，他声名远扬而依然谦卑低调，是他赢得人们尊重的原因。

市场经济条件下，很多人慨叹人与人之间关系的淡漠，企业与企业之间的尔虞我诈，但一家出版社的编辑与一位作家的故事，却说明人与人之间有比金钱更重要的信任与友谊。当然，在彼此之间，必须有经过时间检验，经得起岁月淘洗的心与心的碰撞。

20 年前，在先生即将写完《乾隆皇帝》的最后一卷时，我们签署了写作晚清系列长篇小说《陨雨》的合同。那时，他身体尚可，他希望通过文学的形象，思考晚清中国社会的发展脉络与那个时代风云人物的命运。可惜，由于身体原因，写完"落霞三部曲"，他没能再从事鸿篇巨制的写作。

不过，一位中国作家，能有 13 本历史小说陆续问世，作品能够反复改编成不同体裁得到传播，并被输出到境外，获得海内外的高度评价，先生应当足矣。虽然先生的《雍正皇帝》在某些评奖中有遗珠之憾，但正如他说，读者的喜爱是最大的奖赏。当年有论家说宋人柳永的词有井水处即有人歌咏，言其妇孺皆知，今天先生的历史小说，无论是身居庙堂的显赫人物还是平民百姓，也是无人不知无人不晓。

先生瞑目的 2018 年 12 月 15 日，当媒体刚刚发出他仙逝的消息，国家副主席王岐山先生于上午 10 时亲自打电话给历史小说作家熊召政，请熊召政转告他本人对二月河先生不幸逝世的沉痛哀悼，对其家人的亲切慰问。王副主席还说，二月河是一位优秀的历史小说作家，是他的好朋友！

王副主席是二月河先生在不同的时间、不同的场合多次交流过对中国历史上重大事件的共同认识，媒体对此也多有报道。王副主席闻讯第一时间打电话表示朋友的哀悼之意，足以说明先生在人们心目中的地位。我获悉这消息后，第一时间转告了正从北京护送父亲回南阳路上的二月河先生的女儿凌晓。

巧合的是，先生瞑目这天，是我的 64 岁生日。也许上天安排，让我牢记住生与死的转换，牢记一位编辑与一位作家的生死相契：先生仙逝之忌日便是吾当年降生之日了。窃虽不敢与先生以生死相依自诩，但上天如此安排，分明是应了什么前世的缘分。先生去世后，不少媒体来采访我，让我谈先生的创作，谈先生与出版社的情谊，我告诉他们，世上虽无凌解放，人间长有二月河。凌解放先生已驾鹤西去，但作家二月河会长存于世。先生的 13 卷著作，将会镌刻在时间的年轮上，书写在中国文学史上。一代一代热心的读者，将会永远记住那冰化雪消时的黄河之子。正如我多年前说到的，二月河在，文学即在；文学在，二月河会永远存在。

三绝诗书画，一官归去来

——《中国当代才子书》出版前后

1

1996 年，出版社决意要编辑这本书时，我是迟迟地不合作：不提供照片，不提供书与画的作品，甚至不回信。这样的态度使许多人愤慨了，以为我要傲慢。

这是《中国当代才子书·贾平凹卷·序》的开头。

这套书，共有 4 种，除了贾平凹，还有汪曾祺、冯骥才、忆明珠。1997 年 9 月第一次印刷。首版印了 5000 册，后来又加印了一次，3000 册。

1995 年，正是七月流火时节，我到北京出差，从电话里得知省新闻出版局决定要派我到长江文艺出版社任社长后，我就斗志昂扬地打电话给在中国文学出版社工作的同窗野莽，琢磨开局的工作。当他提出这个选题意向时，我马上意识到这是一个具有新意的项目。我们一拍即合，决定动手组织书稿。

我 9 月份到长江社任职，野莽 10 月底就给发来了策划书。

作品的第一辑，除了汪曾祺、冯骥才、贾平凹外，当时计划还有流沙河和何立伟。同时，附上了第二辑的人选，如忆明珠、张承志、聂鑫森、王小鹰、铁凝等。除此之外，还计划扩充到海外的四栖才子。

所谓的"四栖"，就是我们这套书的特点：作者要诗、文、书、画俱佳。具体而言，作者不仅会写诗，写文章，在文学界有影响，还要会画画，会写字。在中国，能够达到这个标准的，确实不多。

野莽在这套书的《总序》里写道：

> ……中国作家从古至今，一直存在着一支另外的队伍，他们饱读诗书，博研群艺，使文学与艺术融会贯通，互为影响，风格迥异，意境各新。古代文人墨客如多才多艺的徐文长、唐伯虎、郑板桥、曹雪芹，诗文书画无所不工。20世纪30年代的文坛，如鲁迅对版画的热爱，郭沫若对书法的精研，已成为现代作家才子乃至文化巨人的另一风景。……钢笔文化对新社会的覆盖，已将文房四宝从文体专柜挤向工艺商店，高科技的时代，电脑又索性换下了作家手中的笔。这时候，手握狼毫写字作画的情景悄然已成遥远的古趣。……

野莽交待了策划这套书的初衷。在计算机代替了传统的文房四宝的时代，能够诗、文、书、画皆精的作家十分罕见。因此，编写这套书不仅有新意，而且是一种倡导，一种态度。

除了策划书、野莽还迫不及待地附上一封字迹潦草的信：

> 事情的进展超过我们的想象，不仅没有丝毫阻力，而且立刻得到汪曾祺，冯骥才二位主将的极力赞赏。汪老收信的当晚打电话给我，要求收入他的戏剧《大劈棺》（荒诞派），并推荐上海才女王小鹰。……次日冯骥才从台湾回，连致二电，称这是中国的首次出版佳话，说台湾恰恰在开发这类出版业务。与汪老一样，他推荐了流沙河。……贾、何二位未回信，……相信平凹不会羞于加盟。我与贾、何有书信之交。

汪曾祺的大力支持与认可很快得到了印证。1996年的1月22日，我社在京召开《雍正皇帝》一书研讨会，其间我和社里的两位同志与野莽一块去了汪曾祺在北京蒲黄榆九号楼的家。次年5月16日，汪老遽然而去，是时，《中国当代才子书·汪曾祺传》还在工厂印刷之中。

我写了篇纪念汪老的文章《那双眼睛》，在文章中回忆了到他家拜访时的情景：

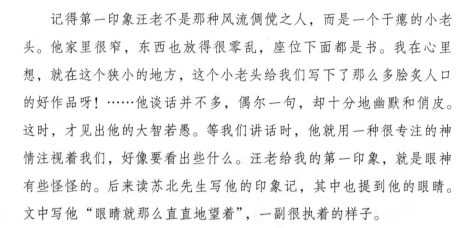

> 记得第一印象汪老不是那种风流倜傥之人，而是一个干瘪的小老头。他家里很窄，东西也放得很零乱，座位下面都是书。我在心里想，就在这个狭小的地方，这个小老头给我们写下了那么多脍炙人口的好作品呀！……他谈话并不多，偶尔一句，却十分地幽默和俏皮。这时，才见出他的大智若愚。等我们讲话时，他就用一种很专注的神情注视着我们，好像要看出些什么。汪老给我的第一印象，就是眼神有些怪怪的。后来读苏北先生写他的印象记，其中也提到他的眼睛。文中写他"眼睛就那么直直地望着"，一副很执着的样子。

那次在汪老的家里，我们见到了他的夫人施松卿先生——汪老在西南联大的同学。她向我们描述汪老每逢像母鸡抱窝一样团团转时，就知他要写文章了。后来我每逢构思文章沉浸其中辗转思虑时，我就想起汪老的样子。

汪老见面朝我们认认真真地作了一个揖，说是拜年，然后给我们同去的四人每人都赠送了一幅他的画作。画是他先画好了的。问了我们的姓名，提笔一一写题款。他给我的是古人过年时画的清供：一幅梅花，一个硕大的花瓶，一枝低垂的梅花。上面题写着"山间除夕无他事，插了梅花便过年。百义同志新喜一九九六年元月汪曾祺"。

这次，我们与汪老敲定了编选他的诗文书画集的意向。

后来，汪老为了我们这部书，又专门创作了一些美术和书法作品。1997年的3月2日，野莽给我来信：

终于让汪老签了合同，现寄上。老人家坚持说稿费太低（主要是画作书法，言上海某家三个字给了一千元）。你再酌情略加一点，不然人情全欠在我身上。

照片从几百幅中精选了二十幅，其中十幅是极重要的。背后写了"必用"二字。是指从历史时期到友人交往，如和沈从文，和夫人，和聂华苓，和安格尔先生等。和苏北是因为小兄弟为这本书又出力又花了钱，作个报答吧。另有十幅是你考虑是否要加上的，背后写了"备用"二字。其中也有很重要的。……照片很珍重，老先生反复叮嘱用后归还，重插入册。我答应四月内还他。请一定保存勿失，还我时与书法美术作品一道。

合同上签的是稿费千字 30 元，画作如何支付我忘记了。

书中我们选用了 13 幅汪老不同时期的照片：有他与夫人 1948 年的结婚照，婚后不久的合影，还有与夫人 1993 年回高邮时的合影。我们选用了 10 幅书法作品，10 幅绘画作品，10 首诗，14 篇散文，26 篇小说，另有苏北的《关于汪曾祺的几个片断》，陆建华的《汪曾祺年谱》。另外，还有汪老写于 1997 年 3 月 14 日的《自序》。汪老是这年的 5 月 16 日去世的，很可能，这篇文章是汪老的绝笔。我们出版的汪曾祺卷，也应当是经汪老审定的最后一本书。

汪老在文章中谈到这套书的由来，以及古人对才子、才子书的看法。他的书法与绘画能力的由来。他说：

这套书的编法有点特别，是除了文学作品外，还收入了作者们的字画，而作者又大都无官职。"三绝诗书画，一官归去来。"从这一点说，叫做"当代才子书"亦无不可。

我的字应该说还是有些功力的。我写过裴休的《圭峰定慧禅师碑》、颜真卿的《多宝塔》，写过相当长时间《张猛龙》、褚河南的

《圣教序》。……我学画无师承，我父亲是画家，但因为在高邮这么个小地方，见过的名家真迹比较少，仅为"一方之士"，很难说是大家。他作画时我总是站在一边看，受其熏陶，略知用笔间架。……我的画往好里说是有逸气，无常法。近年画作渐趋酣畅，布色时成鲜浓，说明我还没有老透，精力还饱满，是可欣喜也。我的画也正如我的小说一样，不今不古，不中不西。

汪老对这套书的编选思路是肯定的，他对自己的书法和画作的渊源及师承，以及艺术价值，言语之中，有几分自矜。他感觉自己还没有"老"，创作正日臻成熟，但没想到天不假年，两个月后，77岁的汪老便去世了，这也是天命难违。

实际上，在此之前，汪老与长江文艺出版社已经有过一次合作。他的小说集《矮纸集》收进了出版社"跨世纪文丛"第三辑中，其中主要是作者1993年以来的新作。

2

冯骥才那儿也很顺利。历史小说《雍正皇帝》研讨会结束后，我与野莽一起到天津拜访冯骥才。

冯骥才是运动员出身，站在他面前，我就成了他作品《高女人与她的矮丈夫》中的"矮丈夫"了。他很热情，握起手来很有力。他带我们参观了他的私人博物馆，告诉我们他的藏品非唐宋不入。参观了他宽大的工作室，欣赏了他那具有传统意味但很有现代感的画作。

后来，读到他专为本书而创作的《我的画传》一文，才知道冯骥才自幼酷爱绘画，并受过良好的训练，高中毕业报考中央美术学院已通过初试，然因家庭出身不好只能到街道小厂去临摹古画。"文革"结束后他走上了文学创作的道路，成了专业作家，但在文学取得成就后，却画兴重炽，竟一发而不可收，先后在国内外举办画展，出版画册。诗文俱佳，用他自己的话说，是"文画并举"。所以，我们出版这套书，他是举双手赞成。在我们这套书中，他是与我们签署合同最早的一位作家。

后来我与冯骥才又多次通话，他均表示，这套书的出版，鲜明地提出了作家的知识面应博大精深，因为艺术是触类旁通的。古时的作家琴棋书画无所不能，而现有的作家一味急于写，艺术修养艺术功底不扎实，结果难以出现大家。

冯骥才将他的这种观点，又写进了《中国当代才子书·冯骥才卷·自序》中：

> 有人问我，你到底喜欢作家这个称谓，还是更喜欢被称作知识分子？我说我喜欢另一个概念：文化人。
>
> ……按中国的习惯，凡舞文弄墨者，统称做文人。这来由，大概源于中国文化尚综合不尚分解。诗文书画没有分工，触类旁通理所当然。最多是某某长于丹青，或者某某工于诗文而已。于是文人的书斋里，琴棋书画，融而不分。逸兴勃发遂成画，妙语陡生便是诗。这是文人的乐趣，也是文人的方式。……

次年4月，冯骥才的儿子来汉，带来了一本由朝日新闻社出版的《冯骥才现代中国画展》一书和一封便笺。

《中国当代才子书·冯骥才卷》收录了他的12幅照片，其中有青涩少年时的写真，也有举办画展时的合影，还有与妻子顾同昭在旅游时的照片。收录了11幅书法作品，11幅画作，18首诗，61篇散文，7篇中短篇小说。

$\mathcal{S}$

果然，贾平凹那边并不顺利，正如文章开头贾平凹在《中国当代才子书·贾平凹卷·序》中所言，他开始有些犹豫，迟迟没有答复我们。

1996 年的 7 月 12 日，我与贾平凹通电话，谈希望出版他的诗文书画集一事。他开始说有些困难，后来我不知是有意还是无意说到将与太白文艺的陈华昌社长一起到兰州开社长年会，并顺道到西安拜访他时，电话那头，听出他口气有些缓和。

次日，我给太白社的同道孙见喜电话，他是贾平凹的乡党加好友，从他那里方知贾平凹当初把我当成了"二渠道"，听说我要与太白社的陈社长一起到兰州开会，才确认我不是李鬼而是李逵。

到了西安，第一次见孙见喜。见喜脸黑，胡子一大把，人却古道热肠，十二分的热情。他当即带我到西北大学，指着保卫处对面的一处房子，说，平凹就住在四楼的左首。

房子是学校送给杰出校友贾平凹做工作室的，二室一厅，不大，平凹妹妹鸿开门，朝里屋喊一声："哥，客人来了。"

房子四处摆满了佛像、奇形怪状的石头，还有各种老木雕老物件，进去的人几乎要侧身而行。客厅正中，玻璃框镶嵌的是贾平凹的书法作品，细看去，是一幅"告示"。

平凹'96 年润笔告示

自古字画卖钱，我当然开价。去年每幅字仟元，每张画仟伍，今年人老笔亦老，米价涨字画也涨：一、字。斗方仟元，对联仟元，中堂仟伍。二、匾额一字伍佰。三、画。斗方仟伍，中堂贰仟。

官也罢，民也罢，男也罢，女也罢，认钱不认官，看人不看性，一手交钱，一手拿货，对谁都好，对你会更好。你舍不得钱，我舍不得墨，对谁都好，对我尤其好。生人熟人都是客，成交不成交请喝茶。

未见贾平凹时，我还生出请他赐字的念想，一看这"告示"，我便将到嘴边的话又吞了回去。

照片中见过贾平凹，但人比照片显得年轻、精神。宾主坐定后，孙见喜介绍一过，谈起我们的出版计划，贾平凹并没有马上答应，嘴里还在嘀咕。我见状慷慨陈词，他大约被我所说的"展示作家全方位才情"而动心，额首称是。谈及稿费，他说《废都》只得了5万元，自此后皆用版税，标准是10%。我连忙表示没有问题，保证照此办理。

签合同时，贾平凹很是认真，他反复推敲我们拟定的合同条文，最后删去了我们代理他作品版权贸易一项。签完合同，他郑重地将其放进一个手提密码箱。他拍拍箱子，告诉我们和他的另外一位朋友：我的所有合同都在这里。那一刻，他狡黠的笑容里显出几分孩子般的天真。

接着，与我同行的副社长彭年生给他拍照，录像。

但到了1997年的1月6日，孙见喜才给我寄来了贾平凹书法和绘画作品的照片。他在信中说：

> 有关平凹书画的这部分内容搞好了，现寄上，不妥之处请斧正之。
>
> 你交代的事，我已在电话上同平凹讲了，他说这几天忙过了，就弄。他这人杂事多，又想搞文学，又想搞字画，还想玩石头。兴趣太多，互相成为干扰。
>
> 为这部书你可是下了功夫，功夫不负有心人，我想是可以搞成功的。这个选题非常之别致。

我"交代"的主要任务是请贾平凹按本书的体例写篇序。后来，他寄来了序文。他在序里写道：

> 我之所以最后同意编辑出版这本书，也有一点，戳戳我的西洋景，明白自己的雕虫小技而更自觉地去蹈大方。如果往后还要业余去弄弄那些书法呀，绘画呀，音乐呀，倒要提醒自己：真要学苏东坡，

不仅仅是苏东坡的多才多艺，更是多才多艺后的一颗率真而旷达的心，从而做一个认真的人、一个有趣味的人、一个自在的人。

贾平凹卷终于编好了。该卷收录了贾平凹书法 10 幅，绘画 10 幅，诗歌 10 首，散文 13 篇，中短篇小说 13 篇。另请孙见喜君写了贾平凹印象记，一篇两万多字的《三秦怪才贾平凹》。

自此，与贾平凹便多了联系，社里先后又出版了他的另外一些著作。

2000 年，在湖北电视台工作的一位漂亮的女同学带来了一位五十开外的男作者，姓董，名子竹。这作者颇有些来头：一是据说刚从庐山东林寺还俗，并有照片为证；二是自称本人是贾平凹《废都》中的人物原型；三是有一本对儒佛道有深入研究的专著，并且要与在大陆正火的南怀瑾商榷。看过作品，虽然立论偏颇，但可自成一说。看他落魄样子，我便生出帮他一把的念头。大家酒后讨论来讨论去如何营销，忽然有人灵光一现：请贾平凹出面推荐。

为了证伪，也为了求真，我给贾平凹挂了电话。电话那头，平凹一口应承。没多久，他果然如诺寄来了《与南怀瑾商榷》一书的题签。我们在腰封印上：著名作家贾平凹推荐并题写书名。

《与南怀瑾商榷》虽未大火，但也一版再版。平凹《废都》中这位颓废的人物原型从此再不颓废，也许借了贾平凹的吉言，董子竹先生从此鸿运高照，到一家上市公司担任高参去了。

*

这套书中，还有一本是由鲁文忠先生担任责任编辑的《忆明珠卷》。忆明珠是江苏人，省作协专业作家，我不熟悉。忆明珠入选是野荻推荐的，1995 年，中国文学出版社曾经出版了《忆明珠诗选》。看了《诗刊》社唐晓渡先生负责撰写的忆明珠传略，方知先生一生历尽磨难。关于他学习书法的过程，读来让人哭笑不得。他在《自序》中写道：

从我十九岁那年步入社会后，书写一般都用自来水笔了。而后毛笔字越来越被冷落。"大批判"狂风兴起，毛笔字醒目，可上墙头、街头，便成了横扫"牛鬼蛇神"的武器而重新走俏。"造反派"将他们臭骂我的大字报，勒令我自己抄写并自己拎着糨糊到街头张贴。我想我不能白白地遭受这番侮辱，总要得到点什么，那就让我借着抄写大字报的机会，像当年做小学生一样，再认真地一笔一画从头学学书法吧。"文革"十年过去，这时，我所在的那座小城不少人家的客厅里、书斋里，甚至年轻人的"新房"里，都喜欢张挂起我书写的条幅或横披了——它荣幸地被人们呼之为"墨宝"。

忆明珠先生学画则是从 65 岁开始，写字之余，开始习画，文人画，自创的诗，加上一笔漂亮的字，倒也自成一格。他的这本集子里，除了书法、绘画，主要收录的是诗歌与散文。因跌宕起伏的生活赐予，他的诗与文均流露出一派真性情。他托鲁文忠先生转给我一幅小品画，是宋人词意：绿了芭蕉红了樱桃，加上袅袅青烟，空灵而悠远。

可惜，在我们这套《中国当代才子书》中，忆明珠先生是第二个离开这个世界的。我写的这点滴回忆，他是再也看不到了。

周大新与他的泣血之作

与大新交往已有些年头了。

大新的第一部短篇小说集《汉家女》是 1988 年在长江文艺出版社出版的。在此之前，大新没有结集出版过作品。不过这部作品的责任编辑是我们的编辑部主任秦文仲。他的小说集出版这一年，我到南阳找二月河组稿，当时尚在世的《南阳日报》副刊部的编辑周熠兄，带我去见了大新。

当时，大新尚在山东部队服役，他刚好休假在家。大新的夫人杨小瑛在南阳市人事局工作，她是武汉大学图书馆系毕业，与我是校友。大新和夫人大约见长江文艺出版社来了人，在宾馆里隆重地招待我。我至今尚记得饭桌的正中是一尊用蔬菜雕刻的孔雀，色彩艳丽，栩栩如生。一道道的菜，一杯杯的酒，大新在南阳的文朋诗友都被请来作陪，都来向我这个小编辑敬酒。离开南阳时，大新的夫人给我准备了丰盛的土特产。

大新属于谦谦君子，尽管他的短篇小说《汉家女》刚刚获得全国短篇小说奖，他见人还是十分谦恭，没有一个大作家盛气凌人的样子。他说话声调始终是缓缓的，仿佛没有抑扬顿挫。与他通电话，你能感觉到电话那头的大新和蔼的神态。时至今天，他获得各种大奖，赢得荣誉无数，胸有千军万马，表面依然是平静如水的南阳汉子。

1994 年，长江文艺出版社的《跨世纪文丛》第四辑收录了他的中短篇小说集《瓦解》一书。能够收录进这套书的，大多数都是中国文坛一线水平的作家。收录大新作品的时候，我还未回到出版社，第四辑虽然编辑工作已经做完，但由于社里当时资金短缺，印刷厂又不愿垫资印刷，版型一直放在那儿。当时，对这套书是否继续出版，社内外也是有不同意见。

我本着对文学的热爱，请求出版局向印刷厂打招呼，总算将这套书付印。接着，又在武汉召开了《跨世纪文丛》出版研讨会。

2003年，我策划了一套"九头鸟长篇小说文库"，其中收录了大新的长篇历史小说《战争传说》。这本书，是我与吴双共同担任责任编辑。

小说出版后，为了让更多的读者了解这本图书，我与大新有一个对谈。我拟好提纲，请他就《战争传说》的创作缘起、结构、视角、主要人物、对战争的思考、现实意义等进行回答。

问：你过去的作品，大多是以你的故乡为背景展开你艺术想象的触角的，即使涉及军队生活，也是写当代军人风貌的，这一次你却一下子跳到了15世纪，写了明代北京保卫战这场决定明王朝生死存亡的战事，这对于你的创作生涯而言，可以称得上是一次新的挑战与超越，我们不知为什么你要放弃自己熟悉的有把握写好的生活，而选择写这场对你来说十分陌生的历史上的战争？

答：战争是每个民族都躲不开的一个凶神，战争生活在每个民族的发展史上都占去了不少的时间，要想全面表现和反映人类的生存状况和经历，不能不涉及战争，因此，写一部表现战争生活的长篇小说，一直是我长存于心的愿望。再者，我当兵三十多年，对军旅生涯中战争这个怪物或多或少有了些认识，我也想通过自己的作品把这些认识传达给我的读者。至于为何要选择"北京保卫战"作为表现对象，主要出于三点考察：其一，这场战争离我较远，给我的想象空间很大，我可以充分张扬自己的想象力；其二，这场战争关系到一个王朝的生死存亡，其过程本身就很具戏剧性；其三，这场战争就发生在我所住的北京，战争中瓦剌人主攻的德胜门是我常常经过的地方，它让我深感兴趣。

一个作家就是在题材的选择上也应该不断地给自己提出挑战，这就是我这次没有再在熟悉的题材领域里寻觅的原因。

问：史书记载，瓦剌族在土木堡之战中大败明朝军队，并俘虏明英宗，进而威胁北京，兵部右侍郎于谦力排众议，临危受命，终于守御了京师，拯朱明王朝于危难之中，等到"夺门之变"英宗复位，于谦却被杀，对于历史上这场惊心动魄的政治与军事斗争，你却没有正面展开，而是通过一个怀着家国之恨的瓦剌女子的目光，来侧面描写这场战争，你为什么这样来结构故事，剪裁素材呢？

答：要正面展开对这场战争的描述，像传统历史小说那样写，把目光集中在皇帝、官员和名人身上，那这本书的主角就还是他们，我讨厌这样做。战争固然是统治者发起和指挥的，但参加者却是民众，发起者和指挥者与参加者对战争的感受是完全不同的，我这次就是想写写普通人对战争的感受和态度，不再由上向下看一场战争，而是由下向上看一场战争。这就要求我选择好一个叙述角度，从侧面写。这样才能写得更真切。文学写战争的任务不是写出战争的过程，而是要真切地写出人在战争中的感受和体验。

问：土木堡之战与北京保卫战都是历史上曾经发生过的战事，但你为什么又将此称之为"传说"呢？小说中的女主人公在历史上是实有其事还是你塑造的一个人物？

答：正式史书一般是不记普通人的经历的，任何一场战争中普通人的喜怒哀乐都很难保存下来，土木堡之战和北京保卫战也是这样，无数普通人的遭遇和痛楚大都和战死者的尸骨一起埋在了地下。要想写出他们的生活，你不可能凭借正史，你只能依靠民间传说，依靠想象，小说中的女主人公是真有其人还是塑造的，相信读者们是会看明白的，我这里先不说，有些话说透就没有意思了。现在能说的是，在她身上，寄托了我对普通百姓的全部深情，我是一个普通百姓的儿子，我的心和她是相通的。

正因为我依靠的是民间对历史和战争的诠释，所以我不想把这部小说称作历史小说，而只称它为战争题材小说。

问：在作品中，你描写了于谦率众保卫北京的壮举，但你在作品中又用大量的篇幅塑造了一个复仇的瓦剌女间谍的形象，并对她的命运和遭际给予了同情，在你情感的天平上，我们看到了你内心的矛盾，为什么要将这样一个冲突的双方放在你的作品中来表现呢？

答：我承认我在写这部小说时内心充满矛盾，一方面，我对明王朝处理不好与瓦剌人的矛盾，不断造成许多普通瓦剌人死伤很生气；另一方面，我又对瓦剌人的上层统治者企图统治全国，想用落后的生产方式改造国家很反感。这样，在对这场战事的描写上，我的内心就处于两难之中，一方面，我对瓦剌女子的报仇行为表现理解和同情；另一方面，我又不愿京城被攻开使屠城发生，给京城百姓造成更多的死伤。瓦剌族和明皇帝统治下的汉民族完全没必要发生这场战争，他们是兄弟，原本应该和睦相处。同室操戈是中外历史上一再发生的悲剧，我之所以选择这场战争作为表现对象，也就是想把这种特别让人痛心的悲剧性的战争真切地展现在人们眼前，把它的生成过程和后果清楚地告诉读者，让人们对这种战争的出现给予特别的警惕。

问：你是一个军人，明白战争是政治的继续，有正义战争和非正义战争之分，包括你在内的许多军队作家都写了不少讴歌战争的作品，但我们在这部作品中，却看到你借骞老先生之口，认为战争是肮脏的，也看到你借女主人公的命运，表达了战争对所有人的伤害，特别是对于女人的伤害。你是否如参加了两次世界大战的海明威一样，又要呼吁"永别了武器"？

答：首先要说明一点，书中人物对事情的看法并不就是作者的看法，书中人物的所作所为所言，虽受作者的指挥却自有其逻辑。至于战争对所有人的伤害问题，读者一看书自会明白，每一场战争受伤害的都不会只是一方，战争就是一条疯狗，你只要把它放出笼子，它就可能乱咬，包括咬放它出笼的人。古往今来，多少场战争的发起者反受了战争的伤害，这样的例子还用举吗？具体到1449年这场北京之战，它固然给了明王朝以重创，但它的发起者最后得到了什么？不也是马死人亡？连瓦剌人统帅也先的亲人也死在了战场上，把那么多的生命和钱财扔到战场上值得吗？对这类同室操戈的战争，难道我们不应该与其永别？读者读完这部小说也会同时明白，一旦当别人把战争强加到你的头上，你就只有挺而反抗，不然，你受的伤害就会更大，就会使战争的发起者更加猖狂。这如防身，武器是不应该放弃的，而且要有好武器，这样别人才不敢打你。

这个对谈，国内的几家报纸曾发表过。

虽然我只担任过他的作品一次责任编辑，但因为同是河南人，加之大新为人忠厚、谦逊、朴实，并且勤奋多产，我们一直保持着联系。2005年，他在武汉举办解放军总后勤部系统创作人员培训班，曾让我去讲过一次课。我讲的题目是《创作与出版》，分析了图书市场的走势，文学作品与市场的关系，获茅盾文学奖图书的市场表现等。我讲完后，大新有一个总结，给予了很高的评价。当然，从今天来看，我的分析还是具有一些现实意义的。

后来我关注着大新的创作，他的创作势头很旺，新作迭出，他的《湖光山色》获茅盾文学奖，我曾去过一次电话向他表示祝贺。这部小说我最近在 Kindle 上看了电子版，感觉小说虽然谈不上厚重，但及时地反映了当下社会变革中人的异化与坚守，其中塑造了暖暖这个纯朴、善良但又不屈不挠的农村姑娘的形象。近来还读了他的长篇小说《曲终人在》，小说从一个官员的角度写出腐败的多重因素，一反已有反腐败小说的窠臼。一位在文艺出版社负责的同志曾经告诉我，《曲终人在》放在他手上是不敢出版的。这也说明了小说对权力运作内幕的揭露，对官场高层的涉足，都突破了禁区。小说出版后，适逢华中图书交易会召开，我受湖北省发行协会之托，邀请大新来武汉签名。他本来同意了的，结果临时决定随同总理李克强一起出访拉美。他告诉我，这部小说的书名本来叫《曲终人尽》的，出版社一方认为有些太悲观，改为《曲终人在》。

前不久，我曾读到人民文学出版社出版的大新的长篇小说《安魂》。这部作品，是大新献给他因患癌症 29 岁就早逝的儿子周宁的泣血之作。

大新儿子周宁去世的消息，我是很久以后从一个朋友处才获悉的。按说，我应当立即打电话去安慰大新夫妇，但犹豫再三，觉得此时再提起此事，有在伤口上撒盐的可能，便作罢了。2015 年夏天，我从集团岗位上下来后，单位计划要我去北京一家出版社主事，我策划了一套选题，便约大新一起坐坐，想听听他对这套书的意见。

聚餐的地点在大新工作的"总后"不远，是一个河南老乡开设的餐馆。我们谈文学，谈出版，也谈到我们计划的一套选题，我问到了他的夫人——杨小瑛女士，但仍是没敢提及他的儿子——我仍然担心会揭开他尘封已久的记忆。

大新的儿子周宁我见过两次。第一次是 1988 年在大新南阳的家里，那时周宁还是一个 9 岁的孩子，见人很懂礼貌，一口一个叔叔的叫。第二次是我与大新签长篇历史小说《战争传说》的合同，在总后家属院大新的家中。这是 2003 年的一个秋天，那时周宁已经在读研究生了。十几年前的一个小小少年，已经成为一个帅气英俊的小伙子，他礼貌地与我们打了个招呼后，就去忙自己的事了。谈话间，大新说起儿子，看似十分随意但仍能感觉到慈父的怜爱。

但没想到上天无情，2008 年，大新的独子周宁因患脑癌英年早逝，白发人送黑发人，任何人都可以体会得到大新与妻子是何等痛彻肺腑！当大新心情平复后，他用对话体，记下了儿子呱呱坠地到童年、少年、青年的一生，写下了作为一个父亲椎心泣血般的忏悔。正如在《安魂》一书的扉页上大新所写："献给我英年早逝的儿子周宁，献给天下所有因疾病和意外灾难而失去儿女的父母"。尽管，大新"以彻底的真诚和勇气直面死亡，从哲学的广度和高度反思生命"，并且通过小说的后半部分，写儿子在天国向父亲倾诉极乐世界的欢乐图景，但读来仍然让天下的父母心碎。恕我直言，这本书后半部分的浪漫主义虽然有宽慰父母的作用，但真正感人的，还是前半部分那种极度写实的现实主义书写。我相信，大新在写下这些文字时，不知流下了多少眼泪，大新的妻子读到这些文字时，更是无以复加的绝望与悲伤。正如评论家胡平所说："我们尊敬的作家中，恐怕只有两位曾点燃自身，以生命为火炬，照亮了我们意识到的生死两界，一位是史铁生，一位是周大新。"

　　读了大新的泣血之作，为人父者，我感同身受。我后悔没有在大新面前说几句安慰的话——哪怕有些迟到，于我也是一种忏悔与解脱，或者正如这本书名：《安魂》。

　　我建议天下的父母都读读这本书，学会珍惜生命，热爱当下，学会怎样与孩子相处。

朱英诞：一位雪藏七十年的现代诗人

1

你知道诗人朱英诞吗？

如果有人提出这个问题，可能你不好回答。如果你去问一个中文系的大学生，朱英诞是谁，恐怕知者也不多。当下的中国现代文学史上，提到朱英诞的诗作与贡献的文字寥若晨星。

如果我告诉你，这是一个得到诗人废名、林庚指导和肯定的诗人，一个在20世纪30至40年代中国诗坛上曾经发出耀眼光芒的诗人，一个曾在北大的讲坛上讲授诗歌的学者，一个曾经写作了3000多首新诗，1500多首旧体诗的诗人，你可能会感到奇怪。

所以，有人说朱英诞是"文学史上的失踪者"，是隐逸诗人，从20世纪末开始，一批专家、学者开始消除意识形态的遮蔽，"打捞"中国现代文学史上的失踪者。其中，包括朱英诞。

2

朱英诞是哲学家朱熹的后裔。他的曾祖父曾在江西任知府，不知为何，在武昌置有一个很大的园子，一棵高大的给过他无限想象的皂角树，一口藏着青蛇的水井，还有一个颇具规模的藏书楼。

当然，这都是朱英诞从父亲那儿听到的。朱英诞出生时，他家已从江南搬到了江北的天津。他在南开中学受到了良好的教育。高中时，朱英诞创作了第一首诗歌《街灯》（又名《雪夜跋涉》）。这是1928年，他15岁。

冰上披着羊皮的人／在采索银鱼？在他身边／乌鸦散步，安闲地／磨坊里的驴叫起来／钟声迟缓的敲着／汽笛长鸣／这一切都远远的落在我的身后面了／桥把河隔开而把两岸连起／我依旧望得见一切／但在雪中跋涉，我进退维谷而行／独自走着，我赶上前面那些提灯的人了／街灯，昏黄的，依旧贴在墙上／像鬼脸，……我几乎每一经过／都感到无端的恐怖。

今天我们来欣赏这首诗，依然意象鲜明，节奏明快，情感充沛。如果不告诉你，你可能不会想到这是 90 年前一位 15 岁少年的作品。

19 岁时，他只身来到了古都北平。在北平弘达中学，他遇到了第二位文学老师骞先艾先生。20 岁时，他考入了北平民国学院，在这里，他遇到了第三位文学老师林庚先生。后来，林庚介绍他认识了在北大任课的废名先生。他到北大旁听，开始了与废名、林庚一生的交往。

从此，朱英诞开始了伴随他一生的诗歌创作。

1935 年，朱英诞将其之前所写诗歌集结成他的第一本诗集《无题之秋》，林庚先生为其作序。

这是第一本，也是朱英诞先生在世时唯一一本印刷出版过的诗集。不过，朱英诞也曾将自己 1936 年所作新诗结集为《小园集》，请废名先生作序。卢沟桥事变改变了他的出版计划，废名的序却留了下来。废名称赞他的诗歌，是"六朝晚唐诗在新诗里复活也"。

1939 年，没有读过北大的朱英诞，经沈启无推荐，到北京大学文学院新诗研究院做讲座，后来留下成为中文系助教，主要讲授新诗与散文。这一时期，朱英诞在《辅仁文苑》《中国文艺》《北大文学》等刊物上刊载了大量的诗作。其间，编定与老师废名共同讲授的《现代诗讲稿》。这本书主要介绍评点"五四"之后至战前中国新诗的发展源流。

1942 年，他收获了自己的爱情，与自己教授的北大女学生陈萃芬结为伉俪。年轻的妻子是他的粉丝，当然，这和鲁迅许广平一样，都是师生恋。

1944 年，受周作人与沈启无交恶的影响，他离开了北京大学中文系。随即，日本投降，他到了东北锦州师范任教。

1948 年，朱英诞最后一次在《华北日报》副刊发表译诗及《吴宓小识》，之后，直到他去世，再也没有在任何刊物和报纸、书籍上发表作品。

是朱英诞不愿投稿吗？非也。他曾将自己创作的关于朝鲜战争的诗歌《眼睛》寄给某出版社，出版社本拟用，但一年以后又退稿，理由是"感情纤细"。他曾写信给诗人郭沫若，郭沫若复信鼓励他写出一些"记录时代的大杰作"。

朱英诞一直在努力适应新的时代，但他始终没有写出与新时代合拍的作品。直到晚年，他一直在坚持自己最初的美学追求和诗学品格。诗人牛汉在他死后由家人自费出版的《冬叶冬花集》上题词，说朱英诞是一个唯独 50 年诗风未有变化的诗人。

也许，有人认为他一直笼罩在早年废名和林庚的阴影下，诗歌缺少变化，但在动荡的岁月里，他能够不受时尚与潮流的裹挟，已经是难能可贵了。

这需要多么顽强的定力！

§

朱英诞显得有些落寞和寂寥，他没有参加作协文联一类的组织，也没有担任一星半点职务。他先在北京贝满中学教书，之后与他人一起被借调到故宫博物院清理明清档案史料。1973 年，朱英诞 50 岁这年，他因病早早地办理了退休手续。

五四以后与他一起登上诗坛的很多人在新时代大红大紫，最突出的是担任过文化部长的郭沫若。

郭沫若年轻时创作长诗《女神》系列，激情澎湃，狂飙突进，开中国诗坛之新风。他的《凤凰涅槃》极具想象力：

除夕将近的空中/飞来飞去的一对凤凰/唱着哀哀的歌声飞去/衔着枝枝的香木飞来/飞来在丹穴山上/山右有枯槁了的梧桐/山左有消歇了的醴泉/山前有浩茫茫的大海/山后有阴莽莽的平原/山上是寒风凛冽的冰天。

但到了新中国，他的诗风大变。他有一些至今让人难忘的口号诗：

岁
月
绵
长

350

赶上英国只需要十五年/农业纲要七年就可实现/一个"大跃进"连着一个"大跃进"/英雄气概可以覆地翻天/看吧，要把珠穆朗玛铲平/看吧，要把大戈壁变成良田/劳动人民历来就是创世主/在今天更表示了他的尊严。

而另一个让朱英诞念兹在兹的恩师废名，那个以禅入诗入文的性灵派作家，在担任了吉林省文联副主席后，大力提倡民歌体，为了表明自己的诗歌理论观点，他还写了10万多字的《民歌讲稿》，号召诗人写作民歌，向新时代献礼。

而还有一些在朱英诞《现代诗讲稿》中提到的诗人也都走向了不同的道路。如"汉园三诗人"的李广田、卞之琳、何其芳。李广田担任云南大学校长后，虽有少量著作，但不再创作新诗。卞之琳在20世纪50年代后虽有少量歌颂新生活的诗歌，但已不是原来的风格。关于何其芳，文学史界称其人为"两个何其芳"。"文学何其芳"的代表作品主要是完成于去延安之前的诗集《预言》和散文集《画梦录》《还乡杂记》，"政治何其芳"则是指抵达延安以后的创作，包括创作于延安时期的诗集《夜歌》和散文集《星火集》《星火集续编》以及新中国成立后的作品。还有朱英诞曾提到的诗人沈从文，也从文学转向历史研究、服饰研究。

4

从 1948 年起，朱英诞及其笔名朱石笺、庄损衣、杞人、瑃朗、净子等等再也没有在媒体上出现。

朱英诞并不是放下了自己的笔，他每月至少写一二首诗，有时一个月写七八首诗。有些题材，他反复写。大到宇宙洪荒，小到风花雪月、儿女情长，甚至是梦境，他一次又一次反复地摹写。他说："诗，夹着田野的气息，如春云而夏雨，秋风而冬雪，点缀了我的一生，生命的四季。"

1973 年他退休回到大杂院里，早早地避开了风暴的中心，躲进了自己的蜗居，与居委会的大妈大爷们打成一片，做一个"大隐隐于市"的隐士。从 20 世纪 50 年代开始就刮起的政治旋风，一次也没有把他卷进去。他比胡风幸运，也比牛汉、曾卓幸运，他没有抛头露面之地，也要忍受内心的寂寞，但他有平静的生活，和儿女一起安享天伦之乐的机会。作为一个知识分子，这在 20 世纪的中国，是很多人向往的境界。

他在自己的小书房里"心骛八极，思接千载"，诗成了他的桃花源，成了他的生命树。用他的话说："世事如流水逝去，我一直在后院掘一口井。"他从自然界的微妙变化与琐细的日常生活中看到诗意：《落花》《春泥》《红日》《雪》《蟋蟀》《牵牛花》《散步》《九月》《流水》。仅以写"雨"为例，他写了《雨》《春雨》《四月雨》《七月雨》《初秋雨》《暮雨》《听雨作》《晚雨旋晴》等。从这些题目中，可以看到诗人纤细的情感与敏锐的诗心，人生的诸般况味，到了他的笔下，都具有无限的诗意。

他从开始学诗起，一直将中国古典诗歌的遗韵与西方现代的诗风有机地结合在一起。他欣赏晚唐诗人李贺，晚年为此给李贺作传。他称赞六朝诗人，从中汲取诗的营养。以至于自己也写起古体诗。但他也沐浴欧风美雨，欣赏莎士比亚、济慈、艾略特、叶芝。他这样写《春雪》：

深闺刀尺声／一盏孤灯若星／逸马在哪里／那狡兔在哪里／／这太肉感的雪／手掌接着一片／不听它落上大地吗／钟声鱼贯而来。

他的诗歌尽管意象繁复，但语言清新，意境深远，开拓了中国山水田园诗的新境界。他这样写雷声：

> 轻雷零落地响了／如一柄钥匙／我将拾去，打开／花开草长，蛰虫始苏／／晴天落在水里了／鱼乃水的花／水啊分去了彩云吗／匆忙里放下刀尺的声音啊。（《轻雷》）

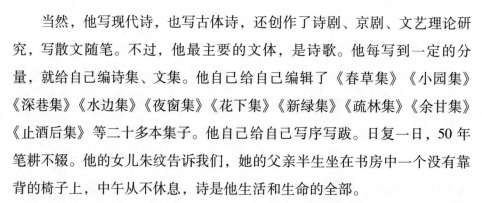

当然，他写现代诗，也写古体诗，还创作了诗剧、京剧、文艺理论研究，写散文随笔。不过，他最主要的文体，是诗歌。他每写到一定的分量，就给自己编诗集、文集。他自己给自己编辑了《春草集》《小园集》《深巷集》《水边集》《夜窗集》《花下集》《新绿集》《疏林集》《余甘集》《止酒后集》等二十多本集子。他自己给自己写序写跋。日复一日，50 年笔耕不辍。他的女儿朱纹告诉我们，她的父亲半生坐在书房中一个没有靠背的椅子上，中午从不休息，诗是他生活和生命的全部。

当然，时代的巨变在他的笔下也有所反映，特别是新中国成立之初的万象更新，让所有的知识分子觉得春天已经来到。他写了《挂列宁像》《古城的风》《声音树》《最亲切的人》《好好看报纸——记中国人民志愿军部队捷报》《眼睛——写在光复平壤伟大的胜利消息中》《我爱祖国》《迎春歌——献给毛主席》。这些"政治诗"在诗人的笔下也有所变化，如他听到毛主席在政协会议开幕式上的讲话声音后写了《古城的风》：

> 古城的风虎虎地吹着／陌生人觉得这大风如来自太古吗／但是，那土著的人呢／却在风中感到更其宁静／我想。我将要这样讲／它来得自自在在，自然而然／我想，这大风，这自由／人应该享有。

这些写于 1949 年的政治诗相对还比较含蓄，但到了后期，诗人也有一些比较"直白"的诗。《迎春歌——献给毛主席》中写道："我们住在毛主席所住的地方/毛主席，您说过您爱北京的树木/树木到了春天就要生长/我们呢，自然也要求进步。"

虽然诗人朱英诞也如所有的知识分子一样对新中国抱有极大的希望，但他的这些诗只是写给自己看的，他没有拿出去发表，也没有媒体给他发表。他已经心如止水，名和利于他已经是很遥远的故事。这在某种程度上于他而言也是"因祸得福"。如果他遵照编辑的要求削足适履，为了发表被"改造"成应景的诗人，朱英诞就不是今天五十年如一日具有独特诗学品格的朱英诞了。

5

日子就这么一页页地翻过去了，朱英诞小书房里的诗稿在一寸寸地增长着。

过了 70 岁的光景，朱英诞疾病缠身，他指着桌子旁边一个箱子里自编的书稿对孩子们说：我死后，这些稿子能不能出版，就靠你们了。

1983 年的 5 月 24 日，他写下了最后一首诗《飞花》：

> 风中浮动着的花片，还是那/痛苦的鸟儿们，你们，飞起来了/翔而后集。——于是，你们给我/一首诗。诗终于写成了。但是/它是一首诗，或者并不是一首/诗？谁知道，谁知道，这些文字/这些乌合之众的词儿，在空中散合云集/像飞花，花片落在半空/红色的或白色的飞花/花片——那比珠玉更富有肉感的花片！

这年寒冬岁末，诗人如"飞花"谢世，享年 71 岁。

诗人谢世后，断简残篇偶尔提及这位文学史上的"失踪者"，直到 4 年后，未名湖畔的钱理群教授，在为研究生讲授中国现代文学时，提到了在中国现代诗坛上曾经有过一位诗人叫朱英诞。这些文字，他写在《中国现代文学三十年》一书中。2006 年，《诗评人·现在回首》栏目刊载了眉睫君的《新发现的一封废名佚信》《发掘诗人朱英诞》两篇文章。2008 年《诗评人》做了一期朱英诞专刊。这年，年轻的博士生陈均整理了由冯文炳（废名）、朱英诞合著的《新诗讲稿》，此书由北京大学出版社出版。这本讲稿中，废名写了《新诗问答》等 12 章，朱英诞续写了《刘大白的诗》等 20 章。其中，有废名写朱英诞和林庚的一章。是时北大文学院曾将此稿编排装订，宣纸印刷，学生人手一册。2011 年，由谢冕主编的《中国新诗总系》收入了朱英诞的 26 首诗歌。2013 年，由洪子诚、程光炜主编的《中国新诗百年大典》收入了朱英诞的 25 首诗歌。

至此，朱英诞才算重新浮出水面，出现在人们的视野中。但是，与朱英诞 3000 余首新诗，1500 余首旧体诗，还有大量的散文随笔、理论研究、剧本相比，这只是冰山之一角，对于研究文学史上曾经产生过影响的朱英诞来讲，还远远不够。虽然，朱英诞的家人自费出版过一本《冬叶冬花集》，但杯水车薪，影响甚微。

2011 年，曾经在北京大学做过访问学者的华中师范大学研究现代诗歌的王泽龙教授，获悉朱英诞作品的情况后，主动提出为朱英诞整理全部的书稿。朱英诞的家人大喜过望，将朱英诞的所有手稿交给了王泽龙教授。王泽龙教授带领他的博士、硕士学生们，历时 7 年，一字一句地辨认、考证、注释，写出了一批学术论文，整理出了 10 卷本的《朱英诞集》。其中有现代新诗 5 卷，旧体诗 2 卷，散文 2 卷，学术著作及其他 1 卷。2018 年，在湖北省学术著作出版基金的资助下，长江文艺出版社出版了由王泽龙主编的《朱英诞集》。

2018 年 6 月 16 日，在朱英诞曾经工作了 7 年的北京大学，举行了文集的首发式与座谈会。北京大学诗歌研究院的谢冕、洪子诚、陈晓明教授等未名湖畔的同仁们见证了这个诗人重光的时刻。来自中国社会科学院、人民大学、首都师范大学等地的研究者及专家们，就朱英诞作品出版的意义进行了研讨。

北京大学诗歌朗诵会的男女同学们朗诵了朱英诞的诗歌：

> 当风吹着草叶的时候／我想往访您／母亲。我想抓住您的衣襟，依旧／像儿时／／但我不知道由哪儿走去／我的马匹正受着伤／我的车辆也毁坏了……／应该经过些什么地方啊

年轻学子们深情的朗诵声在未名湖的上空久久地回响。

朱英诞的长女朱纹激动得泪流满面。她说，父亲多年的愿望终于实现了。

6

一个雪藏了 70 年的诗人、学者在其去世 35 年后终于出版了他的绝大部分著作，让今天的读者，得以了解其创作的全貌，特别在诗歌上的特殊贡献。

这让我们不能不想到 1000 年前同样为田园诗人的孟浩然的命运。孟浩然一生没有做过官，他虽然也曾一度希望通过出仕实现人生的价值，但因种种原因没有如愿。其一生主要创作田园诗，人称为田园诗派的代表性作家。唐人李白、杜甫、王维、王昌龄对他十分推崇。李白写了一系列的诗赠送给孟浩然。孟浩然要到外地去，李白写下了《送孟浩然之广陵》"故人西辞黄鹤楼，烟花三月下扬州。孤帆远影碧空尽，唯见长江天际流"。为了表达仰慕之情，他第二次见孟浩然，又写下了《赠孟浩然》一诗："吾爱孟夫子，风流天下闻。红颜弃轩冕，白首卧松云。醉月频中圣，迷花不事君。高山安可仰，徒此辑清芬！"孟浩然于开元二十八年（740）病逝，至天宝四年（745），他的诗作才由湖北宜城人王士源搜辑整理。因"流落既多，篇章散逸，乡里构采，不有其半，甫求四方，往往而获"。到了天宝九年（750），集贤院修撰韦滔得到孟浩然诗的抄本，已是"书写不一，纸墨薄弱"，经他整理后送上秘府收藏。以后又经历代增补刊刻，孟

浩然的作品才流传至今。

朱英诞的诗歌能否与孟浩然的田园诗一样成为经典传之后世，文本很重要，但是，出版者、读者、研究者在其中发挥的作用同样重要。中外作家的许多作品经过各方努力成为经典传之后世，已经证明了这个"经典化"理论的正确。

诗人是不幸的，但也是有幸的。古人说，"史家不幸诗家幸"。时代对朱英诞的冷落与放逐，刚好给诗人创造了"躲进小楼成一统"与缪斯约会的机会。他不受外界干扰，始终服从于自己内心的召唤，始终保持自己的美学追求与独特的诗学品格。虽然他在一个相当长的时间里被雪藏，被遗忘，但时代在一个曲折前进的过程中，终于让人们重新发现了诗人朱英诞及其作品。随着诗人朱英诞浮出水面，作品的价值被重新发现，他的诗歌作品将会丰富中国的诗歌园地，其发现与挖掘的过程会成为文学史、出版史上的一个重要事件。

当然，朱英诞的作品能否成为经典传之后世，这需要时间来回答。这是一个漫长而且会反复淘洗的过程。

读《往事》，说往事

路用元老局长本是学财务的，退休后当起了作家，著述颇丰，先是在《湖北省出版资料选编》中写了大量的文章，现在又出版了《往事》一书。书中除了有几次出访纪行外，弥足珍贵的是记录了湖北出版发展的进程。如《落实干部政策琐忆》《出版文化城申批追记》《六届书市与出版城筹建花絮》《德寿双高文武皆杰——我所了解的于溪同志》等。

说路局长当作家是开玩笑的，这几年他笔耕不辍是真。我刚到《荆楚文库》那阵，路局长经常拿着他的大作来出版局办公室与我交流。说起话来，眉飞色舞，全然不像一个得过腺胰癌，切掉了一个肾，又年过古稀的老人。说到高兴处，他见我眼神游移，会突然打住，眉毛朝下一扫，说：你忙，我走了。匆匆的，有几次，我那个高门槛把他绊得直趔趄，好在他至今仍是保龄球高手，据说在省里老年队比赛得过名次，故身手依然矫健。

26年前，我从出版社调到省新闻出版局工作，路局长正在局里"执政"。虽然我一度在办公室里工作了8个月，与路局长在一层楼上，但见他每天挥斥方遒，指点江山，忙得不亦乐乎，我们只好仰视而不敢近觑。除非开会，不敢轻易去打扰他。

真正与路局长"亲密接触"是我要到长江文艺出版社任职前夕。我去找路局长要"粮草"。路局长把我批评了一顿，我背着他流了点眼泪。当然，钱后来他还是给了，教材政策也给了，但我平时从没流过泪的，所以这次因为革命工作在他面前流了泪记忆犹新。

实际上，我去长江社任职是路局长做出的决定，你想，一个没有干过编辑室主任的人突然回到社里当"一把手"，作为局长的他还不是要承担些风险。何况，那年我才 41 岁。

在路局长面前流泪还有一个原因我是把他当成亲人，当成长辈，人只有在亲人面前才会感到委屈，才会流泪。何况男儿呢。从此之后，我是没有流过泪的。虽然有时也想流，但眼水总是不听招呼。大约是还没有真正的伤心至极。

第二次与路局长"亲密接触"是与他一起到美国举办三峡书展。

这时我已经荣任了长江文艺出版社的社长，因为去美国的活动是早就安排了的，所以我 9 月初去出版社报到，10 月份跟着路局长去了美国。这次参访团路局长是团长，我是秘书。临行前，刚刚退休的湖北教育出版社的武修敬社长在美国办了家公司，给了我几万美元，让我带着在路上用。

去洛杉矶这回事，在《往事》这本书中，路局长详细记述了书展的很多情况。很多细节我都忘记了，路局长却记述得十分详细：几个人，到什么地方去，见了什么人，还有我们带些什么书，哪些书销售得好，有文有图，好像他当初就打算退休后当"作家"或者"历史学家"似的，把这些资料保存得完完整整。除了到美国这次旅途，他还写到朝鲜、到台湾访问，每顿饭吃了什么，几个菜，他居然都还记得一清二楚。从历史学的角度，这些细枝末节增加了很多史料性和现场感。

武修敬给我的一大包美金，成了我的累赘，临行前我让家属在内裤前面缝了个口袋，将钱统统放在里面。不管做什么，这包钱顶着我的肚子，总是不舒服。在洛杉矶市，我与路局长一共 5 个人住在一栋别墅里，我们自己做饭，我负责记账，费用平摊，路局长虽然是团长，但一五一十地照交。有时，到外面买些纪念品，我们也是各自掏钱。我临走时也忘了问武修敬，我带的这钱到底是干什么用的。直到回到了武汉，向武修敬交账，把那沓我带了上万公里的美金又交还给他。他才说，你们没用？你没给路局长买点什么回国要送人的礼品？现在想想我当时真是太"嫩"了，还说是秘书！

去到长江社没几年，路局长在大会小会上没少表扬我。大约是1999年，有一天，分管的邱局长找我到出版局来，说是局党组研究，让我担任局长助理，配合副局长王建辉工作。谈完话我到路局长办公室探个头，打声招呼。到王建辉副局长办公室，他拉着我的手，说，以后我们一起干。

局长助理的动议后来被宣传部否了。据说要成立集团，宣传部说一起安排，没必要这样折腾，但这事路局长、邱局长前前后后都没有找过我。现在想想，那时上下级的关系真的是十分简单。

到集团担任总编辑后，集团主要领导要我把长江文艺出版社的社长位置交出来，我从内心里有些不舍，就像我要把亲儿子交给了养母一样心里难受。有一次我见到路局长，他提醒我：长江社长你不要放弃。本来我到集团上任时组织部门的领导与我交代过，要我兼任长江文艺出版社的社长，但我太没有政治经验，位置很快在集团一把手的运筹帷幄下易主了。现在想想辜负了路局长的一片好心。在集团的10年间，从历史的角度看，虽然我本人的所谓级别提了一格，但基本没再做成什么大事。所以现在写回忆的文章，那10年几乎是空白。

退休前夕出版局让我来做《荆楚文库》这个大项目，倒是经常在院子里可以看见一头白发、几乎整天穿着运动衫的路局长了。虽然我的记忆常常停留在26年前某一个春天的清晨，但现在的路局长与26年前那个穿着西服、潇洒无比的帅哥比，也不能不让你痛惜岁月的无情了。不过，你如果到他的微信朋友圈中去看看，依然可以看见26年前，甚至更早一些时间里年轻的路用元。他的微信里没有那些风花雪月，或者养生之类的软文，而是先天下之忧而忧，让人感受到一颗年轻的心仍在怦怦跳动。一个老作家，不，一个老出版人的襟怀，在字里行间，如宇宙般无穷大。

听说，他的下一本书正在整理中，书名叫《背影》。我们期待着，希望看到更精彩的文章，更翔实的出版史料。

阳海清与《现存湖北著作总录》

他一头撞在玻璃门上，"嘭"的一声，顿时，头晕目眩。

是时，省图书馆组织专家讨论即将付梓的《现存湖北著作总录》，会议刚刚结束，他与同事们在走廊上边走边谈。也许是兴奋，谈兴正浓，忘了前面硕大的玻璃门；也许，是他根本没有看见，肾病四期，眼底黄斑变性，视力微乎其微，等他发现眼前的庞然大物，一切都晚了。

他以为没事，回到家，继续伏案修改需要调整的稿件。几天后，他突然发现自己不会走路了。家里人将他抬进医院，检查结果出来了：脑震荡，轻度出血，水肿——都是玻璃门惹的祸。

这不是第一次住院，阳海清因为高血压导致肾病，尿蛋白三个加号，血肌肝上升，肾脏已经出现衰竭的现象了。每当病情加重，他就到医院里住一阵，待病情稍有缓解，便又回到家中，开始整理书目。

1938 年出生，年至耄耋的阳海清，卸去副馆长职务已经 20 年了。离开工作岗位 20 年，他并未休息，而是夜以继日，加倍努力，要完成他为之准备了 50 年的《现存湖北著作总录》。

四万余张卡片，如山的典籍，铺就了他的一条人生求索之路。18 岁从湖南考入武汉大学，毕业后即来到湖北省图书馆从事古籍编目和整理工作的他，出于对第二故乡乡邦先贤丰厚的文献著述的崇敬之心，开始留意搜集相关的信息。无论是在本馆做古籍编目的日常工作，还是出差到外地，他只要发现湖北籍作者的著述，马上抄在随身携带的卡片上。2014 年的初夏，为筹备编纂《荆楚文库》事宜，我主动提出到他在常青花园的寓所拜访请益，他那并不宽敞的二居室内，除了书还是书，凝聚着他大半生心血的书目卡片，一排排静静地躺在特制的书橱中，等候着主人的召唤。

我"读的湖北书，吃的湖北饭，干的湖北活"，阳海清不止一次这样恳切的表示。正是这种感恩之心和强烈的责任感，驱使这位仍有浓厚乡音的湖南客老而弥坚，埋首书山，皓首穷经，广搜博采，爬梳诸多史料。

目录学究竟有"学"还是无"学"？乍一看来，书目只是记录了书名、作者、出版单位、保存地点等信息，但实际上目录不仅有保存文献，方便专家学者和普通读者使用检索的功能外，还起着"辨章学术，考镜源流"，揭橥学术发展的脉络与传承，记录不同类别、不同学科之间共同演进的历史的作用。两千年前，汉宗室刘歆与其父刘向领校"中秘书"，协助校理秦代留下的焚余典籍。刘向死后，刘歆承继父业，负责总校群书。在父亲刘向所撰《别录》基础上，修订成为中国历史上第一部图书分类目录《七略》，开创了中国目录学的先河。

如果没有刘向、刘歆父子的努力，中国先秦以前书写在竹简上漫漶杂乱的典籍将无从传播，中国思想史上最为辉煌的"轴心时代"的元典我们今天将无从得见。换而言之，如果没有这些元典，中华民族的精神底色将会黯淡许多，我们谈起五千年历史，三千年文明将缺少底气。

试想，如果没有阳海清和他的助手们的努力，未将湖北地区从先秦至今的文化典籍进行梳理，我们又怎样用事实去证明荆楚文化的博大精深，又怎样将历史缝隙中散落在时间角落的断章残篇一一归拢，让他们回归精神的家园？

这就是湖北有史以来第一部《现存湖北著作总录》，洋洋三大卷，1457页，一万三千多条款目，十三万多个知识节点的知见性版本目录。

《现存湖北著作总录》付梓前，省图书馆组织省内外有关的专家对书稿进行了评审。专家们一致认为，这部书稿有三个明显的特点：

一是收录齐全，第一次全面地对湖北历史文献进行了梳理。同时，以湖北人写和写湖北这样双重角度来编选的书目也是首创。

二是紧扣住了"现存"二字，对于有目无书的典籍，不再收入本书目。对于来自不同线索而呈现歧异者，进行辨析和考证方收入。

三是为方便查检，编纂有《书名索引》《著者索引》《湖北历代著作人物总表》，使用者可以从不同角度来检索。

2014年4月，经湖北省委省政府批准，由省委省政府主要领导亲自牵头，集中了全省有关专家学者的力量，启动了大型出版文化工程《荆楚文库》的编纂出版工作。该项工程计划对湖北省自先秦以来至1949年止的所有文献典籍进行一次全面搜集、整理，分为文献编、方志编、研究编三个部分来出版。而文献的整理出版工作，首要任务是描绘一幅蓝图，制定好出版计划。阳海清先生整理中的《现存湖北著作总录》，无疑为《荆楚文库》文献编中的古籍部分和方志编书目的编纂、厘定，奠定了坚实的基础。试想，如果没有阳海清先生披肝沥胆搜集整理的湖北先贤的著作目录，《荆楚文库》编纂出版草创伊始，又该需要多少时间来做这份前期调研搜集工作。如果说，《荆楚文库》在很短的时间内能够制定出编纂书目，并得到省内外专家的认可，阳海清先生功莫大焉。

何谓地理上的湖北，何谓文化上的荆楚，《现存湖北著作总录》努力寻求两者的统一，这一点，与《荆楚文库》的编纂指导思想不谋而合。

文化上的荆楚，是从先秦开始。《史记·楚世纪》："周文王之时，季连之苗裔曰鬻熊。"八百年大楚，文化繁盛，影响深远，为溯及源流，编者"不泥于后世之行政区划"。虽清康熙年间湖北区划方基本确定，但考虑不至于掠人之美，先秦以下，则以今日湖北管辖区域为界。

何谓湖北作者，湖北籍贯也。若有迁徙情形者，由外省徙鄂定居并在鄂繁衍子孙者，为湖北人。如果生长于湖北而后徙居外省者，仍认定为湖北籍作者。女性作者，无论婚否均收录。在鄂僧人，俗籍湖北者收录，并注明其法号。

《荆楚文库》吸收并丰富了阳海清先生关于作者籍贯的划分原则，既便于探讨荆楚文化的发展源流，又考虑到了现今区划的实际，避免了荆楚概念的外延与内涵的泛化与局限。

凝结着阳海清先生心血的《现存湖北著作总录》于 2016 年 8 月在国家图书馆出版社正式出版。这部书目著作，以其收录的较为全面完整，考证精到，查检方便受到业内的肯定。除此之外，《现存湖北著作总录》修订版也将收入《荆楚文库》的研究编之中。目前，作为《荆楚文库》编委的阳海清先生，以抱病之躯，担任了"方志编"编纂小组的组长，他正在与时间赛跑，带领着馆里的一批中青年骨干，全力以赴地投入湖北历代旧志的搜集与整理工作之中。

青岛出版印象

　　青岛是一座美丽的海滨城市，红瓦白墙，海天一色，但近年来每当雨季到来，不少城市内涝之际，人们首先提到的则是由德国人负责设计的青岛城市排水设施，说什么德国人有工匠精神，敬业、严谨、百年大计等等。日前中国编辑学会十七届年会在青岛召开，我欣然前往，一为职责所在，二为见见青岛出版社的诸位同仁。近年来，青岛出版跨越发展，由胶东半岛走向全国，走向世界，成为行业的翘楚，我则惦之念之，为他们取得的成绩而由衷高兴。

　　关注青岛出版，始自十年前。十年前，应青岛社之约，我去讲了次课。主要谈畅销书，也与他们做了些交流。其实，当时他们的生活类图书，特别是饮食类图书，在全国已经有了些影响。但青岛出版社的上上下下，对我的到来都很重视。他们安排我住在八大关的宽大别墅中，从孟鸣飞社长，到总经理吴宝安、时任社长助理高继民，还有总编室的美女编辑谢蔚等，都分别陪同，好像我能给他们带来什么好运似的。其实，我只不过给他们敲了一次木鱼，"经"还是他们自己念的。

　　但从此我也就认识了鸣飞社长。他虽不属于山东大汉类型，但腰板直，留着一副板寸头，人干练，眼神中流泄出一道锐气。我们后来在不同的场合偶尔见了面，但也止于远远地打个招呼，他匆匆地来，匆匆地走，再未有机会深谈。但我因为那次青岛出版人的热情，窃以为就与青岛社有了某些心灵上的默契，便始终关注着他们的进步。后来总经理吴宝安因工作上的事到武汉来，我也向他打听青岛社的情况，宝安说起鸣飞社长的深谋远虑，说起班子成员的团结与努力，说起青岛社的发展战略，眉飞色舞，一种自信写在眉宇间。

几年后，因眼疾去青岛寻医，青岛社的同志主动帮我联系，接机，安排住宿，社里的一应领导，先后轮流招待我，包括十分繁忙的鸣飞社长，也到医院看望。实际上我仅仅与他们是同道，仅仅给他们讲过一次课，他们对于一位远道而来的朋友的热情，让我欣慰而又惶恐，也让我见识了齐鲁人，特别是青岛出版人的宅心仁厚。

此后，青岛社出了什么好书，获了什么奖，我都像他们社里人一样为之自豪。我每次到外地讲课，或者与集团类的出版社老总交流，总是介绍他们做生活类图书的经验。我分管的一家科技出版社因此也派人去取经，但回来后告诉我"学不会"：青岛社的生活类图书定价低，定得低的原因是因为成本控制得好，因为有品牌号召力开印量大。我虽为科技社戚戚，但也暗自为青岛社欣欣。此次再去青岛赴会，在机场与宝安联系，方知他已退休，此番人在京都，但他叮嘱我一定要去看看鸣飞社长，并且发来了鸣飞社长的电话号码。但我刚到青岛，即接到青岛社里"马克先生"的电话，说当晚为我们接风。席间，见到已升任出版社总编辑的高继民，见到了去年刚接任宝安的总经理贾庆鹏。虽已逾十载，但他们对我当年到出版社讲课的事念兹在兹，美言多多。说社里得知我要参加此次年会，安排一定要好好招待我。此时，我才从继民总编辑口中得知，出版社的销售收入、利润十年来增长了 12 倍，去年仅出版板块，销售收入达到了 6 个亿。其中教育板块 3 个亿，少儿板块 1 个亿，科技板块 1 个亿，人文社科类 1 个亿。

青岛出版上市的事我从报纸上早已获悉，他们的图书，包括鸣飞社长获国家大奖的好消息我早已分享，但我对他们近年来如此快速的发展却不知详情。回宾馆后，便在手机上搜索"青岛出版"四字，屏幕上立即跳出一个统计表，我此时方知鸣飞社长到出版社就任的十六年来，出版社的出版品种从 677 种累积到近 6000 种，出版板块的销售收入从 8037 万上升到 6 个多亿。出版社从一个单体出版机构发展成为传媒集团。出版社跨地域、跨媒体、跨所有制发展，已然形成了集图书、报刊、电子、音像、网络、影视为一体的全产业链。出版社从产品经营到资本运作，在产业化、国际化的道路上且歌且行。目前在城市出版社中，青岛出版的各项指标排在第一名，在全国的580家出版社中，青岛出版也是名列前茅。

年会开幕的第一天，主持人开宗明义，从德国人设计建造的青岛地下管网谈到出版的工匠精神，强调出版人的责任与担当。这时，我倏然想到青岛的出版——在这样一个没有资源优势，没有区位优势的胶东半岛上，为什么能创造出中国出版界这样一个奇迹呢？是鸣飞先生不慕庙堂之喧赫，十六年如一日执掌青岛出版的缘故？是青岛出版人的踏实而认真，还是这片土地上，有着工匠精神的传承与基因？因为这里不仅有德国人设计建造的地下管网，还诞生了海尔、双星这样知名的国际企业。当然，从我个人与他们的交往来看，敝以为，是因为他们身边有浩瀚的大海，所以既能仰望星空，又如潮汐般生生不息，紧紧地拥抱平原与高山。是因为他们紧依齐鲁大地，有着儒家"三人行必有我师"的虚怀若谷，有着滴水报以涌泉的中国情结。一个凡是能成就大事业的出版家，不仅要掌握工匠的"技"，还要有哲人的"道"。老子说得好，"道生一，一生二，二生三，三生万物"也。我相信青岛这片土地上不仅会让人记住百年大计的地下管网，还能记住青岛出版这块精神上的高地。

我 与 书 店

　　小镇曲曲弯弯，几十户人家，并没有一家书店。偶尔，有县城新华书店到镇上小学校流动售书，才给窝在山沟沟里面的乡村少年们打开一扇窥探外面世界的窗口。流动售书的时间并不固定，一年也许来那么一到二次，大多是在镇上小学开学的时光。是时，书店的书摊还没摆开，镇上的孩子们便像过节一样奔走相告。孩子们有将半年卖药材、卖废品攒下的钱拿出来，有死缠活缠父母，要一些零花钱的。母亲虽然是小学校里的教师，但家里入不敷出，我只能把自己攒了半年的硬币从一层又一层破布里抖出来，拿到人头攒动的书摊面前，在小伙伴艳羡的目光中，买下我心仪已久的《水浒传》《西游记》连环画——然后小心地放进木匣中。在最短的时间里，我知道了白骨精的狡猾，林冲的仗义，还有杀死阎婆媳的武松。在我享受完阅读的快乐后，便与镇上几个最要好的小伙伴们交换图书，或者换取各种感兴趣的物什。

　　走进县城的新华书店已是"文革"中。我有一位远房的叔叔在书店工作，我们叫他九叔。那时书店除了"毛选"几乎没有什么书了。但我在他的家里，看见了封面已经有些破烂的《宋词一百首》《唐诗一百首》。我小心翼翼地向他们索要了这两本薄薄的小书。这是我拥有的中国古典诗词的最早读本。"文革"的后期，我已经从农村到镇上的小学当代课教师，每逢当月工资下发，我就步行三十里山路，去到县城书店里，寻找刚到的新书。于是，我有了浩然的《艳阳天》《金光大道》，有了金敬迈的《欧阳海之歌》，有了贺敬之的《放歌集》、李瑛的《枣林村集》等。等到粉碎"四人帮"，书禁开放，我便成了新华书店的常客，什么《红楼梦》

《西游记》《新月集》等，都是我在那个时候第一时间倾囊购买的新书。那种囫囵吞枣的模样，对于走过书荒时代的人而言，就像酒徒看见酒，常常未读先醉，几乎是不可一日无此君。

但我绝对没有想到，有一天，我与新华书店会成了一家人。

大学毕业，我分到了长江文艺出版社做编辑。我的职业不仅与书店有关，而且还是同一个主管单位。工作需要，我经常逛书店了解图书市场的变化，后来我也要求编辑们每月至少去一次书店沐浴书香。再后来，为了了解图书的销售状况，到全国任何一个地方，我必去的一定是书店。我与书店的业务人员、经理成了休戚与共的好朋友。我们的图书在某地上了排行榜，在某地书店摆放在重要位置上，某地书店新建了门面，点点滴滴都在我的关注之内。有一年时间，大约是2006年，出版集团分工，还让我分管省新华书店。我当时正分管8家出版社，分身乏术——至今我不解头头为什么让我身兼如此重任。我除了偶尔去参加书店的会议，在集团层面协调一些与他们有关的工作，则很少主动到书店去调研交流。尽管我心系书店，关注着他们改革与发展的变化，但现在想来是徒有其名，心中隐有愧意。

书店是人类精神财富的储藏地，也是人类进步的驿站。我常常想，青少年时代，如果有更多的图书滋养我干渴的心灵，今生我也许会飞得更高，走得更远，人生会更加丰富。今天，没有书店的时代已经被科学技术破解，无论是城市还是乡村，互联网为每一个人敞开着书店的大门。对于读书人来说，这是一个奢侈的时代！一个人只要抱着谦虚的心，便可以成为知识的富翁了。可惜我已至花甲，虽希望有时间弥补年少时无书可读的缺憾，但困于眼疾，加之仍有琐事缠身，无法在书海尽情遨游，但那万架插书的大大小小的书店，犹如我年轻时钟情的倩影，无论何时，永远闪回在青春的心头。

跋

年少时，我站在家乡高高的山顶上，眺望着夕阳余晖笼罩下远处层层叠叠的山脉，盼望着，有一天能到山的尽头去看看——那里的世界究竟是什么模样？

后来我真的走出了大山，来到了长江之滨。

长江之滨的城市是活在家乡童谣里的：月亮走，我也走，我到汉口打烧酒……

现在，我站在江城的高楼之上，却常常回望家乡的方向。于右任那首被人冠以《望故乡》的诗句常常回荡在我渐渐苍老的心中。家乡于我不是那道浅浅的海峡所隔，而是心灵被时间放逐。

人的一生，是否就这样总徘徊在出走与回归的路上？

编选这本散文集，重温多年写就的文字，仿佛时光倒流，我又回到了大别山中，在家乡的田野上行走。然后，我沿着时间之流，重温大半生的喜怒哀乐。虽然，我的文字是跳跃的，不连贯的，但也可觅出我人生的轨迹，看出时代投射下的光与影。

无论是上学还是读书，看了不少的散文名篇，也看了不少的散文理论。但我觉得，散文应当是心灵的放飞，目光所及，兴之所至，雪泥鸿爪，断简残篇，皆可为文。但这文一定要用心、用情，用文火炖出来。这文字要让人读出音乐的节奏，看到自然的色彩与光线，听到鸟鸣啾啾，泉水潺潺。散文可叙事，但不能漫无边际，毫无节制；可抒情，但不能虚情假意，无病呻吟；可说理，但不能枯燥无味，板起面孔。散文可长则长，可短则短。长可江河万里，沿途风光旖旎；短则景观微缩，毛发毕现。

这是我对散文的一点认知，集中的文字未必都践行了这些理念。个别篇章，是早年所写，还带有时代的痕迹；有些文字，仅仅是记录行踪，缺少剪裁与提炼。感谢家乡中原出版传媒集团的耿相新总编辑和河南人民出版社的杨光女士，还有后来接手的秦原小女史，承蒙不弃，得以将拙作结集出版，算是将这段日子做了个小结。

散文有了结集出版的念头后，便想找个名家来写篇序。不是想攀附名人，而是觉得一部集子如果光秃秃地没有个头和尾，就仿佛一个蓬头垢面的女子。长江文艺出版社的同事们闻讯主动提出帮我找贾平凹先生。我在社长任上时也给贾先生出版过七八本书，通过电话和书信，去过他家，但自忖一退休老人为自己的书找人家，总有点"贴"的感觉。后来贾平凹先生的朋友与部下、《美文》的主编穆涛先生主动向长江文艺出版社的同事表示此事由他来促成，这便有了贾先生的这篇序。虽然这篇序并非贾先生主动提出来写的，但署了人家的名，我就像一个追星族，与明星合了影，便有点自我陶醉了。其实，从喜欢写作开始，我就是贾先生的粉丝，只是到了今天，我才算见到了偶像的"真面目"。

虽然，我的年龄犹如一道正在下行的抛物线，但求知的欲望和写作的冲动，还如年轻时那般"欣欣向荣"。我希望这本集子只是个休止符，下面还会有动听的音乐响起。

是为跋。

周百义

2020 年初冬于江城武汉